U0825747

幸福笔记

Felicity Note

秋 林 著

沈阳出版社

图书在版编目（CIP）数据

幸福笔记／秋林著.—沈阳：沈阳出版社，
2012.4
ISBN 978－7－5441－4899－3

Ⅰ. ①幸… Ⅱ. ①秋… Ⅲ. ①长篇小说-中国-当代
Ⅳ. ①I247.5

中国版本图书馆CIP数据核字（2012）第057501号

出 版 者：沈阳出版社
（地址：沈阳市沈河区南翰林路10号 邮编：110011）
网　　址：http://www.sycbs.com
印 刷 者：辽宁星海彩色印刷有限公司
发 行 者：沈阳出版社
幅面尺寸：165mm×235mm
印　　张：18.75
字　　数：280千字
出版时间：2012年10月第1版
印刷时间：2012年10月第1次印刷
责任编辑：沈晓辉 张 晶 杨 静 鲁莎莎
装帧设计：琥珀视觉
责任校对：秋 晓
责任监印：杨 旭

书　　号：ISBN 978-7-5441-4899-3
定　　价：29.80元

联系电话：024-24112447 62564922
E-mail：sy24112447@163.com

目录
CONTENTS

幸福笔记

一 支教女生

二 校园神女

三 见习记者

四 美丽女巫

支教女生

把死人的名字写在上面人就能复活的幸福笔记，传到了善良的山村女教师阳阳的手中。她以自己的聪颖和悟性学习幸福笔记的使用方法，同时开发幸福基因带给自己的各项潜能。她救活了溺死的孟乡长，又在网上救活了英国富豪采尼。面对感恩而来的采尼父子，阳阳收徒授功，发现了花岗岩矿山。阳阳鼓励孟乡长参加竞选，一日之间神奇地成为矿山专家。

在外面的世界更需要阳阳时，阳阳领着小知己娟子毅然走出大山，连夜去救援空难中的遇难之人。

1 山村女教师

一支粉笔，两袖清风，甘为人梯践行志愿精神

三尺讲台，四季耕耘，培育英才无悔支教岁月

一间青色农舍的红门两侧贴着上面的对联。横批写的是："爱之飞扬。"

农舍的右侧就是有着小操场的小学校，一看这间农舍就是支教志愿者教师的宿舍。

支教，是国家教育部门开展的一项为偏远、贫困的农村学校派遣志愿者教师的工作。每年都有一批批应届大学毕业生志愿来到条件艰苦的农村小学当教师。支教期满后，志愿者回到城里可以享受一些工作和学习上的优惠待遇。

"阳阳老师——有人接你来了！"一群学生像一群小鸡一样喊喊喳喳从操场那面向农舍边跑边喊地奔过来。领头的是一个十二三岁的清秀女孩儿，光亮的长辫子在肩上扑打着，整齐的刘海迎风不乱。

农舍门开了，一个苗条娇小的身影跳了出来，看来是想跑过去，又突然站下了，似乎早知道来人，又装作不知道地问领头的女孩儿："娟子你疯跑啥呀，你可是班长啊，谁来了有什么了不起的啊，这么大惊小怪的！"

下午的阳光里，一个男人背着一个硕大的米色帆布双肩包走过了小操场，越走越近。一米七八的个子，深蓝色长袖衬衫掖在黑色西裤里，眼睛亮闪闪地紧盯着阳阳。一个十足的城里阳光大男孩儿。

阳阳有一米六三的个子，披着油黑的长发，也是一件淡蓝色上衣，下穿黑色牛仔裤，扬着俏丽而不艳、生动而不俗的脸，笑眼如水，碎贝晶莹，看上去很文静，却有着一股无形的气场，让人感觉到她的阳光、她的亲和。

阳阳微笑着看着男人走近，“子然，你到底来接我了。”

叫子然的大男孩儿没有回答阳阳：“这山路太难走了，真难为你这一年多是怎么来回走的。”娟子在旁接过话：“安大哥，安老师，您要是坐船来就好了，虽然绕得远点慢点，但不用走路的呀。”

“这就是你的学生喽！”安子然看着这帮大大小小的孩子们。“是啊，这是我的学生。”提到自己的学生，阳阳眼睛放着光，挨个儿介绍着：“她叫孟令娟，是六年级的班长。”说着，她搂过娟子。

娟子是阳阳最得意的学生，她聪明伶俐，长得也水灵，身子骨奇好，13 岁的她只比阳阳矮了半头，和阳阳站在一起人们都说她们是姐妹。阳阳如姐如母的眼光，几乎把娟子看化了，“我刚来，孟乡长就安排他的宝贝女儿给我做伴，还教我点拳脚功夫呢。”说着，阳阳拉开了一个武术架势。

娟子看着阳阳的花架子笑了，她上前一步对安子然说：“阳阳老师、阳阳姐姐一直教我英语呢，逼着我用英语对话，明年我就要考初中了。”阳阳拍了一下娟子的脸蛋补充道：“这丫头心眼好，认准的理儿一辈子都不带变的，接受新事物也特别快，学啥像啥。她现在的英语水平不亚于高三的学生。”

阳阳又拉过后面的孩子一一介绍着：“这个叫张铁柱，柱子，是三年级的；这个调皮蛋叫刘才才；这个脸红的丫头叫程晓辉……我们全校有六十多个孩子呢。快进屋吧。”

安子然进了屋，阳阳回头对娟子说：“课间休息时间结束了，你领大家都回自己的教室吧，我马上就去上课。”

简陋的教室里，摆着十几组破旧的桌椅，坐着三十几个学生。有几个学生在低头悄悄啜泣着。

黑板前的阳阳这时是严肃的，脸上泛着圣洁的光泽。她轻声地嘱咐着：

“今天我们的英语课就上到这儿。同学们，这也是我的最后一堂课，我来这里的支教工作期满了，明天我不得不离开大家了。我走后，希望你们好好学习，别把阳阳老师教的英语忘了……”

张铁柱举一下手，站起来说：“阳阳老师，您走了谁教我们英语啊？”在旁的娟子拉一下他，小声说：“你怎么又问这个事呢，没完了呀。让阳阳老师放心地走嘛。”说完，娟子拢了下刘海，不露痕迹地擦了下眼睛。

这时，坐在前面的程晓辉颤声说了句：“我们再也听不到阳阳老师吹长笛了……”然后“哇”地一声哭了出来。这声哭好像决堤的洪水，全体学生的眼泪都跟着汹涌而出，一片哭声。娟子也用双手掩着脸。

阳阳木然地站在讲台上，紧咬着下嘴唇，任眼泪串串滚珠般地滑落……

安子然慢慢地走了进来，在阳阳身边站了一会儿，扳过阳阳的肩膀，拥着她缓缓走了出去。

2　月夜春情

月光笼罩着农舍，窗口映出灯光。农舍里，一盏台灯幽幽地照着阳阳的书桌和左右两张小床，书桌正面和侧面的墙上挂着中国地图和世界地图，地上竖着收拾好的行李箱和一大袋物品。阳阳心爱的笔记本电脑和长笛也收了起来，笔记本包和长笛盒旁还有一只黑黄相间的小笨狗卧在地上。

安子然和衣躺在阳阳的床上，往里挪了一下，“阳阳，来这里睡吧。”那狗狗显然不满，鼻间发出不满的呼噜声。

安子然是阳阳上一年级的师兄，阳阳大二那年参加北京市迎奥运外语大赛，他们双双进入了学生组前十名，并取得了并列第二的成绩。从那时起，形象俊朗的他和被誉为系花的她便被同学们公认为天生的一对，羞怯的阳阳几乎是在同学们善意的起哄中和安子然谈起了恋爱。一贯胆小爱哭的阳阳从此得到了兄长般的关爱。现在，又读了两年研究生的安子然刚拿到硕士学位证书，正好阳阳支教也一年期满，他们在双方父母的催促下，准备在阳阳回城后筹办婚事。

阳阳先笑着对小狗说："咋了壮壮，不高兴了吗？这可是你将来的老爸哈。"说完，自己先是脸如红霞，然后她缓缓走到床前对安子然说："你要老实点啊。要不是我们这几名同事的朋友来了都住在一起，我可不好意思让你也住我这里，还把娟子赶回家住去了。"

在学生面前，阳阳是个大人；在讲台上，阳阳是个自信的人；但在社会上形形色色的人群面前，她是个羞怯的楚楚女孩儿。

安子然叹口气说："就是啊，为什么别人都能那样住在一起，你却总是这样，我们迟早不得在一起吗?!"

阳阳哼了一声："都说男人坏，你就不能证明一下这世上还有一个好男人啊。"说着，顺手把灯关了，和衣躺在安子然身边，像小猫一样拱在他的怀里。

安子然就着月色，轻吻着阳阳的秀发、额头，一路吻到了阳阳的耳朵，含在嘴里，阳阳缩了下头，浑身战栗着闭上了眼睛。接着，安子然火热的唇寻到了阳阳的唇……安子然越来越紧地搂着她。

阳阳感觉到了安子然身上的异动，双手慢慢又倔犟地推开浑身火热的安子然，柔声问道："子然，你说这些孩子以后怎么办啊？我们一共就 4 名老师，我先走了，下个月朱老师和韩老师两个男老师也要走了，只剩下小宁老师一个女孩儿，可怎么教呀。"

安子然无奈地松开阳阳，"你是北外英语系的系花啊，在这里窝了一年了，该尽的义务都尽了，回去好好读研吧。"

阳阳眨着亮晶晶的眼睛，低声说："我来这里可不是为了免试读研……我是真的舍不得这些孩子。我教的学生英语水平在全县都是有名的，考上中学的现在都是各班的英语课代表……我的心血啊。"

接着，阳阳拍拍安子然，"睡吧大宝，我到娟子的床上睡。明天我们起早走，今晚要休息好。我们要悄悄地走，痛苦的分别最难过了。"

早晨的水磨坊村，空气清新，偶有一两声鸡鸣。这里是中国山东省和山西省的交界处，虽然离繁华的青岛和烟台等发达城市不是太远，但连绵的大山却隔开了现代与贫穷。因这里到处是裸露着岩石的山岗，鲜有的绿色仅在沿河一带，村子就依着弯弯的二道河繁衍着生命。这里的农民靠着稀少的土地和河里的鱼维系着贫苦的日子，还有一批石匠刻凿磨坊用的碾子卖，现在没有人用碾子了，就刻些墓碑卖。壮劳力都外出打工谋生了，村里留下的大多是孩子和老人。

穿戴齐整的阳阳打开房门走了出来，她不想等学生们上学来的时候离开。安子然提着行李箱跟着出来，壮壮摇着尾巴跟在后面。

阳阳自然地向操场那边走过去，她要看看生活了一年多的教室。刚拐过房角，她愣住了！全校的学生都静静地站在操场上，他们都穿着新洗的衣服，胸前飘着平时不常戴的鲜艳的红领巾。学生的身后站着三三两两的家长，都是老人。家长们的前列站着一个老汉，是村长孟繁文。他是娟子的爷爷，当年的老知青。

阳阳又咬起了下嘴唇，强忍着没有哭出来。她迎着操场肃立的学生们走过去。

刚走到学生中间，听得娟子一声口令："送老师！"只见这些学生齐刷刷地"扑通"朝着阳阳跪下了，异口同声地喊着："跪送阳阳老师！谢谢阳阳老师！"

3 跪留恩师

如此跪送的场面强烈地震撼着阳阳的心，这是只有在电影和小说里才能看到的情景啊！阳阳忙把手里的提包丢在地上，去扶一个个跪在地上的学生，眼里止不住的泪水流下来。

"柱子，你别这样，快点起来！"

"范梅梅，听话，起来啊！"

"小小，你，你怎么也这样啊，让老师心疼死了！"说着，她抱起一个腿有毛病的小女孩儿。

八岁的张小小是个残疾孩儿，三岁起双腿就不能行走。阳阳在去年的正月十五前特意赶回来，堵到小小在外打工回来过年的父母，劝说他们同意小小上学。

“孩子已经落下毛病了，如果不学点儿文化那就一辈子都毁了，这样的话你们外出打工还有意义吗?!”听到阳阳这样重的话，小小妈留在了家里，天天推着小板车送小小来上学。每次上体育课时，阳阳总是把小小抱到操场上看大家玩。

张小小这时紧紧拉着阳阳的胳膊，哭着喊着:“阳阳老师，俺不想让你走，你能不能不走啊——”接着，又脱口喊出:“阳阳妈妈——”操场上的哭声更大了,有几个孩子也都喊着“妈妈”。阳阳紧紧搂着小小,泪如雨下，回头望了眼拉着行李箱默默站在操场边的安子然。

张小小妈妈这时也哭着对阳阳说:“阳阳老师，你真的就像是小小的妈妈一样啊！我听你的话，留下来让小小读书，可你们都要回去了，小小……还怎么学……”

这时村长孟繁文走了过来，“好了好了，孩子们别哭了，不是说好了不哭的吗，让阳阳老师放心地回去。”村长又拉开小小的妈妈，“看你们大人也掺和进来，让阳阳老师心里多难过。”

村长孟繁文虽说是娟子的爷爷，但是看上去很健壮，一点不像快60岁的样子。他是当年知青点儿的点儿长,21岁时娶了当地十里八乡的美女、当年的水磨坊村铁姑娘船队19岁的船长张小娟，第二年就生了儿子孟祥宇。孟祥宇长大参军，退伍后回乡当了抓教育和计划生育的副乡长，结婚后生了女儿孟令娟。阳阳叫孟令娟为娟子，任命她为六年级班长，也是全校的少先队大队长。

村长向下压着大手对赶过来的3名老师说:“朱老师、韩老师、小宁老师，快把孩子们扶起来。”他又对阳阳说:“阳阳老师，你就放心地回去吧，看你男朋友都等急了。对了，一会儿我儿子也过来送你，你别着急走。老师的事你就放心吧，等朱老师他们走后，让我儿子再从乡里别的学校调剂调剂……”后面这句话声音明显变小，很没底气。因为各村的小学都缺老师，也没有钱给老师发工资，有的村就因为没有老师，学生常年放假。

娟子站了起来，依偎着阳阳默默地流着泪，学生们也都陆续站了起来。

阳阳摸着娟子抽搐的秀肩，红着眼圈低声说："娟子，要不，我把你送上中学再走？"

娟子全身一震，马上抬起头来盯着阳阳的眼睛。两人同样清澈的眼神对视着，娟子缓缓地摇了一下头，"那安……老师……不行的。"

突然，她又抓紧阳阳的胳膊，"阳阳老师、阳阳姐姐，我，I want to go with you（我想跟你走）……"

村长一把拉过娟子，"傻丫头，你干吗呢，快让阳阳老师赶船了。"

阳阳向前走了几步，环视着眼前的人群、教室、山岗和远处的河流……这时空气都好像静止了，人们都在静静地期待着。阳阳仿佛下了决心，突然转过头来，把眼光落在安子然脸上，直直地看着他。

安子然显然太了解阳阳了，知道她这时的眼神代表着什么，他抬起手指着阳阳颤声说："阳阳，阳阳，你知道你的选择对我们来说意味着什么吗？我可是等了你 4 年了……"

阳阳走近安子然，轻声说："再等我一年，好吗？子然，求你了，就一年！"安子然喘着粗气，"阳阳，我也很同情这里的孩子，我也很感动，也理解你的心情，可是，可是，我们该怎么办？"

阳阳仰望着安子然，发自肺腑地说："为了自己一人的幸福，却让这么多孩子放弃幸福，我真的于心不忍呀。"

安子然看明白了，再说什么也无济于事了，他缓缓松开拉着行李箱的手，拍拍阳阳的肩，"阳阳，看来我们今生也许真的无缘，你，好自为之吧。我走了。"说罢，转身向河边的小码头走去。

孩子们静静地看着这一切，村长也张着嘴、搓着手不知所措，娟子的眼泪还挂在脸上，一副不相信的神情……这时，传来张小小的近似耳语的声音："阳阳老师，阳阳妈妈，不走了？不走了！……"孩子们如梦初醒哄然叫喊起来，雀跃起来……大人们刚才都忍着没有流下眼泪，这时都抹起了泪花。

朱老师和韩老师把阳阳的行李箱、提包拣了起来，感慨着向阳阳的宿舍走去。

4 白鸽谷谷

这时谁也没发现，一只雪白的鸽子在人们头上盘旋。一直在操场边上蹲坐着的壮壮冲着天空叫了起来。娟子眼尖，拉拉阳阳的手，“看，白鸽!”

阳阳和大家都抬起头，看着这只奇怪的白鸽，因为这一带只有岩石山和一条河，没有几棵树，人们很少看到鸟类的影子。

这只白鸽看上去很特别，体积比一般鸽子大些，更奇怪的是，它可以张着翅膀悬在空中不动。动起来的时候，飞的速度很快，弧线优雅流畅；但有时盘旋的角度和路线却硬生生的，像只机器鸟，令人匪夷所思。

“看啊，白鸽嘴里叼着一朵花呢!”有孩子喊道。果然，白鸽嘴里叼着一朵金灿灿的花，貌似中国的国花牡丹，但不似牡丹那么大。

阳阳指了下正狂吠的壮壮，壮壮马上住声了。她举起双手，迎向白鸽。

阳阳从小就是个很有爱心的女孩儿，她爱动物，爱植物，爱朋友，爱家人，可能正是她的爱意和亲切洋溢在言谈举止里，才使她走到哪里都受欢迎。

看到这样雪白的鸽子盘旋在自己的头顶，阳阳抹去刚才的眼泪，开心地跳了一下脚，想够到白鸽。

白鸽好像很听话地慢慢落下来，叼着金花，先落在阳阳的左肩，娟子刚出手摸它，鸽子又飞到阳阳的右肩，然后把金花向阳阳拢着长发的发夹上一插，便插到了她的头上。

金花一接触到阳阳的头顶，阳阳浑身突然一震，心头一阵狂跳，不知是冷还是热的感觉刷的一下传遍了全身，一种清冽圣洁的感觉让她突然觉得心胸无比辽阔舒适，眼神变得更加柔和，更加充满爱意。

孩子们和大人们都鼓起掌来，他们觉得这是大自然给阳阳的爱的奖赏，让这只不怕人的鸽子送来一朵金花表达大家共同的敬意和谢意。

掌声中，白鸽飞了起来，向着安子然的方向。阳阳顺着白鸽飞起的方向，看到安子然远去的背影，喊了句："子然，等我，我送送你……"便独自随着白鸽向前跑去。

恍惚中，阳阳觉得白鸽飞的方向就是安子然回去的方向，便盯着白鸽向前走，越看白鸽越喜欢，不知不觉走到了后山上，阳阳一愣：怎么没去送安子然，而是到了山上呢？又看这可爱的白鸽在咕咕地叫着，她索性就不想安子然了，还是好好和这个通人性的白鸽玩玩吧。

"白鸽，你慢些飞，让我抚摸你的羽毛……"

"白鸽，你像我喜欢你一样喜欢我吗？为什么不离开我？"

"咕咕叫的白鸽啊，你在领我走向何方？白鸽咕咕，咕咕白鸽，你想和我说话吗？……"

阳阳边跟着白鸽走，边自言自语地说着。

不觉间，阳阳来到山腰的一个平缓场地，这场地背靠石壁，像是一个议事厅。这里可以眺望脚下村庄的炊烟和逶迤而来的二道河，甚至上游的头道河。这个所在是阳阳常来吹长笛的地方，有时她也领学生在这里上课，疯狂朗读英语。阳阳把这里命名为"二课堂"。

来到自己熟悉的二课堂，阳阳觉得哪里有点异样，哦，这里怎么会有金光呢？突然，阳阳好像听到了什么声音，一种刚冷、富有磁性又柔和的声音，断断续续的，只要听清楚了，就有一种让人眩晕的感觉："道……名，非常名……"反复地说着，越来越清晰。这种清晰不是靠声音大小，而是靠那种穿透力，全然不像人类的声音，但说的又是极标准的汉语普通话。

阳阳转看着四周，没有任何人，只有身前的白鸽在咕咕着，难道是它在说？

"道可道，非常道。名可名，非常名。"这回听清了，这不是《道德经》里的名句吗？！

阳阳疑惑地看着白鸽，"咕咕，莫不是你在说话？"白鸽展了下翅膀点点头，"丫头，叫我姑姑不行，我是你奶奶、太奶奶、祖奶奶辈的！嘎嘎！我说的是腹语，别人听不到的，只有你能听到。"

阳阳确认是白鸽在说话后大吃一惊，又大喜过望，她的爱心让她自然地接受了这个令人惊慌的事实。

“那,你好啊,白鸽奶奶……太神了,非常高兴认识你。”阳阳屈了下膝,款款施了个礼。

“举神童,作正字,彼虽幼,身已仕……”白鸽又读了句《三字经》里的话,接着说:“你真是个神童,和老身果真有缘啊,一下就蒙对了我叫谷谷,告诉你吧,我名谷谷,字空谷,号虚堂仙姬!”

阳阳想了一下,“哦,是取自《千字文》里的‘空谷传声,虚堂习听’吗?”白鸽谷谷拍着翅膀,“哈哈,然也!越来越对我的路了。以后就叫我谷谷吧。”

阳阳开心地说:“好啊,不过,我想叫你谷谷姐姐,好吗?”谷谷大叫一声:“什么!你把我降到姐姐辈了!不过,这倒也挺亲切的,好吧,就由你了,阳阳丫头。”

接着谷谷说:“闲言少叙,书归正传。今天呢,我们结缘。姐姐,哼,姐姐要给你一样东西。”阳阳忙说:“谷谷姐姐不许客气,我不会随便要别人的东西的,无功受禄可不行。”

谷谷嘎嘎笑了声,“这是你的爱心给你的回报,也是你的爱心给你的责任,不然,我也不能跑遍了地球来这里了。”谷谷顿了下接着说:“你仔细看看周围有没有什么特殊的地方,我要给你的东西就在那下面。”

5 FN 第九代主人

谷谷要阳阳自己找要给她的东西,阳阳疑惑地看看周围寻找着。她所站的地方都是岩石,脚下的岩石是有两间教室大小的平地,对着一面山壁。阳阳低头向地面看去,在接近山壁的地面上,看到一块略微凸起的地方,一米见方,她走过去踩了踩,还是岩石。阳阳又看看别处地面,感觉有点特殊的地方就是这里了。她抬头看看谷谷,朝脚下一指。

谷谷飞了过来,问阳阳:“你怎么不观察山壁有没有特殊的地方,为什么只看地上呢?”

阳阳的秀目充满了疑惑,“我找错了吗?是姐姐说东西‘在那下面’嘛,要是在山壁上，你会说‘在那后面’的。”谷谷怪叫一声：“这丫头这么聪明又机灵，看来我是找对人了。呵，也说明我的汉语用得不错。”

阳阳认真地看着谷谷，“姐姐这么神奇，当然是极聪明的了，用起汉语可能会比我们还地道呢，看刚才又是《道德经》、又是‘三百千’的，中国五千年的国学你都学了呀。”

谷谷好像听到生疏的词，一歪脖，“什么叫‘三百千’？”阳阳笑了，“就是《三字经》《百家姓》《千字文》啊。你刚才虽然没用《百家姓》，但阳阳想姐姐一定是倒背如流的。”

谷谷眼睛一翻，“你这妮子看来懂的不少。我是刚开始学，正在兴头上呢，以后有时间我们好好切磋，你现在快把下面的东西拿出来。”

阳阳跺了一下脚下坚硬的岩石，“这，这让我怎么……姐姐……”

谷谷嘎嘎一声，“你看看你的左手……”阳阳抬手一看，啊，手心隐隐有朵金花，一摸头发，插在头上的那朵金花不见了，原来跑到了手上，长到了肉里了。

谷谷看到阳阳惊诧的眼神，“没关系，那是一朵幸福花，它赐予了你能帮助别人得到幸福的能力。你用左手，对准地面……”

阳阳一贯是信人不疑的，她依言举起左手，做势要击向地面，但她停止了动作。她在想：姐姐是让我一掌击碎地面吧，我相信姐姐的话，我能击碎地面，可是，石头也是一个完整的东西，为什么要打碎它呢？有人用石头比喻人心，但无论什么样的铁石心肠，都会被融化的吧。想到这里，阳阳把手缓缓放下，轻轻拂着地面，生怕惊动了什么。

谷谷飞在空中频频地点着头，她分明能听懂和感觉到阳阳的心理活动。

随着阳阳的手掌左右拂动，石屑纷飞，好像酥饼上面的脆皮一层层剥落，石头地面转眼间变得平滑如镜；又拂了几下，地面出现了淡绿色的石面，上面好像布满了繁星的星空般闪烁着光泽……阳阳惊奇着，她不仅惊奇自己的手有这么大的力量，还惊奇从地面上看到了一本书的轮廓；再拂了几下，渐渐浮在地面上的是一个大的笔记本！阳阳捧起笔记本，太精致了！绛红色的封皮，淡粉色的内页。阳阳定睛看清了封面上的大字题目，还有下面的两行小字：

Felicity Note

幸福笔记

在这里把死去之人的名字写上，他将会起死回生。

救不该死的人的命，给不幸福的人幸福！

阳阳惊呆了，这是什么笔记啊?！

难道像日本出现的《死亡笔记》，写上名字的人就会死?

而这本《幸福笔记》，写上名字的死去之人就会复活?！

谷谷很严肃地点着头，翅膀扬了扬，“是的，从今天开始，你就是这本幸福笔记的第九代主人！现在，我要告诉你怎么当这个主人，怎么用这个笔记本。”

阳阳茫然地看看手里的幸福笔记，又看看左手心的幸福花，再看看飞在空中的白鸽。

谷谷落在山壁一块突出的岩石上，对阳阳示意说：“你坐到那边，听谷谷给你讲。”阳阳有些不解地坐在一块石头上。

谷谷嘎了一声说：“子曰：‘工欲善其事，必先利其器’，你一定想知道我是谁吧，一定在想这个笔记本能不能真的给人幸福吧，还想试试怎么使用这个笔记本吧……嘎，十次八次和你说不完，先挑点主要的说吧。”

阳阳迟疑地说：“姐姐，你说吧，我的心在跳……我，我……”

这时，谷谷突然语气一变：“什么？你不想当笔记本的主人？为什么？”

被看穿了心思的阳阳低头道：“我怕当不好，我一个文弱女生，啥都不会，胆子还小。”

谷谷长出一口气，“哦，这个无妨，你的善良和爱心会帮助你的。你先听我讲。”谷谷缓缓地哄着阳阳说道：“我要先告诉你幸福笔记的主要功能，就是‘救不该死的人的命，给不幸福的人幸福！’这两句话。在这本子上，被写上名字的死人会起死回生，被写上名字的不幸福的人会得到幸福。更重要的是：凡是在幸福笔记上留过名字的人，都会接受幸福基因，就会在他的余生做一个善良的幸福的好人。我们每写上一个名字，就等于改造和完善了一只人。”

阳阳心里平静些了，“是一个人好不好！哦，看来这个功能真不错，让未来的世界充满爱……也就是说，写到幸福笔记上的人将来都是可以信赖的，都可以成为我的朋友？我不是孤独的了？”

谷谷马上嚷着：“没错没错，千真万确……这么说，你敢接受这本幸福笔记了？”

阳阳轻轻点点头，“如果有很多朋友帮我，我可以试着做的。”

“好，我宣布，杨阳阳，中国人，开始正式履行幸福笔记主人的责任！”

谷谷翅膀一收，落在地上，单爪一踏。

整座山体仿佛一抖。

6 改造耳朵

阳阳听到谷谷叫出她的全名“杨阳阳”，惊叹道：“谷谷姐姐你知道我的真名呀！”

阳阳的父亲是一名勘探工程师，母亲是随队医生，父母都姓杨，所以从小给她起的名字叫杨阳阳。后来，阳阳怕别人叫起来费事，还总有人“羊羊羊”地笑她，就在刚上初中时，借父母换省份勘探的机会到了新学校，并把名字改成了“阳阳”，现在只有父母和亲属才知道她的真名。

“阳阳你记住，我的代号叫‘GG’，你的代号叫‘YY’，‘YY’要重叠在一起写，好像是一个 Y 的双影。而最机密和最重要的时刻，你的特殊识别代号是‘YYY’！”

“比如有人来找我，在我不相信他时只要出示了 3 个 Y，我就知道是你派来的，对吧？”阳阳虽然胆子不大，但从小就喜欢读科幻小说和冒险小说，这种事情好像做游戏，很快便轻车熟路了。

谷谷继续说着：“没错，阳阳，你很会分析问题。不过，在我给你详细说以前我要给你增加一个特质，就是那朵幸福花给它的主人带来一些人体各器官包括大脑皮层功能上的改善，体现在你身体上 18 个方面的改善，这在你们人类叫做特异功能。其实原本这是你们人类的本能，只是都退化了。自从幸福花融在你身上，你就恢复了这些潜能，但就像你看了驾驶员手册而不会马上开车一样，要有学习和提高的开发过程才能正常运用。每项特异功能都随着修炼程度的递增分为Ⅰ、Ⅱ、Ⅲ 3 个级别。明白了吗？”

阳阳点点头。

“你学会了这些特异功能后，还可以为在幸福笔记上写过名字的人开发潜能，传授给他们这些特异功能。不过他们一般只能掌握到Ⅰ、Ⅱ级程度。记住，只能传授给你救助过的人。还有一点，就是使用这些功能时，你如果在身上带着幸福笔记，功能会在原有的基础上大大增强，可以增强十倍甚至几十倍。”

阳阳频频点头，认真地听着，突然问道：“我可以对救助的人公开我的身份吗？可以让他们知道幸福笔记吗？可以让他们都成为我的朋友吗？”

谷谷连着回答了 3 个“耶！耶！耶！”

阳阳把笔记本在怀里抱了一下，带着幸福感开心地笑了，接着又抬起下颌，乖乖地听谷谷讲。

“今天先把你的耳朵改造一下，给你增加‘过耳不忘’的功能，这样会让你记住我一会儿要告诉你的话，顺便再把‘千里耳’的功能也给你开发出来。”

阳阳拍着手笑道：“好玩，真好玩。”

“把你的左掌心向下覆在右掌心上，平置在腹前，闭上眼睛，把意念集中在耳朵上，然后思路跟着我说的话走。”阳阳依言而做。

谷谷缓缓说起：“从现在开始，本任幸福笔记的主人，凡听到过的声音将不会忘记，会随时忆起和应用，包括朗读、对话、听课、歌曲、乐曲等各种语言、各种声音。”

这时，阳阳的耳朵胀痒起来，耳膜嗡嗡地响个不停，她咬牙坚持着。谷谷如是重复了 3 遍，然后让阳阳睁开眼睛，“这回你的耳朵打通了与大脑的超级通道，听到的声音会直接储入大脑。‘过耳不忘’有 3 个级别，第Ⅰ级是知识储存级，可以永久储存你所听到的声音；第Ⅱ级是知识更新级，可以更新过去储存的旧知识；第Ⅲ级是知识重组级，就是能把知识自动归类，重组归纳为最科学最有用的知识。不过，应用你听到的内容有个重要的前提，就是要理解你听到的内容。这个功能将来和你另外一个类似的功能结合在一起效果会更好。”

阳阳好像还在消化谷谷的话，没有吭声。

稍歇了一会儿，谷谷又示意阳阳闭眼合掌，继续默念起来。

“从现在起，本任幸福笔记的主人将提高听力和听力的距离范围，成为千里顺风耳。第Ⅰ级自然听力级，也就是自己的本能听力，听掉针落地的声音扩大到方圆10米，感应听力范围为方圆百米；第Ⅱ级为听力距离50米，感应听力距离500米；第Ⅲ级听力距离100米，感应听力距离1000米。”

又一阵耳鸣之后，阳阳“过耳不忘”的功能马上出现，谷谷说的话一下子就记住了。突然，她听到了山下有喧闹声，是自己的听力有了变化，能听到很远的声音了。

现在的位置离村子按走上来的山路看是很远的，但直线距离不到500米。阳阳用力听着，功力在迅速增加。断断续续地，她好像听到了“乡长……驴车……救孩子……二道河……抢救不过来了……”的说话声。

阳阳捧着幸福笔记摇晃着站了起来，看着谷谷，“是不是孟乡长出事了？”

7　初试FN威力

白鸽谷谷先没理这事，点了点头，“这么快第Ⅰ级就完成了，不错，真是可造之材，以后其他潜能的开发就容易多了。”然后，看看阳阳焦急的神情嘎嘎笑了两声，“好吧，你去看看吧，你的乡长为了救落水小孩儿，刚刚淹死了。”

阳阳一听，眼泪马上流了出来，她撒腿就向山下跑去。白鸽谷谷飞在她头顶，一路嘱咐着：“嘎，刚上任就开张了，你要注意了，要救人时一定要见过那人的相貌，在笔记本上边想着他的相貌边写上他的名字，然后在名字后面注明复活时间。我晚上再给你上课。”说完，翅膀一扑腾，谷谷飞得无影无踪。

阳阳一路跑着，一路捕捉着各种声音。

她听明白了。原来，孟祥宇上午从乡里赶来送阳阳，走在上山的路上遇到了受惊的骡马车。当时孟乡长一路推着自行车小跑着。这里的山路多，自行车是上坡推下坡骑，但只有年轻小伙子才敢骑车体验下坡时的快感。孟乡长当过兵，也练过武，年龄也不到四十岁，走到哪儿都扛着他的自行车。正走到一段最窄的弯道，右侧是山壁，左侧是河。上面山路上轰隆隆奔下一驾受惊的骡车，在骡车前不到 50 米的弯道处正有一伙下山的人和上山的人迎面走到一起，多是妇女和孩子。红了眼的骡子带着马车像坦克一样向无处躲藏的人群冲去。看来，悲剧是无法避免了。

这时多亏孟乡长恰巧赶到这里，眼看有危险，他一面喊着大家靠山站，一面迎上前去机智地用自行车把骡车别翻在路边的二道河里了。按理说应该没事了，顶多是骡子死了，可偏偏大家一乱，把一个 5 岁的孩子也挤到河里。乡长又当仁不让地跳进河里去救孩子。但万万没想到，他把孩子托上岸后，却被在河里挣扎的骡子一蹄子踢在头上，使他晕在河里呛水而死。镇里赶来的医生在现场抢救了一个小时后，宣布抢救无效。

现在人们已经把孟乡长的尸体运了回来，停在村长家，并开始搭灵棚了。

阳阳一口气从半山腰跑了下来，身轻如燕，一点没觉得累，这对过去弱不禁风的她来说是不可思议的，看来再回学校参加运动会一定会破纪录的。阳阳来不及想这里面的原因，心里只想着孟乡长怎么会死呢，娟子以后可怎么办呀。

离老村长家越来越近，哭声越发清晰，阳阳听到了娟子妈妈痛彻心肺的哭叫声，突然众人的哭声中娟子的哭诉声响在耳边：“老爸呀，你快点活过来，阳阳老师都不走了，你还没看到呀！”

这时阳阳把幸福笔记的事情都忘了，听到娟子的“你快点活过来”，阳阳一下子收住了脚步，对呀，对呀，我有幸福笔记啊，正好试试嘛，不然一会儿在大家面前还没法写名字呢。

阳阳急忙跑回自己的房间，把笔记本铺在桌上，用发抖的手打开幸福笔记。哦，笔记本上还挂有一支笔。

她脑海里想着孟乡长的模样，郑重地写上“孟祥宇”。她又掏出手机看看时间，时间是下午 1 点 50 分，接着，在孟祥宇的名字后面写上“本日 13 点 55 分”，然后把笔记本收好出了门。

阳阳怀着忐忑的心情疾行到老村长家，看到屋里院外都是人。学生们看到阳阳老师来了，跑过来一大群，孩子们哭得一塌糊涂。

阳阳边进院边在心里念叨：“白鸽谷谷啊，祈求你的幸福笔记是真的啊！拜托幸福笔记真的能起死回生啊！但愿我刚才写名字的方法没有错啊！谷谷姐姐，哪怕你的幸福笔记只救这一次人，我也要好好感激您老人家，我也要听您老人家的话，让我干什么我就干什么。”

阳阳到了屋门口，门大开着。她犹豫着进去还是不进去。阳阳从小就不敢看死人，就怕看到人躺在那里、身上蒙着白被单的可怕情景。每逢电影、电视里出现这个镜头，她都要把眼睛捂上，一旦看到了就会几天睡不好觉。

听到娟子在屋里的哭声，她一咬牙进去，刚迈进一条腿，突然听老村长喊了起来，岔了声儿地喊着：“娟子，娟子！你爸动了！还有救啊！快，快喊大夫！儿子，儿子！你可要挺住！”

接着，阳阳听到了孟乡长的大嗓门：“怎么这么多人，你们在干什么呢？”

阳阳收回了迈进去的腿，转身捂着胸口，蹲在院子里。

8 G 星球的幸福使者

惊心动魄的一天过去了。晚上，阳阳让娟子回家陪陪爸爸和爷爷，自己在房间里洗漱着。

阳阳突然听到朱老师和韩老师好像就在耳边说话：“还是孟乡长的身体底子好，真是死里逃生啊。”这是韩老师的声音。

“乡镇卫生院的医生水平就是不行，居然宣布人死了两个多小时。”这是朱老师。

“唉，下个月该我们回城了，阳阳留下来我们走时能心安些，不然孟乡长该犯愁了。”韩老师转了话题，接着说：“这些学生也真的太感人了，不过我可做不到阳阳这样义气，我的那位都快疯了，哈！”阳阳听罢脸一红，脑海里浮出安子然来，嘴里默念着：对不起子然，但愿你能等我。

阳阳抬头撩开窗帘看了一下，原来，对话的声音来自对面相距五十多米的两个男老师住的宿舍。她心里暗叹：这个白鸽谷谷太神奇了，能让我听这么远！ 等练到高级阶段可怎么办，耳朵里会不会吵死了？

洗漱完阳阳坐在桌前，打开电脑，把幸福笔记放在眼前，想好好理理头绪。今天发生的事情太多了。先是子然的离去，又是白鸽的金花和幸福笔记，然后又把乡长救活……眼前的这本幸福笔记，会给自己和大家带来什么呢？她开始在网上搜索有关死亡笔记的内容，想做个参照。

突然，她听到房顶有东西落下的声音，心头一动，应该是谷谷吧。她站起身来，看看纸糊的棚顶。

“子曰：‘学而不思则罔，思而不学则殆’！”呵，果然是谷谷的声音，阳阳一喜，“行了，出口成章的谷谷姐姐，快进来吧。”说着，要去打开窗户。

“不用，我喜欢在房顶，我进去那个小壮壮又该叫了。我就在这里给你讲课。”

“对，谷谷用腹语，没有人听到，我就在屋里自言自语吧。”阳阳又想到一事：“谷谷姐姐，你不吃点小米喝点水吗？”

白鸽谷谷嘎嘎笑道：“姐姐是仙妪，怎么会饿呢，倒是你该又饿又困了吧，男朋友来了昨晚还能休息好？! 哈……”

阳阳脸又红了，“姐姐你说啥呢，人家是女孩儿呀。看来您也食人间烟火了，哪天我回城给您买个男鸽子来，嘻。”

谷谷哼了一声：“看我不弄傻他。”接着说：“阳阳你知道吗？我们那个星球是女人说了算，你们叫母系社会吧。这本幸福笔记也是只传女不传男，而且主人的条件是有爱心和无私，所以我只选择处女或者母亲。处女的纯洁之爱和母亲的无私之爱都是爱心之极至。”

阳阳一惊，“啊，谷谷姐姐是外星人啊！那，那我昨晚要是和子然那样了，就，就没有今天的事了……”

谷谷说：“呵，今天不是有学生喊你‘妈妈’了吗？你是处女和母爱两者兼有之。知道吗，我之所以找到你并选择了你，就是因为昨天下午我感觉这里的爱心磁场特别强，马上从北美赶过来，就看见你和学生们在教室哭。再加上今天早晨学生们的跪送和你决定留下，让老身、姐姐觉得你的爱是最纯洁、最透明、最无私的，所以选择了你。本来我在北美也在考察一个中国女孩儿，也是23岁，和你同岁。”

阳阳站起身来，规规矩矩鞠了一躬，抬头说：“谢谢谷谷姐姐厚爱，阳阳会努力的，我会用我的爱心爱人间的一切，让更多的人得到幸福，不会让您失望，不给您丢脸。只是，谷谷姐姐要多教我啊。”

谷谷在屋顶来回踱着，“好，我也不希望你如前几任那样让我失望。听我给你先讲讲幸福笔记的由来吧。”

阳阳静静地听着谷谷的讲述，过耳不忘的功能使阳阳将谷谷的话牢牢记在心里。

原来，白鸽不是像《死亡笔记》里那些天堂地狱鬼神界的虚幻，而是宇宙间实实在在的现实。谷谷是远比地球发达的一个智慧星球的幸福使者。这个星球叫G，离地球很近，是和地球同一体系的星球。谷谷的名字就是取自G，代号叫GG。

千万年来，G星球一直观察着地球的发展。地球的生成在G的前面，所以命名为D。本来地球应该比后来的G星球发达，但G星球发现D星球上的生物也就是人类总是进步不快，发展一段又倒退一段，便派来幸福使者，希望以幸福笔记的方式让地球人自己救助地球人，实现健康、快乐、幸福和团结，齐心协力克服贫穷和落后，发展科技，实现高质量的生存，跟上宇宙大家庭的文明。

为了让幸福笔记在不同的领域和地区出现，G星球规定，幸福笔记要每十年一换主人。最近几任的女主人选过现代科技化程度高的地区的人，也选过最需要帮助的原始部落的人。谷谷也尝试选过不同性格的女孩儿，浪漫的、稳重的、刻苦的都试过。前八任女主人虽然都很努力，但灵气均显不足，不能把幸福笔记的功能发挥到至善至美，地球上也没有出现谷谷所期望的效果和影响。这让谷谷很失望，也使谷谷承受着 G 星球的批评和压力。

这次选择幸福笔记主人前，谷谷就确定了要选择地球上文明程度最古老的中国人。谷谷在全球氾围挑选中国人，并抱以厚望，所以才拼命地学习和应用中国古老的国学，虽然还没有完全理解。

“如果任期内成效卓著，还可以连任的。”谷谷交代完幸福笔记的来龙去脉，又让阳阳打开幸福笔记。

9 FN的3个境界

阳阳打开幸福笔记，这里的所有内容都是英语和汉语对照的。扉页上列有 3 个罗马数字，只有“Ⅰ”后面有行字；“Ⅱ”和“Ⅲ”后面没有字，是一串灰色的点组成的线，好像是长长的省略号。“Ⅱ”后面的前两个点是绿色的，“Ⅲ”后面第一个点也是绿色的。

Ⅰ 起死回生！在《幸福笔记》上写上已经死去的人的名字，此人就会死而复生。

Ⅱ ……………………………………………………………

Ⅲ ……………………………………………………………

谷谷解释道：“这是幸福笔记的 3 个境界，把死去的人救活，这只是笔记本的第一个境界的功能。后两个境界的功能，只有主人达到了相应的能力和功德才会显示出来，难度很大。过去那几位主人都没有达到过。换句话说，只有笔记本上“Ⅱ”和“Ⅲ”后面显示出字来，才有能力和权利去做后两个境界的事。”

阳阳听得好紧张，心想：我这弱女子一定做不到的。谷谷跺了一下屋顶，“先别泄气呀，听我讲。‘Ⅱ’是第二个境界，就是‘着手成春’！汉语还有个同义词叫‘妙手回春’，就是在幸福笔记上写上病入膏肓和遇到自然危难的人的名字，此人就立即康复和安全并得到幸福，可救人于未死之前。”

谷谷等阳阳点头理解后接着讲：“‘Ⅲ’是第三个境界，叫‘绝处逢生’，在幸福笔记上写上绝望的人的名字，此人就会得到所期望的精神和物质上的帮助并得到幸福。这个是难度最大的，需要了解所要的幸福是什么，要给予物质和精神上的幸福，而且还要有合情合理的救助方式，扬善于无形中。”

谷谷继续讲道：“你看一下Ⅱ、Ⅲ条目的灰线，每条灰线由 100 个点组成，你的能力功德值会让这些小点从头开始一个个变成绿色的，100 个点变绿后就会显示出文字，这时你就可以行使这个境界的权力了。你现在帮助了学生，救了乡长，所以Ⅱ境界绿了两点，Ⅲ境界也绿有一点了。不过，越往后变绿会越慢的。”

谷谷停了一会儿，让阳阳消化一下，又接着说：“第二页是使用规则，一共 12 条。你自己看吧，有不懂的可以问我。”

阳阳点点头，纤指一翘，翻到第二页认真地看起来。

FN 使用规则：

一、救助标准

1. 善良有爱心的人；

2. 帮助过别人的人；

3. 亲属朋友祝福的人。

二、救助形式

1. 笔记主人一定要认识被救助者，对躯体存在于世间的人有效；

2. 名字后面要写明救助时间或救助程序（内容），只写名字无效；

3. 名字变成红色或者绿色即救助成功，如不变色可继续救助一次，再无效果乃天意属不该救之人。

三、主人要求

1. 救助他人的物品一定是自己拥有过的；

2. 救助是无偿的，不得索求任何回报；

3. 达到第Ⅲ境界者可以查阅笔记所有记录。

四、主人奖罚

1. 丢失一次笔记扣除本笔记使用权一年；

2. 救助一次不该助之人扣除本笔记使用权一年；

3. 任期内救助人多、影响广泛、成果显著者可连任。

谷谷感觉到阳阳看完了，问道："有什么想问的吗？只有这一次机会。"阳阳忙喊："有啊，有啊。我顺着次序问了啊！"

10 爱心感应图

一下子接受这么多内容是需要迅速理解和消化的，阳阳早有问题要咨询，马上发问道："对于帮助过别人但又做过错事的人是不是也可以救助？是比较之下做好事比做错事多就可以吧，人无完人，看人看主流嘛。"

谷谷："嘎嘎，理解正确，加10分。"

"'亲属朋友祝福的人'，可不可以理解为家人、朋友、同事希望有人救他就行？如果遇到有反对的也要比较一下，赞成的多就可以救吧？少数服从多数嘛。"

谷谷："嘎，再加10分！"

"'一定要认识这个人'，看照片就可以吧，那也算认识了嘛。"

谷谷："不论什么方式，只要看到相貌确认是这个人就行。"

"'躯体存在于世间'，骨灰肯定是不行了，那骨骼算不算啊？"

谷谷："骨骼不行，得是肉身，得有那副臭皮囊才行。受损面积不超过身体面积三分之一者都可通过幸福基因的人体再生功能恢复。"

"'救助他人的物品一定是自己拥有过的'，摸过的算不算啊？"

谷谷扇了一下翅膀，“这个，这个，你太投机取巧了吧，不算！得是你拥有过的，哪怕是一部分、一分钟、少量的。”

“‘救助是无偿的’，当然了，不过可不可以要求他去帮助别人呢？”

谷谷连拍了两下翅膀，“你这问题越来越刁了呀，只要不是回报在自己身上就行吧。”

“笔记本丢了你负责找回来吗？被火烧了、被水泡了算不算丢失啊？”

谷谷跳了起来，“丢了当然是老身去找回来了！不过告诉你，我们的笔记本是不怕水和火的，也撕不烂，而且除了手心有幸福花的人别人都写不上字，也看不到这些说明。你还有完没完啊，回答你这么多我都快犯规了。”

“哇，太好了！最后，最后一个问题！一个人可不可以重复救助？可不可以集体救助？比如上次报道的送学生的校车翻到沟里那次，能不能写好很多人的名字后在同一时间集体复活？还有，人家《死亡笔记》撕下来内页有同样功能，我们《幸福笔记》是不是也能啊？”

谷谷嘎嘎了两声说：“你这个鬼丫头，这是一个问题吗?!告诉你一个原则，只要是笔记本上没有明文要求的，都可以变通实现。至于把笔记本撕下来，为什么要撕下来？为什么要学H星球的做法？我说了撕不烂的。哦，H星球的事情以后再告诉你。”

谷谷暗忖：看这丫头提出来的这些事情，将来还不一定怎么闹个天翻地覆呢。一念至此心头暗喜，这幸福笔记在地球上动静越大，效果就会越好啊。

“好了，翻过使用规则这页吧，我给你说后面页的功能。”

“等一下谷谷姐姐，这下面的几条像五线谱似的绕在一起的线线点点有什么代表意义吧？”阳阳指点着每页下端好像缠在一起的几条线说。

谷谷嘎了一下说：“还从来没有人问过我呢，都以为是装饰花边呢。告诉你吧，这是我们的文字，比你们的简单多了，可以哼着唱出来。”

阳阳瞪大眼睛惊讶地问道：“那么用乐器也可以演奏出你们的语言了？”

谷谷大叫：“看来人类并不是那么笨，等有闲空时我教教你，看你能学会不！你往下看吧，第三页。”

阳阳忙翻到了第三页。

"第三页往后的几十页都是一样的，是救助跟踪记录页，表面上写什么都行，只要你用左手捧着笔记本，把左手心的幸福花对着笔记本，就会出现你救助的人名录；然后用右手的笔点击框内就可以翻阅救助名单，点到谁的名字，这里出现他被救助后的一段介绍，包括他的位置和近况；再点下名字或者时间超过30秒，介绍就会消失。当然，你练到第Ⅲ境界后可以看到前任主人们救助的名录，还可以根据地区、年龄、性别等条件使用搜索功能。"谷谷加快了讲解速度。

"最后一页是很重要的。看到没有，这是一幅没有国界的地球地图，叫爱心感应图。这图上将显示世界各地爱的信息感应。情侣之爱、长幼之爱、子妹之爱、师生之爱、君民之爱、慈善之爱……凡是爱心，这图上都有强弱不同的亮点感应。而这些爱往往在人死去或者受难的时候集中爆发，爱他的人越多，引起的关注越大，这里的亮点就越清楚。这就是我们去寻找被救助者的参考线索图。"

阳阳思索着问谷谷："谷谷姐姐，那是不是以后我们得常出门啊？这亮点世界各地都有啊。"谷谷回答："那是你常出门，干吗把我拉着？只有你特别需要我的时候才出现。但愿你别总找我。"

"那我有事怎么找你啊，谷谷姐姐？"阳阳又问。

"只要你随便在哪里写个G字，我就会尽快出现。老身命苦啊，得守护着这笔记本和你，你快点拿出成绩来，让我早点解脱吧。"谷谷换着脚，好像很无奈地说。

"谷谷姐姐，这一年我是不能动的，我还要教我的学生呢。"阳阳没理谷谷这句话。

"子曰：'达则兼济天下，穷则独善其身'，你早晚要走出这个小天地的，因为外面的世界有更多的人需要你给他们幸福。"谷谷刚说完阳阳就笑道："又错了吧，这句是孟子说的。"

偷偷抿着嘴乐的阳阳一低头突然叫了一声，她看着爱心感应图，像布满星星的天空到处都是亮点，"谷谷姐姐快进来，这上面有个特殊的亮点！"

11 网络施救

谷谷低头隔着屋顶看了一下，“哦，是有个特殊的爱心磁场，你查查是哪个国家的。”

阳阳忙站起来和墙上贴的世界地图反复对照，边对照边说：“以后我用个透明的玻璃纸把国界画上，然后覆在爱心感应图上就方便了。”

谷谷夸道：“呵，笨人有笨招儿啊。”阳阳嗔道：“就笨，没说你害人不浅呢，也不把国界画上。”谷谷哼了一声：“在我们眼里，地球上遍地都是人类，只有种族的区别，哪有什么国不国的。”

“找到了，是英国，在伦敦一带。还怎么看啊？”

“你把左手的幸福花向上捧着笔记本，右手用笔轻点一下亮点。”

“哦，出来个名字，Cheney（采尼）！28 岁，当地时间上午 10 时在帆板冲浪时意外落水而死。”

谷谷道：“他一个年轻人就有这样强的亮点，一定不同寻常。剩下的事情就得你自己想办法了。好了，快半夜了，我得走了，明天姐姐还能见你。”说罢，就没动静了。阳阳叹道：“这谷谷姐姐，连个再见都不说。”

阳阳坐在桌前思考了一会儿，打开电脑，哼，这点事难不倒我。在谷歌搜索引擎上一输入“Cheney”的名字，各种信息即刻蜂拥而来。

先打开一条，是某国某股票暴跌的消息。原来，采尼的父亲戴维是全球 500 强的房地产商，同时还经营着某国最大的石材集团。戴维先生有“养老院大王”之称，英国 80% 和德国、法国 50% 的养老院都是他修建的。这个家族很注重慈善事业，在每座养老院都有免费的养老名额和临终关怀套房。如此行善积德的戴维刚宣布完子承父业，儿子便在今天冲浪时溺死，结果当日股票震荡，使很多股民受损，其中包括各国养老院的大批老人。

一篇介绍采尼的文章比较详细，阳阳了解到采尼是英国剑桥大学毕业的。看到这里，她心头一动，想到徐志摩的《再别康桥》：

寻梦？撑一支长篙，向青草更青处漫溯，

满载一船星辉，在星辉斑斓里放歌。

作为英语专业的学生，阳阳何曾不想出国深造，去应用自己学到的语言啊。

采尼是个品学兼优的学生，目前正在攻读教育学博士，女友是舞蹈教师，叫玛丽莎，伦敦市议长的千金。采尼刚走出校门一年，先创建了一个教育基金会，开展世界文化交流项目。上个月他刚宣布入主父亲的公司，承接集团 45% 的股份，成为戴维的正式接班人。他上任的第一个举措就是在各养老院开办老年学堂，让老人们老有所学，充实精神生活。

“这小子干得不错呀，看人家，也是刚毕业一年。唉，人家是博士毕业啊。”阳阳想。

她又看了几条，大都是对戴维的同情和对采尼的惋惜哀悼之词。

看到这些，阳阳明白了亮点如此之强的原因。采尼善良、有爱心，能帮助他人，亲属、朋友和老人们又是这样喜欢和爱戴他，真是个值得救助的人。通过今天下午对孟乡长的施救，阳阳对幸福笔记充满了信心。她开始搜索采尼的照片，得看到他的相貌才行啊。

照片很快找到了，有十多条报道都附了采尼的图片，但都是采尼的运动照和全身照，脸部看得都不是太清楚，而且有两张好像是另外一个人，这得核实一下。

聪明的阳阳又进入了戴维集团的官方网站，找到了集团律师的电话。调整了一下情绪，阳阳戴上耳麦，用网络电话拨通了对方的电话。她用流利的英语问：“采尼现在停放在哪里？哦，还在医院里。”这下好了，还没有火化。阳阳放下心来。

“请马上发过来采尼的照片，发到这个邮箱：FN2012@163.com。”这是阳阳刚刚注册的信箱，准备专门为幸福笔记相关事务所用。

“为什么？没有为什么，我只是判断采尼是被大浪拍昏了，他没有死，快发照片来，让我们共同期待一个奇迹。只有发过照片来，这个奇迹才有可能发生。”

“什么，你是采尼的父亲?!”看来戴维就在电话旁边，抢过电话和阳阳说话。

“请您不要伤心，您的儿子应该没有事，会继续和您生活在一起的。”阳阳安慰着。

“什么？问我有什么要求？没有，什么要求都没有，您和您的儿子都是善良的人，理应得到命运的公平对待。什么？不会，如果我没有要求就是恶作剧?!呵，那就这样吧，如果您的儿子平安无事，有可能的话，请您资助一下中国山东省一个叫水磨坊村的小学校。”非得提要求，难道英国人办事就必须有回报吗？就顺便提一句学校吧。阳阳调皮地笑了一下。

“好了，别耽误时间了，你们那儿现在的时间是下午3点吧，请戴维先生在4点钟前赶到医院，守在您儿子采尼的身边。”

看着打开的邮箱里传来的采尼微笑的照片，阳阳芳心跳跳，真是帅气呀。她在笔记本上写上：“Cheney 本日当地时间下午4时10分。”

12　白鸽的警告

安子然在前面跑着，阳阳怎么喊也不理。孟乡长和采尼跑了过来，大家都好像跑在巨大的布上，往布的两边看，好像是放大的幸福笔记。突然，传来几声布撕裂的声音，好担心孟乡长和采尼啊。白鸽从天上飞来，娟子在地上跑来……

阳阳被布的撕裂声震醒了，她睁开眼睛，哦，昨晚睡得太晚了，原来是一场梦啊。

突然又是一声布撕裂的声音，和梦里的一样，居然是长长的声音。阳阳奇怪了，忽然听到朱老师和韩老师在逗嘴：“刚才叫一屁三响，这叫一屁千里！”这是朱老师的声音。接着，传来韩老师开窗户的声音：“行了，到外面千里去吧，小心毒气弹把自己熏着。可惜了这美丽的山村清晨，被这‘朱’污染了。”

啊！原来他们在放屁！把小女子震醒了，阳阳哭笑不得。

看来还是千里耳的恩赐啊，但怎么听不到小宁老师的声音呢？阳阳一屏息，居然听到了，小宁房里的闹表响了，然后是小宁下床后的嘘嘘声……

阳阳明白了，小宁是在100米开外的老乡家住，朱老师的宿舍在50米之内，就是说，50米的声音是我的自然听力，100米以外的声音得自己想听才能听到。不错，这样还可以，收发自如，不然可被吵死了。

阳阳顺手把床头的MP4塞在耳里，这是她每天的第一件功课，坚持练半个小时听力，这里装有大量的原版英文听力教材，以前每次都在英语朗读中蒙眬地再睡个回笼觉。啊，这次不同了，听了一会儿，阳阳惊讶于自己的感觉，刚听过的英语居然很清楚地浮现在脑海里，从头回忆，自己全都能读出来。阳阳一下子坐了起来，不会吧，要是真的这样过耳不忘，我，我的英语单词、词组、句子、语法……岂不全拿下了吗？！太谢谢谷谷姐姐了，不，是谷谷奶奶！

“嘎嘎，子曰：‘不学诗，无以言’！谷谷奶奶在此——”

“啊！谷谷姐姐！你啥时来的啊，多亏你是女的，不然要吓得我花容失色了呀！”阳阳做势抱了一下胸。

“你快穿上衣服，这叫裸睡吧，丫头，良玉惠质自然身呀，哈！快点，我一会儿还有事要办，在你上班前再给你讲讲。”

阳阳急忙穿上衣服，边擦着脸边说：“那你不让我吃点饭呀？”

“今天就解决你吃饭的问题，先把壮壮放出去，你也去方便一下。”

“谷谷姐姐好体贴呀！”阳阳领着壮壮跑了出去。

阳阳回来一进屋，就觉得屋里不太正常，空气中好像有一种压力，让她的神经一下子紧张起来。

只见谷谷端立在桌子上，脚下踏着幸福笔记。

“在开讲前我要警告你一次，不要轻易暴露你的身份，要扬善于无形中知道吗？”谷谷严厉地说道。

“谷谷姐姐，我可能是没有经验，但没有暴露身份啊！”阳阳委屈道。

“还没暴露，又是打电话又是给人信箱的！以后要多拐几个弯，你们不是常说吗：‘害人之心不可有，防人之心不可无！’知道，你们地球上有多复杂吗？罪恶何其多！”

“知道了，谷谷姐姐，不过我用的是网络电话，对方查不到的；信箱嘛，只能查到我的 IP 号，但我是用无线上网的，查到也没用。将来我还想向全世界公开这个信箱呢，让大家有求于我们的时候，可以更快地让我们知道。”

“嘴上认错、心里不服是不是！你最错的地方在哪儿你知道吗？你居然让对方资助你的学校——错在有索求回报之嫌，更错在如果对方认真不就一下子找到你了吗？”

“哦，哦，这个，这个是我错了，谷谷姐姐，那可怎么办啊？”阳阳一副可怜的样子。

“念在你初犯，暂且饶你一回。索求回报嘛，这次就不算了，你确实没用在你自己身上，鬼丫头，而且学校得到资助了你正好可以脱身。”

“谷谷姐姐，我就是那么顺嘴一说，人家哪能当真啊，他当时那么紧张，能不能记住地名还难说呢。”说着，阳阳翻开幸福笔记，看到采尼的名字变成了红色，心头一喜。

“谁要是那样救我的儿子，我可以把所有的身家都付出！孩子就是生命，哼，你就等着吧。”谷谷也瞥了眼采尼的名字。

“咦，谷谷姐姐，您老有儿子吗？小鸽子？不对，应该有孙子了吧，嘻嘻。”

谷谷愣了一下，没有理阳阳的话：“至于他们来认你，你就死不承认，但要让他们为你保守秘密。因为他们上了幸福笔记，人品应该没问题的。”

“对了，谷谷姐姐，我昨晚想起一个问题。”

“你是不是想问被救的人能恢复到什么程度？”谷谷哼了一声。

“哇，谷谷姐姐你学过心理学吧，会看透人心呢！我是想知道，他被救活以后是他临死前的状态吗？如果是那样不还是痛苦吗？”

“这个就是我今天要给你讲的功课。”谷谷讲了起来。

13　红颜可以永驻

原来，幸福笔记会在帮助人的同时，自然地把 G 星球的能量带过来一些，以便调整人体的生理结构保持最佳状态。所以，在救助人后，幸福笔记会将死而复生的人改造为人类具有最佳健康状态和素质全面优秀的人，而且再也不患常见的人类疾病。所以患病去世的人复活后，他的重病都会痊愈，变成健康的人，而身体部分受损如因交通事故死亡的人，如果受损面积和部位不超过三分之一，都能因 G 星球开发出的再生功能而迅速恢复肢体完整。

这种对人类生理结构的调整在笔记本主人身上尤为明显，包括人的智力商数 IQ、情绪商数 EQ、逆境商数 AQ 和健康商数 HQ 都能在正常值之上得到大幅度提高。幸福花的植入使笔记本主人的各种器官和综合素质有着质的提升，从而拥有 18 项被人类称为特异功能的本领。

笔记本主人掌握这些特异功能有两个途径，一个是由 G 星球的幸福使者直接开发出来，一个是由笔记本主人在日常生活中自己悟出。为了让笔记本主人积累经验，幸福使者直接开发的功能不能超过二分之一。

笔记本主人可将自己获得的特异功能的Ⅰ级、Ⅱ级功力传授给在笔记本上写过名字的人。与幸福笔记特别有渊源的人可传授到第Ⅲ级。

“我昨天说过，这些因调整人体结构而形成的特异功能共有 18 项，需要你自己慢慢去领会感悟，把潜能逐步开发出来，一步步达到第三个级别。”谷谷标准的普通话让阳阳听得如沐春风。谷谷看到阳阳的反应也感觉到一丝得意，语调愈发标准。

“老身昨天，帮你开发了 3 项，今天再帮你开发 1 项，剩下的就靠你自己去体会了。”

“谷谷姐姐你玩赖呀，昨天不就是‘千里耳’和‘过耳不忘’吗?!”

“哈，昨天还教会了你‘大力神’功能，不然你能把岩石只那么一拂就弄开吗?”

阳阳恍然大悟:“哦，是啊，哈，我是大力神了！不过你昨天也没让我闭目发功啊?”

“幸福花进入你的肌体，就直接把肌肉改造了。昨天算你聪明，一下子就接近了大力神的第Ⅱ级。大力神的 3 个级别是大力级、巧力级和神力级。”阳阳瞪大着眼睛，听着谷谷讲解。

“大力级也叫硬力级，是指你的力量通过身体直接作用于接触的物体，就是说你必须碰到物体才能使出劲来。至于力气的大小是根据对方物体的重量而变化。想举120公斤重的杠铃你就会产生120公斤的力气；想推走一列火车，你就有推动一列火车的力气。”

“巧力级也叫软力级，力气等同于大力级，但可以通过扔出的物体传递你的力量，也可以击碎物体。你昨天拂开岩石，就有点巧借力的意思。”

“至于神力级，也叫无力级。这个级别看上去软弱无力，但力气要超过物体重量10倍以上，10米之内可以物随手动。”

说话间，谷谷站的桌子好像地震般摇晃起来，一点点升起，原来是阳阳用单掌将桌子托了起来。“太好玩了，我把桌子平举起来了！”

谷谷扇了扇翅膀，“放下来，别闹了，今天给你讲金刚身。金刚身是对人体内脏机能的整体改造和完善，有6个方面的功能，叫金六顺，是18项功能中最基本的功能，涉及的身体部位和功能范围也是最广的。现在闭上眼睛，合掌！”

阳阳依言静坐，随着谷谷的缓缓之言，身体暖暖的，五脏六腑好像被温暖着，皮肤和肌肉好像被呵护着，传来特别舒服的感觉。

“从现在开始，本任幸福笔记的主人具备金刚身的所有功能。金刚身Ⅰ级——不饿不渴；金刚身Ⅱ级——不困不痛；金刚身Ⅲ级——不病不老。”反复3遍后，阳阳收势。

阳阳刚睁开眼就喊：“哇，真的不饿了呀！那以后我爱吃的樱桃、草莓，还有哈根达斯，还有……”

谷谷打断阳阳的美食世界：“你这个馋丫头，不饿不渴不困是相对而言，就是遇到特殊情况时可以应用这些功能，而平时还是该吃该喝该睡的。”

“不痛呢？”阳阳歪着脖子问。

“是身上没有痛感，打你就像蚊子叮。”看着阳阳若有所思的样子，谷谷补充道：“但其他感觉还是有的，比如痒啊、抱啦、吻啦，哈。”阳阳红着脸转过头，接着发问：“不病我懂，但不老呢？是长生不老、红颜永驻吗？”阳阳无比憧憬地期待着谷谷的回答。

“可以这么理解吧，就是10年后的你还是这个模样。”

“10年？10年是什么意思？你是说我不做幸福笔记的主人这些功能就没了？”阳阳失望的神色溢于言表。

“哈，急了吧，人类就是‘贪得无厌’。我说的‘10年’是‘长期’的意思。人类的细胞健康活力是在200年左右，但你们的身体器官在六七十岁便衰老或衰竭了。有了金刚身功后，人类至少能保持目前的容貌到200岁左右才逐渐衰老退化。不当笔记本主人是没有了做幸福使者的权利，但保你去掉现在的20年还有180年的青春是没问题的。在我们那里，生命和智慧是可以延续的，你们地球人类……嘿，以后再说吧。我还要告诉你，只有这个金刚身功能，在你传授别人时可以一下子传到第Ⅲ级。”

“哼，别的我才不稀罕，我有健康就足够了，不然等我当奶奶时还有人喊我姐姐该多羞呀。”说完这句话，阳阳还没等谷谷反应就跳着指着谷谷哈哈笑了起来。

看谷谷不说话了，阳阳双手支着下颌在桌子边，鼻尖对着谷谷的嘴尖，“谷谷姐姐，不许生气呀！这才学会了金六顺、大力神、千里耳和过耳不忘4门功，还有14门呢，我要去上课了，啥时教我那些呀？”

“剩下的都留给你自己悟吧，你觉得像哪个功能，只要你合掌说一遍，如果说对了功能就会出现。等你实在凑不到18项时再求我，记住啊，是求我。”

阳阳叫道：“这哪儿成啊，谷谷姐姐你太不负责任了吧！”

“还有，级别的提高是靠前一级的积累，就像你们用来上网聊天的QQ升级一样，凑4个星星变一个月亮，4个月亮升级为一个太阳。不过，你要注意不要只图数量不讲质量啊。”

看到阳阳拿出隐形眼镜的小盒，谷谷一翅膀就扇到地上去了，“你还用戴这个吗？”

阳阳吓了一跳，刚叫出声来，又好像意识到什么，马上向窗外看了一眼，“可不，这比戴着隐形眼镜还清楚呢。”原来金刚身功把眼睛改造到最佳健康状态——再不近视了。

“好了，你快去学校吧，可能出了点小事。这两天我也要去办点事，你好好修炼，没有特殊情况别找我啊。”说着，谷谷展翅而起，穿窗而出……

阳阳一听说学校出事了，竖耳细听，果然学校乱成一锅粥。她还听到一个人的脚步声向这里跑来，就急忙迎了出去。

14 过目不忘

跑来的是娟子。

看到阳阳询问的目光，娟子笑了，“呵，阳阳姐，是学校的厕所塌了，把朱老师压在里面了。”

“你还笑，朱老师没受伤吗？”阳阳焦急地问。

“没有啊，只是一根檩子压在门上，他出不来了，还在里面吹口琴呢。”娟子又补充了一句，“他也不嫌臭。”

阳阳一下子想起“一屁三响”和“一屁千里”，扑哧笑出声来，就让他多关一会儿吧。转念她问娟子：“你爸爸怎么样，没事了吧？”娟子眉头一挑，“没事了，可奇怪的是他好像变了一个人，神采飞扬的。今天爷爷让他在家休息一天，他还不乐意呢。刚才有同学去喊他了，要不没人能抬动那根檩子。”阳阳听罢心里好开心，从此孟乡长会平安无事了。

说话间她们来到学校，操场一角的厕所附近围着许多学生，韩老师头上满是汗，可压在门上的檩子纹丝未动。师生们都在等孟乡长。

阳阳上前看了看，心想我得找机会练练大力神功啊，只是别让人们看出来，要学会藏拙，可别再挨谷谷姐批评了。

她细看，原来是檩子上横压着另外两三根细檩子。她指挥大家说：“我们先不急着把檩子挪走，先把朱老师放出来，不然朱老师总在里面不就成了——成什么了，同学们？”

学生们刚开始没明白，后来在娟子的会意下参差不齐地喊：“猪——猪——猪——老师！”

大家笑着按阳阳的指令，几个高年级的学生分布在小檩子上，阳阳和韩老师抬大檩子，只听阳阳一声令下，檩子被轻而易举地抬了起来。朱老师终于破门而出。这时，韩老师还扶着檩子直愣神。

阳阳心头激动不已，这大力神功可真的了不得啊。

“怎么了同学们？”孟乡长的大嗓门离老远就喊着，随着声音他骑着自行车就到了眼前。

阳阳迎上去，“孟乡长，你身体都好了吗？”她恳切地问道。

孟祥宇看到阳阳的眼睛，突然感觉到威仪、祥和又庄严，好奇怪的感觉。他忙说：“好了好了，拣了条命，再活就是赚了！哈，这回大难不死，大叔要多做点事，要给村里修路，要建个好学校，要领大家致富！”阳阳也奇怪，她对孟乡长有种比过去更加信赖和亲切的感觉，她感受到了孟乡长的健康和活力，从心里为他高兴。

“这厕所早该修了，一会儿我安排人来，你们快去上课吧。”孟乡长对学生们说。

学生们分头跑向自己的教室，其实只有4间教室，西头把山的小间是教师办公室。阳阳也向孟乡长摆下手，往教室走去。孟乡长默默地看着阳阳的背影。

这时，孟乡长的手机响了，“啊，是我，范县长啊，什么？马上和你到省里？我们水磨坊能出啥事，不就是那点事嘛。”

阳阳一听忙竖起耳朵，本来就有千里耳的功能，再加上孟乡长的大嗓门，只字不漏，她都听到了。

“哈，省市的很多部门都在了解，唉，区区小事，救孩子是应该的。好，我下午就动身！”

阳阳听明白了，原来是上面要了解孟乡长舍己救人的事迹，她吓了一跳。

这一天下来，阳阳没有一点倦意，也不饿，也不困，用娟子的话来说，是神采飞扬。自从农舍贴上“爱的飞扬”的对联后，娟子总把“飞扬”挂在嘴边。

晚上坐在床上，阳阳开始狂听英语，不管是过去学过的还是没学过的，只要MP4里有的，都听了一遍。她这英语口语水平可是提高了不止一个档次，相当于留学3年了。

阳阳觉得还不过瘾，反正也不困，便又找出一本研究生英语课程读了起来。因为得有声才能过耳不忘，怕传到屋外，她把声音压得很低。

夜半时分，阳阳想休息了，把书放在眼前回忆了一下朗读的内容，还好，都能想起来。这时，她眼睛看着书，突然闪过一个念头：要是不读只看就好了。刚想到这儿，她心头一亮，这“过耳不忘”怎么这么像一个词呢——“过目不忘”！

冰雪聪明的阳阳马上把幸福笔记拿出来放在眼前，想了半天打了个草稿，然后闭目合掌，嘴里念念有词：

“从现在开始，本任幸福笔记的主人，凡看到过的东西将不会忘记，包括文字、数字、符号、景色、相貌等等。”

念第一遍的时候眼睛没什么反应，念第二遍的时候一股清凉感直渗眼底，念第三遍的时候又如火光照耀眼内，视网膜、视神经、水晶体、角膜、巩膜梳理个遍。本来谷谷每次只领她念 3 遍，阳阳没管那套，接着又念了几遍，一直到眼睛的感觉恢复正常。

她睁开眼睛急忙去看英文书，一目十行地看了一页，接着扬起头来回忆，哇，居然全能记起来。成功了！阳阳跳了起来，把脚下的壮壮吓了一跳。

接着，阳阳如饥似渴地“看”起英语教材来。整整下半夜，阳阳把大学里学过的精读教材全通看了一遍，重点的还读看结合，哈，以后再不用复习了。太好了，能做到过目不忘了！阳阳想起谷谷在介绍“过耳不忘”的功能时提过一句，说有个与“过耳不忘”类似的功能，两个功能结合在一起运用效果更好，那就是这“过目不忘”了！ 看来，可以进入“知识更新”和“知识重组”级别的修炼了。当然，过目和过耳的东西要理解才能不忘。

天快亮了，阳阳归纳了一下，这一天一夜，自己的英语水平提高了足有用 6 年时间的学习可以达到的程度。阳阳心想，这么学下去，自己的英语水平会超过以英语为母语的人的，太“可怕”了吧……

15 千里眼

早晨洗漱后，阳阳给自己写了个备忘录。这是她多年的习惯，用她自己的语言，写出一周或近段时间要做的事。

1. 增加学生英语课余时间练习。

2. 给安子然写信，请求理解和原谅。

3. 学习体会 FN 规则。

4. 过耳、过目不忘——狂读英语，把身边的英语书都学完。

5. 狂读国学——向 G 姐学习并与她 PK。

6. 千里耳，晚上不练。嘻!

7. 大力神——早晨上山运石，嘿，哈!

8. 办理护照，以备有事。

接着，阳阳背着装有幸福笔记本和长笛盒的袋子边跑边跳地上山了，她要去二课堂练大力神功。在二课堂的空场上，几块磨盘大的石头让阳阳搬来运去，后来可以随着阳阳的手缓缓滚动了。阳阳吐了下舌头，任何人看到了都不会相信这个场面的。

练了半天大力神居然一点都不喘，阳阳坐下来组合起长笛。这把银亮的长笛跟着阳阳已 10 年了，她还是在初一的时候看到一幅海报，一名女长笛手和一名钢琴师在海滩上演奏，当时她在这幅画前足站了 10 分钟。不久，她看到军乐团中的女长笛手便磨着学了几天，然后攒了半年钱，花了 800 元，买了这把与她相伴至今的银色长笛。

阳阳深吸一口气，举起长笛，一曲《匈牙利田园幻想曲》流水般回荡在山间……阳阳欣喜地发现，自己中气十足，源源不断，吹出来的动静也和以前大不一样了，更加悦耳，更加悠长。

放下长笛，阳阳站起身来又练起了千里耳，村子里的说话声越来越混杂了，阳阳移动着努力练习方位和准确度。她逐个屋子试着，想听哪间屋子的动静，就运用耳朵捕捉那间屋的声音。几经尝试，效果还好。这时，二道河上驶过来一条船，哦，看看能不能听移动的目标。阳阳又成功了，可是美中不足的是看不清说话人的脸。阳阳心想，把图像和声音结合在一起就好了。

想到这里，阳阳心头又是一动：这“千里耳”也和什么词相像！心里热热的，一下子想起了——“千里眼”！

这耳朵都有“过耳不忘”和“千里耳”两个功能了，眼睛也应该有“过目不忘”和“千里眼”的功能吧。

阳阳赶紧找个地方坐下，怀着激动的心情把幸福笔记本放在腿上，闭目合掌：“从现在开始，本任幸福笔记的主人，能看到很远很远的东西……”刚一读出声，眼睛马上就有反应了，又酸又胀。这让阳阳惊喜得嗓音都变了调。读过3遍，酸胀感消失后阳阳睁开了眼，啊，正在向小码头靠拢的船夫们就在眼前啊！阳阳还看到船上的舱篷里坐着几个城里干部模样的人。

阳阳按捺不住心头的喜悦，扳着如葱纤指算着一共学会了几项特异功能：大力神、千里耳、千里眼、过耳不忘、过目不忘，还有金刚身，哇，有6项了！还有12项是未知的，不过按这个思路的话，小女子会一个个拿下的。

快上课了,阳阳下了山。还没走到学校,阳阳便知道村里来了几位客人。她听到老村长在接待时说的话，他们是省、市、县的教育部门的人。要搞什么教育试点吗？看来，他们不是为了孟乡长救学生的事来的。

进了学校，老村长忙和阳阳商量，说是下午有重要客人来参观考察，要准备一下。有什么可准备的啊？阳阳想了一下，那就把缺席的学生都叫回来，今天还是正常上课。

上午又来了几拨客人，分散在学校附近的农家院里，好像是公安便衣。中午来了民政口的、外事口的、统战口的、外贸口的，而且都是省、市、县3级的人马。

阳阳注意收听这些人的谈话，她发现，来的这些人心里也没有数，只知道有个重要的人物要来这里，来做什么谁都不知道。

阳阳心里的疑惑越来越多，要出事的感觉也越来越强烈，难道是采尼父子来了？这才是第三天啊，怎么会这么快?!

阳阳不担心别的，就怕自己的身份暴露，如果一旦向世人公开了，以后再救人就乱套了，那幸福笔记谷谷姐姐也许会收回去的。怎么办呀?!

下午，阳阳刚上第一节课，就听到了一群人的脚步声，她心里数了下，大约有二十多人，但很安静，偶尔还有说英语的声音。脚步声越来越近……

阳阳心里慌慌的，强自镇定着深吸一口气，该来的，就来吧。

16 孩子们的梦

孟乡长的大嗓门传了过来。一群人出现在教室门前，其中有3位高大的外国人，一位是老者，左右各站着一位中年人和一位年轻人，应该是戴维父子和他们的律师吧。其余的人都是中国官员，村长走在前面。

“这是我们水磨坊小学的英语教师，阳阳老师，她主要教学生英语，当然还教语文和数学。”孟乡长向大家介绍着，和阳阳的眼光对视了一下，又感觉到一股威严和祥和。身旁一位穿着入时的中国女士向客人翻译着孟乡长的话。

阳阳一眼就看到了采尼，深深看了他一下，脸色一红，就转过头继续讲课。心思缜密的阳阳一改用英语授课的习惯，转用汉语授课，怕和她通过电话的戴维听出她的口音。

采尼看到了阳阳，他也有着和孟祥宇同样的感觉，一个年轻的中国女孩儿，眼神里有着这等亲切和威仪，他好奇怪。他们不知道，正是因为阳阳通过幸福笔记救了他们，就有一份情谊把他们连结到一起了。而且阳阳是幸福笔记的主人，自然会有种凝聚力和亲和力。

奇怪的还有阳阳，本来有些慌乱的心情因为孟祥宇和采尼在场，阳阳心里好像安稳了很多。

大队人马都去别的教室看了，采尼也跟了过去。可这老者，无疑是戴维了，却站在阳阳的教室前，迟迟才走。他听到了阳阳改变语言前的最后一句英语。

客人们都到了教师办公室，屋里坐不下，小操场上站了好多人。

阳阳和朱老师、韩老师、小宁老师师匆匆结束了课，向办公室汇合。办公室门口，村长孟繁文拦住几人。

“咱们先碰一下。看来英国客人的来意是想赞助我们学校，虽说我是校长，可这是挂名的，如果问起需要赞助什么，你们可要心里有数啊。”孟村长显然被这么大的场面弄得有些手足无措，“我就想不明白他们为什么找到我们这个不知名的小地方。”

朱老师急忙发言："如果他们真有诚意，能不能建个计算机教室，配上30台电脑。"

韩老师想了下，"最好校舍重建了，看昨天那厕所……"他看了眼朱老师，小宁老师抿着嘴笑了。

阳阳捅下小宁老师，"别笑他了，他是为大家好才故意把厕所弄塌，向人求援的。小宁你快说说，还需要啥。"

小宁老师拉住孟村长，"我们能不能让他们给全校的学生做两套校服啊？那该多漂亮啊，尤其是孟令娟她们几个大女孩儿穿上，一定好看。"

孟村长看着阳阳，"你这丫头有什么想法？"

阳阳边想边说："说真的，我还没有想这些事呢。如果现在让我说，我觉得看他们的情况吧。一个是把我们学校的困难解决了，除了你们说的，再加上教材、文具、图书、体育器材这些东西；如果可能，就把我们乡里的3所小学都帮一下；再有可能，能不能把乡里已经停课的4所学校都恢复了……这些都是孩子们的梦啊。"

阳阳看到娟子在身旁，又看了一下围在窗口的学生们，抿下嘴唇吩咐道："娟子，你找几个同学准备点小节目，需要的时候你就上。"

孟乡长端着大茶壶走了出来，"爸，你们快进来吧，客人们在等咱们汇报工作呢。"

村长嘱咐阳阳："就这么办吧，我先说，然后你补充。"

几个人挤到门口，谦让着让孟村长先进，阳阳最后一个走进办公室。

村长兼小学校长孟繁文在向客人们介绍学校的自然情况，尽管阳阳刻意躲在大家身后，可戴维和采尼的眼光却一直看着她这边。

戴维等村长讲完后，对他身边的女士说了一段英语。女士站起身来说："大家好，我是英国石材集团中国区的负责人，我姓田。这次我陪董事长来看望这里的学生和老师，戴维董事长的意思是这几名老师可不可以做个自我介绍？"

朱老师们分别做了自我介绍，而且都是用英语讲的。最后是阳阳，可她居然用汉语介绍起自己，让全场人愣了一下，但能听懂的人就多了。"欢迎远道而来的各位领导和英国朋友。我叫阳阳，是中国很多这样的小学校中一名普通的老师，感谢你们来到这里为我们送来爱心和帮助，我们将会以更努力的学习和工作来报答你们的关怀。”说完，她深深鞠了一躬。

戴维和采尼急切地听着田女士的翻译。田女士边翻译边上下打量着阳阳，是不是英语讲得不怎么样啊，怎么不敢在外国人面前张口。

阳阳等田女士翻译完，笑容可掬地对客人说：“为了表达我们对各位领导和朋友的欢迎和谢意，我们学校的学生们为大家表演个节目，希望你们能喜欢。”

在门口早就准备好的娟子文文静静地走了过来，后面跟着五六名高矮不齐的学生。娟子等大家排好后用流利的英语说道：“欢迎各位嘉宾的光临！我们这里是贫困的农村，我们是农民的儿女，但我们在大家的爱护下生活得很快乐！”说到这里，娟子拉紧了阳阳的胳膊，“我们要学好知识，建设好美丽的家乡，回报你们对我们的爱护。现在我们一年级到六年级的学生代表为大家演唱电影《音乐之声》中的插曲《哆来咪》。”

这一大段英语让戴维和采尼惊讶不已，频频点头微笑，而旁边的田女士却有些惊讶，目瞪口呆地看着娟子和她身边的老师。各级教育部门的领导们也显出出乎意料的神情，这山村小学里怎么会有英语说得这么好的学生？！

阳阳有些嗔怪地打了下娟子，“你怎么把老师拉进来了。”原来这首歌是阳阳平时以电影里的女主角玛利亚的角度和学生们一起唱的。如果要演这个节目，阳阳是必须上场的。

17 朱丽叶告诉罗密欧

随着阳阳和孩子们流利的英语歌声，现场形成了一个小高潮。这时，采尼站起身来加入孩子们的队伍，和大家一起唱了起来。

歌曲结束时孩子们鱼贯而出，前面剩下了采尼和阳阳。采尼转过身来，用真诚得要融化人的目光看着阳阳，微微俯首恳切地说：“我们一起唱首歌好吗？”

阳阳歪头看看采尼，说起了英语："Well, friends afar.（好吧，远方来的朋友。)" 戴维一听到阳阳说英语了，身子一正。田女士一听阳阳出口，就知道阳阳的英语水平不在自己之下，虽说自己是在英国读的博士学位。

这时窗外的学生中有人喊："阳阳老师，来个《罗密欧与朱丽叶》！"

娟子又用英语补充道："Spring River Terrace（月夜阳台）！"

显然采尼听懂了，因为"罗密欧"和"朱丽叶"这两个脍炙人口的名字是音译的；又加上娟子用英语说出了这部剧里最著名的一章，他挑战似的一躬腰，单手一摊，"阳阳老师，您可以吗？"

阳阳在北外上学时曾排过莎翁的这部全本剧，其中罗密欧和朱丽叶在月夜阳台被后人奉为赞美青春与爱情经典颂歌的抒情对话，她和安子然不知排练了多少遍。

阳阳羞怯地抬头对采尼说："那我们从'一千个晚安'开始。"因为这段剧都演完用时不短，阳阳怕占用大家太多的时间，就选了末尾一段。

"晚上没有你的光，我只有一千次的心伤！"采尼马上入戏了，台词脱口而出，原汁原味的英语调动起阳阳的百般柔肠。她也马上入戏绕到采尼身后，深情地看着"罗密欧"。"罗密欧"继续表演：

"恋爱的人去赴情人的约会，像一个放学归来的儿童；可是当他和情人分别的时候，却像上学去一般满脸懊丧。"说罢，采尼向后退着。

"朱丽叶"又绕到前方，阳阳用流畅的英语带着天使般的表情说着台词："嘘，罗密欧！嘘，唉！我希望我会发出呼唤鹰的声音，招这只鹰儿回来。我不能高声说话，否则我要让我的喊声传进厄科的洞穴，让她的无形的喉咙因为反复叫喊着我的罗密欧的名字而变得嘶哑。"

阳阳的英语与采尼的声音可谓珠连璧合。满屋子人的虽然只有戴维和田女士能完全听懂，对了，还有能听懂一些句子和单词的孩子们及教育系统的领导，但大家的情绪都被两人的深情表演所感染。朱老师在旁又适时地掏出口琴，吹起这部名剧的主题曲伴奏着。

"罗密欧"："那是我的灵魂在叫喊着我的名字。恋人的声音在晚间多么清婉，听上去就像最柔和的音乐！"

"朱丽叶"："罗密欧！"

“罗密欧”：“我的爱！/是你救了我吗？”

阳阳一愣，后面这句话是剧中没有的，是采尼自己加上的，他在问我呢，我该怎么回答？

“朱丽叶”：“明天我应该在什么时候叫人来看你？/有人救了你吗？祝福你逢凶化吉。”

阳阳心头乱跳，把台词说完也随机加了一句。下面的对白，阳阳和采尼都在最后加上了自己的话，在大家面前开始聪明地谈话。戴维神情紧张地听着，他知道儿子在与恩人相认呢。而另一个能完全听懂的田女士起身叫了几个人走了出去。还有一个能听懂些的，就是娟子了。

“罗密欧”：“就在9点钟吧。/我很想对救我的人表达谢意，你不但救了我，也救了我的父亲，因为我就是他的生命。”

“朱丽叶”：“我一定不失信；挨到那个时候，该有20年那么长久！我记不起为什么要叫你回来了。/如果救你的人不想让你感激他，更不想让大家知道，建议你尊重她的意愿。”

“罗密欧”：“让我站在这儿，等你记起了告诉我。请告诉我答案，我会用生命来报答你！”

“朱丽叶”：“你这样站在我的面前，我多么喜欢跟你在一块儿，一定永远记不起来了。/把救你的人忘掉吧，她不需要报答的。快乐地走好今后的路，成功和幸福是属于你的。”

“罗密欧”：“那么我就永远等在这儿，让你永远记不起来，忘记除了这里以外还有什么家。/你用你神奇的力量，给了我新生，我要把你牢牢记在心中。”

“朱丽叶”：“天快要亮了；我希望你快去；可是我就好比一个淘气的女孩子，像放松一个囚犯似的让她心爱的鸟儿暂时跳出她的掌心，又用一根丝线把它拉了回来，爱的私心使她不愿意给它自由。/救你的人如果有神奇的力量，那就是她的责任和义务，建议你不要再和她提起这件事，也不要去感谢她。”

“罗密欧”眼里泛着泪光，他扭头看了一眼频频点头的父亲，紧紧盯着阳阳的眼睛：“我但愿我是你的鸟儿。/面对我的恩人，我怎能不向她跪谢！”说罢，他单膝跪在阳阳面前。

“朱丽叶”上前一步扶起采尼，阳阳的力量让采尼大吃一惊，她竟把自己轻飘飘地托了起来，“好人，我也但愿这样；可是我怕你会死在我的过分的爱意里。晚安！晚安！离别是这样甜蜜的凄清，我真要向你道晚安直到天明！/把我的话永远记在心里，不要再和任何人说起……”说完这句后阳阳退到了场边。

“罗密欧”：“但愿睡眠合上你的眼睛！但愿平静安息我的心灵！我如今要去向神父求教，把今宵的感激和快乐诉他知晓。”采尼也退到了场边。

阳阳上前示意采尼走上前来，并肩向大家鞠躬算是谢幕，屋内外响起一片掌声。

戴维双手颤抖着站起来，老泪纵横，采尼过来搂住爸爸的肩，也是泪花闪闪。他抚着爸爸的后背。阳阳走了过来，戴维抢过来与阳阳双手相握，会意地互相望着，戴维像接受了什么似的点着头，然后给了阳阳一个拥抱。阳阳知道，这对父子再也不会提这件事了，她的心也放了下来。

娟子若有所思地鼓着掌。

这时，学校门前传来驾马车的声音，好像有四五辆马车被热热闹闹地赶进操场。阳阳听到田女士在喊：“同学们，快来搬电脑……”

18　让我们荡起双桨

操场里几挂马车上堆着满满的大大小小的包装箱，学生们在兴高采烈地传运。

田女士递给孟村长一张清单，“校长，这是我们集团的一点心意，都是我们中国区在济南买的，看看是不是实用。”

孟乡长打着揖接过赠送物品清单，喊了一嗓子：“同学们，大家听好了，看看我们都有了哪些学习用品。”

“计算机 60 台，打印机 5 台，复印机 2 台，速印机 2 台，各类印刷和办公耗材 10 箱！”学生们一阵欢呼。田女士指着两位做售后服务的工程师，“包括校园局域网，可以马上安装。”

“双人学生桌椅 50 套，单人桌椅 50 套，教师写字台 10 套，无尘玻璃黑板 10 块，讲台 10 个。”学生们又一阵欢呼。

“折叠乒乓球案子 10 台，篮球架 5 对，足球大门 1 对，羽毛球拍 100 付，所用各种球类各 1 件，还有运动服、运动鞋、运动帽 100 套！”学生们发出兴奋的尖叫声。

“新型双背书包男式女式各 100 个，每个书包里有全套学习文具盒。还有雨伞 100 把，雨衣 100 件！”女生的欢呼声高了些。

“钢琴 5 架，手风琴 10 台，长笛、单簧管、小号各 10 把，二胡 30 把，竹笛 1 件。”娟子兴奋地喊着：“让阳阳老师教我们吹长笛喽！”

孟乡长的声音明显带着激动，“图书 2000 册，小学 1 至 6 年级全套教材 100 套，各类作业练习本各两大件！教学投影仪 5 台！”全场掌声不断。

“还有，还有，现金 100 万，建新教室和操场！”这回学生们却不欢呼了，都瞪大着眼睛愣着。孩子们都被这从天而降的幸福惊呆了。

阳阳和朱老师们缓过神来拥上前去和田女士握手，学生们也自觉地纷纷向戴维父子行起少先队礼，然后在娟子的带领下齐声唱起了《让我们荡起双桨》……

在孩子们的童声合唱中，现场气氛热烈，人人都好像快乐地荡起了双桨。

晚上，戴维父子执意留在村子里住两天，说要休息和考察，弄得各路人马措手不及。大部分人都乘车乘船回去了，留下一小部分人在各家吃住。

阳阳没有陪客人吃饭，自己回到了房间休息。其实她一点都不累，只是想静一会儿。她心里还在兴奋着，没想到用这种方式化解了一场“危机”。

打开电脑上了网，搜索采尼的消息，还是铺天盖地，只看看标题吧：

“英国皇家医院误诊，采尼险被火化，戴维父子不拟追究医院责任。”

“戴维旗下 12 家上市公司股票全线上扬，长线股民受益！”

“戴维父子离奇‘失踪’，甩掉媒体不知所向。”

“采尼近日急调中国信息，疑似组织资源开发大陆市场，引起各国商家关注。”

阳阳想，怪不得来了这么多人。她又打开幸福笔记的信箱，哇，这么多封信啊！这些都是戴维和采尼发来的寻找她的感谢信。

这夜，阳阳继续过目各种英语书。她知道，这几天的英语进步也体现在了和采尼的对话中。自己的音调和用词水平都比过去有显著提高，是不是进入了知识更新和知识重组级呀？等采尼他们走后，自己还要学习中国博大精深的国学。还要和谷谷姐姐比一比呢，她总是用着半生不熟的国学名句。

19 采尼心中的女神

早晨，小睡一会儿的阳阳醒来，感觉到有人在绕着房子走。她心里知道是谁了，梳洗一下便走了出去。

“早，采尼。”

“阳阳老师，早。”

“走，采尼，我领你去爬山吧。看看我们这个小山庄。”

阳阳一路介绍着这里的风土人情，领着采尼爬到了山坡上的二课堂。

各自找了块石头坐下，阳阳问道：“采尼，将来能常来中国吗？”

“我会常来的，一个是常来看看你，一个是中国已进入老龄化社会，我想把我们的养老事业在中国也做起来。”采尼小心地看着阳阳的神色说道。

阳阳脸红了，“你下次来时我还不一定在哪儿呢。”

采尼激动地说：“今生今世，不管阳阳在哪儿，我采尼都要常来看你……没有你，就没有我。”

阳阳佯作不懂，打断道：“好啊，以后我多帮你收集中国的商务信息，这样你才能在中国多做点事。不过，你在养老院办老年学堂的点子不错。”

采尼一听到阳阳说出这段话，尤其是点出了老年学堂，这等于阳阳首次明确地证实了对他的了解，也等于亲口承认了是她救了自己。采尼十分激动，又如昨天一样单膝向阳阳跪了下来，“你能知道我的过去，证明了我和爸爸的判断，谢谢你，我的恩人。”

阳阳舌头一吐，知道说漏嘴了。这时身后突然也有人说话了："请接受一个老人的真诚谢意。"阳阳回头一看，是戴维，他在向自己深鞠躬，弯在那里不动。

阳阳急了，一个跪着，一个鞠着躬，她拉了一下采尼，又扶一下戴维，一赌气转身说："昨天'朱丽叶'怎么和你说的？！再这样我不理你们了。"

采尼看阳阳生气了，便站起了身，戴维也直起身来擦去老泪，对采尼说："儿子，你知道，爸爸的心里一直很孤独，你当初遇到不测时，爸爸是绝望和崩溃的。是你的重生，又给了爸爸活下去的机会，也给我们的事业带来了光明。我们，用全部身家来报答救你的恩人都不为过。你，一定要好好珍惜生命，好好做事，报答恩人，回报社会。"

采尼嘴里回答着老爸，眼睛却看着阳阳说："放心吧，爸爸，我会把我的恩人藏在我的心中，她是我心中永远的女神。"

阳阳转过头来，莞尔一笑，"戴维先生，您的儿子是用自己的善良和良知拯救了自己，他一定会继承您的事业，不会让您失望，刚才我们还说起养老事业呢。"

戴维忙说："阳阳姑娘，如果你有什么建议，我们一定考虑。"

阳阳笑道："我是外行，只是有些朴素的想法。受采尼的启发，我想，如果把养老院和幼儿园甚至小学办到一起，是不是能让老少双方受益。老人没有了孤独凄凉，孩子也学到了睿智的知识财富。"

采尼听阳阳一说，眼睛一亮，高兴得原地转了一圈，"很有创意的主意，阳阳你知道吧，我的专业就是研究教育学的，我回去会好好研究的。"

阳阳也受采尼情绪影响，她跳到采尼身边，拉着采尼跺着脚说："太好了，采尼，以后我们好好建一所学校，一所中学，不，一所大学，教出来的全是娟子这样优秀的学生。"阳阳一高兴，女孩儿的天真顽皮显现无遗。

戴维也笑了，点了点头。突然，他低下头，仔细看他们脚下的地面。原来采尼所站之处正是阳阳取出幸福笔记的那片岩石，当时被阳阳用大力神功拂得光滑如镜。

"采尼，你，你，你快来看！"老人抑制不住自己的兴奋，说话都变调了。

20　宝山在脚下

采尼也忙低头看脚下，露出惊讶的神色。

戴维蹲下伸手敲了敲地面，父子两人几乎同时说出："花岗岩！"

"昨天我一下船就发现这条山脉的走向有些特点，完全是火成岩的形状，可只顾寻找恩人了，没想太多。"戴维有些失神地继续研究这块石面。

采尼对满脸疑惑的阳阳讲道："爸爸是个矿山专家，我们的房地产业用的建材都是我们自己生产加工的，在意大利和巴西都有我们的石材公司。"接着他又补充道："从世界范围来说，石材工业是一个蓬勃发展的工业。近年来，石材已成为世界消费的一大热点，世界石材贸易额的快速增长远高于世界经济增长速度。而石材工业的代表产品，就是——"采尼又跺了下脚，"这个东西！"

"昨天我和爸爸还在商量，来到中国不只是帮助一个小学，还要多做点事。我们想到在山东省每个市县都投资建一所国际标准的养老院。如果我们脚下是一座矿藏丰富的花岗岩山脉，我们就会有更实际更有意义的投资，也会对得起中国政府这几天对我们的热情期待了。"

戴维拉着阳阳蹲下身指点着讲："花岗岩的特征是有彩色斑点，这是里面的矿物颗粒，越细越好，说明结构紧密结实。你看，像不像满天星，这是花岗岩中的极品。而且这种淡绿色，是现在世界石材市场最走俏的颜色！估计这里还会有白色极品。"

说罢，戴维兴奋地站了起来，迈着年轻人的步子，几大步走到二课堂边上，眺望着整个山脉。

采尼又接着和阳阳说："世界各地上好的花岗岩矿山，都是裸露的，有经验的人仅靠目测就几乎能判断出储量。"

"那给我讲讲，花岗岩都能做什么？价钱贵吗？"阳阳跟在采尼后面问着。

"这个嘛，简单地说吧，现在花岗岩主要用在建筑装饰业，包括高级建筑装修工程的墙面、地面，家居装修中的阳台、庭院，客厅餐厅的地面、窗台和工作台，各种花岗岩雕刻、纪念碑，各种花岗岩建筑板材，还有一些工业用具包括各种耐酸或耐碱的槽、管、池、测量用具等。花岗岩的价格不菲，就我们脚下一米见方这块，应该接近 80 英镑的价位。”

阳阳吐了下舌头，“合人民币一千多元啊。对呀，我们这里也有做碑石的。”

“我下船的时候看到了，但还是手工打楔、肩扛手抬的手工业做法。当时只想找你嘛，没顾上细看。告诉你吧，现在随着世界人口老龄化的加速，代表世界墓石市场两大风格的日式墓碑和欧式墓碑的市场会继续增长的，只这一项就有很大的市场空间。”

“采尼——”戴维向采尼招手，“你去看看——”戴维指着前方上面一处山梁，“那个位置如果也有类似这个样子的花岗岩，说明这里是个中型矿山。”

戴维又向下一指，“那个山脚拐弯的石崖侧壁上如果也有花岗岩，将说明这里是个大型矿山，这里就是一座宝山，会有着不可想象的变化。”

阳阳一拉采尼，“走，我们去看看。”

21 阳阳初收徒

到了上面的石梁前采尼犹豫了，这里不太像啊，岩石上一层灰土，露出的截面也是普通山石。

阳阳看看周围，指着石梁另一端，示意采尼先看看那里。待采尼走过去后，阳阳挑了一块石面，又施展出她的大力神功，几下子就拂平了石面，又是一块平滑如镜、看上去纯白如玉的岩石，无疑也是极品花岗岩。

采尼过了一会儿就跑了回来，他惊讶地看着洁白的花岗岩，不相信地看着阳阳，“是你？！刚才发现的那块也是你，你磨出来的？”他想起昨天阳阳托起他的神力来。

阳阳看看也瞒不过了，怎么解释这石面刚才和现在的变化啊！她想了下调皮地笑了，“很简单啊，你要学我教你。”

采尼大喜过望，赶快行礼拜师。

阳阳叫道:“免礼徒儿，我还不知道能不能教会你呢。”

然后她与采尼相对而坐，让采尼伸出双掌，她也伸出双掌相抵，两人闭目，她左手的幸福花用力抵在采尼的右掌上。这招法她在电影和小说里看过无数次，照葫芦画瓢吧。嘻。

只听她嘴里小声默念着汉语:“本幸福笔记主人传大力神功给上过笔记本的人采尼，依级而练，随缘而成。”如是反复了几遍，她感觉到采尼的双臂在颤抖。等采尼的颤抖停止后阳阳睁开眼，“好了，收功。记住啊，你的力气和你要施力的物体重量是成正比的，物体多重你的力气就多大。”

采尼半信半疑地看着自己的手，阳阳笑道:“用脚也行。”采尼一听，开玩笑地朝身旁一块约有一吨重的巨石踹去。只听一声沉重的音响，像人闷哼了一下，巨石居然晃了一下。采尼自然是吃惊不已，阳阳也是瞪起了眼睛，因为她还从没朝这么大块头用过大力神功呢。哈，我也来一脚，阳阳好似轻轻一抬脚，碰到巨石上，砰的一声，巨石应声而起向山下滚去。阳阳顿时明白了，这是因为幸福笔记在她身上，会让她的大力神功发出更大的威力。

阳阳吓得尖声叫着，远远的戴维也遥望着这里。只见这石头一路滚下，带起碎石串串。好在大清早的山上无人。一阵隆隆声后，“咕咚”一声，巨石正好落在戴维刚才指定的山崖侧壁处不动了，冒起一团尘烟，应该是把山崖壁表层砸破了。

阳阳又吐着舌头，两人急忙下山赶向山脚。路上阳阳嘱咐采尼:“不许和别人说这事呀。”采尼笑着，“如果我在哪儿露一手了，我说是你教我的也没有人会信的。哈。”

阳阳嗔道:“你可要乖点啊，表现好了师父会再教你几手。”采尼高兴得手舞足蹈，“真的吗？真的吗？师父，我的上帝啊。”

到了山脚，戴维已在巨石落处低头看了半天了，看着砸开的岩石断层，老人脸上的神情无疑是兴奋的。他抬起头用眼光询问采尼。

“下面的更好，是纯白的。”采尼回答。

戴维站起身来，张开双臂，“过来，孩子们，让我们庆贺一下。”说着，他揽过采尼和阳阳，拥在怀里，分别在他们的额头轻啄了个吻。

采尼掏出手机问爸爸:“马上通知田总安排吧?”戴维点点头。

水磨坊村发现大型花岗岩矿山的消息不胫而走。而且，采尼除了准备给山东全省现辖的17个地级市、31个县级市和60个县各建一所国际标准养老院外，还同意全力投资开发水磨坊矿山!

世界知名慈善家、养老院大王终于打出了慈善牌，让随行的政府各部门官员长出了一口气。他们都预感到，慈善家决不会为了帮助一间学校而这样父子同行大动干戈的。只是到现在他们也不明白，为什么采尼被海水呛个半死后马上疯狂地来中国找一个小村庄，害得省里的人到处找“隋磨房”“睡梦房”“水模方”……

跟到村里的副省长深知这座能够大量创汇的矿山对全省的经济发展意味着什么，其效益和影响绝不亚于当年中国发现让国务院总理兴奋得睡不着觉的大油田。他马上召集省内几家素有业内“四大天王”之称的石材公司老总前往水磨坊，下午召开现场论证会，确定采尼的投资方式和投资额度。

22 临阵传功

从山上回来的阳阳也非常兴奋，在宿舍里和娟子说个不停。这么大的矿山要是开发出来，这水磨坊别说是办学了，人人都会得到幸福的。

因为关心政府会怎么做，阳阳频繁地运用千里耳捕捉相关的消息。呵，副省长在我们学校办公室办公呢。也是，村委会的办公室是个小卖店，太委屈副省长了。今天我们也停课一天，不妨碍领导们办公。

阳阳又听到了下午要开论证会，而且还请来“四大天王”，阳阳不由得深思起来。

这矿山当然是国家的，这事我没意见。这矿山的开发当然要有内行人来管理，我也没意见。只是这矿山让外面的人来开发和管理，还有村长和孟乡长啥事儿了?!

不行，我得找采尼商量一下。当下阳阳又收听起采尼的动静。人没在村里，村长领他和戴维又到另一座山考察去了。

阳阳考虑了一下，做出了自己的决定。

她马上打开电脑，上网搜索起花岗岩的资料来，同时把娟子叫到跟前，严肃地吩咐说："娟子，你马上去办两件事，一是你去学校抱台打印机来；二是马上把你爸爸找来，告诉你爸爸今天上午什么事都别管，马上过来。快去快回！"

转眼间，阳阳把花岗岩的相关资料下载了一大批，有花岗岩的成分和分类、花岗岩的国内外品种、花岗岩的加工方法和加工机械、花岗岩的世界市场及销售走势……

娟子提了一台打印机来了，阳阳一拍脑袋，"忘了告诉你拿打印纸了。"娟子撇了下嘴，"呶，这是什么?！"原来娟子另一只手上还提着一包A4纸。

"我的娟子哟，你跟姐姐也太默契了吧，别让我以后离不开你呀，等我嫁人了你也跟着我吧。"阳阳满意地笑着说。

"哼，这可是你说啊，看你到时候反悔的。"说话间，阳阳在笔记本电脑上装上打印机驱动盘，安装好打印机，上好墨盒，刷刷地一张张输出资料来。

"阳阳老师啊，啥指示，是不是娟子不听话了？"自从阳阳叫孟令娟为娟子后，娟子家里人把原来叫的"小娟"也改为"娟子"了。话音没落，孟祥宇一头闯了进来。

"乡长大人，你上午就别动了，让别人去招待客人吧。"阳阳示意孟祥宇坐下。

"呵，我都插不上手了，省长跑我们这小庙来了，我们是小兵，有市里和县里的人围着呢。啥事啊阳阳，这么神秘？"

"娟子你把门关好啊，别让任何人进来。"娟子站起身就把门闩上了。

"大叔，我问你，你是不是觉得我英语说得好，能记住那么多单词？"阳阳问道。

"当然了，佩服死了，娟子要是学到你的一半，不，十分之一就了不得了。"

"那我现在就教你我是怎么记住的，以后你也学点东西。你把手伸出来，闭上眼睛。"

阳阳想到孟祥宇虽然说是中学学历，但“文革”时的中学水平真不如现在才6年级的娟子,这材料里好多字不一定认识呢,还是让他听娟子念吧。

孟祥宇不解地服从着，娟子也在一旁奇怪地看着。阳阳嘱咐一句：“娟子，这事不许和别人说啊。”说着，阳阳同早晨教采尼一样如法炮制，嘴里念念有词：“本幸福笔记主人传‘过耳不忘’功给上过笔记本的人孟祥宇，依级而练，随缘而成。”

念了3遍后她刚要撤手，心念一动，顺便把千里耳也传过去吧。她又念念有词了一番：“本幸福笔记主人传‘千里耳’功力给上过笔记本的人孟祥宇，依级而练，随缘而成。”

阳阳撤手后，把一摞子花岗岩的材料拿了过来，“时间太紧，我不和你多说了。你现在有了过耳不忘的功能，还有了千里耳的功能，马上让娟子把这些有关花岗岩的材料给你念一遍。”

娟子啥也不问，听话地站起身接过材料，“爸，快点，我给你念。”

“阳阳，这些都是什么啊，俺一点都不懂啊。而且，我怎么能记住这么多啊。我是想以后边建矿边学呢。”孟祥宇看着材料不解地摇着头。这时，他突然一竖耳朵，“咦，我怎么能听到外边人说话呢？”

阳阳说：“这回你该相信了吧，这是我教你的千里耳。过耳不忘你也能做到的。”

接着，阳阳语气很重地说：“大叔，如果你想做番事业，如果你想自己建设自己的家乡,你就把这些资料背下来。下午的论证会上,你要相机行事，该亮剑的时候亮剑，不然，这个矿山就被别人开发了。”

孟祥宇听罢腾地站了起来，瞪着眼睛如醍醐灌顶……

23 孔孟家谱

下午，学校办公室里烟气缭绕，范县长招呼着政府的官员们陆续落座，在等副省长和戴维父子到来。阳阳和娟子在为大家倒茶服务。孟祥宇一反平时嘻嘻哈哈的常态，闷坐在一角，嘴里念念有词，不过谁也听不出来他在念叨着什么。

人群中多了几个大嗓门的人，听他们的语气阳阳颇不舒服，他们好像觉得天上掉下来个大馅饼和林妹妹。他们七嘴八舌地议论着：

“没想到我们境内有这么大储量的矿山，我们怎么没早来看看，倒让老外发现了。”

“我说，这么大的矿山我们哪个一家也吃不动，和省长说说我们强强联合一起做吧。”

“老外他们在巴西和意大利都有一流的石材公司，这次要是能投点现代化加工机械，那我们可是鸟枪换炮了，起码我也能换台车了。”

“换台车是没说的了，别把老婆也换了啊！”

大家哄然而笑。

这时，阳阳听到采尼一伙人远远过来的脚步声和说话声，忙迎了出去。

采尼看阳阳出来，忙走过来，“师父，刚才找你没找到……”

“别师父了，我要和你说几句话。”阳阳拉他到旁边。

“我也有事想和师父先沟通下。”采尼也说。

“我先和你说，合作的前提是没问题了，采尼你要注意选好具体与你合作的人。要选没有私心、真想做事的人，听到了吗？”

“知道了，师父。”采尼答道。

阳阳在高大的采尼面前像姐姐一样叮嘱着，采尼居然也乖乖的样子，让走在不远处的田总看得一头雾水。

“你要说啥，快说。”阳阳催着。

“我爸爸说……”采尼有点吞吞吐吐的，“我爸爸说……”

阳阳心想，可别是老戴维说让我当你媳妇吧，你可是有什么议长的千金女友啊。

“我爸爸说想把我们投资的49%股份中的29%划在你名下，我怕你不高兴……我爸爸非要我先和你说。”

阳阳脸一红笑了，一笑自己多情；二笑采尼真挺可爱的，算他了解我，知道我不会要的。笑脸一敛一瞪眼……

采尼一看她笑后又一瞪眼，也就明白了，拦住要说话的阳阳，“好了，好了，算我没说。”

阳阳进屋后看到田总正在给戴维介绍“四大天王”，就是刚才那几个大嗓门的人。原来，他们是荣功石材集团总公司董事长荣董、欣磊石材集团总公司万总、仁磊石材企业集团总公司仁总、花磊石材集团总公司花总。

娟子在给戴维上茶，看来戴维很喜欢她，问她多大了，又问她父母都做什么。娟子用流利的英语回答着，然后边说边指着村长和乡长，说了爸爸和爷爷的名字。

这时副省长为了活跃气氛，也给戴维介绍说：“他们祖孙三代是中国古代圣人孟子的后人，我们这里是孔孟之乡。”

田总翻译后，戴维惊讶道：“我知道中国的孔子和孟子，怎么才说啊，失敬失敬。”说着站起身重新和孟繁文、孟祥宇握手，然后问田总：“我听说孔孟的后人起名字的时候非常严格，用的是一套家谱叫法，是这样吗？”

娟子未等田总翻译，就接过话头：“是的，我的名字是‘令’字，爸爸是‘祥’字，爷爷是‘繁’字。我给你们背下孔孟家族的族谱吧：‘兴毓传继广，昭宪庆繁祥，令德维垂佑，钦绍念显扬’，我下一代的人就排‘德’字了。”

话音一落，大家都友善地笑了，气氛一下子活跃起来。

24 花岗岩脑袋了

项目论证会一般是论证项目的可行性以及合作意向，如果谈得深入将草签协议。

“四大天王”抢着发言，讲着项目的美好前景和自己的优势，话里话外是想让戴维更有信心地多投入些。田总在旁吃力地翻译着，当地有些土话她也不太懂。

看戴维和采尼一言不发只是倾听，“四大天王”有些忘乎所以了，一些套话、官话都上来了。

采尼抬了下手，他要说话了。大家都静了下来。

“你们上午都上山看了，你们知道这个矿山的品种接近国际哪个花岗岩品种吗？”

有人回答：美国白麻，印度白，巴西云……采尼都摇着头。

“安大略白吧。”有人小声地说了一句，采尼马上大声喊道：“Yes！”

大家回头一看，是孟祥宇。原来他想起上午背的内容，就剩这个词没有人说了，就脱口而出。

“意大利生产的花岗岩你们怎么辨别？”采尼继续发问。

大家又七嘴八舌地说着，有的说看颜色，有的说看看厚度……又是突然有人说出一句话，让大家静了下来：

“很简单啊，看印记‘Made in Italy’——意大利制造！”啊，老孟还会英语了！有人惊叹着。这时，阳阳和田总说：“田姐姐你先休息一会儿，我先翻着。”阳阳怕田总翻译不出孟祥宇的准确意思，因为她大致看过那些资料，过目不忘让她和孟祥宇掌握同样多的石材专业知识了。田总感激地点点头。

孟祥宇小心地说：“意大利素有‘石材王国’之称，不论其产量、进出口额都长期居世界首位。特别是近百年来，意大利一直垄断着天然石材的国际贸易，他们产品的质量和石材开采加工设备也是世界一流。石材工业是他们国家国民收入和外汇来源的主要组成部分，所以只有意大利的产品，才敢打上‘Made in Italy’。”这句英语还是娟子纠正他好几次才会说的。

“我还想问问大家，谁能说说国际建筑装饰业的发展趋势。”采尼又问道。

等了半天没人说，大家习惯性地看看孟祥宇，有人想这回他该没话了吧，没想到孟祥宇不但能接话，而且站起身侃侃而谈起来：

“从国际建筑装饰业近年的发展趋向来看，玻璃幕墙已渐渐减少，大量的应用石材饰面日益增多。在建筑艺术手法上，很多国家采用了不同工艺组合的方式，有抛光、磨光、火焰烧毛、凿毛、剁斧等不同工艺处理。目前最明显的工艺组合方式就是用毛面石材和磨光石材搭配使用，使石材更具有装饰魅力，现在已成为欧美等国家建筑石材装饰的新趋向，而且中国的上海、香港和广州也已开始流行。”

孟祥宇洋洋洒洒地说着，阳阳滔滔不绝地翻译着。

这回采尼专对孟祥宇发问了，发问和回答的速度越来越快：

“你判断花岗岩质量用什么方法？”

“一观，二量，三听，四试！”

“中国产花岗岩主要有哪些系列？”

“红、黑、绿、花系列！”

“哪些境外的花岗岩在中国受欢迎？”

“我个人感觉是英国棕、印度红和莎安娜米黄！”

全场所有的省市领导和“四大天王”都吃惊地看着这个场面，谁也想不到一个土乡长对花岗岩能对答如流。

采尼这时也站了起来，他面对孟乡长直接发问：

“你要是管理这个矿山，你应该怎么做？”

“我认为最主要的是借重贵公司雄厚的技术力量，将现代科学技术新成果用于石材业，最大限度地采用自动化设备和应用电脑技术。”说到这里就涉及到加工设备了，孟祥宇觉得这些设备好记多了，张口就说了下去：

“比如为了保证荒料的块度，我希望引进框架式大型自动加砂砂锯，还有多刀片双向切机和多刀片电脑控制花岗岩切机。”

“研磨抛光设备最好有自动的多头连续研磨机、金刚石校平机，还有逆转式粗磨机。”

“切断加工设备要有纵向多锯片切机、横向切机、桥式切机和悬臂式切机。”

“凿切加工可采用劈石机、刨石机、自动锤凿机、自动喷砂机等。”

“烧毛加工要用花岗岩自动烧毛机。”

“辅助加工要有自动磨边倒角机、仿形铣机、薄壁钻孔机等。”

“检验修补采用自动连续吹洗修补风干机。”

讲到这里，孟祥宇停下来看看大家，“呵，大家别烦啊，我讲这么细，也是在讲花岗岩加工的流程。”在场的人们都在想，谁能做到这样如数家珍？只有业内专家！戴维在旁听得兴奋不已，鼓励孟祥宇继续讲下去。

“其次，我觉得要开展深加工项目，因为我们的花岗岩质量好，品级高，要多做一些工艺品以及日式和欧式的碑石。产品尽量销往国外。”

“然后我们要注意降低运输成本，一律用水运，从二道河上船直入黄河。二道河中间有几处狭窄的河道要做些疏通的小工程。”

“最后，我们要把贵公司在山东援建的 108 家养老院的石材都包下来，低价优惠地提供最佳质量石材产品……

“没了，别的还没有想到。”孟祥宇一气讲到这里。

静场，戴维听到最后一条笑了起来，先拍起手来，然后副省长也鼓起掌来。大家都热烈地鼓着掌，“四大天王”面面相觑。

这时副省长说话了：“孟乡长的发言很好，由他来管理矿山有很多优势，他熟悉地形，熟悉当地农民，当过兵，还是现任乡长，应该是很有魄力的领导者。原来我也担心他业务不熟，但看来不是门外汉嘛，也是个花岗岩脑袋。”

阳阳翻译完副省长的话后长长地松了口气，和娟子会意地笑了一下。采尼也看了阳阳一眼，绽出一个阳光笑容。

25　阳阳出山

“嘎嘎，看来你的小日子混得不错啊！又收徒弟又当军师的。”谷谷在阳阳的房顶上调侃着刚从会场回来的阳阳。

阳阳一惊，原来谷谷姐姐回来了，也不知道这样处理问题她老人家是否满意。

“谷谷姐姐快进来，想死我了呀。”还没等阳阳推开窗户，谷谷已经飞在眼前。

“我又来批评你了！”谷谷正色道。

“啊？我又哪里错了啊！以前的错误不会再犯的。”阳阳忐忑地低头说。

“子曰：‘敏于事而慎于言，讷于言而敏于行’，你说，你这几天说了多少话，又是肉麻的爱情剧，又是踢山找宝，又是传功竞争的，你看幸福笔记了吗?!”

听着谷谷的话里不无夸赞，阳阳红着脸松了口气，“哦，昨天到今天是没看幸福笔记的爱心感应图。我错了，谷谷姐姐。”

“你快看看吧，今晚出发!”说完，谷谷身影一闪没影了。

阳阳赶快拿出幸福笔记本，一翻开爱心感应图看到一团光点，是一团，不是一点，比当时采尼的光点还亮，还不时地闪烁一下。阳阳大吃一惊，不用对照地图就知道这是在哪里发生的事。

再用笔一点，显示是滨海，飞机失事!

急忙上网，滨海空难，一百多人遇难!!!

阳阳心里急了，这一百多人既不知道名字，也没有照片，只能到现场去想办法。可自己从来没有单独出过远门，谷谷又是命令晚上出发，这山路太远水路又慢，怎么走啊?去了后怎么开展救人啊?阳阳脑里一片茫然。

那也得准备啊。她坐下来写了几个纸条。先写给几位老师，现在学生们得到了援助，新老师过来也不会成问题，可以放心走了；她又给村长和娟子写了信，最后给采尼写了封具体点的信；然后又上网开始研究行程。手里还有不到2000元钱，路费勉强还够。他把笔记本电脑、幸福笔记和长笛都装在一个包里。

再见了，水磨坊!阳阳很伤感地打开房门，却猛然一惊，发现娟子站在门前。娟子一看阳阳要出门的打扮，眼泪刷地流了下来。阳阳一把抱住娟子，正不知说什么好时，采尼和孟祥宇又出现在面前。

急着救人心里又没底的阳阳看到采尼和孟祥宇像抓到了救命稻草，一手拉一个让进屋里。娟子一眼就看见桌子上留给她的信。采尼也拿起阳阳留给他的信读着。

娟子连信都没有读，就拉着孟祥宇的胳膊哭着说:“爸爸，阳阳姐要走了，她答应过我要永远带着我的。”

阳阳心疼地抚摸着娟子的秀发劝着:“姐姐是出门办事，出门，出门去救人……”

采尼看完信后明白了，对娟子说:“你把我说的话翻译给你爸爸，告诉你爸爸，我的师父、阳阳老师会救人，会救死去的人。我听说你爸爸前两天落水死而复活，那一定是我师父救的，我也是死后被我师父救活的。现在师父又要出去救人，因为刚刚发生了一场空难，死了一百多人。我们要帮助阳阳师父。”

娟子含着泪加上自己的话翻译道：“爸，我们原来猜测的果然没错，是阳阳姐救了你，也救了采尼。采尼现在拜阳阳姐为师父了，阳阳姐也传你过耳不忘的功能，你也应该叫阳阳姐为师父的。阳阳姐今晚要出门救人去了，是有飞机失事了，死了一百多人。我要和阳阳姐姐一起去，阳阳姐需要我们大家帮她的。”

孟祥宇上前双手紧紧握住阳阳的手，用力晃着，“你教我‘过耳不忘’时我就在寻思，一定是你的神奇力量救了我，让我全身上下脱胎换骨，像换了个人。阳阳，师父，大恩不言谢，我孟祥宇这辈子就听师父你调遣了。”

阳阳不好意思地笑了，拉着娟子的手对两位男士说：“以后我们都是亲人了，我们的身上都有同样的幸福基因。你们要多帮我啊，我也是刚开始，好多事情都不懂。”然后又用英语说了一遍。

采尼接过话：“我陪师父你一起去吧，然后我再去北京和父亲会合。”

娟子一听更急了，摇着阳阳的胳膊，“阳阳姐——”

阳阳慈祥的眼光看着娟子，“你得上学啊，娟子。”

孟祥宇大手一挥，“娟子跟着你，就是跟着一所移动的学校！我们父女俩无以为报，就让娟子这辈子追随你吧。”

阳阳伸手搂住娟子，点了点头，“我们永远是姐妹呀。”娟子看到阳阳默认了，满脸挂泪地笑了。

阳阳想了一下，对孟祥宇吩咐道：“那就这样吧，我和采尼、娟子去滨海空难现场，你送我们出山。然后你快点赶回来和戴维好好商量以后的合作，好好建设这里。”

孟祥宇一挺胸，豪气万丈，拉着采尼，“阳阳师父你放心吧，戴维先生还签了我们后面两座山的使用权，我们一定要把这里建设成一个世外桃源，作为我们这伙人的一个幸福基地。”

校园神女

阳阳出山后，勇敢地在滨海空难和国际上一场惊心动魄的事件中应用幸福笔记获得了成功。回到校园里，读研的阳阳依靠自己的聪明和功底，被破格录取，跳到博士研究生院学习。在面对死亡笔记的威胁，阳阳从容不迫，坦然面对，组成了一个充满活力的幸福使者小团队，成功地举办了天籁音乐会。之后，他们集体进山修整，策划组建了一个空前绝后的幸福基地，进一步开发自己的人体潜能，并传授功力给被她救活的人们，让更多的人得到幸福笔记的帮助。

1 集体复活

借着月色，孟祥宇驾驶着一艘机帆船，把阳阳、采尼和娟子送出山口。路上，阳阳把自己已经掌握的大力神、金刚身、过眼不忘、过耳不忘、千里眼和千里耳6门功夫悉数告诉了孟祥宇和采尼，让他们各自再选一门学练。因为阳阳自己有体会，这些功夫得一样样地开发，不能同时学几样。听阳阳这样一说，孟祥宇和采尼喜不自禁。孟祥宇已学了过耳不忘和千里耳，这次选学了大力神。采尼已会了大力神，这次选学了金刚身。倒是娟子在一旁看着阳阳分别和他们对掌传授异能看得眼热，只是她的名字没上过幸福笔记，身体里没有幸福基因，无缘得学。

在一个小码头靠了岸，孟祥宇在船头搂了一下女儿娟子，“快跟上阳阳老师，要听话啊。”上岸后打了一辆出租车，他们直奔机场，赶上了8点钟首班到滨海的航班，一小时后走出了机场。

从机场一出来，阳阳和采尼、娟子就感受了灾难的气氛。全城人都沉浸在悲痛中。大家都知道了昨天下午一架民航客机在降落前发生了意外，坠毁在离岸边仅1000米的海里。船上一百多名乘客和数名机组人员无一生还，目前正在寻找黑匣子和打捞尸体。

这是阳阳遇到的第一起用幸福笔记集体救人的事件，尽管没有经验，在路上她还是和采尼理出了几个步骤。首先，要先想办法弄到遇难人员的名单和照片；再则，要确定好尸体的位置，在安全的地方才能施救，不然人还在海里，救活了还是会被淹死；其三，要确定死者是否符合救助标准，无法判定其是否善良、是否帮助过人，那就得看第三项——是否有人期待他活过来。

出租车司机看到他们焦急地打听着空难情况，误以为他们是遇难者家属，二话没说就把他们送到了海边现场，说啥也不要车费。阳阳感动得脱口而出："将来你要是……你要是……那什么了，我肯定会救你的。"弄得司机莫名其妙。

到了海边才知道，遇难家属接待站设在市内的宾馆里。阳阳找到现场的一个官员想要遇难者名单，接待官员误以为阳阳是记者，马上婉拒："请记者到市委宣传部统一采访，这里不接待记者。"这位接待官员对采尼格外注意，看来是怕造成什么国际影响。

这回阳阳学乖了，只和娟子一起找到了另外一个官员，随便说了个名字让接待人员查找。接待人员拿出一份名单自己查了半天没找到，阳阳以家属的悲愤加疯狂一把抢过，从头到尾看了一遍，以过目不忘的功夫全部记住，然后还给接待员，佯作庆幸地说："也许没有赶上这趟航班……"

阳阳和娟子分头转了一圈，碰头后知道了大致情况。经过昨天一夜和今天一上午的打捞，到目前已打捞上来69具尸体，已统一送往殡仪馆登记辨认。黑匣子也找到了，据传是后舱起火造成空难。

采尼知道跟着阳阳反倒引起别人注意，便以国际救援志愿者的身份高价租了条游轮，与海军基地、武警边防支队和港务局船队一起参加了海上搜寻。约好和采尼一小时通一次话后，阳阳和娟子便赶往殡仪馆。

在去殡仪馆的出租车上，阳阳小声对娟子说："娟子，阳阳姐不敢看死人啊！可是，我得把死人的相貌和名字对上才行，怎么办呀？"

忙了一天，阳阳因有金刚身功夫丝毫未见倦意，也不渴不饿，倒是娟子加上一夜奔波，还在强挺着。娟子放下手里的矿泉水，也神色紧张地说："我看我爸爸的还行，但看不认识的人我也不敢。对了，阳阳姐，记得我爸爸出事那天家里人在找爸爸的照片放进灵堂，那些家属们是不是能带着遗像啊？"

阳阳一听松了口气，"娟子你真好。看来以后我还得锻炼呀。"

到了殡仪馆才知道，这里除了法医一律谢绝入内，家属们先在宾馆通过遗体照片确认，然后一家只能有 3 名家属来这里辨认。阳阳和娟子又赶往接待的宾馆。宾馆的院子里、走廊里站满了家属，有好多家属都捧着黑框照片呢。

阳阳分析，即使到里面去辨认尸体，身边要是没有家属也对不上号，莫不如在外面找家属以照片对号来得快。

阳阳先奔捧有照片的一些家属和颜悦色地问："请问遇难者怎么称呼？人已经找到了吗？"

家属中捧着照片的男孩悲愤地回答："这是我爸爸，人找到了，可是有什么用啊。"

旁边一位中年妇女打量着亭亭玉立的阳阳和娟子，"你们是干什么的？是航空公司的吗？"

这些亲属一听"航空公司"，马上气愤地围了过来，大有泄忿之势。

阳阳忙说："我们是来帮助你们的，但不是航空公司的。"

那妇女恨恨地说："人都没了，你能咋帮，快走吧，走吧！"

这时旁边几位家属也围了过来，看样子要围攻啊。阳阳正有些紧张，娟子机警地插话了：

"这是我们人寿保险公司的理赔专员，来和大家核实人寿平安保险的。"娟子在爸爸没重生以前，在乡里干部来慰问时听到他们提过人身意外险，这时灵机一动用上了。

阳阳也跟着灵机一动，跟大家说："只要你们把照片和姓名报给我们，就有可能获得一份无价的生命保险。"

这样，阳阳便以保险公司理赔专员的身份，挨个儿核实照片，确认尸体是否找到。没有捧照片的，她就让家属找出其他的照片，驾照、合影都行，当场没有照片的马上回家去取。

走完 5 家接待罹难者家属的宾馆，阳阳在脑海里整理了一下，过目不忘的功能又显示出效果了。有照片有人名的共对上 92 人，打捞上来的 69 具尸体全部对上照片和人名。不过，机组的人员一个都没有对上。

得找个安静的地方工作了，娟子说去洗手间，那里安静。阳阳摇摇头，"不该在卫生间做这样神圣的事情，似乎对死者不敬啊。"

阳阳领着娟子乘电梯到了办公区，娟子在前面挨个儿房间门推着，找到一间没关门的办公室，是副总经理的办公室，里面没人。娟子喜道："就在这儿吧，老总一定在下面忙着呢。"

阳阳吩咐娟子在外面放哨，自己在大办公台上肃穆地打开幸福笔记本，把找到尸体的69个人名一个个地写上，既然有家属提供的照片，就说明亲友期待他们的复活，符合救助条件。为了自然一些，她标明了半个小时到一个小时后复活后，又注明昏迷3小时到8小时不等。

下楼后，阳阳看到最早遇到的那一帮家属，告诉他们说，殡仪馆里好像说有人还有呼吸，抢救过来了，你们去看看是不是你家的。阳阳怕大家没有注意复活，而一家注意了就会带动所有家属，都会抱着侥幸的心理去检查，包括官方。

在殡仪馆的停尸房发生69具尸体集体复活的"大地震"前，阳阳和娟子赶到了海边和采尼会合。

2 情急跳海

海风轻拂，海浪轻吟，海鸥在海面上翱翔，夕阳的霞光向大海洒着无尽的哀思。

在采尼的船上，娟子在上网。阳阳和采尼说着一天的情况。

娟子在舱里突然喊道："阳阳姐，我查到机组人员的照片了。"在航空公司的网站上，有8名机组人员微笑的照片，其中有4名空乘之花，旁边伴着多篇哀悼文章。

"为什么打捞上来的尸体一名机组人员都没有呢……"阳阳看着35岁的机长张翔英俊刚毅的面孔，突然有个念头一闪："采尼，开船，到失事海面！"

阳阳让采尼固定了航向，然后让他转过身来坐在面前，"把手伸出来，我传你千里眼功，然后我们在海面上搜索马上复活的人。"

娟子在旁边又撅起了嘴，心想就因为我没上过幸福笔记，还是不能传我这些功。

与昨晚和今天上午满海域都是搜救船相比，现在海面上冷清多了，潜水员也都放弃了努力收工了。采尼和娟子分别站在船头和船尾，采尼瞪大眼睛运用着千里眼，娟子则举着一架军用望远镜。

阳阳在船舱里打开幸福笔记本，喊道："你们准备好，5分钟内！"

阳阳在笔记本上小心地写上了机长的名字："张翔，本日17时35分。"

写完以后，阳阳紧紧盯着名字的颜色，红了！她喊道："活了！"马上跑到船上的瞭望台，运起千里眼四处巡视。

四周的海面很安静，波澜不惊，阳阳在焦急中四处观望。突然采尼大喊："看到了！"刚开发的千里眼功能发挥了作用，他指着船的后方，正是飞机坠落滑行的方向，离岸不足500米，人们都注意向远处搜索，没想到折断的机头就在岸边。只见有处浪花飞溅，一个人在挣扎着。

游轮快速驶过去，采尼解下个救生圈比画着准备扔过去，但又怕太远了扔不到。

阳阳鼓励道："没问题的，你就扔吧。"采尼没作声，瞄了瞄方向，一扬手，一个漂亮的弧线越过了近百米抛在那人旁边。娟子惊呼一声："怎么会呀，你怎么有这么大力气？"采尼告诉娟子："我师父教我的第一个功夫就是这手大力神。"娟子听罢抿着嘴好像在下什么决心。

机长张翔看样子还有力气，一手挎着救生圈一手划着水，向游轮游过来。阳阳和采尼在船头放下绳梯，采尼伸给他一只手。这时机长的身体一吊在绳梯上，突然船身一晃，船尾的娟子尖叫一声掉进海里。

阳阳本能地喊着："快，快呀，采尼，你快救娟子！"这时，采尼正拉着机长一步步上来，是不能松手的。只听娟子也在喊着："阳阳姐，救我……阳阳姐，幸福笔记……"只见一个浪拍下，娟子的黑发一闪就没影了。

阳阳与娟子姐妹情深，她跑到船尾，情急之下自己一纵身跳了下去。

采尼把机长拉了上来，便把救生圈向阳阳扔去。

阳阳接到了救生圈，可是她要救娟子，得潜水才行啊。她扔掉救生圈，憋了一口气低头就向海水里扎下去，闭着眼睛胡乱划拉着。

该换气了，阳阳按以前在室内游泳池练的方法向水面探头，但蹬了几下腿还是没有露出头来，她实在憋不住了，就张了一下嘴，突然，一个令阳阳惊奇的事情发生了，她不但没有呛水，还一下子觉得不用口鼻换气了——不需要呼吸了！阳阳脑中火光一闪，这也是幸福笔记要开发的十八般武艺之一吧——水下呼吸！她可以像鱼儿一样在水底游了！

阳阳激动地向海底摸索着游去，晚上的光线虽然暗了些，却也能看清，这是千里眼的功效。阳阳四处寻找着娟子没有看到，却看到脚下不远处是飞机头部的驾驶舱部位。她游到舷窗前，模糊地看到了里面有3个人。用千里眼一看就清楚了，一个男的穿着制服，还有两名穿短裙的空姐，空姐胸前胸牌上的名字映入她的眼帘，“庞艳”、“王辉”。

阳阳又开始转身寻找娟子，一圈圈扩大范围，都方圆几十米了还是没找到。眼看时间过去十多分钟了，阳阳用力把千里眼功能发挥到极限，看到百米开外有个漂动的黑影，急忙游了过去，果然是娟子，已是面色苍白，双眼紧合，浑身软软了。

阳阳抬眼向上找到游轮的船底，抱着娟子浮到海面，一探出头来就又恢复了人类的呼吸方式。耳边一声大叫，原来采尼也在海里游着救她们来了。

3 海上救惊魂

船上的机长张翔先把娟子接了上去，探探气息摸摸脉搏，又看看瞳孔，对相继攀上来的阳阳和采尼说：“她不行了。”

阳阳接过娟子紧紧地抱在怀里，边进船舱边问机长：“张翔，你还有个男同事吗？”机长忙说：“有个副机长，但他去后舱救火去了，留在我身边的是机械师潘奇。”

阳阳又问道：“现在从驾驶舱到海里有通道吗？”张翔点点头说：“在坠落时我就把逃生舱门打开了，只是我们当时都被震晕了，谁也没有能力游出来。刚才我看驾驶舱里的其他人都没救了，可是我怎么就醒了呢，真是想不通。”

阳阳用英语告诉采尼：“下面还有3名机组人员，你和机长就看着我们船左右的这块海面。”

进了船舱后，她把娟子放在长椅上，拿出笔记本，写下了潘奇、庞艳、王辉和孟令娟的名字，每个人的复活时间间隔 5 分钟。

接下的时间里，张翔像做梦一样，隔一会儿就有个同事浮出海面。甲板上，张翔与他的机械师潘奇和庞艳、王辉两名空姐抱头而泣。娟子也复活了，很心满意足地跑前跑后，其饱满的精神和健康的神色让机长惊奇地瞪大眼睛，因为他亲手检查过娟子已经死亡了啊。

趁着天还没有全黑，又加上多了张翔和潘奇做帮手，阳阳又开始了一轮更大范围的救助。娟子在船舱里照顾惊魂未定的庞艳和王辉，同时掩护着阳阳写幸福笔记。

这次阳阳陆续把剩下的她看过照片的 23 名乘客和另 4 名机组人员的名字写上。

快 7 点的时候，太阳完全隐入海平线，这时船上已坐满了后来又救上来的人，共 21 人。有 6 人的名字没有变成红色，阳阳分析是后舱失火吞噬了他们的躯体。这 6 人里包括 4 名机组人员，张翔说当时他们正在后舱灭火。

阳阳让张翔帮着把救活的 25 个人的名单统计出来。

游轮慢慢地靠近码头，岸上一溜救护车和警车闪着灯光，岸上挤满了闻讯而来的家属们。

张翔是最后一个上岸的，他用力握着阳阳和采尼的手，含泪点着头说："我无法理解也无法相信今天发生的事情，但我心底铭刻着两个字：谢谢！"

阳阳望着机长清澈的眼睛，一股信任感油然而生，她脱口而出："我在北京读研，以后你可以来找我。"

上岸的获救人员沉浸在和亲人们的团圆中，也陷入了医护人员的包围中。机组 4 个人望着悄悄驶开的游轮，挥着手。他们看到一只白鸽在游轮上方盘旋着。

"阳阳姐，是那只白鸽，是我们的那只白鸽！"娟子指着白鸽惊喜地告诉阳阳。

这时，阳阳正在听白鸽谷谷用腹语训斥着："满招损，谦受益，见好就收吧，施其力、尽其心就可以了，再继续下去就容易暴露了。"

阳阳说："知道了！"一语双答了娟子和白鸽谷谷。然后，阳阳对采尼下令："马上离开现场。"

随后几天的中国各大报刊和网站都报道着同样内容的消息："滨海空难发生戏剧性的结局，打捞上来的69人因机舱失火而一氧化碳中毒，毒性自行缓解后集体复活。同时，现场有国际志愿者、亿万富翁采尼先生，租游轮在海上搜寻幸存者。由于他具有丰富的帆板和滑水等海上运动经验，寻找到海面最佳位置成功救起25人，其中包括4名机组人员。本场看上去不可能有存活者的空难死里逃生94人,这场海上惊魂成为世界航空史上的奇迹。"

几天后的北京，阳阳和娟子在机场送戴维和采尼回国。

这几天阳阳正在参加硕士研究生报考，还把护照也忙里偷闲办完了。娟子在她们租的小屋里用"过目不忘"和"过耳不忘"的"两不忘"功能在苦读初中到高中的6年课程和大学英语课程，她准备直接考入阳阳的大学。采尼也用"两不忘"功夫和娟子学汉语。

戴维用慈爱的眼神看着阳阳，不舍地拥抱她。虽然老人一句话没说，可频频眨着的眼角还是流下了泪珠。而采尼则交给娟子存有5万英镑的银行卡，说："这是幸福行动经费，不然下次阳阳再去救人都买不起机票了。卡里如果低于1万了,将由中国区总裁田女士负责补齐,但算是贷款,而且是高息的。"说着，采尼指了指一直对这亲热的分别感到莫名其妙的田总。娟子手里拿着采尼给的新手机和数码相机，像长大了很多，沉稳又调皮地吐了下舌头。

阳阳在旁边听着，无奈地笑了，拉过采尼吩咐道："回去后你要好好练功啊，还有幸福使者的任务一定要小心操作，欧洲那一带有事就及时和我联系，不得有误啊。"

采尼一个立正，行了个邱吉尔式潇洒的军礼，然后又低声说："师父，我下个月就能回来，到时候我去学校看师父。"

4 研究生面试

阳阳终于如愿获得了传媒大学硕士学位研究生招生考试笔试的高分成绩。本来，她因为有到山区支教经历可以免试入学的，但她坚持参加正常考试，想凭自己的实际能力被录取。虽然在考试教程中会有 FN 异能的作用，但也需要她自己的努力。“过目不忘”、“过耳不忘”两种功夫阳阳现在只练到第Ⅱ级，能帮助记住大量英语、记住各种公式，但能不能写出优美的文章啊？能不能解那些复杂的数学、物理题啊？这些话也是阳阳激励娟子的话。

娟子让爸爸在县里给自己报名参加今年的高考，对于小学 6 年级的文化程度报考大学无疑在县里引起了轩然大波。但孟祥宇相信阳阳，相信 FN 异能，毅然给娟子报了名，而且准备将 3 个志愿都填上阳阳就读的大学。

娟子在北京参加了高考补习班，白天在补习班学习，晚上在家恶补初中和高中共 6 年的课程。至于英语她早就超过了高三考生的水平，她只是在换换脑筋的时候学习阳阳在大学时的课本和音像资料。阳阳在大学附近租了间学生公寓，作为在北京的工作场地和生活之家。谷谷也成了公寓小区里左邻右舍眼中的宠物鸽。

这两天是阳阳硕士研究生面试的日子。面试是导师们直接确认自己的考生去留的最后一关。早晨，要出门去高考补习班的娟子眼圈一红。她明知道阳阳不会常住在分配给新生的宿舍，但还是很难过。

谷谷摇头晃脑地又说起“子曰”：“子曰：‘士而怀居，不足为士矣。’”意在笑话娟子。娟子嗔怒道：“谷谷姐你欺负人，等以后我把你关进笼子里。”

阳阳从冰箱里取出一瓶矿泉水塞到娟子的小背包里，关切地嘱咐道：“丫头，你的‘金刚身’刚练，该喝水还是要喝的。今天晚上安子然请我们吃饭，你下课就回来啊。快去吧，坐地铁时小心点，换乘时别走丢了啊。”

谷谷今天也挺兴奋，在屋里飞来飞去，她要陪着阳阳参加面试，也要上地球上的大学了。

国际传媒大学是重点大学，致力于广播、电视、电影、报刊、出版、网络及新闻媒体等高层传媒人士培养和科学研究，是一所集文、工、艺、管、理、经、法、教等多学科协调发展的综合性大学，这年建有 9 个博士后流动站、30 个博士点、65 个硕士点、18 个专业硕士点。

研究生集中面试的校园虽然不如普通大学生报到那样热闹，可也增添了不少新的气息，连鸽子都在校园里翱翔。当然没有人会注意到，这只雪白的鸽子一直是在阳阳的视线内来回飞着。

阳阳今天穿了一条白色连衣裙，外套件湖蓝小衫，长发随意地束成马尾，要不是眼神中的柔和沉稳让人肃然，也就是大三学生的样子。

阳阳挎着的包包很特别，打小儿她就心灵手巧，总是自己设计或者改造穿戴用品。她睡觉盖的被子就是在上半部剪了两个长条口，可以把手伸出来捧着书看。这次她为了保护幸福笔记，把一般的双肩挎包改成了十字挎包。也是两根背带，一根是右肩挎着的，带子的两端有穗子垂在包包两侧；另一根带子是横着环在腰间的。阳阳在包包的后面缝了个类似裤子穿皮带的裤环，带子穿过裤环然后环系在腰上，看上去是飘逸的腰带而且还有个可爱的小腰包。这样包包背着就很稳当了，别致好看。幸福笔记本就稳稳地放在包包的夹层里。

研究生教学楼是一座 18 层的红楼，外形不例外的是中国现代建筑普遍呈现的长条盒子形状。进了一楼大厅才感觉到楼内有些学究特色，淡绿色花岗岩地面让阳阳一下子想起了水磨坊的矿山建设，阳阳知道那边正在紧锣密鼓地运作着这个项目。

面试在 12 楼多媒体教室举行，不少人候在电梯口。电梯门开了，看不出是学生还是老师的男男女女依次进入。没想到等阳阳跨入电梯后超载信号响了，阳阳刚要退身而出，在她前面上来的一位男生回手拦住了她，也没说话就出了电梯，动作很快。阳阳转过身来朝他笑了一下，表示谢意。那男生回头站在那里，看着阳阳甜甜的微笑居然愣了，像着了魔一样一直看着阳阳直到电梯门合上。阳阳不由自主地用“过目不忘”功夫记住了他的全身信息，包括相貌、衣着和他浓浓的眉毛里的一颗小痣以及深凹的眼睛里的微蓝色光芒，他应该是混血儿。

阳阳报考的传播心理学专业是硕士和博士研究生同时面试，两间面试教室挨在一起。两排候试的学生中，显然年龄稍长些的一排是博士面试生。

阳阳注意到了礼让电梯的男生也在。他感觉到阳阳在望着他，便迎着阳阳的目光走了过来。阳阳也向前走了几步，两人站在了候考的队伍外面。

“我叫项小羽，很高兴认识你。”黑瘦结实的他足有一米八，在阳阳面前略有局促。阳阳也介绍着自己：“我叫阳阳，你也报了传播心理学专业啊。”

项小羽眼睛一亮，“是啊，以后我们是同学了。”听着项小羽有些生硬的汉语，阳阳问道：“小羽同学是在国外读的书吧。”项小羽不好意思地笑了，“看来我的汉语还是不过关啊，我是从美国密苏里大学新闻学院毕业的。”

这时，一间面试的教室门开了，研招办的一名女老师指着项小羽说句“该你了”，便向洗手间的方向走去。

项小羽这时又发挥了绅士风度，示意阳阳先请。阳阳一是怕大家注意到两人间的客气；二是知道大家都想靠后考的心理，心想多给项小羽留点备考时间，就自己先吧。她向项小羽点点头便入了考场。

5　阴差阳错

教室里光线柔和，窗帘都拉着，隔音效果很好。阳阳被指定坐在一台装有视频摄像头的电脑前，对面有五六个老师坐在一排。

面试的老师中有一位英俊高大的英国老师，首先面试英语。几句英语问答后他便竖起了大拇指，“A！不，A+！”其他老师分别提出一些问题，阳阳虽然觉得都不在自己的硕士复习范围内，但也都对答如流地过去了。这时一位老师又对阳阳问道：“这位同学，你对传播心理学的研究方向有什么见解？”

阳阳想了想，小心地说：“对传播心理学的研究方向我有些可能是不同的看法，可以说吗？”

那老师点点头，“当然，随便说。”

阳阳清了下嗓子说：“把传播学和心理学名义上进行结合，不是一件很难的事情。但是，要想把这两门学科进行‘融合’，我觉得我们还没有做到。”阳阳停了一下，看到面试的老师都挺起腰杆或者前倾靠在桌子上。

阳阳继续说：“我们现在的研究方向大多数都是依照普通心理学的理论框架建构的，是运用心理学的普通原理或从心理学的视角来研究、解释传播领域中出现的心理现象和心理规律。比如，我们的教材现在还是认为：‘传播心理学是运用现代心理学理论和成果，研究通过报纸、广播、电视等大众媒介进行的新闻、政治、社会、观念、知识、商品、娱乐等多种信息传递的大众传播活动中，人的心理现象和心理活动规律的科学。’我个人觉得这种定义只是把心理和传播强行地捏合在一起而已，并没有明确从研究传播领域的心理学应用入手，还是没有跳出普通心理学研究的局限，这样是跟不上日新月异的现代传媒的发展的。”

阳阳说完就觉得教室内空气不对，她哪里知道刚才她批评的这番定义的“始作俑者”就通过电脑视频盯着她呢。

这时一直没有动静的电脑音箱里传来一个浑厚的声音：“这位同学，你有何高见？”

有老师提醒阳阳说：“这是谭院长。”阳阳一愣，看了一下摄像头，心里想，原来真正的主考官在这里呀。她向镜头欠身行了个礼说：“谭院长您好，我觉得从我们学生的角度来讲，如果研究方向跳出只是研究传播领域中的心理现象及其规律研究，也就是说纠正过去的偏重心理学研究而向侧重传播学研究的方向转变，这会令我们学生期待的。如果能这样调整研究方向可能更受学生们欢迎，而且实用。”

音箱里传来谭院长哦的一声，“你可以说说侧重传播学研究的例子吗？”

阳阳想了一下接着说：“这个我还没有系统地想过，但感觉上我觉得‘互动’是当前传播学研究的主要特征。在现代信息通讯高度发达的今天，传播者要想获取强大的传播效果，单纯的、单向的信息传递已不能适应时代的要求，双向的、互动的传播是现代社会发展的必然要求。因而，传播心理学应在确立‘互动的传播’观的基础上，将传播心理学的研究内容确定为主要研究受众的自我互动，传播者与受众的互动，受众与受众的互动以及受众与社会文化环境的互动等方面。”阳阳说到这里欲言又止地停了下来。

“哦，你继续说。”谭院长鼓励着。

“我注意到现在很多平面媒体中推出了点播互动，突破了平面媒体的局限，通过在报纸上建立短信、语音电话尤其是建立网络电子版等平台，为读者播报更及时的信息，同时也能及时得到读者的反馈。这种互动视听新闻无疑会给报纸带来动感的现代气息。有的报社还发动本城一批年轻的

DV 发烧友，开辟《读者 DV 直击新闻》栏目，用他们个人手中的数码机器拍摄城市的变化，记录真实的生活，为报纸源源不断地提供了宝贵的新闻素材。这应该是典型的传播者与受众的互动。”

“现在的新闻传播领域，电信商来了，网络电视台与 3G 移动电视也在酝酿力量，这种基于宽带网传输、互动性强的收视方式被许多传统媒体看中，许多传统媒体都宣布进入网络电视市场，并开展了各种业务。这些都为我们传播心理学的互动应用和研究提供了广阔的平台和学术空间。”

谭院长若有所思地说：“哦，哦，好啊，思维很敏锐呀，那么你对传播心理学的研究还有什么建议吗？”

阳阳有些脸红了，“谭院长，我都是自己乱说的啊，说得不对还请您大人大量啊。至于建议嘛，我想到一点。”

音箱里传来谭院长宽容的笑声，“说吧说吧，我们这些老脑筋也需要你们促进一下，这也叫互动吧。”教室里的老师们也都跟着轻松地笑了。

阳阳接着说：“我希望我们在读研的过程中，要提倡理论和实践两条腿走路的方式，呵，‘两条腿走路’是套话了，或者说是两只翅膀一起飞吧。现在的新闻传播研究，形成了越来越高的学历、越来越少的从业经验的局面。我们这些学新闻传播的偏安于高校一隅，埋头写论文、著书立说，参与媒体业界的热情和机会日益消解，而大量的学术论文与著作除了高校内的一些同行外，又少有人问津。所以我建议毕业时的评定不单看论文的级别、数量，还要看有多少媒体从业经历，要看发表过的新闻报道的数量和所获的新闻奖项。这样的两只翅膀一起飞，才能让我们得到均衡的发展和进步。”

“呵，两只翅膀，不是‘隐形的翅膀’？好，不用再说了。你叫什么名字？”谭院长打断了阳阳的发言，在音箱里好像自言自语又好像吩咐教室里的考官们说：“这个叫阳阳的博士生我带了。”

面试老师们个个面露喜色，还响起了几下掌声，向阳阳祝贺：“老院长亲自选中的不多啊，你是今天面试考生里的第一个。”

阳阳听了忙感激不停，可心里也在笑老院长今天面试糊涂了，把她的硕士说成博士了。

走廊里的项小羽和大家都在纳闷呢，这个女考生怎么进去这么长时间。

阳阳出来了，大家关切地望着她。门口那个研招办的女老师看看手里的名单又看看阳阳，一头冲进考场。阳阳回头一看，教室门上的标牌上写的是“博士研究生面试处”。

6 情侣变朋友

晚上回到家，谷谷早就自己飞回来了。阳阳和娟子谈起了面试进错考场的笑话，两人笑个不停。阳阳说:“看样子明天还得让我重新面试的。”

谷谷在阳阳动身去和安子然吃饭前把阳阳叫过来:“子曰:‘可以托六尺之孤,可以寄百里之命,临大节而不可夺也。’老身今晚要出差一段时间,临走前嘱咐你几件事。把幸福笔记打开。”

阳阳一听谷谷要走非常不舍，但她知道自己是拦不住谷谷的。

“老身过段时间会回来的。你这个阶段是修炼阶段，要多做善事提高你的功德值，尽快进入Ⅱ、Ⅲ境界。注意救人要注重质量，尽量多通过你自己的努力去救，比如空难营救，这样才能实际增加你的功德值，不是举手之劳只写上名字而已。”

谷谷翻到 3 个境界页面，Ⅱ境界已经绿了 10 个点，Ⅲ境界绿了 5 个点:“照这个速度，你不用半年就可以达到 100 个点进入第Ⅱ境界了。”

翻到爱心感应图，各地都有一些亮点。谷谷说:“世界上每天有成千上万人死去，你不可能去一一救活，而且我们还要遵循自然淘汰的定律，所以你要挑选在你的能力范围内特别需要救的人去救。记住，这段时间以修炼为主，救人为辅。只有你修炼好了，才能更好地去救人。”

谷谷看着懂事的娟子回到自己的小屋去看书，继续嘱咐道:“你的幸福使者小分队要抓紧组建，现在只有采尼、孟祥宇和娟子三人，你要放开，大胆地去建设，凡是上过笔记本的人都行，挑选他们中的有缘者，因为他们身上都有幸福基因了，和你是一条心的。你再把他们的异能开发出来，就是一支很有力量的队伍。要尽快进行啊。”阳阳点点头。

“还有一点你要注意，昨天我和你去学校，是想看看你的安全环境。

我有些奇怪的感觉，好像有H星球的活动痕迹，就是使用‘死亡笔记’的那些人。你要小心，要学会观察一些反常的人，尽量不要让他们发现。千万注意你的真名‘杨阳阳’和3个‘Y’不要向任何人透露，这样‘死亡笔记’对你是没有办法的。”

阳阳频频点着头，她拍拍手里的幸福笔记，问谷谷：“谷谷姐，我现在把幸福笔记包上了书皮，而且经常换不同的书皮，就当成我的课堂笔记和学习日志了。别人看到了也都以为是上课的内容，等我用的时候，用左手心的幸福花一托，就回到正常了。这样可以吧。”

谷谷笑道：“你这个鬼丫头，想的事情就是和别人不一样。这个方法不错，只是你注意本不离身，别丢了就行。要让娟子配合你，帮你保护笔记本。”

阳阳嗯了一声又汇报说：“这段时间我除了学习传播心理学外，还要学会各种语言，为以后救助各个国家的人做准备。我还要潜修那18项异能，我自己都开发出‘过眼不忘’‘千里眼’和‘水中呼吸’3种了，嘻！还有啊，我还要学会挣钱。谷谷姐，你就放心地忙去吧，不过一有空就要快回来啊。”

谷谷飞了起来，“地球上的事情变数是很大的，阳阳你努力吧。子曰：‘仁者不忧，知者不惑，勇者不惧。’”说完，就没影了。

晚上和安子然的饭局娟子原来不想去，说不当电灯泡，后来一听阳阳说：你不想保护我了吗？便一跳而起嚷着一定要去。

在公交车上，娟子和阳阳说：“阳阳姐，我没太看好安大哥，他那天居然甩下你就走了，头都不回。阳阳姐你一定要找个不论什么时候都能体贴理解你的人。”

阳阳笑了看着车窗外说：“我这不是有个‘某人’了吗？天天在体贴着我。”

娟子一愣，突然明白，拍着阳阳说：“人家是说男生，是你喜欢的男生。我，我只是你的小跟班，GPC！”

这下轮到阳阳愣了，“GPC？什么意思？”接着冰雪聪明的她恍然大悟：“没错，你是我的‘跟屁虫’，烦不烦人呀。”

娟子的眼圈马上就红了，倚着阳阳的胳膊小声嘟囔着：“就烦你就烦你烦你一辈子。”

阳阳爱怜地握着娟子的手，“看你，都当 GPC 了还总哭鼻子。这辈子，俺姐俩相依为命。你可要好好努力考上大学啊。”

娟子破涕为笑说：“阳阳姐，你放心吧，我一定会拼命努力的，前天的模考我还考了高分呢。大家都看我是怪物呢。不对，怪物不好听，是外星人吧。”

在朝阳区一家傣族风味饭店里，安子然迎上来，有些惊讶地看着娟子，“娟子也来北京了！”

娟子有些腼腆地说：“我是来考大学的。和阳阳姐在一起。”

阳阳对安子然用郑重的口气介绍：“娟子以后和我就是一个人。”她因为要带娟子出来，就婉拒了安子然要去他家吃饭的要求而来到这里。

就座后，安子然认真地点了四菜一汤，对阳阳说：“妈妈知道你这么快就回来了，一直要我叫你去吃饭呢。”

阳阳说：“最近这段时间我会很忙的，子然你要多理解我也要多帮我啊。”

安子然看看娟子，对阳阳说：“只要你不在山里，在我身边，你做什么我都支持。”接着他又说：“你回来就好了，我们的房子可以装修了。”

阳阳沉默了一会儿，“子然，我，我最近有很多事情要做，说实话，我现在已经不属于我自己了，婚事先放下吧，我们好好做朋友。”

安子然脸色一变，“你……阳阳，我还以为你是冲我回来的呢，原来，原来……”

阳阳把椅子向安子然挪了挪，“你别胡思乱想，我们本来就是好朋友嘛，这几年一直都是你在照顾我。只是这一年多我走出了城市，看到了更多，觉得肩上的责任重多了，我们活着不能只为了自己，要为大家多做些事才对。”

安子然不解地说：“你到山区是去支教当老师，现在你回到城市还是支教帮助别人吗？”

“安大哥你说对了，阳阳姐要拯救很多人，要给人们更多的幸福。”娟子在旁接话了，像个小大人。

安子然有些晕了，看着菜上齐了，拿起筷子比画一下，“真不知道你们在说什么，先吃饭吧，以后再说。”然后又小声自言自语道：“我得去检查一下是不是脑子有病了……”

阳阳和娟子相视一笑。

7 长笛魔音

晚上回家后，阳阳上网查看幸福笔记上的爱心感应图，这是她每晚必做的工作。

看着满是亮点的感应图，阳阳挑出了七八件需要救助的事件，有某省矿难死亡 38 人，有大客车翻到河里死亡 18 人，有暴乱死亡 12 人……还有中国援建国外的一个建筑工地遭到恐怖分子的袭击，死亡 10 名中国工人。

阳阳分析了一下，如果只在笔记本上写上名字，矿难的人如果救活了，人还在危险的矿井里——不行；河里死亡的人，如果阳阳不在场安排观察——不行；暴乱的死因和死者地点不明——不行；只有中国工人这事件现在可以操作，因为是枪击而死，尸体完整，而且还在医院里存放，过几天灵柩便要运回国内。

阳阳便让娟子在网上集中搜索中国工人遇难者名单和照片，以及善后安排。娟子用的电脑是采尼给买的，配置相当高级，是四核的机子。

半个小时后，阳阳在幸福笔记本上写下了援建公司 10 名遇难者的名字。3 天后，在中方包机将灵柩运抵国内机场后 3 分钟内相继复活。

阳阳想到人们在下飞机抬送灵柩的时候复活才会方便被人发现，不然又被送到冰柜中冻死了。3 天后，阳阳的聪明果然救了这 10 人。这 10 人从飞机抬下来时也是封闭在冰棺里的，工作人员要在举办一个短短的默哀仪式后尽快把他们放入冰柜车中。就在默哀的 3 分钟内，满地的冰棺里纷纷传来敲击棺板的声音。只有这个时候复活，人们才能听到他们的敲击声。当然，现场给人们带来的惊恐和惊喜就可想而知了。

第二天，阳阳又背着她的十字包包去学校了。果然让她重新考了，但考的不是硕士面试，而是让她补考博士的笔试。看着阳阳惊讶的神色，主考教师们笑了。

一位儒雅的长者绷着脸说:“谁让你走错门了，还敢向我叫板挑战。哼，不考你考谁。”阳阳顿时知道这位就是院长大人。阳阳乖巧地行了个礼,“那我就试试吧，反正也丢人了，就丢到底吧。”

阳阳从来没见过这样的阵仗，只有她一个考生的考试，监考老师有十几个；而且4门科目一上午考完，考完一科当场评一科的分数。

结果，阳阳的博士笔试分数都过了录取分数线，而且英语分数是所有考生中最高的。谭院长喜形于色，当场宣布阳阳被正式录取为本届传播心理学专业博士研究生。

下午，研究生院举办新生入学联欢会。新入学的研究生们和在读的研究生们举办了师生联欢会。在可容纳数百人的小礼堂内，每位新入学的硕士和博士研究生都上台做自我介绍和才艺表演，在校的学长们也与新生交替表演拿手才艺。新老学生们在下面三五成群地给每位上台的人打着分。校里和院里的一些社团组织也赶来挖掘和网罗人才，以壮大自己的社团力量。

阳阳观察了一下，前排坐着谭院长和众多考试时见到的老师，那个考英语的男外教也在，后面的学生中项小羽也在，朝她轻挥了一下手。阳阳还看到右侧的一角有四五名帅哥围着一个靓女。她用千里耳听了一下他们的谈话，知道这几个人是校学生会的。靓女叫易楠，是校学生会副主席，那几个帅哥是各个部的部长。

新入学的才子佳人明显比不过在校的学长学姐们，因为在校生有准备，有几人通过演奏乐器来展示才能——手风琴、电吉他、萨克斯、架子鼓、二胡等。

最后一位新生——阳阳上场了，文静端庄的阳阳手执银光闪闪的长笛往台上一站，就引起下面的嗡嗡议论声：就是她，那个走错考场被破格录取的英语最高分博士生。

阳阳没有和前面上来的同学一样先做自我介绍再或唱歌或朗诵或跳舞，而是手执她心爱的雅马哈长笛，文雅地行个礼便吹奏起来。新生里终于有人会乐器了，新生们报以热烈的掌声。

由于阳阳练了金刚身功，吹长笛的底气更加浑厚，远不是一个女孩儿的吹奏效果。一曲悠扬欢快的《卡门间奏曲》在礼堂里回荡。同学们都在惊讶长笛居然会发出这样悦耳明快的声音。看着台下微笑的老师和同学们，阳阳不知不觉把左手心的幸福花催动起来，手心一发热，一种感觉注入吹奏中……笛声突然焕发出一股融合精神的圣洁魔音，如教堂的唱诗班令人陶醉，瞬间让全场人都感觉到了那种祥和的温暖和舒畅。

下面的听众有一个人特别兴奋，就是那个英国外教。他叫迪肯，英俊的他在学校有人所共知的两个特点，一个是标准的新闻专业英语教授，一个是吹得出色的长笛，被学生们私下里称为“英格兰长笛王子”。校园晚风里他的悠悠长笛声迷倒了众多学子。只见迪肯微闭着眼睛听着阳阳的笛声，双肩合着笛声耸动着，显然他更懂长笛，陶醉在音乐里。

慢慢地，他站了起来，两只手打着拍子，轻轻摇晃着身体。突然他向阳阳喊道：“葛蓓莉易！”阳阳会心一笑，换吹了《葛蓓莉易圆舞曲》，又不由地在台上向迪肯方向走了几步。迪肯听了一会儿又喊道：“匈牙利田园！”阳阳又依言吹了《匈牙利田园幻想曲》。这些长笛名曲，自然难不倒阳阳浸润 10 年的长笛功夫。在校生们都听出来了，这就是迪肯平时常奏的几个曲子，大家互相传递着眼神，这回英格兰长笛王子可有对手了。阳阳也非常开心，难得遇到了一位知音。

这时迪肯又喊：“《加沃特舞曲》！”然后拉起身边一位女教师，合着笛声跳起舞来。联欢会的主持人见机应变，马上指挥刚才表演的乐器手一起上台，一起跟奏起舞曲来。又有谭院长一批人加入了跳舞队伍，联欢会原定的最后狂欢部分就这样开始了。

台下有位叫孟龙的博士研究生是在职就学的电视台国际栏目编辑，正到处打听阳阳的联系方式，看来是想邀请阳阳为嘉宾主持。

易楠身边的学生会干部们也都加入了狂欢，看到全场自然热烈的场面，略显落寞的学生会副主席易楠独自走出小礼堂。门口一位学生模样的男人在等着她。那男人听着阳阳的长笛声显得躁动不安，在门口往返疾踱着。

不久，项小羽跟了出去。

8 歌唱家诞生了

晚上，娟子边在厨房煮鸡蛋面，边听着她房间里放的英文歌。

阳阳在自己的房间里打开幸福笔记。她白天注意到这几天报纸和网上都在关注国外武装劫持韩国人质的事件，而且其中一名人质已被打死。阳阳已在网上弄清了情况，20 名韩国人质中的一名牧师已被武装分子打死，尸体被送至当地军方基地。在那里执行人道主义任务的 200 名韩国士兵也驻扎在那里。死亡人质的家属已赶到基地，坚持尸体同其他人质一块儿返回韩国。要是这样的话，尸体应该保存完好。

阳阳在心里回忆着网上的照片，在幸福笔记上写上："×××，明天当地时间中午 12 点复活，1 小时恢复神志。"

阳阳想，人要在冰柜里复活，若没人理会被冻死的，必须想办法通知他们准时去检验才是。可惜自己还没有来得及学会韩语，无法打电话或写信和人质家属沟通。阳阳灵机一动，对了，到网上去找中国驻韩国大使馆。她很快就查到了，办公电话和邮箱都有。如果发邮件的话怕没有人及时查阅耽误事，阳阳便打通了大使馆的电话。阳阳知道这样的电话会有录音，想了想便学起谭院长的口气，权威些嘛。

阳阳严肃又缓慢地对着耳麦说："您是中国驻韩国大使馆文化参赞办公室吧，请问您的名字，因为下面有件重要的事情我们需要证明是谁签收的。哦，王参赞。是这样的，韩国被害人质可能在明天当地时间中午 12 点苏醒过来，请通知人质的家属在那个时间一定要守在尸体身边，并建议人质苏醒后严格保密。"

王参赞惊讶地问："请问您不是在恶作剧吧？"阳阳继续严肃地说："事关重大，请王参赞不要当成儿戏。"王参赞嘟囔着："死马当活马医吧，那我就马上通知韩方试试。"

挂断电话后，阳阳很惊奇自己能把谭院长的声音学得如此惟妙惟肖，心想，这是不是幸福笔记过耳不忘功能的体现啊。想了想，阳阳又学起娟子的声音："阳阳姐，开饭了。"哈，居然把自己吓了一跳，差点要回头了。兴奋中她又接连模仿了几个人的声音：

"师父，我下个月就能回来，到时候我去学校看师父。"这是采尼的声音。

"妈妈知道你这么快就回来了，一直要我叫你去吃饭呢。"这是安子然的声音。

"看来我的汉语还是不过关啊，我是在美国密苏里大学新闻学院毕业的。"这是项小羽的声音。

闻声进来的娟子端着煮好的鸡蛋面险些将面掉在地上。阳阳回头一看就拍着手跳起来：

"娟子，我们可以学别人说话了。过来，你也试试。"

娟子胆怯地说："这能行吗？我可不会呀。阳阳姐，能行吗？"

阳阳用左手扶住娟子的肩——阳阳通过这些日子给娟子传功发现，只要左手心扶在对方身体的任何部位都会产生同样的效果，不一定非要掌对掌。阳阳还知道，上过 FN 的人要开发异能潜力必须有自己的传功引导。她在用幸福花催力发给娟子过耳不忘的深层次异能。

"你学学朱老师的声音。"阳阳飞快地理解到，必须是听过的而且熟悉的声音才能学出来，越熟悉的声音学得越像。

"今天放学后都早点回家写作业，不要在学校玩了，本老师的女朋友、就是你们的师娘看我来了。"娟子学完朱老师的话，和阳阳两人笑成了一团。

冰雪聪明的娟子歪着头思忖道："阳阳姐，那我们可不可以学那些歌星的歌呀？"

"哇，来试试，如果也能学歌星唱歌，我俩，嘻，不就成了全能歌星了吗？"

听到娟子房里播放的英文歌，两人拥着过去。房内正播放着卡彭特的《昨日重现》，两人对这首歌的曲调和歌词早就耳熟能详了，再加上"过耳不忘"的记忆，娟子脱口就跟着唱了起来，这时阳阳的左手一直没有离开娟子的肩膀。刚开始几句娟子唱得还不太像，后来就越唱越有味，越唱越像，渐渐地，阳阳松开了手，然后又把电脑的音乐关了，娟子仍然投入地唱着，犹如卡彭特再现!

两人一下子就打破了过去自己的音域，轮换着唱起中外名歌手的歌儿来，席琳迪翁的、艾薇儿的、恩雅的、布兰妮的、邓丽君的、王菲的、杨钰莹的、刘欢的、周杰伦的……

阳阳知道幸福基因改造了人体各个器官的机能，当然也包括喉腔和声带，她试着向人类嗓音的极限发起挑战。先是成功地演唱了帕瓦洛蒂的《O Holy Night》，接着又轻松唱到了玛丽亚·凯丽的 G7 音域高度，最后她唱出了俄罗斯的男高音维塔斯（VITAS）的《歌剧 2》《微笑》《星星》3 首经典歌曲，学会了以 5 个 8 度的华彩高音表现非凡张力的“海豚音”！——仍然举重若轻，音色既柔和又明亮。

娟子也在努力学唱，但她到最后只能唱出别人的歌，阳阳帮娟子定位在邓丽君的音色上。而阳阳却打通了人类极限音域，形成了自己的独特音色。

娟子古灵精怪地突然学着壮壮向阳阳“汪！汪！”叫了两声，那个逼真，把阳阳乐得蹦了起来，刚做喜态就知道是娟子在搞怪。阳阳懂了，娟子在实验是不是也可以模仿动物的声音。这也是成功的，两人在惊喜中默契地抬手击掌。

9　北爱尔兰

阳阳和娟子开心极了，沉浸在可以学别人的声音又能成为歌唱家的快乐中。这时娟子急于和外界试一下，便想起高考的事情，拿起手机和爸爸通了个电话，她拨通孟祥宇的电话后先装作爷爷的声音：

“大宇，娟子的准考证办完了吗？在哪个考场啊？”

孟祥宇有些疑惑地回答：“都办完了，在县一中的考场，还有不到一个月了。老爸你怎么也用手机打电话了？哎，不对啊，这不是娟子的手机号吗？”

娟子忍不住笑了，用自己的声音说：“大宇老爸，是女儿给你打的电话。准考证办完我就放心了。”

孟祥宇骂道："你这个死妮子，怎么学你爷爷那么像，根本听不出来。阳阳师父在吗？"

阳阳接过电话关心地问起了矿山的运作情况，孟祥宇的大嗓门汇报道："戴维父子是没说的，人家办事效率就是高，现在首批设备已经到位，资金也是随用随拨，采石作业面已经开始试采了。对了，阳阳师父，我在后山的山谷征用了几百亩山地，可以依山建学校，这是采尼的教育基金会另投的资，采尼走时说准备建个大学城，等你回来规划场地呢。"

"太好了，等采尼回来我和他回去一次，再给你多开发几项异能。这回还能教你在水中呼吸呢，再不用怕水了。"阳阳也高兴地说，她知道孟祥宇自从被水淹死过一次后很是怕水。

阳阳刚断了电话，又一个电话打进娟子的手机来，一看是采尼的。采尼来电话一般只给娟子打，从不直接找阳阳。阳阳装做娟子的声音接道："是采尼吧，你的汉语学得怎么样了？"

采尼一点没听出异样，用汉语回答说："娟子你还好吧，你说汉语啊，多亏阳阳师父教我的这些异能，能让我这么快就学到了汉语专业大四水平了，我还会努力的。娟子，我刚给你们发了封很重要的邮件！"接着采尼问道："你昨天告诉我阳阳被破格录取为博士研究生了，真为师父高兴，师父就是厉害。她开学了吗？"

阳阳也笑了，向娟子示意打开电脑，换回自己的声音："采尼徒儿，我是阳阳。今天师父开学了，还认识了一个叫'英格兰长笛王子'的外教呢。"娟子在旁看到阳阳随意变换着声音，笑得直吐舌头。

采尼有些焦急的口气，"是英国人吧？师父你还小，接触人要多注意啊。英国人虽然绅士，但也挺风流的啊。"

"哈，徒儿，这么说你也是风流人物了？"阳阳逗着采尼。

"我？"采尼有点不好意思了，但又幽默道："师父，本人是良家子弟，不是纨绔子弟，尚无风流记录呢。"

"徒儿，你这汉语进步真快，都会用汉语熟语了。对了，孟乡长让我们去看大学城的场地，你什么时候回来？"

"我得再过两周吧，我在这边也在准备大学城的事情，等我回去后我们再去水磨坊，还可能赶上娟子的高考呢。师父，你快看我发给你的邮件，是北爱尔兰发生的一件大事。”

娟子打开了采尼发来的邮件，里面有 12 名死者名单和照片。

阳阳边读邮件边和采尼沟通着。原来刚过去的这个周日，发生了英国军方对游行示威的北爱尔兰人开枪的事件。本来英国军队进驻北爱尔兰是为了保护当地的人民，但当时游行的人们有些激进，军方接到报告说有狙击手在活动，便发生了不应该发生的冲突，开枪当场打死 12 人，其中包括 5 名不满 18 岁的未成年人。开枪事件当即引起了当地更大规模的示威游行。如果能及时救活这 12 个人，就可以减少或者避免两派势力的冲突对北爱尔兰造成的损失，使这个流血的星期日不要成为北爱尔兰命运的一个负面转折点。

阳阳听明白了，觉得这些人应该得到复活，肯定了采尼的做法，便看着这些人的照片和资料，在幸福笔记上写上他们的名字，注明英国伦敦时间明天上午 8 时至 10 时陆续复活，让采尼保证通知到死者的家属。

10 两个男人的交锋

接下来的几天，阳阳都是上午到学校上课，下午去母校和北三外学小语种。阳阳同时学着韩语、德语和西班牙语，这是她首批语言学习计划。这些天她一直感觉快乐和充实，她还奇怪呢，谷谷姐提醒她的有死亡笔记的人怎么没有发现，直到她在北三外的大门口遇到了易楠和她的男朋友。

阳阳进校学生会已经确定下来了，任什么职让阳阳自己选，或者是文艺部副部长，或者是学生会中分管宣传和文艺的副主席的接班助手。

易楠是研究生院的学生会主席兼校学生会的第一副主席，校学生会主席张晓枫据说是突患白血病，正在肿瘤医院进行化疗，现在校学生会的工作由易楠主持。她是个漂亮妩媚的女孩儿，是校园里公认的 5 朵校花之一。易楠和阳阳正面接触过一次，当时因阳阳婉拒学生会职务，易楠和她谈过一次话。阳阳当时向易楠表示不参加学生会管理，但会参加学生会一切活动。

突然看到朝气蓬勃、挎着十字包的阳阳，易楠似乎一愣，和阳阳谈话时阳阳身上那种不可抗拒的威仪让易楠害怕。易楠从小到大从来都是让别人害怕的人，她从小学、中学到大学、研究生院一直是校级的学生会干部，居高临下和别人谈了无数次的话，也养成了她骄傲、唯我独尊的感觉和不允许其他女生超过她的潜意识。

现在易楠的潜意识里就对阳阳新生联欢会上那天的长笛秀很不开心，也不喜欢阳阳破格成为博士研究生，超过了身为硕士研究生的她。

今天的相遇如果是在自己校内，易楠可能不会理阳阳，但今天是在别的学校走了个顶头碰，没有理由不说话。她很随意地向阳阳介绍了自己的男朋友："我男朋友。"

易楠的男朋友似乎没有体会到易楠急着离开的心理，边审视着阳阳边伸出手来，"我叫容皮皮，在法律大学混研二。"

阳阳直视着容皮皮的眼睛，握了下他的手，"我叫阳阳，易楠是我学姐。"

两股目光一冷一热，让阳阳和容皮皮都感到了惊奇。容皮皮的手不觉中加大了力道握了阳阳一下，却急忙闪开了手。因为阳阳的大力神功让她也不由自主地生出了反弹力。你握我多大力就反弹你多大力，等于让容皮皮自己反弹开自己。

阳阳浑然未觉地转向易楠说："我是来旁听德语课的，你们是……"

易楠急忙接过话说："我高中同学在这儿读研，前天在打篮球赛时猝死，今天来参加追悼会。"

阳阳一惊，脱口而出："他人呢？"阳阳一听本能的反应是想救人，也同时认定这是死亡笔记干的事。

易楠苦笑了一下，"没有抢救过来，今天我们是向他的骨灰告别。"然后她挽起容皮皮的胳膊说："阳阳你进去吧，我们也走了。"

这时阳阳突然向前一指，"我们校还有同学来了呀。"

易楠回头环顾一圈，没看到，"是谁呀？刚才怎么没看到。"

阳阳喊了一声："项小羽——"

一个背影很无奈地转了过来。果然是项小羽，他面上佯作一喜，“你们也在这儿啊。”

阳阳的千里眼刚才就看到了项小羽躲躲闪闪地向这边靠拢，她在想这人怎么这样不地道，莫非他是死亡笔记的主人，所以一声叫破想探探他的虚实。

易楠显然对这位从美国来的留学博士印象很好，上前迎了一步，“项小羽，你怎么也在这儿，也不打个招呼。”

项小羽落落大方地说：“来这里看个同校来的同学，哦，这位是——”他的手伸向容皮皮。

易楠恍然一声：“哦，他，他是我男朋友，容皮皮，大家都知道的，以为你也认识呢。”

项小羽与容皮皮双手一握，项小羽抽出手来拍下容皮皮的肩，“我叫项小羽，你这体格，练过健美吧。”

容皮皮也回应道：“项先生的身子骨也不错啊，一定是当过特种兵吧。”

项小羽哈哈一笑，“现在身体好没用啊，说不定啥时候就心源性猝死了。看最近接二连三的，都是好男儿啊。”

容皮皮铁青着脸，转而哈哈一笑，“但愿你我都能躲过这一劫。”说完拉着易楠而去。

项小羽收起笑容，望着容皮皮的背影若有所思。

阳阳迅速分析着刚才的情景，这分明是两个男人的交锋。这两个人，项小羽是阳光爽朗，那眼神温暖坦荡；容皮皮是阴柔坚定，那眼神又冷酷又自信。项小羽敢于谈及心源性猝死，是在威胁容皮皮？容皮皮采取回避的态度，但“躲过这一劫”的话里分明也有着威胁。

项小羽转过身来，看着阳阳思考的神情，拉着她走到校门外，指着路边一台桑塔纳 2000 说：“来，阳阳同学，这是我买的二手车，上来，我告诉你一些有趣的事情。”

在车里，项小羽打开音响，又回头看看四周。他的眼睛望着车外说了起来：

“阳阳你是个善良的人，一眼就能看出来。我就实话实说。我也不瞒你，我是ICPO，国际刑警。还希望你替我保密。”阳阳哦了一声点点头。

项小羽继续说：“你应该知道死亡笔记吧？去年在日本出现过，今年在中国也有出现。死者多集中在高校。这三四个月高校里无缘无故跳楼自杀、心源性猝死的有三十多人了。”阳阳惊讶地捂着嘴。

“据我调查，死去的三十多人中有22个都认识易楠。最近我一直在跟踪她，今天让你给弄穿帮了，呵。”项小羽笑笑说。

阳阳一点都没有不好意思，“我这是给你们创造正面交锋的机会嘛，不然死的人会更多了。”

项小羽瞪了阳阳一眼接着说：“这22人中，13个女生都是比易楠优秀的人，不过那9个男生都是对易楠表示过好感的，所以判定易楠是死亡笔记的主人缺乏说服力。”

阳阳接过来说：“其实很清楚了，怕别的男生对易楠好的人就是容皮皮嘛。”

“我也分析了，比易楠优秀的人是她无意中向容皮皮说起、容皮皮为了讨好易楠而做的。”项小羽讲道。

阳阳接着分析：“很可能易楠不知道实情。”阳阳话题一转，不无担忧地看着项小羽，“看易楠对你这么热情，男生下个目标该是你了吧。”

项小羽笑了，“你要比易楠优秀，下一个女生就是你了！”

“但愿你我都能躲过这一劫。”阳阳用了容皮皮刚说的话。两人笑了。阳阳用千里耳听到第一节课下课了，接着说：“我得上课去了，今天少上了一堂课啊。”说完下车跑进校门。

项小羽又一次若有所思地望着阳阳的方向，前几天刚接到协查通告，一对年轻姐妹在“滨海空难”中大显神通，救了好多罹难者，上级吩咐全力追查这个特异事件。那个被救的机长透露说，要来校园找这两姐妹。

11　死亡笔记

容皮皮果然是死亡笔记的本任主人。

他是在一个小城的普通家庭里长大的，父亲是开出租车的，母亲在街道居委会工作。工薪阶层的背景，使他从小就对特权阶层有着强烈的抵触情绪，他恨那些不劳而获的贪官污吏，恨那些得势压人和仗势欺人的人，也恨那些逃避法律的罪犯。但他人极聪明，从小就把精力放在学习上，在各位老师的眼里，皮皮是个品学兼优、正直善良的好学生。谁也不知道他常常在没人的时候大吼大骂，拳打玻璃窗，脚踩易拉罐……谁也不知道他天天早晨到公园到处认师父，学些拳脚功夫。

从读高中开始，容皮皮便以他的狡黠和阴狠崭露头角，专门帮助本校弱小的学生。什么拔气门芯、弹弓子冷射、电话恐吓、匿名信、饭盒洒盐、藏书包……各种阴招儿、损招儿无所不用。但他从不耽误学业，还成了高中校园里的“学生教父”。他很满意“学生教父”的称呼，把这种颐指气使带入了大学。

在大学里，他也是凭着自己的意志，在学业上出类拔萃，也收服了一批学弟，常到各个院系去打抱不平，打出了皮皮的凶狠和仗义的名声，渐渐地名头越来越响，影响波及京城的各个大学。易楠就是在这个前提下接受了容皮皮，成为容皮皮的女朋友，从而也在各个大学畅通无阻，“容易组合”声名鹊起。

容皮皮成为死亡笔记的主人是在一年前的一次殴斗后。那时他刚读研一，有一个校内被他惩治过的小团伙唆使校外的一个流氓团伙对他下手。当时正值夜晚，在校园墙外，守候在他归途的7个人抡着铁棍一拥而上，最让他不能接受的是有一棍击在了他的命根子上，让他痛不欲生，在他野兽般的长嚎声中那7个人逃窜一空。从此，容皮皮的命根子再没有站起来过。在他仰望月光狂吼发誓要杀掉这些人时，一只黑鹰叨着死亡笔记飞到他面前，赋予了他在死亡笔记上写上谁的名字谁就会死的权利，他正式成为死亡笔记的主人。

容皮皮先拿这批恶棍开刀，他拿着死亡笔记找到那7个人，假意来求他们放过自己，然后他许诺给他们每人一张储有1万元的银行卡，骗到了他们的名字，然后他狞笑着当着那7个人的面在死亡笔记上写上了他们的名字，让那7个人相继当场猝死在他的面前。事后他真的给那7个人的父母分别寄去了存有1万元的银行卡。而后面主使的校内小团队的3个人闻讯后立马屁滚尿流地退了学跑得无影无踪，但在拥有了死亡笔记的容皮皮的笔下，他们还是同时在不同的地方死于不同的死因，但有一个共同的特征，就是生殖器受到破坏性的虐伤。

容皮皮有了死亡笔记后，初期还很谨慎地以正义和法律的角度有选择地惩杀该死的人，后来在黑鹰的怂恿下，只要是沾点边便不分青红皂白地乱杀起来。

一次，他开车在一个小路口违规左转弯，被交警罚了款，他当时很不满。当晚，这个在罚款单上盖上章的年轻交警心脏病发作而亡。还有嫖娼被抓的教授、欺骗女生的校园浪子、食堂里贪污的主任、订教材回扣的教师、张口骂人的出租车司机等，一串串死在他的笔下。

他现在已经发展到只要是对他不利不恭便上了死亡笔记的程度，比如影响到“容易组合”的任何人。

自从他丧失性能力后，不知真相的易楠把他的不破最后底线看成是为女孩儿负责、有着崇高操守的真男人，而他却在得不到易楠的完整肉体后更加敏感地注意易楠身边的男人。只要他看到哪些男人接近易楠让他起了疑心，或者易楠接近了哪个男人，便都在他的笔下去了另一个世界。对平时易楠无意中说起的那些比她强、让她烦心的女生，他不是让她们成为裸身跳楼的自杀者，就是成为游泳池里的溺水者，包括现在躺在病床上饱受化疗折磨的学生会主席张晓枫，也是他的杰作。

而阳阳在北三外得知那个篮球赛中猝死的易楠的高中同学，就是因为最近连着去看易楠，便成了容皮皮的眼中钉而死。

现在又有两个男人和一个女人要成为他的目标，他还在观察着。这两个男人是易楠好像有点喜欢的项小羽和看上去喜欢易楠的外教迪肯，这一个女人就是易楠很可能要表示不满的、而且听到她的笛声看到她的眼神就让他莫名心乱的阳阳。

12 四面旋涡

阳阳的小语种学习不太顺利。要是一个个报班学习，学费贵不说，主要是时间不够。最快的语言强化速成班也得3个月，而阳阳给自己设立的目标是10种语言要在两三个月内接触到，即德语、法语、日语、韩语、俄语、阿拉伯语、西班牙语、意大利语、葡萄牙语和印第安语。

后来阳阳变了招法，开始到教各种语言的大学课堂去旁听，她只需要熟悉那种语言的声调，然后买回这种语言的磁带和光盘在家用“两不忘”功自学就可以了。阳阳在北三外同时到韩语、德语和西班牙语3个班级去旁听，还到北外去旁听日语、俄语、阿拉伯语、意大利语和葡萄牙语。安子然帮着她联系北外的校友，办了各个班的旁听证。

至于法语，有个自告奋勇的义务老师答应教她，就是英格兰长笛王子迪肯。他曾在法国读了6年书，法语和英语一样说得地道漂亮。

这几天迪肯正在兴致勃勃地筹备他和阳阳的双长笛音乐会。他最近常常和阳阳在一起，每次两个小时，前一个小时教阳阳法语，后一个小时切磋笛艺。让他奇怪的是阳阳本来不会的曲目，经他演奏一遍后，阳阳马上就会吹了，而且连吹错的地方都一样。让他更奇怪的是阳阳学习法语的速度惊人，教过的就会，念过的就不用再复习。他惊诧地称阳阳为小神女。而且，他想吹奏出阳阳的浑厚音色，想吹奏出洋溢着温暖和幸福的感觉，却总是达不到阳阳的程度。所以他自甘屈尊做绿叶配红花，命名这次长笛音乐会为“神女长笛音乐会”，自己为副笛手，还请了几名在北京工作的英国业余乐手来捧场。后来在阳阳的坚持下他把“神女”改为“夏日同行”。不过校园里还是把“夏日同行双长笛音乐会”私下里流传为“神女音乐会”。尤其是英格兰长笛王子过去曾与易楠合办过一次“长笛之舞”的长笛伴舞蹈演出后，大家都期待着他与又一位玉女的精彩合作。

阳阳在学习各国语言和准备音乐会的同时，也在分析容皮皮和他的死亡笔记。

当阳阳获知上一次劫持人质的武装组织又杀害了一名人质后，马上按上次救助的方式进行了救治。同时她又得知，武装组织发言人在电视上露面后暴死于心肌梗死。阳阳想到这可能是容皮皮做的。

然后阳阳又把怀疑是被容皮皮用死亡笔记处死的人进行整体分析，发现容皮皮是个正邪双兼的人，多重性格在他身上体现得非常明显，他心地善良又凶恶狠毒，他正直义气又自私狭隘。以后要保持清醒，小心地和他周旋，如果有可能，要争取改造他，让他的优点压过缺点。

更清醒的人是项小羽，他不但监视着容皮皮，也在监视着阳阳。

项小羽基本锁定了容皮皮，他正在向国际刑警总部汇报，询问是否对容皮皮采取措施。项小羽上报了两套方案，第一套方案就是把容皮皮抓起来，让他与作案工具——不管是死亡笔记还是其他的什么巫术手段——彻底隔离，就能达到不让死亡笔记危害人民的目的了；第二套方案也是隔离的意思，不过是要把死亡笔记偷出来，让容皮皮无处施展，也达到了目的。

ICPO 发出指示，要项小羽先实施第二套方案，同时注明，有可能的情况下争取容皮皮为我所用，并派了两名搜查专家来协助实施偷死亡笔记本方案。

项小羽对阳阳和对容皮皮的心情是不一样的，方法也是不同的。他得到了北爱尔兰星期天枪杀事件的通报。因为死者是被枪击，死亡是确定的，但 12 名死者却同那次滨海空难一样集体复活，让世人震惊。虽然后来采用用橡皮子弹把人击晕的说法对外统一解释，但当事人都清楚，橡皮子弹是不会打得人伤口外翻和贯穿人体的。ICPO 指示，在全球范围内查找是什么原因是什么人在操作死人的复活，如果能找到，那对人类的意义是重大的。

现在的线索只有滨海空难中的姐妹俩一条，但北爱尔兰复活事件发生时阳阳一直没有离开校园啊。而且因为英国政府当时的新闻封锁，中国的新闻媒体包括新闻网站都没有详细报道这个事件。这样使使项小羽的调查停留在外围。

项小羽身负的两项侦察任务的目标性质截然不同，一个是寻找杀人的恶魔，一个是寻找救人的天使，所以项小羽监视阳阳的视线是充满善意和敬意的。他虽然已经发现了一点点痕迹，比如阳阳的笛声对人类的感化作用，但并没有上报ICPO总部，他想自己先弄清楚再说。

不管是项小羽还是容皮皮、阳阳都没有注意到京城各院校最近都分配了几名师范大学的实习生。传媒大学也分来了两名学生，一男一女。男生叫叶历城，女生叫杨小敏。他们是安全部门的工作人员。

中国援外工人和韩国人质复活事件，逐渐引起了中方的重视。

中国境内有能让人复活的神奇力量？而且在北京?！这件事摆上了官方办公会。会上决定由国家安全局组织力量在京城进行调查。叶历城和杨小敏的小组是近60组到京城各地调查的探员之一。大学校园是安全部门调查的重点，因为他们也在滨海空难的调查中收集到了两个学生模样的姐妹，她们以保险公司的主管身份挨个核实了死者名字和照片的信息。

现在，阳阳的身边已围绕了死亡笔记、国际刑警和国家安全部门等几方力量，四面的旋涡在逐渐形成，阳阳和娟子却毫无戒意。

13 微风荡校园

采尼回来了，而且携女友玛丽莎同归。他是想参加阳阳的夏日同行音乐会，也是想看看他的同胞英格兰长笛王子迪肯，采尼希望阳阳身边出现的都是好人。

采尼的女友玛丽莎是全球最大及最具影响力的舞蹈教育与训练机构——英国皇家舞蹈学院最年轻的高级教师。她为了见到和感谢给采尼新生的师父，这次争取到了来北京舞蹈学院主持两年一度的芭蕾舞国际水平考级的机会，和采尼一同来到中国。

他们的见面安排在北京长安大剧院2楼的小舞厅，是玛丽莎执意要用自己最好的东西来向阳阳表示感谢，那就是她的舞蹈。

观众只有3个人：阳阳、娟子和采尼。

当玛丽莎满面流泪拥抱着阳阳，看着文静的阳阳圣洁的微笑，在阳阳柔和动人的目光中，她惊呼：“阳阳师父，你不是凡人，你真的是神女啊！”玛丽莎的眼泪在她跳舞的时候也没有停止过。她深知，是阳阳给了她亲爱的采尼又一次生命，是阳阳给了采尼不同以往的健康和活力，是阳阳给了采尼学者般的高智能。但她的眼泪，还有一份是给自己的悲伤——采尼将来是长寿的不老的年轻采尼，而自己10年之后就会人老珠黄，那时自己该怎么办?!

采尼在当天下午就来到传媒大学见迪肯。阳阳事先告诉过迪肯，有个英国的好朋友要过来看音乐会。

双方握手时，采尼和迪肯都是审慎的。但很快，在异国他乡遇到家乡人的乡情使他们瞬间熟悉起来。原来迪肯也出身于英国的名门望族，他已在美国西北大学梅迪尔新闻学院博士毕业留校任职，出自于对中国古老文化的神往，他以志愿者的身份来到中国任教一年。

半个小时下来，采尼对迪肯有了评价，迪肯是个正派传统的英国优秀才俊。他们对当今教育的看法及许多观点是一致的。迪肯转眼也与玛丽莎成了朋友，他盛邀玛丽莎为音乐会献舞，玛丽莎答应他看现场气氛再说。采尼也自告奋勇地表示可以钢琴伴奏。

迪肯和采尼熟了，便开始追问采尼：“你为什么叫阳阳为师父？”

采尼狡黠地笑了，“她教会了我在人类生活中很多难以做到的事情。”

迪肯不解地问：“比如？”

采尼想了想说：“比如我没有吹过长笛，但她能几天就能教我达到你的水平。”

迪肯疑惑地看着采尼，采尼又神秘地补充说：“但愿将来有机会你也能有幸拜她为师，如果有那时我会和你交流更多的。”

项小羽入选了研究生院学生会，在宣传部当干事，这样便于他接触方方面面，也可以使他名正言顺地参与神女音乐会的准备工作了。

这场神女音乐会得到了校方的重视和支持，要学生会全面配合，易楠也参与进来，在节目单上把她和迪肯去年的笛伴舞《长笛之舞》也列上了。易楠对迪肯说这是对你们的大力支持。她私下里还对容皮皮说：“什么神女啊，如果有神女，当然也包括我。”

容皮皮在音乐会那天一定会来给易楠捧场，这是项小羽的判断。他会在音乐会上监视容皮皮，然后派那两名勘案高手去全面搜查容皮皮的住所，争取找到死亡笔记。

项小羽通过在日本的同事了解到，死亡笔记有个规则，就是笔记本主人 13 天内必须杀人，不然主人就会死去。要是把死亡笔记找到手，或者把容皮皮控制 13 天，只要不让他碰到死亡笔记，那他就会露出原形来，能让死亡笔记的主人与死亡笔记隔离 13 天就等于除掉死亡笔记了。

叶历城和杨小敏的活动，因为有国家的背景，校方自然密切配合。他们的活动范围很大，可以到任何系里去挂职实习，可以参加学校的任何活动。

他们俩是刑警学院的高才生，是上下年级的校友。杨小敏刚毕业，她叫叶历城为师兄。他们这组搭档非常默契，思路接近并互补，而且有着一个共同的特点，就是直觉非常敏锐。

来到传媒大学后，虽然他们没有找到实质的突破，但他们俩都有一种预感，就是这校园的研究生院里有一种气氛，是一种与众不同的祥和气氛，让他们奇怪和警觉。为此，他们向上级请示，又加派了两个男探员共同侦察。一名叫张宝岩，到学校后勤部门当卫生督查；一名叫刘冠亚，在学校收发室当保安。大家统一听从叶历城的指挥。

最近，叶历城也很关注就要举办的这场学生和外教的联合音乐会，他已安排好自己的组员都去参加这场音乐会，去寻找更多的线索。

14 飞行天使团队

周五是举办“夏日同行双长笛音乐会”的日子，这天，阳阳处来了两拨客人。一拨是早知道的，孟祥宇来接采尼和阳阳回水磨坊，也是接娟子回户口所在地县里参加一周后的高考。另一拨客人则是阳阳没有想到的。

中午，采尼和玛丽莎早早来学校帮助阳阳准备晚上的音乐会。但采尼和玛丽莎走进学校的多功能礼堂时，身后却跟进来两男两女 4 个人。

这一伙人真是靓男俊女，3 名男士英俊挺拔，3 名女士漂亮端庄。他们进来后顿时吸引了礼堂里所有人的目光，包括正在台上排练的迪肯和易楠——作为学生会副主席的易楠也在支持这台音乐会，她把和迪肯过去合作的长笛伴舞传统节目重新改编献给观众；也包括正在台前挂会标的项小羽——他也加入了学生会任宣传部干事来为音乐会服务，还有“刚巧”进来取票的实习教师叶历城和杨小敏。

随着娟子“庞姐——王姐”的一声惊呼，阳阳从后台绕了过来，看到了采尼领过来的四人是飞行员张翔和技师潘奇、空姐庞艳和王辉。

采尼刚说了句：“我是在校门口遇到他们的”，张翔四人就和阳阳、娟子热烈拥抱在一起，和刚才给采尼的让玛丽莎惊诧的热烈一幕是一样的。

这时采尼和玛丽莎的目光不由自主地又找到了迪肯，三人自然在一起聊了起来。

阳阳注意到周围的目光都集中在这里，便拉着四人来到后台的化妆间里。娟子在门口来回转着。

阳阳关上门后，张翔带领潘奇、庞艳、王辉一起深深地给阳阳鞠躬。庞艳和王辉激动地哭了起来。

张翔也热泪盈眶，“阳阳，你是我们 4 个人的再生恩人，我们很清楚很明白地知道这点，今天是专程来向恩人致谢的。”

阳阳用她那特有的柔和目光挨个儿看着他们，让他们的心头顿时涌起一阵暖意，“是你们平日里的善良和爱心给了你们自己机会。”阳阳看着张翔说：“那天要不是张翔避开前面的油库和居民区迫降在海里，损失就更大了，对吧？以后我们大家就不要提这件事了，我们是一家人了，好吗？”

张翔四人都点着头。庞艳是个 29 岁的妈妈，开朗和调皮一点不逊于 24 岁的王辉，她擦去眼泪，拉着阳阳的手说：“我比你大，也叫你阳阳了，我就感觉我们天生就注定有缘的，今天找你的过程就说明了这点。”

虽然空姐都很漂亮，但王辉却以她的脱俗清丽被誉为航空公司的司花，她也破涕为笑地走上前来说：“真的阳阳，我们自己都被自己感动了。我们四人好不容易凑上 5 天假，约好来北京找你，还以为要遇到很多困难呢。今天早上，我们四人从首都机场分别出发，分头到各个大学去找你，但我们刚才不约而同地都来到了这所学校门口。”

潘奇接着说：“在学校门口看到采尼开着面包车过来，我们就知道找到你了。”

阳阳点着头看着大家轻声说道：“那是因为我们身上都有幸福基因，有种默契吧。你们来得挺好，今后我们还要救更多的人，给更多的人幸福，阳阳还需要你们帮助。”

张翔带头挺着胸说：“我们的生命都是你给的，有用得着我们的地方阳阳你就下令。”

阳阳说：“你们有工作上的便利条件，以后可以帮我传递一些国际信息或者照顾一些特殊的人。”

潘奇打断阳阳的话：“阳阳你刚才说我们是一家人了，我们之间就没有帮不帮的说法的，救人和给人幸福，是我们大家共同的事情。”

阳阳笑了，“果然都是好人啊。是这样的，我要把你们编入幸福使者的团队，飞在天上的天使团队。”

航空公司本来就有着半军事化的管理方式，4个人一听马上都下意识地发起齐刷刷一个立正。

阳阳的神色不觉有异，因为她已经把他们当成是自己的兄弟姐妹了。阳阳吩咐道：“从今以后，你们4个人：张翔、潘奇、庞艳、王辉正式成为幸福使者，救不该死的人的命！给不幸福的人幸福！”4个人表情严肃地听着。

“通过上次救了你们，你们身上都有了幸福基因，会对我们普通人体的机能进行全面的改造和完善，现在首先要把你们的异能开发出来，为以后的生活和工作服务。”4个人眼睛里放出光芒，都在心里想，怪不得最近如此健康，精力充沛且活力十足。

“现在我可以给你们进行首批人体机能改造，也就是人体异能，共有8项，今天你们每人选一项，我传给你们，其他异能以后等再遇到时继续传给你们。”

接着阳阳介绍了过目不忘、千里眼、过耳不忘、千里耳、大力神、金刚身、鱼呼吸和仿声功的大概功能。张翔四人都瞪大了眼睛惊在当地，王辉扶着头晃着脑说："不行不行了，我们能 200 年不老？我幸福得要昏过去了呀。"

张翔从飞行员的角度要学千里眼，潘奇从机械师的角度想学千里耳，庞艳和王辉拿不定主意啥都想学，想青春不老要学金刚身，还想学仿声功。

阳阳定论道："你们俩还都年轻，要尽快学很多新知识，庞艳你先学过目不忘，王辉你学过耳不忘吧。"她们一听乖乖地不作声了。

阳阳依次给他们传了功，四人大觉神奇。阳阳又嘱咐道："你们回去练成后可以互相传授，这点我也没把握，你们试试吧。"

这时，阳阳问刚学完千里耳的潘奇："你听听外面有什么动静？"

潘奇聚神听了一会儿汇报说："娟子在门口和她叫项老师的人说话，项老师打听娟子我们在做什么呢……哦，还有不远处有互相叫叶老师和小敏的一男一女在说晚上多叫几个同事来看音乐会。"

阳阳告诉大家说："这个项小羽是国际刑警，他在追踪死亡笔记，死亡笔记是和我们相反的一个团队，有个叫容皮皮的大学生可能与此有关。这个叶历城和杨小敏说话挺有内容，不是一般的实习教师，采尼、娟子、孟祥宇，你们都要注意这些情况。"阳阳和面前的四人说着，但她知道会千里耳的幸福使者都能听到她刚才的话，便也对外面的人同时嘱咐道。

15　神秘的解说员

晚上 5 点半，传媒大学的多功能礼堂前，三五成群的学生和老师陆续登上乳白色台阶入场。魅力四射的"夏日同行双长笛音乐会"吸引了各个院系的师生，研究生院几乎全体师生参加。大家都想一睹英格兰长笛王子还有最近流传的传奇神女的风采。还没到开场时间，容纳一千多人的小礼堂已是座无虚席了，两侧的过道上也加放了一排蓝色塑料椅。

前面中区的一二排稳稳就座的是大学副校长和研究生院的谭院长一干人等。左右区的一二排坐着迪肯的外国朋友和学校各系的外教，采尼和玛丽莎也坐在其中。安子然领着两名女同事坐在中区的正后位置，张翔坐在

2 层看台上的侧厢前排，用千里眼观察着整个会场，孟祥宇和潘奇分坐在一楼后排左右角位置。

叶历城四人也两人一组分坐在前后区。快开始演出天棚的满天星和大吊灯逐一熄灭时，空着两手的容皮皮溜进了中区边座，孟祥宇和潘奇交换一下眼神。当然，尽管容皮皮很低调，但还是落在台上幕布间项小羽的眼睛里。今天项小羽的工作是舞台监督，负责道具、钢琴、背景和各层幕布。他旋即用手机向守在容皮皮住处的两名搜查专家发出了开始搜查的指令。

一场别开生面的音乐会开始了，大家都相信会有让人目不暇接的阵阵高潮。但大家没想到第一个高潮竟然是主持人的上场。

全场灯光转暗，在人们的屏息期待中，一束追光映着两名女主持人款款走到台中央。她们那娉婷的身姿、端庄甜美的笑容一下子便吸引了观众，待一张口说话更是征服了观众。她们交替用一口流利的汉语和英语，从容流畅地讲述着本场音乐会的相关内容——她们俩便是空姐庞艳和王辉。

她俩分别用刚学到的“两不忘”功，只把材料边看边读了一遍，便把音乐会全部主持串联词熟记于心，然后以空姐的职业素养，从容镇静且表情生动地主持着。因为全无怕忘词的紧张，她们发挥得精彩出色。这是阳阳临时改变的主意，把娟子从主持人换了下来，打出了第一张出奇不意的牌。

台下的师生们纷纷回忆，这两位足以与 5 朵校花相媲美的女生是哪个系的呢？这份大家闺秀且现代淑女的风范真是给音乐会增色啊。台下的人们尤其是男生纷纷举起数码相机拍照。

随着庞艳和王辉的隆重推出，第一个引子节目，迪肯和易楠的笛伴舞《长笛之舞》开始了，由迪肯的几位好朋友组成的小乐队也亮相舞台。

虽然这个节目在上次迪肯的长笛演奏会上表演过，但易楠优美的舞姿和迪肯的笛声还是赢得了全场的热烈掌声，易楠的舞姿里增加了不少新的创作，让同学们耳目一新。易楠演出结束后，便带着骄傲自得的神色挤到容皮皮的身边，观看下面的音乐会内容。这对“容易组合”引来不少学生倾慕的眼光。

正式的内容登场了，首先是迪肯的长笛独奏。在主持人王辉介绍完迪肯及他演奏的长笛曲目后，采尼先上台走到左后方的贝森朵夫三角钢琴前坐下，王辉并没有介绍采尼是谁，观众还以为是迪肯刚才那帮朋友之一。一段华丽的钢琴曲引出了边吹着长笛边走上台前的优雅王子迪肯，观众爆发的掌声，说不清是对采尼钢琴的赞美还是对迪肯长笛的欢迎，也许二者都有吧。

这时一段背景解说从音箱里传了出来，是一个女声在介绍迪肯吹奏的这首长笛名曲。解说字正腔圆，娓娓道来长笛名曲的作者、演奏特色和迪肯的再创作发挥之处。女声语调柔和，富有磁力，居然是很标准的电视台播音员的声音。更让人们觉得神奇的是，讲解完后又用英语概要翻译了一遍，而且发音标准，说的是地道的英文。

传媒大学是主持人和播音员的权威培训机构，在场的师生又都是搞传媒的，所以对播音都是很敏感的，尤其是前几排就座的老师们，都在奇怪一个小小的音乐会怎么会有这样专业的播音员包括主持人呢！

迪肯是从长笛名曲《绿袖子》开场，接连吹奏了《安妮之歌》《天使之音》，最后是巴赫的《西西里舞曲》。全场观众都陶醉在迪肯的笛声中，迪肯退场后静了足有10秒才掌声如雷。

16　快来挖宝

接着，主持人庞艳引着阳阳一同上场了，穿着白色长裙的阳阳落落大方、端庄贤淑的形象一下子就震撼了全场。庞艳优雅地只介绍了一句：“现在我们把时间交给神女阳阳。”然后就下了台。这时全场鸦雀无声，静待着阳阳开口。

阳阳先用她独有的、充满幸福感和爱意的目光，缓缓环视着全场观众，目光所到之处无不引起与她对视的人的心灵震动。看到容皮皮的方位时，容皮皮又烦躁起来。阳阳这时还不知道，这种用眼睛传送爱意也是她要开发的异能之一，叫爱眼。但她现在需要修炼更高的幸福功德才能用幸福花催吐眼睛里的爱意去感化对方，目前只是以本能的和善去注视对方，但这样也足够让人们感觉她眼神里的暖意了。

阳阳说话了："各位老师和学长们，新生阳阳在迪肯老师的提携下，斗胆在这里以长笛抒发胸臆，非常感谢大家能前来参与我们的音乐交流，阳阳愿以心灵相注，努力和大家一起，感受一个美妙的音乐之夜。"

听到阳阳的话，全场又一次感到震惊，这发音，这语调，简直就是神域之语，让人们感觉听到了天籁之音，与刚才的幕后解说有异曲同工之妙。接着阳阳又用流利的英语说完这番话，便看了一眼钢琴伴奏者采尼，采尼如梦初醒般转过身，定下心来弹起了前奏，阳阳举起了手中的长笛。

那令人魂牵梦萦的幕后解说又依次介绍下来："这首是门德尔松的《乘着歌声的翅膀》……现在大家听到的是赖内克的《女水神奏鸣曲》……这首是舒伯特的《美丽的磨坊女》引子与变奏…… 阳阳同学演奏的最后一曲是中国乐曲《渔舟唱晚》，也是今天晚上唯一一首中国乐曲……"

阳阳的笛声与迪肯的不同，更加浑厚，更加入耳。她没有用麦克风，但却发出了与用麦克风同样的效果。再加上钢琴的伴奏、柔情的解说，好像让听众捕捉到笛声里的有声语言，感觉到阳阳的内心意念，让听众的思维和感情跟着笛声起起伏伏……

在演奏最后一首曲子时，阳阳如同上次一样催动幸福花，把爱意传送给所有听众，顿时全场一片祥和，暖意融融，令叶历城等人目瞪口呆，又神情释然，杨小敏居然和很多听众一样心存感恩地热泪盈眶。至于听过多年阳阳笛声的安子然，似乎不相信这眼前的笛声和阳阳的声音，他看到了一个崭新的阳阳，也感觉到了阳阳回到城里后自己与她越来越大的差距。

随着《渔舟唱晚》临近尾声，执着长笛的迪肯和手里拿着麦克风的娟子走了出来，站在阳阳的身边。

观众们看到节目单，想到是双笛合奏的曲目，但都没有明白娟子站在台上是什么意思。刚才大家是见过娟子的，她是忙着给台下嘉宾席端茶倒水、给台上乐手送乐谱和递麦克风的那个勤快女孩儿。

娟子今天的装扮自然大方，只是身上一直斜挎着像少数民族挎包的扁扁的袋子，谁也不知道那里面放着幸福笔记。阳阳和娟子有过约定，装有幸福笔记的包包一定要在她俩某一人手里，时刻不离幸福笔记。一米六的身高再加上高跟鞋使娟子亦如庞艳、王辉和阳阳般亭亭玉立。这几个月的磨炼使她不到14岁的年龄看上去有十八九岁的女孩儿的成熟魅力和青春活力。

采尼一大段钢琴引导后，阳阳和迪肯举起了手中银光闪闪的长笛，果然是双笛合奏了。两人的笛声响起后，只见娟子慢慢移到采尼身边，把手里的麦克风稍提起在胸前："这首著名的长笛合奏曲是多普勒的《匈牙利主题二重奏》，此曲作于1846年春天……" 刚说到这儿时便被台下突如其来的掌声打断，阳阳和迪肯会意地一笑，知道这掌声这次不是送给自己，而是送给刚才一直在神秘的幕后现在走到台前解说的娟子。大家突然明白了刚才神秘的解说不是录好的带子，也不是照念的稿子，而是娟子现场的即兴双语解说。

娟子面对掌声落落大方地浅施一礼，继续解说着。阳阳和迪肯的持续演奏很快让全场进入聆听状态。可是前排的几个老师一直没有平静，尤其是副校长，一直边和旁边的人说着什么，边凝神打量着娟子和阳阳。然后他拿出笔来，草草在节目单上写了几个字给了猫腰过来的秘书模样的人，那秘书又猫腰跑了出去。在2层看台的张翔看到了那几个字："请纪校长速来礼堂——快来挖宝！"

娟子随着阳阳和迪肯演奏的进程继续介绍着："这首莫扎特的《行板二重奏》是世界知名的经典双长笛曲，也是被誉为世界第一长笛的长笛大师詹姆斯·高威的保留曲目……最后这首是巴赫的《G小调第三双长笛奏鸣曲》……"

经久不息的掌声里，阳阳和迪肯再三鞠躬谢幕，观众们还是不依。迪肯灵机一动，和阳阳走到离玛丽莎很近的台前，向舞蹈大师玛丽莎伸出邀请的手。

17 死亡之手

阳阳有意不介绍玛丽莎的舞蹈家身份，用汉语和英语向观众说道："非常感谢各位老师和同学们对音乐的认同，下面我们将献给大家一首德彪西的长笛名曲《月光曲》，请我们的朋友玛丽莎用她优美的舞姿一同与我们分享。"

玛丽莎站到台上，美丽典雅的风范马上征服了观众，大家报以期待的掌声。她向大家施了下礼并说：“我是第一次来到中国，也是第一次为这么多中国人跳舞。这支舞，除了献给亲爱的你们，我还要献给去世不久的联合国教科文组织国际舞蹈理事会副主席、中国舞蹈家协会名誉主席、在英国皇家舞蹈学院陈列着的世界4位杰出的女性舞人头像之一的——世界舞蹈家戴爱莲先生。”说完，她看了阳阳一眼，阳阳马上翻译给大家。师生们用掌声感谢玛丽莎对中国的深厚情感。

在钢琴导入的长笛声中，玛丽莎起舞了。世界一流舞蹈大师的即兴艺术在阳阳和迪肯的《月光曲》中发挥得淋漓尽致，全场观众瞪大了眼睛，包括咬着下嘴唇的易楠，容皮皮在她身边安慰地拉着她的手。

渐渐地，随着阳阳和迪肯的长笛退出，弹着钢琴的采尼琴声一转，换上了自己和玛丽莎合作多年的《爱的呼唤》，这是玛丽莎的毕业作品，也是当年的钢琴神童采尼为皇家芭蕾公主玛丽莎伴奏的珠联璧合之作，曾在伦敦举世闻名的皇家大剧院举办过汇报演出。

玛丽莎听到琴声，精神一振，嗔笑着看了采尼一眼，便投入到舞蹈中。这时她仍然有着阳阳刚才笛声的感染，跳得每个舞步都特别轻盈特别到位，这种流畅舒适的舞蹈灵感不是常常遇到的。

台上的玛丽莎在忘我地舞蹈，台下的易楠在痛苦地煎熬。易楠并不知道玛丽莎舞蹈家的身份，只觉得现在她跳得越好，就越是对她刚才《长笛之舞》的否定。她在气愤，为什么同一个场合里安排两个人跳舞！现在全场人都在笑话自己呢。

容皮皮感觉到了易楠的低落心情，她靠在他身上的肩膀都在颤抖。他明白，易楠今晚的整个心态都不太好，这里面不只是对玛丽莎的怨恨，还有对阳阳和迪肯默契配合的妒意。他应该有所行动来保护易楠了。

一直在监视容皮皮的项小羽得到那两个搜查专家的消息，说把容皮皮的住处翻个底朝上也没有什么发现。

项小羽也很奇怪，如果住处没有，他身上也没带，他还能把死亡笔记藏在哪里呢?

眼睛一直没有离开容皮皮的项小羽心头一震，他看到容皮皮把易楠的包拿了过来，从里面掏出个本，放在腿上。啊！不会吧，他把死亡笔记藏在易楠的包里,真让人没想到。接着,他看到容皮皮摸摸索索地写了几个字。全场的人都在全神贯注地欣赏玛丽莎的艺术表演，包括身旁的易楠都没注意容皮皮在做什么。项小羽急得不得了，他千万别在这现场害什么人啊！他马上又用手机发出指令，让搜查专家速速赶来礼堂。

居高临下的张翔也在注意着容皮皮，因为角度原因，他只看到容皮皮好像写了3行字就收起了笔，把笔记本合上，然后又夹在一本更厚的杂志中。

项小羽心惊胆颤地观察着现场。还不到一分钟，只见和阳阳站在侧幕的迪肯手中的长笛突然掉在了地上，迪肯捂着胸口软滑了下去，被阳阳一把如拎小鸡一样提入后台。采尼和玛丽莎没有发现这些，继续合作着。随着玛丽莎最后一个动作结束，她行了一个屈膝礼，却一下子蹲坐在地上，面容痛苦。全场的掌声响起。这时大幕被娟子飞快地拉上了。

原来，容皮皮在死亡笔记上写上了阳阳和迪肯的名字，后面什么也没有注明。这种情况下写上名字的人会在40秒内因心脏骤停而死。第三行写的是玛丽莎的名字，后面注明这场舞跳完最后一个动作死亡。

其实，容皮皮还想写上采尼的名字，但没有人介绍他；还想写上娟子的名字，但是也没有人提及她的名字。甚至要是有人提到两名漂亮女主持人的名字，他都会写上。还有，那个项小羽，最近总是出现在眼前，挺不对劲的，也应该写上，但今天没看见他在场。

容皮皮看到了迪肯和玛丽莎死去，心想现在后台一定乱成一团了，得意地对易楠说："有些人不会再出现了。"但对写在前面的阳阳的无动于衷他很奇怪，难道她的名字是假的？

观众并没有发现这些变化，前排一阵骚动，是学校的纪校长来了。叶历城和杨小敏像是感觉到了什么，他们几人在场内外巡视着。

18 幸福宠儿

这时在全场观众催促的掌声中，王辉领着娟子走到幕前，向大家双语报幕，说为了表达音乐会主办者的谢意，阳阳将代表迪肯老师和学生会为大家加演献歌一首，先由孟娟同学打个前阵，说完躬身而退，看上去神态远没有开场时轻松自然。

阳阳怕娟子再遭死亡笔记的毒手，告诉庞艳报幕时报以“孟娟”的名字，把中间的“令”字去掉了。娟子上前向观众施了礼后大方自然地说：“我是第一次来到这所大学，各位老师和大学生哥哥姐姐们却让我感受到亲人般的温暖，我刚才在解说中有不对的地方还请大家谅解。”娟子还是用着央视播音员的声调，纪校长在下面默默点着头。这时有个男生喊出一句：“孟娟同学在哪个系呢？”大家哄然，响起一片善意的笑声。

娟子亮晶晶的眼睛扫着前排的校领导回答着那位男生：“对不起，我是今年的高考生，我在哪个系哪个学校，请你再等一个月，我会告诉你的。”

又有几个女生喊道：“报考我们学校吧！”“欢迎孟娟报考我校！”“孟娟，加油！”

孟娟这次望定副校长和纪校长说：“如果这里有人欢迎我，我会努力的。”

副校长看着纪校长，纪校长点了点头，这时副校长站起身来向娟子鼓起掌来。全场师生看到校方表态了，掌声顿时响成一片。

娟子激动了，眼泪一下子涌了出来，便掩饰着笑了一下，“谢谢学校的领导，我一定会考出好成绩，不会让你们失望。下面我要给大家献上一首歌来表达我们音乐会和我的感激心情。有人说我唱歌有点像邓丽君，我就把邓丽君的《南海姑娘》献给大家，希望大家能喜欢。”然后她示意小乐队开始伴奏。

椰风挑动银浪
夕阳躲云偷看
看见金色的沙滩上
独坐一位美丽的姑娘
眼睛星样灿烂
眉似新月弯弯
穿着一件红色的纱笼

红得像她嘴上的槟榔
……

随着娟子的歌声，凡听过邓丽君的歌儿的人都震惊了，简直就是邓丽君再现！唱到第二段时，全场响起有节奏的掌声，合着娟子甜美的歌声一起互动着。

后台里确实忙碌着，但绝没有乱成一团。采尼很镇静地听从阳阳的指令，抱着瘫软的玛丽莎进入化妆室，而迪肯也先一步被阳阳送到这里的长椅上。庞艳反手把门关上，守在门口。项小羽想冲进化妆室，被庞艳和赶过来的王辉并排拦住。他又忙去监视容皮皮。

化妆室里，阳阳告诉采尼："你就那样抱着玛丽莎，坐下别动。"然后把长椅上的迪肯调整下姿势。

阳阳看似从容地拿出幸福笔记本，但心里还是咚咚地跳着，她心里非常气愤死亡笔记这样不尊重生命，而且能对这样优秀、这样好的人下手。

她写下："玛丽莎，1分钟后；迪肯，3分钟后。"

转眼间，采尼怀里的玛丽莎动了，她睁开眼睛发现自己当着阳阳的面躺在采尼怀里，很不好意思，便挣脱着要站起来，但马上用手捂了下胸口。阳阳知道这是死亡笔记对心脏的破坏，得缓解一下，便告诉采尼先抱着她，让她休息一会儿。采尼在玛丽莎耳边轻轻地说："莎莎，你期待的事情实现了。"

玛丽莎看看阳阳，又看看自己，好像不相信似的又突然惊喜地跳起来拥抱了下阳阳，又回身与采尼拥抱在一起。看着阳阳不解的眼神，采尼不好意思地说："莎莎怕我有了金刚身功以后永远不老而她会老的，所以一直在说宁可死一次让你也救她一次，没想到今天实现了。"

阳阳也笑了，走过去把采尼和玛丽莎拥在怀里，"我们都是幸福的宠儿……真不敢想象，将来你们的后代是什么样的，应该会遗传你们所有优良的基因。"

那边迪肯揉着胸口坐了起来，看着他们询问着："你们什么事情这样开心啊？音乐会结束了吗？我们怎么在这里？好像还没有最后谢幕吧。"

采尼放开玛丽莎，走过去轻拍着迪肯的肩，“你是死而复生、死去活来了，是阳阳救了你。呵，这回你也得管阳阳叫师父了。”迪肯瞪大了吃惊又感激的眼睛。

听到娟子的《南海姑娘》快唱完了，阳阳嘱咐了采尼、迪肯和玛丽莎几句，匆匆走向舞台。等娟子唱完谢幕后走到边幕时，阳阳把手里装着幸福笔记的包包又挎在娟子身上。

阳阳在更热烈的掌声中走到台前，这次面容不是刚才温和的微笑而是多了一层清冷的圣洁之光。她庄严地说道：

“我们大家的一生，都要面对死亡，但我们都有选择活着时幸福的权利！”观众报以一阵热烈的掌声。

“让我们在这个夏日里，让我们传媒大学的师生们，远离人间的不快和死亡，与幸福与快乐同行！”阳阳的话点出了今晚这场音乐会的主题，听起来像套话，但不知为什么却引起人们深深的共鸣。

又是一阵由衷的掌声后，阳阳接着说：“今天，我要把俄罗斯的维塔斯先生唱过的《歌剧 2》试着唱给大家，希望我的歌声能唤醒大家内心深处的善意与良知，希望我的歌声能给大家幸福的感受。”阳阳的眼神直视后面的容皮皮，令他心里一颤。

这次的掌声是热烈又犹豫的，大家虽然期待着吹长笛的神女会唱歌，但大家也非常怀疑阳阳能唱出维塔斯的海豚音。这些时尚的大学生们都在网络上听过维塔斯的海豚音，也听说过维塔斯曾把歌剧院的水晶灯唱碎的轶闻。

19 天籁神女

《歌剧 2》是维塔斯的成名作，共有两段歌词，每段歌词后面的副歌是一个海豚高音段，然后是一段合唱伴唱，最后再转调进入又一个海豚高音段。2000 年，维塔斯首次演出就是在克林姆林宫演唱的。近些年来他征服了世界各地的听众，粉丝无数。阳阳其实已会用海豚音唱很多名曲了，只是想用这首大家都熟悉的歌来唤起更多的共鸣。

房子修好了，
里面的我孑然一人。
屋门在身后砰然作响，
秋风敲打着窗户，
凄然为我而泣。
夜雷阵阵，
晨雾弥漫，
阳光已彻底冰冷。
久远的痛接踵而至，
大家准备聆听吧。

阳阳把第一段歌词在小乐队的伴奏下细腻地唱完，在大家的期待中进入了海豚高音区。只见她稳稳一站，左手持话筒，右手向上一举，海豚音流畅地直上云霄，穿透了现场观众的心。海豚音本来就男女不分，听上去阳阳与维塔斯的声音如出一辙，甚至更加轻松柔和。阳阳以 5 个 8 度的罕见高音，唱出了天籁之音，以非凡的张力震撼着礼堂。

全场热烈的掌声与海豚音并存。舞台上侧幕边站满了人，台下也有很多人站了起来。

进入了第二段：

房子修好了，
里面的我孑然一人。
屋门在身后砰然作响，
秋风敲打着窗户，
凄然为我而泣。
这就是命运，
我无法祈求。

我只知道，
在我之后，
是风儿无尽的高歌。

阳阳边唱边把麦克风固定在麦克支架上，向侧幕后一招手，玛丽莎和迪肯走出来分别站在阳阳身边，勇敢地面对着台下大惑不解、惊惶失措的容皮皮。容皮皮大惊——他们怎么又活过来了？明明看到这两人倒下了啊！死亡笔记怎么会失手呢?！

阳阳又把坚定且富有感化力的眼神转向了容皮皮的方向。烦躁的容皮皮慌乱地又在易楠的包里掏出死亡笔记，此时正进入第二段的高音区，阳阳左手拉着玛丽莎，右手拉着迪肯，双手用力一握便发出了海豚音，阳阳催动幸福花来保护他们，顿时迪肯和玛丽莎全身流过一股暖流，精神一振。玛丽莎的右手正握着阳阳的左手，直接与幸福花相触，觉得浑身热血沸腾，情不自禁地跟着音乐脱口喊了一下，居然也唱出了海豚音，原来阳阳这用力一握，不觉中把仿声功传给了玛丽莎，玛丽莎兴奋地与阳阳一起引吭高歌。

采尼一看激动地冲了出来握住玛丽莎的左手。娟子也跑了过来拉住迪肯的手。庞艳和王辉也跟着上来一边一个与大家相牵。这样阳阳两侧各有3个人，7个人联手相握，感觉着幸福花的暖流，齐心协力抵抗着死亡笔记的淫威。

阳阳看容皮皮正在翻开死亡笔记想写字，便深提了一口气。娟子也看清楚了，同时也与阳阳和玛丽莎加入高音区，全力唱出了下一句海豚音。刹那间3个人的海豚音把舞台的幕布唱得飘动起来，观众的衣摆在上扬，礼堂的灯光也突然一闪闪地明亮起来……有观众的眼镜滑落下来，剧场走廊里传来玻璃的迸碎声，容皮皮的笔也拿不住了落在地上，他抱着头伏在了腿上！全场观众惊诧又惊喜地聆听着这种神奇的天籁绝唱，都愣在那里忘记了鼓掌。

这时进入了《歌剧2》的合唱部分，是正常声音的伴唱，台上与阳阳相牵的6个人唱了起来，与他们遥遥相对的张翔、孟祥宇和潘奇也跟着唱了起来。台下许多会唱的师生也唱了起来，在全场的合唱中曲子进入了第三次海豚高音区。阳阳这次没有唱，让玛丽莎和娟子唱了上去。阳阳心里在感动着，有着对自己的声音对自己的团队对观众的友爱的感动，也有着战胜死亡笔记的喜悦。

歌声落罢，全场观众接连起立，掌声如海涛一浪接着一浪。玛丽莎回身与采尼拥抱在一起，喃喃在采尼耳边说："我会唱歌了，我会唱歌剧了，好幸福耶。"采尼很清楚，做为一名舞蹈家会唱歌意味着什么，他用力拥紧了玛丽莎。

空着手的容皮皮拉起了看上去也十分激动的易楠要退场。易楠很不情愿地跟容皮皮后撤着，边向台上挥着手。项小羽在人群中随着容皮皮挤了出去。在门口，有两个人递给项小羽一个本子。项小羽急忙驱车而去。

叶历城也随着大家在鼓着掌，看着挂着两行泪痕的杨小敏，对身后的张宝岩、刘冠亚说："咱们撤吧，没发现吗，我们根本不是这股神奇力量的对手，申请换人。"

安子然好像没有听到身边两位朋友的连续询问："她真的是你的女朋友吗？"他站在那里默然无语，这次他真正感受到了他和阳阳间的巨大差距。

纪校长和副校长、谭院长们鱼贯上台，与音乐会的演职人员逐一握手。纪校长和娟子握手的时候说："填高考志愿时别忘了填我们学校啊。"娟子开心地回答："3个志愿都填传媒大学！"后面的副校长和谭院长们都笑了。他们哪里知道娟子才是应该考初中的小学6年级学生啊。

在阳阳面前，纪校长和副校长、谭院长站住了。纪校长握着阳阳的手，用力地握着，诚恳地夸奖道："真是校园小神女——天籁神女啊！"

20 月夜交手

"夏日同行双长笛音乐会"圆满结束了，阳阳"校园神女"的称号也不胫而走。

说不清是怎么回事，凡是参加过那场音乐会的学生，都有了很大的变化，不但学业成绩都比以往有显著提高，而且人也变得谦和有礼互相包容了。食堂里打饭都自觉排队谦让有序，考场上做弊取巧的少了，师生间尊师爱生了，各种赛场上文明多了，助人为乐的好事也多了，起码研究生院就有了路不拾遗、夜不闭户之风气。当然这是后话了，而音乐会结束当天晚上对于项小羽来说，却不是一个好过的日子。

项小羽得到死亡笔记后，很赞叹搜查专家——其实是偷盗专家的工作效率——和易楠一个照面就把笔记本搞到手。他一头扎进国际刑警设在北京的秘密基地，研究死亡笔记。

但是他们翻来覆去地看也只是一本时装杂志，满满的都是时尚女装，哪有记笔记的地方。经过射线扫描、纸质分析、装订拆检、浸水实验，他们判定这是一本普通的书刊杂志。细心的项小羽逐页翻看，终于在中间页面发现了夹痕，小于这本大16开本杂志的夹痕。看来，死亡笔记是夹在这本杂志里的。

项小羽脑里突然闪出一个思路，马上下楼开车去学校礼堂，不管这时已是夜半时分。

来到校园的围墙外，他戴上了最近IPCO刚配备的多功能防弹头套。这种头套是IPCO新研制的现代化装备，里面织有抗击打纤维，其抗击打和防弹能力是海军陆战队头盔的10倍。更主要的是这面具具有易容功能，有白种人、黄种人和黑人3种颜色和几十个面孔型号，还分有男性、女性和各种发型。所以刑警内部还称这种不在近距离仔细观察看不出破绽的头套为百变头套。另外，头套还配有全球定位装置，耳边和下颌处分别附有收听和发送晶片的通话装置以及保暖和散热功能等等。项小羽边戴头套边想，戴上这百变头套是不是有些小题大作啊，不过起个掩护作用也不错吧，免得遇到熟人。

几个纵跳，项小羽越过围墙，到了礼堂外又几下攀爬进入了礼堂。脚刚一踏上礼堂的地面，项小羽便觉得哪里不对劲，有点反常的直觉。他马上蹲在地上观察了半天。礼堂里静静地空无一人。他想起了白天的热烈场面，那个阳阳真是神啊，居然用歌声把容皮皮的笔震掉，而且后来才知道，礼堂走廊和大厅里的栏窗玻璃也震碎了几块。

项小羽很快适应了礼堂里的黑暗，借着月光的折射，看到排排椅背，他向白天容皮皮坐过的位置摸索过去。

离容皮皮的座位越来越近，突然，项小羽惊在当地不动了，他看到了容皮皮的位置上居然坐着一个黑衣人，那人垂着头，双手支在腿上一动不动。

饶是项小羽身经百练——容皮皮点破过的特种兵训练，却也大吃一惊，出乎意料啊，人家是有备而等！而自己刚才是觉得礼堂里不会有人，也没有用轻身术，是一路带着声响过来的。

既然如此，项小羽就大大方方地说话了："喂，你是哪位？在这里干什么？"

那人不吭声，项小羽走近了一步又问："失恋了吗，哥们儿？"

这时，项小羽已是全身蓄势，抬手就会伤人的。他又近了一步，已在黑衣人身边了，"你是不是取东西来了？容皮皮！"

那黑衣人明显一抖，突然一纵身跳了起来，同时一拳击向项小羽面部，接着一脚踏在前排椅背上，另一脚带着犀利的风声扫了过来。项小羽连闪了两步，心想这小子身手不错啊，那文弱的容皮皮可没这能耐。

让过黑衣人的一拳一脚，该项小羽出手了，可是没待项小羽出手，黑衣人却跨踏着排排椅背稳稳地向后面的入口处走去。

项小羽一看这人也太自信了吧，一个纵跳也踏上椅背，几下跨越，拦在黑衣人前面。黑衣人站住了，低声问道："你叫什么名字？"这时项小羽已依稀看到黑衣人手中拿着个本子，心头一喜，一定是死亡笔记了，便没有答话一把抢向那本子。黑衣人哼了一声，向后闪开，呼的一脚带着风声踢过来。等项小羽一闪，他又稳稳向入口处一步踩一排椅背走过去。项小羽见状跳下椅背，顺着过道几个箭步守在了入口处。

礼堂后面有两个入口，黑衣人停了一下，突然发力向另一个入口处斜掠过去，项小羽又疾跑到另一个入口处前守候。只见黑衣人趁项小羽向另个入口处跑去的时候，跳下过道反身飞快地向台上跑去。等项小羽反应过来，黑衣人已如流星般跳上舞台，他回头看了眼追过来的项小羽，哼了一声跑向了通向楼顶的小楼梯。项小羽知道楼梯通向一个通风窗，黑衣人可以从那里跨到楼顶跑掉，看来他是从这里进来的了。项小羽心想这回你可要吃本舞台监督的亏了。因为他白天在台上忙了一天，当然注意到楼顶的通风窗有个拉绳，开窗的时候得上楼梯，关的时间一拉绳就关上了。

项小羽抢到台上，正看到黑衣人一条腿跨进窗口，他一个箭步蹿到墙边，一把抓到关窗绳用力一拉。这个通风窗挺重的，先夹他个半死再说。

只听通风窗砸下，黑衣人一声闷哼，又是一声怒吼，接着，一束光线射了下来，刺得项小羽眼花。项小羽也没躲闪，在下边笑道："皮皮同学，砸到你了吧？哈！"

只听黑衣人冷笑一声，"去死吧你！"然后手一扬，袖里火花一闪，项小羽心里暗叫不好却已晚了，砰的一声，一颗子弹击在项小羽头上，他一个跟头倒在地上。

黑衣人果然是容皮皮。在音乐会时阳阳的歌声和目光让他心烦意乱，唯有抱着头捂着耳朵才能减轻一些不适的感觉，而且他也察觉到有人注意他了，便抱着腿作痛苦状，把死亡笔记冒险粘在椅子下面。现在他趁着月夜来取，没想到半路杀出个程咬金。容皮皮现在很怕引起注意，他不想再去写上阳阳几人的名字施展那种无赖的伎俩，他发誓要继续与阳阳们面对面对抗，所以想近期卧薪尝胆，隐藏一段时间。可是如影随形的项小羽惹恼了他，使他杀心顿起下了黑手，不管对方是谁。

DN（Death Note 死亡笔记）的主人也有一些异能的，但和 FN（Felicity Note 幸福笔记）的功能截然不同。DN 的主人要求克制爱心，拒绝善良，异能都是惩罚人类的能力，包括用毒、致病、暗器等，而且对现代武器的应用很是得心应手。

半小时后，项小羽醒了过来。他摸摸头上的大包，心想自己太轻敌了，多亏今天戴了防弹头套。项小羽又回到容皮皮的座位，俯下身来摸向座位的下面，果然有一条不干胶带还悬在那里，看来自己的判断是正确的。容皮皮唉，算你狠，老子早来一步就好了。

21 冰盘和火盘

音乐会结束后，阳阳一行人登上采尼开来的面包车，拐了很多弯，确保没有被跟踪后开进了采尼公司在北京的中国区办事处小楼。

在 2 楼小餐厅里，沿墙的长条自助餐桌上摆满了二十余种丰盛的佳肴，还有水果和香槟。大家仍然沉浸在音乐会的幸福和快乐中说笑着。迪肯虽然也在说笑但神情有些凝重，他还在消化着采尼告诉他的事实。采尼打开了香槟斟满了杯子，玛丽莎招呼着大家都过来取了一杯。

阳阳坐在餐桌旁，左右落座的都是与幸福笔记有关的人，或者说都是上过幸福笔记的人。有孟祥宇、采尼、娟子、张翔、潘奇、庞艳、王辉、迪肯和玛丽莎。加上阳阳自己，这个幸福团队共有 10 个人了。大家互相打量着，都是死去活来的人啊，感慨着激动着，相邻的拉着手，拥抱着。迪肯和采尼的汉语水平基本上能和大家沟通，玛丽莎则由采尼悄声当着翻译。

阳阳看在眼里，甜在心头，她在心里想，要是谷谷姐在这儿多好啊。想到这里，手随心动，在桌上蘸着洒落的香槟顺手写了“GG”两个字母。没想到刚写完，谷谷就从天而降，扑扇着翅膀落在阳阳面前。正要端起香槟的众人都惊喜地看着白鸽，娟子扑过来，“谷谷姐，想死你了。”谷谷一闪，跳起来落在阳阳肩上。

阳阳忙站起来给大家正式介绍：“这是我们的保护神，谷谷姐姐。谷谷姐，我给你介绍新朋友。”

谷谷嘎嘎叫了两声，用大家都能听到的腹语先来了句国学：“孟子曰：‘天将降大任于斯人也。’”然后悬停到每个人的头上，“不用介绍了，我都认识的。这是开飞机的张翔，技师潘奇，这是漂亮的空姐王辉，这是嘟嘟的妈妈庞艳。”

谷谷不顾庞艳的大惊失色——怎么知道我的儿子叫嘟嘟——然后又用英语说道：“这位是舞蹈皇后玛丽莎，还有这位是英格兰长笛王子迪肯，不过你的长笛没有阳阳吹得好，以后要努力哟。”大家笑成一团，一派祥合的大家庭气氛。

谷谷看到阳阳这么短时间就有了一个优秀团队，也很为阳阳高兴，嘎嘎了两声又说：“你们快用膳吧。为了表示对你们相识相知的祝贺，老身给你们上两道菜。”

说完，谷谷一扇翅膀，正中的餐桌上蓦的多出了两道谁也说不出名字的菜肴。一道是透明的玻璃状器皿里盛满白皑皑的如棉花糖一样的雪团，还在嘶嘶地冒着冷气；一道是漆黑的玄石样的器皿里面晶莹地涌动着的汤，冒出的缕缕热气盘旋着上升。

谷谷又扇一下翅膀，10 根吸管和 10 把长柄匙出现在大家手边，“我们 G 星球的食物基本上是液体，餐具不用筷子和刀叉，只有吸管和匙。”看到大家都迟疑着不动手，谷谷笑了一声又扇出 10 个精致的金色小碗，“分餐是比较文明的，大家吃一盘菜不讲究。”

10 个金色小碗看上去很重，但拿起来很轻，而且碗底好像有滚珠，可以在桌面上推动，但只能轻轻地推才动，突然地推用多大力也推不动。娟子试了一下那两道菜的大盘，也可以推动。

看到大家对这一冷一热的 G 星球食物有些犹豫，娟子和谷谷较熟，就问道：“谷谷姐，你这是变戏法变出来的，能吃吗？”谷谷嗔道：“死丫头，这是用时空折叠技术传过来的，以后等阳阳会操作了就能传给大家。”大家都吐了下舌头，这也太不可思议了。

阳阳先动手了。她先用匙子把晶莹的热汤舀在金碗里，毫不犹豫地用吸管把看上去滚烫的晶汤吸入，咦，没有一点烫的感觉，汤一入口就变成了人体能接受的温度，心头无比温暖舒适。然后她又用匙子往金碗里撮了两团“雪棉”，再放到口中，好甜，“雪”入口即化，也成了液体咽下，瞬间全身又是无比清爽轻快，吃罢就再无饿意。

接着娟子上手了，大家开始品尝起来，个个瞪大了眼睛品味着吃地球食物没有过的感觉，转眼两盘 G 星食物一扫而光。

谷谷又解释道：“我们那里补充能量不看量的多少而是看先后的顺序。最先吃的那个人拥有最多的精华，依此类推。嘿，阳阳是命里注定啊。”其实，这两道菜是谷谷对阳阳的奖励，使阳阳的Ⅱ、Ⅲ幸福值各提升了 10 点和 5 点，也使大家加强了对人体机能的改造和异能的提升，使阳阳的传授更加方便。

看到采尼端起空盘子欣赏着，谷谷说：“给你留下吧，这叫冰盘和火盘，放在里面的东西永远是冰的和热的。”采尼和玛丽莎高兴地收起冰盘、火盘和小碗、吸管和匙子。谁也想不到，日后采尼根据这些 G 星物质发起了一场世界范围的材质革命。

22 集体转移

正当大家还在回味雪棉和晶汤的时候，阳阳突然伸出手说：“还有谁没有学千里耳，都过来。”迪肯、张翔、玛丽莎、庞艳和王辉赶了过来，阳阳分别握住迪肯和张翔的手，让庞艳和玛丽莎挽着她的胳膊，王辉依着她的腿。阳阳现在的功力可以用身体的任何部分传授幸福异能了。

“现在传你们千里耳功能，你们要用力听外面的声音。”一听阳阳这样说，采尼、张翔、孟祥宇和娟子也马上凝神听着外面。

阳阳用力传授着，口中念念有词。不一会儿，庞艳先说话了：“小楼马路对面有人在说我们呢。”

迪肯也发话了：“后面街道旁汽车里有人在谈论我们。”

张翔、玛丽莎和王辉也点头示意听到了。

娟子总结道：“有 3 伙、10 多个人在周围监视我们呢。”

阳阳点头道：“我刚才听了半天了，这些人都是国家安全局的人，他们在音乐会上查出了采尼的身份，直接守在这里等我们回来。不过这些人是善意的，是想找出救人的神奇力量，不像死亡笔记那样可怕。”说到这里，阳阳看看众人嘱咐道：“今后我们要坦然地幸福生活，不要受这些外在因素的影响，只是要记得我们是为全人类服务的，如果要为一国所用、为一民族所用就狭隘了。”大家纷纷点着头。白鸽谷谷在旁满意地踱了几步，心想这丫崽子还挺懂事呢，老身没有挑错人。

采尼道：“国际刑警和容皮皮他们没有跟过来，看来他们正忙着交手过招吧。”

阳阳转头对谷谷说：“谷谷姐，我们要去山里的基地，我和娟子、孟总——呵，人家是中国磨坊石材集团的总经理嘛，瞪什么眼——今晚就出发。明天玛丽莎主考舞蹈，采尼要参加民政部的投资会谈，他们俩明晚出发。”

谷谷一副事不关己的样子。张翔四人急了，“我们几人有一周假呢，我们是想好这几天要和阳阳在一起的，我们也想去。”

迪肯也说道："明后天是周末，我也想和大家在一起。"

阳阳笑了，"我也有意这几天不放大家的，我还要多开发你们的潜能呢。"阳阳想了一下问玛丽莎几个女孩儿："你们是不是刚开发了嗓子，想检验一下自己的唱歌水平？"下午在音乐会七人相牵时，阳阳已把仿声功都传给了她们。

玛丽莎带头使劲地点着头。阳阳打了她一下，"呵，就知道你们。那这样，为了不必要的麻烦，我们要尽量甩开外面那些人的跟踪，尽量离他们远些。所以我们现在去歌厅唱歌，然后分头赶往火车站，今夜 11 点 50 分的火车，上车再补票。明天早晨下车我们再乘船进山。"

这里的大型歌厅有数百家，是人们夜生活的主要去处，家家装修得富丽堂皇，比一些发达国家的歌厅规模还大设备还好。采尼开着面包车，后面跟着不停变换顺序的 3 台"护送"车队，一直开到了建国门旁那家如迷宫样的歌厅，这里离北京火车站很近。

在歌厅停车场，阳阳听到叶历城和另外一个头头商量说："没去过传媒大学的人跟进去，在他们相邻的包厢监视，走廊里再放两个游动的。其余的人在停车场看住采尼的车。"还听到杨小敏说："真想和他们一起去唱歌。"

阳阳 10 个人要了一个大包厢，刚一进屋，几个女孩儿便都成了麦霸，唱得喜笑颜开，尤其是玛丽莎，唱着唱着眼泪就流了出来，唱到尽情之处还加上几个舞蹈动作。

音乐会当时在台下的 3 位男士张翔、孟祥宇和潘奇围上了阳阳，一会儿工夫也学会了仿声功，把声带和喉咙改造了。

庞艳和王辉正在前面唱着男女声对唱，后面沙发的人群中传来庞艳的声音："各位乘客请系好安全带，关掉手机，本次航班就要起飞了……"王辉回头一看，又看看身边的庞艳，不禁笑了起来。庞艳也细看了一下，原来是张翔在学她的声音，她马上以张翔的声音粗声喊着："把机舱门关好，以后不许学我！"

大家边快乐地唱着，边两人一组以去外面的卫生间为由走掉。采尼在监听对方的对讲汇报，如果出去的人被跟上了马上就出声通知他们转回来，重新再走。这样，不到 11 点，只剩下自己和玛丽莎两人了。快乐的玛丽莎把歌本上的英语歌唱个遍，还忙里偷闲地问采尼：“我们的孩子是不是生下来就会弹琴会唱歌会跳舞啊？”

一直到午夜的钟点敲响，采尼和玛丽莎才意犹未尽地走了出来，这时阳阳们已在飞驶的火车上办理卧铺补票手续呢。看到面包车只有采尼两人开走了而其他人不知去向，国安局的十几个人才大梦初醒，原来，遇到了一批高智商的人物——集体转移了。

23 幸福山

现代人都是习惯了坐飞机、乘火车、开汽车或者是乘大游轮，很少还有像通往水磨坊村这样的以小货轮为交通工具的。但正因为交通不便，才保持了水磨坊一带的自然景色和原生态风光。

三个多小时的水路，白鸽谷谷时而落在船舱顶，时而无影无踪。阳阳一行八人一路欣赏两岸景色，一面由阳阳传授幸福异能。

阳阳是想争取大家在一起的几天里把现在掌握的异能都传授给大家。大家吃过雪棉和晶汤后，接受能力大大增强，一天可以接受几项潜能开发了。曾在水里遇过难吃过苦头的孟祥宇学会水中呼吸后，一直跃跃欲试想实践一下。船行到二道河他救儿童落难处，孟祥宇把船停下和大家说：“我就是在这里死的。”然后脱下外衣就跳入河里，半天也不露头。娟子急了，也跳了下去，又过了半天两人一起冒出头来，原来父女俩在水底玩耍呢。娟子激动地向庞艳和王辉招手让她们下来。庞艳和王辉笑而不语，但也吃过海水苦头的张翔、潘奇和迪肯都穿着短裤接连跳下去了，他们在水底打坐、抓鱼，都兴奋地庆贺自己又具备了一项人类无法做到的能力。

船顺着二道河到了水磨坊村小码头时已是中午时分，阳阳和娟子两人一跳上岸便像两只燕子飞去了小学校。孟祥宇领其他人随后走去。

到了学校，看到阳阳和娟子与几十名师生在新修的操场上欢呼雀跃着，大家看到了阳阳平时如圣母仪容般另外的一面。朱老师和几个男生调皮地向庞艳和王辉唱起《对面的女孩儿看过来》，也把她们俩拉入了学生圈里。

下午，娟子的爷爷、村长孟繁文请大家吃了可口的农家饭，然后孟祥宇便领阳阳他们去参观开采中的矿山。

山上的变化让阳阳和娟子吃惊不已，过去杳无人迹的山上现在是生机勃勃，遍山机器和工人。走到过去的二课堂，这里已是现场指挥部，搭起了标准不低的配有卫生间的蓝色简易活动房。

走进孟祥宇的总经理办公室，他们看到墙上挂着大幅的生产进度表、安全生产规章制度等。孟祥宇指着窗外的机器，如数家珍地向阳阳介绍着：框架式大型自动加砂砂锯、多刀片双向切机、自动多头连续研磨机、金刚石校平机、逆转式粗磨机、纵向多锯片切机、横向切机、桥式切机、悬臂式切机、劈石机、刨石机、自动锤凿机、自动喷砂机、花岗岩自动烧毛机、自动磨边倒角机、仿形铣机、薄壁钻孔机、自动连续吹洗修补风干机……

大家都以为阳阳会打断孟祥宇的冗长介绍，没想到阳阳一直听下去，等孟祥宇语音一落，问道："多刀片电脑控制花岗岩切机到了吗？"原来，阳阳的过耳不忘功能使她对那天孟祥宇竞聘时提到的设备记在脑中，尤其是涉及到电脑数控的现代化设备。

孟祥宇钦佩又感动地回答："因为是电脑控制的设备，得有文化程度高的专业人才操作，我特地招集了乡里的 8 名高考落榜生，采尼已送他们到意大利培训了。3 台多刀片电脑控制花岗岩切机还有其他几台电脑控制的设备都将和培训人员一起到位。"接着他们又参观了坯料加工现场和成品库。

孟祥宇最后和阳阳说："因为现在的产品是采尼全部包销海外，我们就等于在淘金啊，有大把的外汇收入，而采尼在国外卖的价钱更高。看起来这花岗岩足够我们在那边建基地和大学了。"他指了下另外一座仙云绕顶宁静安详的山峰。

晚上，迪肯和阳阳又为孩子们和村民表演了双长笛合奏，张翔和庞艳、王辉张罗着点起了篝火。迪肯非常喜欢这里世外桃源般的自然美丽，吹奏得十分投入。

夜里，阳阳和娟子又回到自己原来的小屋和壮壮在一起，其他人由孟祥宇安排到新建的工人宿舍中干净的房间休息。

采尼和玛丽莎第二天早晨就到了，他们前一天晚上就出发，夜里到了县城便开着一台越野吉普从山路赶了过来。采尼告诉阳阳，用千里耳证明，他们绝对甩开了跟踪。

采尼有了金刚身功自是不累不困，便让玛丽莎去了庞艳和王辉的房间休息。他急不可待地和孟祥宇去矿山工地巡视。这时，阳阳开始挨个儿给大家传授金刚身功，玛丽莎一听说要学不老功，也不困了，赶来排号。

看到眉宇间带喜色的采尼从矿山下来，阳阳就知道采尼从专家的角度充分肯定了矿山的建设和发展。采尼对迎上来的阳阳说："这里真是一块福地啊。"

阳阳心头一动，"那以后我们就叫这一带为幸福山吧。"一起和采尼走下来的孟祥宇大喜，挥拳击掌说："一直想着我们这里有个大气的名字，叫磨坊又小又给人原始感，叫幸福山太好了！"

阳阳笑道："呵，出发吧，现在我们就去勘察幸福山谷，建设我们的幸福大学。"言罢，幸福团队全体人马整装向幸福山谷进发，白鸽谷谷飞在他们头上。

24 峭壁上的默契

说起人，那是面貌各异；说起山，也是各有所别。离开矿山向南的两个山梁，就是采尼父子上次来勘察过的山谷。这边的山谷和那边的矿山迥然不同，又是一种风貌。那边的感觉是裸露、坦诚，这边的感觉是含蓄、内秀。

这是一条东西走向足有 5 公里长的笔直山谷，北侧是一面齐整的峭壁，秀丽壮观，足有 300 米之高，峭壁下是一条平坦的宽近 800 米的山谷平地，经过山谷平地向南又经过二百多米缓缓上升的山坡形成山谷的南侧山壁。有趣的是北侧峭壁上方并排 3 座相隔千米的山峰，3 座山峰的山脚突入山谷的平坦地约 200 米，将 5 公里长的山谷几乎等分，将山谷很规整地分成各一千多米距离的 5 个区域。

由孟祥宇领路，阳阳一行人从东山口进入，行到 3 座山峰正中的峰脚才驻足。这里是山谷的正中间。

在采尼和迪肯“每天都幸福”的提议下，学了大力神的 5 位男士轻轻巧巧地背进来不少东西。4 个折叠桌，10 把休闲椅，4 把太阳伞，一套音响，两个液化气罐，全套的烧烤设备，两箱啤酒，当然还有各种食品饮料。娟子和几个女生也背着笔记本电脑、摄像机、照相机，还有一套测量仪器。

走了足有两个小时的山路，要是在过去，男人也要喘个半天，可是这 10 个人好像没事一样，没见半点疲劳。玛丽莎显然在吃惊金刚身的功能，心里在想，看来以后我要刷新好多项世界舞蹈记录了。

坐在太阳伞下，大家喝着水、吃着水果。娟子打开了音响，这个山谷首次荡漾起了音乐，预示将来这里会发生沸腾的生活。

采尼已经来过多次了，他已有一套狂热的方案在胸，曾和孟祥宇透露过，被孟祥宇称为“疯子计划”。采尼嘱咐他不许泄露风声。

阳阳是第一次来，她趁大家摆放野餐用具时，让孟祥宇领着自己和白鸽走到山谷的西山口返了回来。迪肯也迎了上去。西山口的走势低了些，谷底有半人高的绿色植被，看得出有山水冲刷的痕迹。

采尼在指挥着张翔和潘奇用测量器材测量山谷的各种距离和高度，核实一些数据。

阳阳一路打量着几近垂直的峭壁，时而拍几下。这座山壁垂直向上到 200 米左右便稍向后仰去，属于安全的非滑坡山体。只是不知道里面是不是也是花岗岩。虽然这 300 米高的无名山壁不如挪威著名的特洛尔山壁——一千多米高的特洛尔山壁是世界上最高的垂直岩壁，但这近 5000 米的宽度也很壮观了。

阳阳往回走到西边第一个山脚，刚绕过来，她突然停住了，很仔细地听着什么。迪肯也趴在地上听着，孟祥宇很兴奋的样子。采尼远远看到后便和娟子赶了过去。

阳阳在拍山峰脚一侧的山壁，她在逐渐发力，声音越来越大。阳阳在移动着，拍出的声音也越来越空。整个山谷里都回荡着阳阳的拍击声，一个小姑娘有如此巨大的神力，但大家都是见怪不怪了。最后在山脚和峭壁的连接处阳阳停了下来。她对赶过来的采尼说：“这里可能有水耶，有流水声。”

采尼一听心头大喜，如果能在山谷里找到水源，就解决了一个大问题，他的计划将更加完善。采尼把耳朵贴在山壁一听，千里耳的功能使他清晰地听到了流水声，好像是一条小河。是一条地下河！

孟祥宇在旁说：“这么多天没下雨了，这里的河还有水，就说明水源很充足的。”

娟子也高兴地叫道：“阳阳姐，你真厉害呀，你怎么发现的呀？”

阳阳笑了，回头一指西山口的草地，“这草地告诉我的，为什么东面没草，一过这个峰脚就有草，是吧，应该有水的滋润。”

看到迪肯在用石头砸山壁，采尼拦住了，“迪肯，不用了，我们知道这里有水就行了，等我们规划好，用机器打开，修个漂亮的水源地。”

回到山谷中间的太阳伞下，阳阳向张翔要着各种数据，然后她就望着峭壁出神。白鸽谷谷正在峭壁的上方盘旋着，像一只小白鹰。

看到大家都围了过来，阳阳向大家说起了办学的初衷：“你们有些人还不知道，我前不久还是这里的山村教师，对教育方面我是想了很多的，不过还不如采尼想得专业，他可是教育专家啊。”

采尼诚恳地说：“要是没有阳阳的启发，我也想不到太多的。”

阳阳接着说道：“我们是想这样。因为现在中国和世界各地的教育都存在着学校教育和社会应用严重脱节的现象，我们想尝试办一所以职业技能为主的综合素质全能人才学校。这里没有年级，只有课程和技能。这里的课程包括从小学到大学和常用专业的硕士、博士的全部课程，这里的技能包括社会上广泛应用的各种职业技能。我们将使校园普通教育和社会职业教育这两类教育在这里融通、渗透、衔接和互补，以形成符合社会需求的先进的现代教育模式和体系。我们不发什么本科生、研究生学历证书，只发他会什么职业的技能证书。”

迪肯听得很兴奋，插问：“那师资和生源怎么解决？”

阳阳坚定地说：“师资要在世界各地高薪聘用顶级教师和各业专家，学员就无所谓了，不管是中国人还是外国人，想学就可以报名。”

“那为什么选在山里进行教学呢?”玛丽莎问道。看来采尼没和她介绍太多。

“这种职业教学是个新事物，要保证不受外界影响，所以要采用全封闭的教学。这里交通不便，与外界隔绝，还有足够的训练空间，是个理想的强化培训基地。”

迪肯举手道:“阳阳师父，我可以荣幸地成为这所学校聘用的第一位教师吗?而且是专职的，从现在开始。”

玛丽莎也抢着说:“如果这里能开舞蹈专业培训，我也可以来任教。”

张翔看了潘奇一眼，潘奇点点头，张翔的手指划过平坦的山谷说:“如果能培训飞行员专业，或者为了学校的需要，这里可以建一条国际标准的飞机跑道，长2000米，宽45米到60米的4D规格跑道，这里足够所有飞机的翼宽和轮距，甚至可以降落最近新下线的A380客机。”庞艳和王辉鼓起掌来，“我们可以参加培训空乘专业。”

阳阳很感动地说:“谢谢你们的支持，这些我们都有想到的，我希望将来我们有更多的默契。”

采尼举手了，高高地，“阳阳师父，采尼有一事想知道我们是不是有默契!”

阳阳笑了，抬起手来顺着采尼举得高高的手向上一画，指着峭壁，“你是说这峭壁吗?”

采尼兴奋得一下子跳了起来，孟祥宇也跳了起来，两人超夸张地跳起踢踏舞来。娟子在发愣，老爸啥时学的踢踏舞呢?看着孟祥宇笨拙又不失节奏的舞步，大家笑得前仰后合。

25 使者誓词

采尼这样高兴地跳起踢踏舞来，是他心里有数了，如果阳阳也想到如何开发和利用这块长长的峭壁，那就十有八九是赞同他的疯狂创意的。

采尼兴奋地跳到啤酒箱旁，拎出一瓶啤酒，用拇指盖抵住瓶盖一挑，砰的一声，瓶盖飞向半空。玛丽莎低声说：“阳阳师父教你大力神不是用在这里吧。”说完自己捂着嘴笑了。采尼举着啤酒，“我们开饭，酒喝起来，我给大家汇报。”

大家响应着准备就餐，转眼各种鸡串牛肉串羊肉串烤出了香味，还有各种熟食酱菜小吃也摆满了桌子。这都是采尼和玛丽莎在县里采购的，放在越野车的小冰箱里。

等大家手里都举着一瓶淡爽啤酒后，孟祥宇发话了：“欢迎大家来到我们这山沟，我先干为敬，请大家随意。”说罢，豪爽的孟祥宇一扬脖，把一瓶啤酒咕咚咕咚喝了个底朝上。

素喜中国啤酒的采尼和迪肯也开心地把一瓶啤酒喝了。张翔和潘奇的职业平时对饮酒要求很严格，今天他们互相看看也一扬脖“吹”了一瓶。

阳阳顺口也喝了大半瓶，催着采尼：“好了，你和大家说说我们的峭壁默契吧。”

采尼这时又拿起一瓶啤酒，面对大家，仰着头对着峭壁，手挥动着，英语和汉语参半地大声讲道：“我们英国有座50层高的坎那瑞码头大厦，小时候我就幻想着要建一座那样的大厦。不过长大我都没有机会去建，只建了三五层楼的养老院。今天，上天给了我个机会，让我建一座300米高的大厦，而且，而且是建在峭壁里的大厦。”大家都停住了手里的动作，认真地听采尼讲述，听到最后一句话，大家都愣住了，只有阳阳会心地笑着。

“我们的这所幸福大学，既要在教学质量上世界一流，教学环境也要成为世界一绝。我们要把教室建在峭壁里！”

采尼继续讲解，大家听明白了。采尼是想在峭壁上掏出一个个教室，把教学楼省掉，都修在山壁上，而且取出来的石坯料还可以由孟祥宇再加工创收。大家都看着峭壁，想象着上面满布教室的情景。

阳阳接着补充着：“不知道大家听没听说过王尔烈书房？王尔烈是闻名遐迩的关东才子，他在辽宁千山的龙泉寺净瓶峰上辟出一个人造平台为自己建了书房，取名为‘琼岛虚舟’，称为‘室狭如舟蓬窗四启峰围岸，山深似岛松声一派海生潮’。能在那种意境中读书真为人生幸事。我们在峭壁上建起教室甚至宿舍，耐火、抗震，冬暖夏凉。教室走廊都在外面相通，宿舍里面也有走廊相通，外面都留一个小平台和石栏。师生可以乘电梯或攀岩上下。”这时白鸽谷谷落了下来，嗄嗄地叫了两声，似乎也在感慨和叹服人类的想象力和创造力。采尼接下来继续介绍：

“山谷平地上，我们只建训练场馆、实习基地、办公区域、体育场馆，再加上一条机场跑道。在南侧的缓坡上，我们建教师别墅、医院、图书馆、电影院、音乐厅……”

阳阳又继续补充：“我们要有生态和环境优先的理念，注意校园的区域资源配置和布局，注意保持这里特定的区域基地条件，注意人际互动需求等。”

娟子都听傻了，好像听童话一样。她崇拜地说：“阳阳姐姐，你怎么说话一套套的，太有水平了。”

阳阳拍了娟子下说：“乱说，大家都一样的。其实我这也是借两不忘的功能，把知识重组提出最佳方案的。你们将来都会这样的，只是要多帮助人、多献爱心才能达到。”

说话间大家高兴得不知不觉地把两箱啤酒都喝光了，可是没有一个人显醉态。以后经过多次实践他们才明白，金刚身功夫会自动过滤和化解酒精和一切食物中对人体不利的成分，使人永远不醉，也不会中毒。

阳阳嘱咐大家说：“从今以后我们大家要对自己提出新的要求，每个人都要最大限度地发挥自己的能力。你们大家都要重新设计自己的生涯，比如张翔和潘奇可以注册私人航空公司，你们俩分别从管理和软件上入手；庞艳要进军航空服务产业，包下空港全方位服务业；王辉可以办航空学校。迪肯如果有信心，我们一起创办新的教育模式，建设我们的幸福大学和幸福基地；娟子好好上大学；孟祥宇当好矿山掌门人；玛丽莎开歌剧院和舞蹈学院；采尼除了办好幸福大学，还要管理和光大家族国际产业……我们要齐心协力，精塑自我，以更大的能力为更多的人送去幸福。”

看大家听得热血沸腾，阳阳示意娟子打开笔记本电脑。她打开一个文件，让大家依次看：

幸福使者誓词——

我们是全部具有幸福基因的人组成的幸福集体。

我们是“救不该死的人的命,给不幸福的人幸福”的特殊团队。

我们有勇敢的特质,

我们有忠诚的信念;

以让生命得到尊重为重,

以让人类得到幸福为先;

不辱使命，不负众望,

用青春和热血铸就我们永恒的誓言。

阳阳真诚地对大家说:“我们是首批幸福使者，我们是全部具有幸福基因的人组成的幸福集体……”说着，阳阳向大家伸出手来，大家的手纷纷和阳阳的手搭在一起，表情神圣、异口同声地把刚才看到的誓词背诵出来:

我们是“救不该死的人的命,给不幸福的人幸福”的特殊团队。

我们有勇敢的特质,

我们有忠诚的信念;

以让生命得到尊重为重,

以让人类得到幸福为先;

不辱使命，不负众望,

用青春和热血铸就我们永恒的誓言。

幸福山谷里回荡着这队幸福使者的朗朗誓言，声音直上云霄，把白鸽谷谷看得目瞪口呆，旋即，振翅高飞。

見习记者

娟子创造了高考奇迹，考上国际传媒大学，又经现场考核破格录取为研究生。她和阳阳在医院现场救活了学生会主席张晓枫，又同时救起因受捐角膜无望跳楼的盲女鞠思彤。阳阳来到电视台国际部实习，遇到小气的主任，被分到资料室工作。孟台长让阳阳上节目临时救场，阳阳边做节目边救记者吴冬梅的男朋友毕大群。阳阳遇到一系列问题：凶犯该救吗？如何对待死对头黑鹰的干扰？在枪声中如何救人？

1　高考奇迹

阳阳和采尼、孟祥宇等 10 个人的幸福团队在幸福山稍事休整后，张翔带领潘奇、庞艳、王辉返回航空公司，四人心中暗暗筹划着大事。玛丽莎由迪肯护送回了北京，直接启程去了美国，继续主持芭蕾舞考级。迪肯这次回北京是要向学校交代一下工作，然后再返回幸福山谷与采尼一同建校。采尼则留在幸福山，与孟祥宇共建花岗岩矿山和幸福大学。白鸽谷谷也向阳阳告辞，说又陪了他们好几天，该逍遥一下去了。

阳阳则留了下来，全力陪着娟子参加周末的高考，天天陪着她复习，同时全面整理与幸福笔记相关的事情。接触幸福笔记这几个月来，脑袋里几乎没有停顿，阳阳需要有几天时间静心思考。

共救活了多少人？孟祥宇 1 起，采尼 1 起，滨海空难 94 人，中国援外工地遇袭人员 10 人，韩国人质 2 名，北爱尔兰游行枪击遇难人员 12 人，音乐会被死亡笔记施术 2 人，一共是 122 人。

共学会了哪些人体异能开发？千里眼、千里耳、大力神、过耳不忘、过目不忘、金刚身、鱼呼吸、仿声功共 8 项。还有 10 项异能要继续努力开发，可能越来越难了。

幸福笔记的幸福值点数第Ⅱ级加上谷谷奖励的 10 点达到了 42 点，第Ⅲ级的幸福值点数达到了 17 点。距离 100 点的差距还很大。

幸福使者团队共收了 9 名亲传成员，孟祥宇、采尼、张翔、孟令娟、潘奇、庞艳、王辉、迪肯和玛丽莎，还需要更多的朋友。

阳阳越想越觉得任重道远，要做的事情还有很多很多。同时她又想起了国际刑警项小羽和死亡笔记的主人容皮皮，还有国家安全部门的叶历城和杨小敏一干人，更觉得今后幸福使命的执行过程不会太轻松。

安子然的影子也浮现在眼前。对不起了子然，儿女私情只好放一放了，希望你能走近我以后的人生，如果只靠以前的温情我们就会越来越陌生了。

研究生院谭院长的知遇之恩也要在学习中好好报答，还要团结学生会的易楠等同学。

而白鸽谷谷和幸福笔记是个巨大的神秘事件，是个探索不清也无法探索的神秘事件。但只要能为人类做些好事，这个责任还是要勇敢地担起来，也要努力——不！是竭尽全力做好！

阳阳这几天捧着幸福笔记，归纳整理着思路，然后用自己的口气写出了8条近期的备忘录。阳阳也不知道怎么回事，每次写备忘的时候就是不自觉地凑到8条。少一条不够，多一条没有。

1. 尽快提升幸福值，争取半年内第Ⅱ级达到满点100点，第Ⅲ级的幸福值点达到50点。不然非得救死去的人，太折磨人了。想想娟子落海就想笑，这丫头有一半心思是故意的。

2. 已经学会的特异功能要进一步强化，要都达到Ⅱ、Ⅲ级水平，并争取3个月内再开发一项，给大家更多惊喜。

3. 强化世界各国语言的学习，保证10种语言的熟练应用，得找找应用的对象才好。开始接触第二批10种语言的学习：荷兰语、希腊语、捷克语、丹麦语、匈牙利语、冰岛语、克罗地亚语、罗马尼亚语、波兰语、瑞典语。

4. 加快建立幸福使者团队，培训精干的团队成员，有组织地让更多的人得到幸福。最好找比自己年龄大的，像采尼、孟乡长、迪肯这样优秀又有事业在身的人，要让他们集中精力做事业。

5. 学习各种社会职业技能，体验和得到各种代表幸福的事物，自己有了才能给别人嘛。

6. 学好博士课程，争取早点实践当记者。当博士要博学！还要多分配时间学习中国博大精深的国学啊。

7. 多救人，多救人呀。切切！

8. 还有一点，低调小心，和国际刑警、国家安全部门、死亡笔记的主人等各方处理好关系，他们好吓人呀，但也要争取感化和团结他们。

高考日子到了，阳阳和孟祥宇把娟子送到了县一中的考场。

考生和家长们都怀着紧张的心情，谁也没有注意一个小学刚毕业的学生隐没在高三学生们的人群中走进考场。只有县招生办的几名老师知道本县这件稀罕的事情，前来娟子的考场看看娟子，都不敢置信地摇着头。

阳阳把孟祥宇赶回矿山后，在学校围墙外的树荫下席地而坐，拿出自己的博士研究生教材和阿拉伯语磁带。她计划在入学不久先把博士生所学的所有教材通读一遍，并强化第一批10个语种的语言学习。10个语种她已经学会了德语、法语、日语、韩语、俄语、西班牙语和意大利语7种，还差阿拉伯语、葡萄牙语和印第安语了。

刚静下心来，阳阳的千里耳不由自主地关注着娟子的方位，清晰地听到监考老师在宣布考场纪律，也听到有的考生在小声说话，还听到了娟子的呼吸声。

两天的高考过去，阳阳和娟子在网上找到标准答案埋头核分。因为娟子有“两不忘”（过耳不忘、过眼不忘）的异能，自然不会记错自己的答案，但也通过反复几次最终确认了一个让阳阳欣喜不已的分数：695分！满分是750分，4科只丢了55分。这可是远超历届国内一流大学的文科630分、理科650分的高考录取分数线啊。

在填报高考志愿时，娟子还是毫不犹豫地填上了向往的国际传媒大学。谭院长打来电话很关切地询问结果，娟子谦虚地说考得一般，但已做好当谭院长学生的准备了。

阳阳与孟祥宇一家人和采尼依依告别后，带着娟子回到了北京等待录取。又一段火热的生活开始了。

2 破格再破格

高考结束后，娟子便开始攻读传媒大学的本科教材，等到高考分数公布时二十多科的课程几乎都看完了，还把本年应届本科毕业考试题及标准答案都看了一遍。娟子直和阳阳说，挺好学的，还没有高中的课程复杂呢。

得知娟子考了705分（阳阳给作文和英语低估了10分）后，传媒大学的纪校长和谭院长又吃惊又高兴，这是他们学校有史以来高考分数最高的学生，尤其是他们知道了娟子是14岁的学生后，更觉得娟子创造了奇迹。

校办通知娟子，明天上午9点纪校长和谭院长接见娟子，开个小型的欢迎会。

晚上临睡前，娟子小心地和穿着睡衣的阳阳说道："阳阳姐，你都能从硕士生跳到博士生，我能不能跳两级直接读大三啊？教材我都看完了。我想早点毕业和姐姐走天下呀。"

阳阳思考了一下说："如果只是理论学习你可以考虑跳级，但实践学习是必不可少的。明天可以和纪校长探讨一下。"说罢，阳阳逗着娟子："本想让你在学校学几年，没有GPC了姐姐好清净几年的。"

娟子一听眼睛一红嘴一撇，眼看眼泪要流下来，阳阳忙抬手道："我的好妹子啊，看你看你，不是逗你呢嘛，好好当你的跟屁虫吧……"这时娟子才扬起脸来，紧眨着眼睛，让满眶的眼泪收了回去。

第二天，传媒大学院部的小会议室里坐着一圈领导，有新闻学院的院长——这是娟子要就读的学系，有研究生院的谭院长，有校办主任、教务处长、校宣传部部长，还有新闻学院的学生会主席……他们不但对娟子从小学直接考入大学的事充满好奇，也对前不久举办的"夏日同行长笛音乐会"的小神女阳阳和当时担任解说的娟子更加好奇。纪校长走进来后，阳阳和娟子站了起来。

半个多小时的座谈里，娟子和大家讲述了自己最让大家好奇的学习方法，当然不能提“过耳不忘”和“过眼不忘”的“两不忘”功了，但娟子也如实地告诉大家，自己的学习方法主要是理解看过的内容，只要是理解了内容，读过了看过了就基本不忘。

纪校长摸着下巴问了娟子一句：“孟令娟同学，那么你现在看过我们新闻学院的教材了吗？”

娟子一听看了眼阳阳，阳阳朝她默默地点点头，娟子小心地站了起来，有些忸怩地说：“纪校长，各位学校的领导，纪校长问的这个问题，也是我今天不好意思说的一件事。我想，我想，如果我已经学会了新闻系的教材，可不可以让我跳级？”

娟子的话一出口，刚才还沸腾的屋内顿时静了下来，全场人都愣住了，大家的眼光都看着纪校长。

谭院长的表情更是振奋，因为他亲身经历过阳阳从硕士跳到博士的震撼。本来今天没有研究生院什么事，但他以娟子的发现者——伯乐的身份一直跟着，他本能地感到这位和阳阳关系密切的丫头一定也会有奇迹发生的。

纪校长是个开明的校长，也是个爱才惜才的高级知识分子，他微笑着对娟子说：“哦，这么自信吗？不过如果你能通过刘院长的考核，我们可以考虑让你跳级。科大少年班最小的学生才 13 岁嘛，我们当然也可以让多才多学的少年破格再破格！”

新闻学院的刘院长转头对校办主任说：“你能把我院上届的毕业考试题调出来吗？”

校办主任指了一下会议室里的电脑投影仪，“都连着网呢，这里就行。”

“先打上几套，孟同学你先不用笔答，说说试试。”刘院长指了一下垂在前面的投影屏幕，然后严肃地盯着娟子。

屏幕上打出了“《新闻传播学概论》毕业考试试卷”，刘院长按照考试的题目，逐一提问娟子。

娟子的回答让全场的人先是疑惑，然后是惊愕，她对答如流。

转眼间娟子将这套题口答完毕，刘院长擦了下额头对校办主任说：“基本满分！换，换！”

接着,《公共关系学》《中国新闻事业史》《新闻采访写作》《新闻评论写作》《中外新闻作品研究》《报纸编辑》《新闻摄影》等七八科的考试题相继打上屏幕，后来是娟子不等刘院长提问，自己按着题序说答案。

等到纪校长抬起手来示意不用再考了时，会议室里的人只能用目瞪口呆来形容了，因为即使是优秀的本科毕业生也不能答到这个程度，而且一些分析题娟子也都是稍加思索答案便组织好侃侃而谈了。

娟子这时没等纪校长说话马上先说道:“我知道我理论学习掌握了一些，但我缺少的是实践，只要能早些给我实践和锻炼的机会，我会努力做个好记者的。”

纪校长赞许地笑了，用目光询问着刘院长。

“真没有想到有这样的学生，能把我们的课程研习到这般熟练，有生以来第一次遇到，第一次啊！我看可以直接进大三学习。”刘院长的话引来大家的掌声。娟子高兴得跳到阳阳身边倚着阳阳。

纪校长发话了:“你刚才考人家的可都是大四的题啊。呵，我看这样，一周以后再对孟令娟同学做个全面的本科学业考核，如果能基本通过，我建议直接进入研究生院学习硕士课程。但上学期要在新闻学院做本科毕业论文和研究生入学测试，如果通过了，下学期就进研究生院。”

阳阳和娟子简直不敢相信自己的耳朵，谭院长更是惊喜万分。这两名绝顶聪明又标致标准的女主播加入研究生院会给学院带来多大的活力啊。

又是一阵热烈的掌声响起。

3 刀下留神

刚出校部主楼，早等在门口的迪肯就迎了上来，脸上带着欣喜的笑容。

娟子拉着阳阳的胳膊说:“阳阳姐，我想哭。”阳阳也感动地抱了下娟子说:“真是万万没想到幸福离我们这么近。我们都要好好努力啊。”

迪肯显然用千里耳功听到了刚才的对话，他感慨地鼓励着娟子:“好好努力吧丫头，我会介绍你到国外的媒体去实习的。”

娟子感激地说:“这个纪校长真好,他又给了我一周的复习时间。今天多亏没考政治课程,我就那科没有看。”

阳阳抚着娟子的头发嘱咐道:“是啊,善解人意的领导。这回你要在原来的基础上系统地把本科内容学一下,一周时间足够了。”

这时迪肯急急把阳阳和娟子拉到路边,低声和阳阳说:“阳阳你知道张晓枫吧,和我都是校足球队的,他是队长。”

阳阳点点头,“我知道,听说易楠和他竞选过学生会主席,他是大四的保送研究生,但突然得白血病了。怎么了?哦,我知道了,刚刚病逝了。”

阳阳还没等迪肯回答就清楚了,她运用起千里耳捕捉到了张晓枫几个同学的对话:

“我们快点去医院吧,他刚走,他妈妈都哭昏过去了。”

“真是太可惜了,这么阳光的男生,才发病一个月就没了……”

“听说他还要捐献角膜呢。”

阳阳刚来学校时就听说优秀的学生会主席意外地得了白血病在医院化疗,看着病中等死的人不能施救,阳阳也很着急,她要尽快修炼到幸福笔记第Ⅱ级——妙手回春级,就可以不必等人死后才施救了。

阳阳想了一下问迪肯:“张晓枫什么时候发病的?”迪肯马上回答:“今天正好是一个月,大家都很关心他,天天盼着他好转,没想到这么快就没了。”阳阳顿时心里一闪,这一定是容皮皮的死亡笔记干的坏事,是对张晓枫挡了易楠的道让她没有当上学生会主席的报复。

“我们写未来的时间,都是习惯写整数的,一个月,半年,一个小时,张晓枫一定是容皮皮当时在死亡笔记上写了一个月后因白血病而死,让病魔折磨张晓枫,太残忍了。”阳阳恨恨地说。

迪肯急切地说:“阳阳快救救他吧,他的照片我带来了。”说着,掏出了他和晓枫的合影照片。

阳阳摸了一下装着幸福笔记的包包,咬下嘴唇对娟子说:“这回我们是不是到现场去救他?不然总是没有机会锻炼面对陌生的死者。”

娟子一下子紧张起来,抓紧了阳阳和迪肯,可嘴上却说:“我看行,我看行,去医院吧。”

阳阳突然叫道：“不好！他要捐献角膜，千万别动他的眼睛！刀下留人！刀下留神！”

北京肿瘤医院的血液科病房里，张晓枫家人的哭声在走廊里凄惨地回旋着。科主任领着几个医生手忙脚乱地来回跑着。因为张晓枫本来病情有些好转，而且正在准备骨髓移植，可今天早晨正在散步时他一头栽倒就不行了，谁能想到这是到了死亡笔记设定的期限啊。

张晓枫是个博学多识、现代意识非常强的优秀大学生，父母都是教授，从小他便养成了儒雅大气的风度和乐于助人的性格。帅气、自信、健康、有活力和感染力是同学们对他的评价。作为校足球队队长并拉得一手好手风琴而任校合唱团团长，他荣任校学生会主席是众望所归。这次突然患病后他能理性和乐观地接受，更让全校师生钦佩。死后角膜的捐献就是张晓枫得知病情后的第一个愿望，他要与别人分享光明，把自己的生命用这种方式延续下去。

一般角膜的提取要捐献者死后越早越好，冬天不能超过 12 小时，夏天不能超过 6 小时。移植到下一个受捐人的最佳方式是捐受手术同时进行。科主任在抓紧组织相关科室的医生，并通知合肥原来约好的受捐人—— 一位双眼角膜碱灼伤的在银行工作的女青年。没想到，那位受捐女青年正在北京做心理康复咨询呢，这样就免了冰藏运输的过程。现在那名女青年正在赶来医院的路上，美好的光明在等待这个女青年。

阳阳和迪肯、娟子边一路打车边打紧急电话，打遍了医院，一直打到眼科手术室，确认了一个小时后张晓枫开始捐受手术。事情了解清楚了，车也到了医院门前。

三人一下车就收住了脚步。对面的出租车里走下来了一名激动的盲女，她在家人的引领下兴奋地自语着：“能手术了呀，有角膜了呀，今天我要手术了！”这个盲女看不到周围注视她的人，自顾自地大声说着。看上去她的年龄并不大，长得有点像娟子，黑衣白裙穿得很素气，茫然的眼神掩不住满面喜色。

阳阳和小娟目不转睛地怜惜地看着这名眼里无神的女青年。难以想象这样风华正茂的女孩儿没有眼睛，生活该怎么过。

迪肯提醒阳阳："抓紧时间，别误了事。"阳阳不舍地回头看了看那女孩儿，三人一溜儿跑进医院。

4　光明的奇迹

一袭白被单蒙着高高大大的男孩，张晓枫静卧在担架车上，停在住院处 11 楼的一间空病房里。他的父母在一群亲友的劝慰中瘫坐在走廊的长椅上。

迪肯和张晓枫是校足球队的两名前锋，号称"风笛双雄"。两人平日里来往很多，情如兄弟，张家的人都认识迪肯。一位年龄稍长的张晓枫的堂哥在主事，领着迪肯三人到了停放张晓枫的病房。

堂哥轻轻揭开了白布，让迪肯看了看。阳阳和娟子在身后也看到了张晓枫闭着眼睛很平静的脸，上装是笔挺的藏蓝色西服，一看就知是在医院门口的寿衣店买的。阳阳和娟子两手相握，手心出着汗。

这时走廊里传来护士的声音："马上要手术了。准备上 13 楼手术室。"

阳阳对张晓枫的堂哥说话了："时间紧迫，有个重大的情况要发生，下面的事情需要你镇定地与我们配合。你现在先去告诉护士，再给我们 5 分钟时间和晓枫告别，然后只你一个人进来。"

堂哥领着几位家属出去后，屋里只剩下阳阳三人和张晓枫，阳阳马上取出幸福笔记，深吸一口气，用力写上："张晓枫，3 分钟后。"

刚收好幸福笔记，晓枫的堂哥就急急走进来，用疑问的眼神看着阳阳，他不相信会有什么比亲人死去更重大的情况出现。

迪肯走上前，指着阳阳对晓枫堂哥说："她，会让晓枫活过来！"

娟子也上前对目瞪口呆的晓枫堂哥说："你一定要镇静，这是我们大家期盼的事情。"

阳阳浅笑了一下，"你不要惊慌，现代科技的能力是无穷的，一会儿你要先出去做晓枫父母和其他家属的工作，说晓枫苏醒过来了，让大家有个心理准备，免得引起混乱。"

迪肯扶着晓枫堂哥晃了几下，用力拍一下他的肩，“听清楚了吗？一定要镇静！”堂哥惊诧着有些木然地点点头。

这时，阳阳拉着娟子的手走到晓枫床边，轻轻唤着：“张晓枫，张晓枫，快醒醒，快醒醒……”

正是3分钟时间，只见张晓枫先是身体动了动，然后突然睁开眼睛，把阳阳和娟子惊得不由后退了一步。迪肯这时冲了上去，一把挽住晓枫的肩大笑，“晓枫，哈，这一觉睡得不错吧。”

张晓枫马上坐了起来，和迪肯击了一掌，“你这小子怎么一个礼拜了没来看我。”然后指着连连后退的堂哥说：“帆哥你也来了！你，你咋了？”

帆哥站住了，稳下神儿，又揉揉眼睛，“我，你，老天，这，这太，太好了！我去和老叔老婶说。”边说边跌跌撞撞地跑了出去。

晓枫一下子从床上跳了下来，他也在奇怪，自己的身体怎么会健壮如初？白血病的虚弱症状都没了。突然，他身上的蓝西服扣子接二连三地迸开了，掉在地上转着圈儿。原来，寿衣店的衣服根本没有打算让人穿起来，衣服都是糊弄个样子。晓枫看着身上陌生的寿衣，又看看四周的环境，不解地望着迪肯和阳阳。

迪肯急忙解释说：“晓枫你被死亡笔记判了死刑，今天早晨已经死了，是阳阳的幸福笔记救了你。她就是我说过的神女阳阳，这是神秘的解说主播、新同学孟令娟。”

现代意识很强的晓枫反应极快，马上明白是怎么回事，只见他三下两下就脱下了寿衣，又把迪肯的外套扒了下来穿上。此时，他的泪水不断地涌出来，娟子递上了自己的纸巾。

大手擦了把热泪，激动的晓枫向阳阳伸过手来，阳阳握了下嘱咐道：“什么都不要说，现在你要处理好爸爸妈妈的事，不要让他们太兴奋了。”

晓枫深深向阳阳鞠了一躬，“大恩不言谢！”说罢整理好自己的仪容，向外面喊了声：“爸，妈！”这时，门外静寂无声。

“我饿了，妈，给我打饭了吗？”晓枫尽量控制着自己的情绪，用和平时一样的语调说道。

门外突然一片沸腾，病房的门砰然而开，晓枫的爸爸妈妈瞪大了眼睛站在门口，众亲友拥在那里齐声喊着晓枫的名字。

晓枫像平时一样调皮地笑了一下，举起双拳，“哈，爸妈，我好了呀，没事了！”

晓枫的妈妈叫了一声“枫儿！”便扑了过来，晓枫迎上去抱住妈妈，一大家人哭笑着拥在了一起。

赶过来的科主任和几名护士愣着站在旁边，不知所以地互相看着。

这时，越来越多的患者和医护人员闻讯而来，阳阳和娟子悄悄离开病房，来到院子里。有一个逆人流向外走的身影引起了娟子的注意，娟子拉了下阳阳的手，她们运用起千里眼看清了，是容皮皮！又有一个人影闪过随容皮皮而去，是项小羽！阳阳沉思地望着他们远去的身影。

突然传来一声沉闷的声音，好像重物坠地，在楼大门的另外一侧。阳阳心里一阵乱跳，一定是不好的事情发生了。

阳阳和娟子离那边很远，一眼望去，千里眼看清楚了是黑衣白裙的女孩儿静卧在那里，身下汪着不断扩大的一瘫鲜红的血。

大家抬头向上望去，13 层的窗户开处有人向下哭喊着。原来是那个盲女从 13 楼跳了下去。不用问，是知道张晓枫复活而做不了角膜移植手术的绝望使盲女轻生。

人们陆续围了过来，阳阳掏出幸福笔记，焦急地想知道盲女的名字。终于，绝望的哭喊声从楼里传了出来，是盲女的妈妈：“我的思彤，你怎么这样扔下妈妈去了，医生都说了我们还有机会的……思彤啊思彤……”

娟子没用阳阳嘱咐，便挤向从楼上下来的一群家人和医生，去问思彤的姓。思彤的名字一听就是小名，是全名的后两个字。但当时的场景谁还有心回答娟子的问话，娟子挨个儿去问哭泣的家人，但一直没有人理她。

又一伙人群冲了过来，是张晓枫一家人，迪肯也和他们过来了。原来医院曾安排张晓枫和盲女见过一面，张晓枫对女孩儿印象很好，能把自己的角膜捐献给漂亮的盲女他是很欣慰的。

“鞠思彤，你怎么这么想不开啊，知道你这样我宁可不醒过来！”张晓枫蹲在女孩儿身边，拉起她的手喊着。说罢，他站起身来急切地寻找着阳阳和迪肯。

这时，阳阳显然听到了张晓枫喊出的名字，正站在人群外向幸福笔记上写着字。张晓枫恳求地喊道：“阳阳，能不能再……”

娟子急忙拉一下张晓枫，“别声张，继续喊她的名字。”

张晓枫会意地蹲下来，一声声喊着“鞠思彤”。

正在一个医生指挥着几个人抬着担架挤进人群时，这时，鞠思彤奇迹般地动了一下，睁开了眼睛，思彤妈妈顿时止住了哭声，不敢相信眼前的一幕，用力地揉了下眼睛。

鞠思彤轻声说：“我在云里飘啊飘……啊！我能看见了，妈妈！我看见你了！”然后，她又看着近在眼前拉着她手的张晓枫，“你是……”

张晓枫边拉着鞠思彤站了起来，边说：“我是张晓枫啊，上次你看不清我，这回看清了吧。”

鞠思彤动了动完好如初的四肢，又低头看了看身上的血迹，抖了抖衣服，指着张晓枫的眼睛，不敢相信地说：“你，你就是张，晓枫啊！你真坏！刚才听说你苏醒了，我才万念俱灰，是你又把角膜给我了？”

张晓枫笑了，他指了下已向医院大门走去的阳阳，在鞠思彤耳边说：“是她救了你，还给了你健康的眼睛，让你看到了光明。”

5 流放资料室

第二天，阳阳刚到研究生院就接到了首批分配到各新闻单位实习的通知。她心想，这谭院长做事雷厉风行，真是个又讲效率又开明的好院长。先实践再回来学理论，或者边实践边学习的效果是最好的。

阳阳被分到电视台国际部做实习记者，这是在研究生院带职学习的电视台国际部编导孟龙同学推荐的。据说，想来国际部实习的学生很多，是他们争取到了先入资格。易楠也到了这家电视台的新闻部做实习记者。

孟龙看上去是个不修边幅的导演，蓄着胡子，留着长发。那天在阳阳入学的小礼堂见面会上他就打听阳阳的电话，直到双长笛音乐会他一直关注着阳阳，折服于阳阳的才气。他向台长强烈推荐了阳阳，并和阳阳约定了争取一起出国采制台里布置的《南美风情》专题节目。

下午，孟龙领着阳阳到电视台人事部报到，用学校的介绍信换取来了国际部实习记者的实习证明和胸卡，然后又领阳阳到 8 楼的国际部主任办公室，将她介绍给两位主任，自己就上楼办事去了。

瘦瘦的主任叫边元，有五十多岁的样子，看上去很和善，但眼神却很活，没有专注看人的时候，眼睛好像总是盯在对方头部的上方，很让人琢磨不透。他详细问了阳阳的家庭和老师的情况，好像在盘查阳阳有没有什么背景。

出了边主任办公室又到副主任办公室，副主任是个很富态的三十五六岁的女人，叫范春娟。一见到阳阳，她便来了下马威，“哦，和大主任聊了这么长时间啊。还是在读博士呢，挺年轻的呀，不过我们这里光会考试可不行。”

阳阳连连点头说：“我一定好好向前辈们学习，请范主任以后多帮助。”

范主任撇了一下嘴说：“做一名胜任的电视台记者，只会些花拳绣腿的可不行，要多干点实事。这样吧，你先到资料室充充电，以后再说，跟我过来吧。”

范主任领着阳阳推开记者部的门，里面有七八个记者正在说笑着什么，还有三四个记者在电脑前忙碌着。

看到范主任身后的阳阳，全屋男男女女的目光都射了过来，都有眼前一亮的惊艳感觉。

范主任一看便知，没好气地说：“看什么看，用得着这么看吗？这是新来的实习生。”

前面一位戴眼镜的男记者脱口问道：“范大姐，是你的外甥女宛盈吧？果然范姐没吹牛，确有沉鱼落雁之容。”

大家轰然一笑。范主任怒容乍现，“王兴刚，你回你的座位上去，工作时间不许闲聊。”顿了一下，她对里面坐着的一个高大的男记者说：“赵子云主任，你领她，这个新来的实习生去资料室。”说罢，摔门而去。满屋人面面相觑。

阳阳这时轻轻一笑，“各位师兄师姐，我叫阳阳，是国际传媒大学的，来这里学习，还请各位前辈多多关照。”边说边向各个方向欠身行礼。

阳阳这样一说，屋里的空气又活跃起来。赵子云走上前来和阳阳握手，颇有风度地说：“是新来的师妹啊，我叫赵子云，是赵子龙的弟弟，好记吧。以后都是一家人了，大家都自我介绍一下。”

阳阳抢过来先说：“我先说说看，这位师姐是主持人吴冬梅，这位师兄叫张啸聚，那位师姐叫田春晓……”阳阳一口气把屋里的十几名记者的名字都叫了出来，原来刚才阳阳在边主任办公室里把墙上的国际部员工照片和名字都扫了一遍。

接着阳阳又解释了一下：“我常看我们国际部的节目，各位师兄师姐都出过镜我就记住了。”大家顿觉阳阳的亲和暖融融地感染着自己。

在大家的惊奇声中，王兴刚恍然大悟道：“怪不得范主任今天脾气这么大，原来是你把她外甥女的实习名额给顶了，这回可有你好果子吃了，这不是被流放到资料室了吗？”

吴冬梅打了王兴刚一下，“乱说什么啊，阳阳，我们不管那些，好好做自己的工作。”

阳阳听到这里明白了为什么范主任黑眼白眼看不上她的原因了，“谢谢你，冬梅。”然后她对赵子云说：“赵子龙的弟弟，领我去资料室吧。”

资料室是电视台公认的“流放地”和“贬罚室”，经常有出差错的编辑和记者被安排到这里“反省”。很多人一来就扳着手指头算什么时候离开这里。但阳阳一来就喜欢了，这里要求值班者每天要通过卫星频道挑选录制一些国家的原文电视节目，可以调阅本台和其他电视台大量的电视资料，还可以和查阅调用资料的各部同事们交朋友，真是学习、提高和与人交流的好场所。阳阳心里还有个小九九，在这里直观地观察世界各地会更好地配合使用幸福笔记的爱心感应图。只是很久以来身边一直有娟子，突然间娟子不在左右还有点不适应呢。

阳阳刚安顿好自己的座位，孟龙闯了进来，满脸不忿地喊道：“凭什么把你派到这里来了！你是来实习新闻采访，不是来干资料整理的活的。这两个小气的主任，我找他们去！”

阳阳忙拦住孟龙，“孟老师，你别这样，我挺喜欢这里的安静，可以好好学习。”

“不行，我正要和台里申请要你加入《南美风情》摄制组呢！”孟龙急着说。

“孟老师，那是不是我在这里可能更方便出行啊？”阳阳望着孟龙说。

孟龙低头一想又扬起头，“也对，在这里你没有太多的任务，可以脱身的。那我也要找主任说道说道。”说罢，他转身出门。

6 直播救场

下午来到资料室的人不多，可还是有人进来。门开处一个中年人背着手走了进来。阳阳站起身自我介绍：“这位老师您好，我是新来的，你有什么需要我帮忙的吗？”

中年人很儒雅地抬下手，走近说：“我姓洪，你叫阳阳吧。”

阳阳并无惊讶，“是的，洪老师，我叫阳阳。这里坐，我给您倒杯水。”

洪老师坐下后问阳阳：“资料室的工作很枯燥，你喜欢吗？”

阳阳笑着回答：“任何工作都有自身的意义，我希望我做什么都能努力地做好。”

洪老师点点头，“想过做主持人吗？”

阳阳回答：“过去没有想过。”

“那么现在想过了？”洪老师喝了一口阳阳奉上的纯净水。

“现在也没想过，只是过去觉得可能做不好，现在是觉得如果做可以做得好些而已，呵。”

“来，阳阳，把这段文章念念。”洪老师举起手中的几页纸。

“洪老师，不用的吧，我真的没想当什么主持人。”

“没关系的，我过去也做过主持人，可能是职业病了，总是愿意发现周围有没有合适的主持人。来，念念，感觉一下。”

阳阳出于对中年人的尊重，有些无奈地接过洪老师递过的稿子，吸了口气念了起来。原来这是一篇国际专题稿，中间还夹杂着英语段落，阳阳边念边理解着内容，慢慢加进了自己的感情，忘了身边闭着眼睛听她念稿的洪老师。

几页稿子读完，洪老师半天没有说话，好像还沉浸在天籁之音中。阳阳在旁提醒道："洪老师，是不是我读得不好啊。"

洪老师一激灵缓过神来，微笑着对阳阳说："啊，哦，不错不错，这可是今天晚上国际部40分钟的专题稿啊。"

阳阳以为洪老师在谈论内容的好坏，便接道："内容是不错，只是结尾有些冗长了，在'……云还在，山还在，世代繁衍的人还在'的地方戛然而止，会给人更多回味和思考的空间；然后可以把后边的几个具体小段内容放到前面。"

"呵，言之有理，言之有理。好了，你们几人进来吧。"

洪老师话音刚落，资料室的门大开，孟龙、赵子云和边主任、范主任挤了进来，一看就知他们四人在门口听了半天了。

"洪台长，您通过了？"赵子云先问道。孟龙的脸上流溢着兴奋，边主任和范主任面无表情。

"特殊情况特殊处理嘛，你们把小吴叫到我办公室去。"洪台长笑着看了阳阳一眼走了出去。

阳阳这回真的惊讶了，原来洪老师是台长，而且在决定让自己上节目！这可是自己第一天到台里呀。

经孟龙和赵子云你一句我一句的一番解释，阳阳听明白了。原来今晚的节目是吴冬梅直播，除了做解说外，还要穿插几段现场采访录像，所以必须直播。但刚才吴冬梅的父亲来了电话，说冬梅的男朋友、一名交警中队长刚才在高速公路处理槽车氨气泄露的事故中不幸中毒身亡。大义的父亲知道女儿今晚有节目，把问题交给了台里处理，问是不是现在告诉冬梅。

洪台长和边主任商量，要是不告诉冬梅吧，太不人性了；要是告诉她吧，晚上的节目她一定不能做了，而这档节目里要穿插很多英语，用其他主持人一是来不及调配；二是怕英语说得不专业不流利。这时孟龙出了主意，让阳阳临时救场，结果刚才来了一场"洪台长钦考临时主持人"。

范主任指着阳阳手里的稿子命令着："这就是今晚的直播文字，你从现在开始什么都别做了，好好熟悉内容，不许出半点偏差啊！”

阳阳点着头，但嘴里却问赵子云和孟龙：“你们知道冬梅男朋友的名字吗？有没有他的照片？”

赵子云不解地说：“问她男朋友的名字有啥用，人都死了。我们只知道姓毕，平时听她叫大毕大毕的。”

孟龙接着说：“冬梅的钱夹里有大毕的照片。我看到过，她天天看个没够。太可惜了，本来定了下个月结婚的。”

阳阳这时向边主任、范主任说了声：“二位主任放心吧，晚上的工作我会努力做好的。”尔后突然向外走去，阳阳要去洪台长办公室找吴冬梅。孟龙和赵子云在前面带路。

上楼的电梯里，阳阳又给娟子打了电话，要娟子尽快赶来电视台。阳阳要娟子陪着吴冬梅，然后现场确定最佳时机通知阳阳让人复活。阳阳是通过救张晓枫摸索到了经验，尽量在现场施救，能做好家属的工作，创造自然的心理准备，现场会处理得好一些。因为她们后来看滨海网上论坛，说滨海空难时就因为遇难者突然复活，吓得好几个遇难者亲属当场晕了过去。

在台长办公室，吴冬梅从台长亲自找谈话通知这规格就感觉到有大事，但她万万没想到是家事，听到是男朋友中毒，她惊慌得站都站不起来了。见阳阳走进来，冬梅感觉到特别亲切，搂着阳阳哇的一声便哭了起来。阳阳拍着冬梅的后背说：“冬梅你别激动，一定会有转机的。”

“他的照片你有吗？我能看出来他是不是会出事。”冬梅一听，忙把自己的工作人员胸卡翻了过来。原来她的胸卡背面就是男朋友的照片。爱得真深啊，阳阳感动着。

“他叫……”

“叫毕大群！毕大群！大毕——！”冬梅一迭声说着便喊了起来。

赵子云看到这情景，小声和洪台长说：“老大，如果阳阳不替冬梅上节目，今晚她陪冬梅是最好的了。”

阳阳当然听得到这句话，抬头对洪台长说：“没事的，我有个妹妹在门口等她，会照顾好她的。”然后阳阳低头对向外跌撞着奔跑的冬梅小声嘱咐道：“冬梅，你听我说，你要记住：如果你遇到了他有什么不好的情况，你一定要在他的耳边喊他的名字，我保证，你的爱会创造奇迹的。”

阳阳在进直播间前收到了娟子的短信：“最佳时机，在哭喊名字呢。”

阳阳马上在脑海里回忆着毕大群的照片，在导播的桌子上翻开幸福笔记写上：“毕大群，30 秒后。”

阳阳如释重负地坐在了直播间里。洪台长在自己的办公室聚精会神地看着现场监控屏幕。在导播间里的孟龙和赵子云发现阳阳根本就不看摄影机后面的内容提示板，好像她把内容都背下来了，特别自然流畅。尤其在阳阳直视摄影机镜头的时候，总让观众感觉到有一股暖意在心头涌动。

40 分钟的主持就要结束了，阳阳眼睛的余光隔着大玻璃，发现导播间里多了两个人，是吴冬梅和一个高她一头半的阳光男孩亲密地挽在一起。不用说，这个阳光男孩就是毕大群了。

7 校园枪击案

张晓枫和鞠思彤复活两天后的晚上，迪肯约请阳阳到清心茶坊喝茶，原来是张晓枫和鞠思彤要见阳阳。阳阳也想把这一对金童玉女收到幸福团队中，便约好晚上 7 点出去。阳阳要留出时间在宿舍看幸福笔记的爱心感应图，娟子也习惯了在阳阳看爱心感应图时在旁用计算机配合在网上搜索相关资料，而且掌握了很多快速搜索的渠道和方法，成了阳阳得力的小助手。

最近阳阳打开爱心感应图的时间不是太多。因为阳阳总觉得自己还需多加修炼，等各方面条件成熟了再放开手脚多做善事。

打开爱心感应图后仍然是亮点一片，这世界上每天逝去的人成千上万啊。

阳阳吃惊地看到，在北美一带有一个非常突出的亮点，和“滨海空难”那次很相像。莫不又是集体遇难？

点开后，果然如此，是美国的一所大学在上午发生了枪击案。一名在法学系 3 年级就读的亚洲籍学生，手执双枪在校园里行凶，在枪杀了二十几名师生后自杀。

阳阳马上喊过娟子开始工作。在网上大量的报道中，阳阳注意到，有很多文章是对七十多岁的以色列教授在关键时刻挺身堵枪眼的事迹进行悼念。她细看了两篇，原来那个亚洲籍枪手挨个儿教室扫射，在闯入以色列教授正在上课的教室时，这位曾在纳粹集中营死里逃生的生还者听到了枪声后，马上冲到教室门口用身体堵住了凶手的枪口。他这一堵，为十多名学生争取到了跳窗逃生的宝贵时间，而他自己则最终倒在凶手的枪口之下。

娟子动作很快，这时已在那所大学的网站的事件专题页面中找到了二十几名遇难师生的名单和照片，还有身中枪伤正在抢救的数名学生的资料。但阳阳在接下去的处理中遇到了困难，就是这些遇难者的遗体停放地很混乱。很多学生因是不同国籍和不同信仰，分散在不同的医院里，还有很多人没有注明现在何处。尤其是那位教授，以色列已派人赶来，准备把教授英雄般地接回家乡安葬。

娟子顺便还了解到一点相关资料，也转给了阳阳，"这 3 个人可能要因这件事而死。"阳阳一眼扫过，知道了教授痛不欲生的妻子表示要与夫同葬，无疑要选择自杀了。另外两人已经割腕自杀未遂一次了，是凶手的父母，在美国当地开干洗店的一对亚洲籍夫妻。他们深感自己的儿子造孽太深，要以死谢罪。

不知道死者现在所处的环境阳阳是不敢贸然救助的，一定要让死者的复活被人及时发现，不然死者可能再次遇到生命危险。此时，阳阳心中还有一处纠结，就是那些在死亡边缘被抢救的重伤者，快点练到第Ⅱ境界吧，这样她就不用非得等他们死了后才出手。

这时，阳阳的手机响了，是玛丽莎从美国打来的："阳阳你一定知道昨天美国大学的惨案了吧，我现在正在去会场的路上，去参加万人纪念集会，美国总统可能也出席并发表讲话，要不要分配我点工作做？让我开始学着做一个名副其实的幸福使者。"

阳阳看着娟子，两人都舒了一口气笑了。

和玛丽莎交代了半天后已近晚上 7 点。阳阳和娟子起身下楼。本想打车能快点，但堵车状况严重，她们来到清心茶坊门前时已经快 8 点钟了。

茶坊门口幽雅的射灯映着牌匾上“清心”两个大字，“清”字略小，“心”字很大，旁边附诗一首：

独坐幽篁里，
弹琴复长啸。
深林人不知，
明月来相照。

阳阳仰望默吟着诗句，感慨着：真是人心难清，清心才好为人啊。

正等娟子想找迪肯的时候，轻轻的一曲长笛幽雅悦耳的声音传了过来，令阳阳心头一清，但对方只演奏了一段。

娟子笑道：“迪肯老师的千里耳听力看来到中级了呀，听到阳阳姐吟诗了。”

迪肯又吹了一句，娟子又笑，“在考我吗？我会找到你的。”

不一会儿，娟子和阳阳循着笛声站到了2楼一个雅间门前，门楣书着“师恩阁”3个娟秀的金字楷书。

竹门开处，一个盘着头的女孩儿抢到阳阳前，是鞠思彤。这时的鞠思彤已了无前两天的委顿，长长的睫毛扑闪着，大大的眼睛，精灵俊秀，一副活泼可爱的样子。

张晓枫也迎了出来，满眼的感激盯着阳阳不放。

鞠思彤一手挽着阳阳，一手挽着娟子，3个女孩儿拥进室内。

迪肯笑着先拆了长笛收到盒里，腾出手来和娟子击了下掌。娟子说：“不管你藏在哪里，我都能找到你。”迪肯笑道：“下回我一点动静不出，看你咋找我。”娟子急了，上下看着迪肯说：“那、那我也能找到，你那一身香水10里地外都能闻到。”阳阳听罢心里一动，香味？嗅觉……没来得及深想就落座在中间的藤椅上。

众人相继入座。阳阳左边坐下迪肯，右边坐下娟子，鞠思彤和晓枫坐在对面。

谢绝了表演茶艺，待茶艺小姐刚沏完茶退出，鞠思彤便拉起张晓枫，一对金童玉女，并排站在阳阳对面，屈膝而跪。

张晓枫双手抱拳含着眼泪说道：“大恩不言谢，我张晓枫一定会用精彩的人生来报答阳阳老师的救命之恩。”

鞠思彤则满面是泪哽咽着：“阳阳姐姐你不但，不但给了我生命，还给了我，比生命还重要的，眼睛、光明！今生今世，来生来世，彤彤皆愿马前张保、马后王横，追随阳阳姐左右，尽犬马之劳。”

阳阳笑了，“快起来快起来，看思彤你说什么呢。”抬手示意迪肯和娟子把他们两人拉过来坐在身旁。迪肯和娟子坐在了对面。

阳阳一手握着张晓枫的手，一手搂着思彤的肩，“和我说说你们的情况吧。”

8　金童玉女

张晓枫是扬州人，父亲是农业大学教授，母亲是师范学院教授。晓枫是在大学家属区里长大的，自然深受父母的影响，从小就喜欢文学和摄影，在中学时就常在当地报纸发表一些文章和摄影作品。当一名出色的摄影记者是晓枫的人生目标，所以他选读了传媒大学新闻摄影专业，没有“发病”前，还举办过小型的个人摄影作品展。他的爱好非常广泛，喜欢各项大开大放的体育活动，如滑冰、武术、足球、篮球和赛车，都小有成就，还拉得一手漂亮的手风琴。在大学校园里他是个引人注目的俊朗王子，成为各项课外活动的参与者和组织者。

校学生会主席一职他本来想让给易楠做的，但大多数人还是拥选了他。尤其是他被保送研究生院后，能稳定地担任几年校学生会主席也让学校放心。但没想到遇此死亡笔记和幸福笔记大悲大喜的变故，更让晓枫彻悟人生冷暖。这次回校后学校又让他做学生会主席，他坚辞不做。

这两天迪肯给他详细介绍了阳阳和幸福笔记，还有各项幸福异能等，让晓枫雀跃，他好想成为一名合格的幸福使者。

鞠思彤则是个有些男性化的女孩儿，因为从小爱看武侠小说，所以会说出“横刀立马”“愿效犬马之劳”的话。又因生在合肥，从小到大登了许多次黄山，豪情万丈和儿女情长是她的性格特色。她也很喜欢体育，但多是女孩儿的项目，如体操、花样游泳、舞蹈等。

她是去年中国财经大学毕业的，和阳阳同岁，比晓枫大一岁。本来她想从此云游天下在外地工作，但只有她一个掌上明珠的父母非要她回到身边工作，身为副厅级领导的爸爸把她安排到了一家银行做财务工作，还给她买了台小车上下班开着。虽然她不甘心守在办公桌前，但也把银行的业务做得井井有条，一点没有官二代的骄奢。

这次眼睛受伤，是她在歹徒抢劫银行时机智地踏响了警报器，被恼羞成怒的歹徒掷来的一包石灰粉灼伤的。银行奖励了思彤勇敢果断保护了上千万现金，算她工伤，无限期在家休息。两天来晓枫一直陪着她，把迪肯告诉他的话也转述给她，思彤也天天期待着见阳阳。

了解了晓枫和思彤的情况，阳阳心里自是十分高兴，两人都是热爱生活、富有爱心的好儿女，是幸福团队的理想人选啊。所以阳阳在听他们说话的后期就慢慢地同时向两人传着异能。

等谈完话后阳阳才放开握着晓枫的手，也扶正了思彤不再搂着她。这时两人眼里都放出了异彩，顿觉精神飒然，气血涌动。转眼间，阳阳同时传给他们俩过眼不忘功和金钢身功。阳阳已经做到不用念念有词，只在心里默念就可以传功了。

阳阳点着头说：“幸福团队欢迎晓枫和思彤的加入，从此我们就是一家人了。”

这时娟子按照事先阳阳的嘱咐，向晓枫和思彤展开了写满字的一张纸：

> 幸福使者誓词——
>
> 我们是全部具有幸福基因的人组成的幸福集体。
>
> 我们是“救不该死的人的命，给不幸福的人幸福”的特殊团队。
>
> 我们有勇敢的特质，
>
> 我们有忠诚的信念；
>
> 以让生命得到尊重为重，

以让人类得到幸福为先；

不辱使命，不负众望，

用青春和热血铸就我们永恒的誓言。

等他们俩看完后，娟子合上纸举起自己的拳头在耳前，晓枫见状也举起了拳头，思彤也跟着举起了拳头。

“还记得内容吧？”娟子问道。

晓枫和思彤刚学会了过眼不忘功，自然齐声开始复诵，迪肯和娟子随后也加入进来……庄严肃穆又神圣的气氛。

宣完誓后思彤仍在愣神儿，她喃喃道：“这么一大段话我怎么都记住了呢？”张晓枫在旁抢白了句：“用脚趾头也能想到，这是师父传给我们的过眼不忘功呗。”思彤杏眼一瞪，“哦，看来你也会了呗，我还以为阳阳给我恢复的眼睛就具备这个功能呢。”

阳阳威仪的眼神一扫，两人马上安静下来。娟子将金刚身的功能和过眼不忘功的 3 个境界给他们讲了一下。接着阳阳轻声嘱咐要他们多加练习，并回头嘱咐迪肯和娟子过几天把大力神功、千里眼、千里耳和鱼呼吸等异能都教给他们。

晓枫马上对迪肯说：“先把大力神功教给我吧。”

思彤拉着迪肯，瞪着晓枫说：“我也要学大力神功，不许他比我多学。”

迪肯耸下肩说：“小小女子，学什么大力神……好好，教你就是。”看到思彤高举的粉拳，迪肯连连答应着。

这时，娟子一改刚才宣誓时的严肃，拉着思彤的手兴奋地说：“思彤姐，你没觉得我们两个相貌挺像的吗？我就是个子比你矮一点点，我还会长个子的，嘻。”

思彤悄声在娟子耳边说：“娟子妹妹，能不能帮我说说，让我也和你一样跟在阳阳老师身边啊？咱姐俩一个是马前，一个是马后。”

在这伙身怀异能的人群中，哪还有说悄悄话的市场，思彤的话自然大家都听得到的。阳阳转过身来想了一下说：“思彤，如果你现在是工伤休息中，你可以留在北京。但你要努力学习，把金融这块儿学透，什么投资啦、期货啦、股权股票啦、上市啦……还有什么国际注册会计师证、风险投资师证等等都考下来，当个金融小专家，以后我们会有用场的。”

思彤高兴地跳了起来，“阳阳老师同意了！太好了！学这些本来就没问题，这回会‘过眼不忘’就更没问题了。”接着又搂着娟子开心地说：“以后我们可以住在一起了呀……”

阳阳又对晓枫说道：“晓枫你身体好了后就回到研究生院了，你尽快用两不忘功将落下的课程补上，然后要好好照看你娟子妹子啊。”

晓枫点着头大手一挥，“没问题，我愿为娟子尽什么之劳……”说罢看了思彤一眼。思彤脸一红，知道晓枫在学自己刚才说的“尽犬马之劳”，便挥拳打了过来娇嗔道：“人家在表达心意嘛，不许再笑我。”

晓枫拉过迪肯挡住思彤，躲在迪肯身后对阳阳说：“只是可惜迪肯老师要去幸福山谷建幸福大学了，不能和迪肯老师踢球了。”

迪肯忙道：“周六不是和市队有场友谊赛吗？我踢完了再走。”

阳阳端起茶小酌一口说：“晓枫你也要争取去新闻媒体实习，我们在一线媒体多锻炼，会有更多的提升机会。”张晓枫点头道：“我已经找院里了，可能是安排我到电视台文艺部实习。”

阳阳接着吩咐思彤：“你这几天把妈妈和家人安排好送走，然后再搬到我和娟子的住处。”思彤略有不安地轻声问道：“我听娟子说学校给阳阳姐和娟子分了一间宿舍，那你们……”

阳阳和娟子在学校也分有了宿舍，是谭院长特批她们两人分在一个房间的。阳阳笑答：“我们不会常在学校住的，自己的家才方便做自己的事。”思彤这时才放下心来，不甘地随迪肯和晓枫离开。

9 追思的召唤

阳阳和娟子打车回到住处已过夜半，两人忙打开电脑等候玛丽莎的消息。邮箱里已有玛丽莎发回的万人追思会现场情况和一些图片。

追思会在下午2时15分举行，分为体育馆主会场和露天体育场分会场。

发生事件的理工大学有两万余名学子和教职员工以及一些官员出席，总统特意赶来出席并致辞演讲。总统以沉痛的语气说道：“今天我们在这里缅怀那些在此次事件中死难的莘莘学子，他们的死难，留给了我们悲伤，留给他们家人和全国人民无比的悲痛。”他希望人们从悲伤中振作起来。

玛丽莎在体育馆主会场用手机捕捉了一个个悲伤的面孔，挂着泪、低着头、惊魂未定互相抚慰着的同伴。在总统讲话的时候，许多女生流下热泪。在奏美国国歌的时候，一些学生情不自禁手抚胸膛，跟着轻唱，眼神里泛着迷茫。

娟子焦急地说：“玛丽莎怎么只发来这些消息？都用不上呀。”阳阳低头看看手里紧握的手机安慰着自己说：“她现在应该在接近死者家属呢。快了，快了。”

这时阳阳的电话突然响了，阳阳和娟子都同时蹦了起来，接起一听是采尼的声音：“玛丽莎出师不利，追思会上谁都不说话，也不能太走动。我要是在她身边就好了，能帮她完成任务。不对，我要是在现场就不用玛丽莎了。”娟子忙催促着打断：“行了行了，你快放下吧，一会儿莎莎姐姐电话打进来了。”

阳阳刚挂断电话铃声又响起，果然是玛丽莎的电话，只听她在沉重的音乐声中说：“刚才追思会上谁也不说话，都急死我了。现在好了，开始散场，我用千里耳听到不少信息，阳阳你先记下来。有十几个遇难者在州立第一医院，他们准备在今晚 6 时集体火化。”娟子这时马上递过幸福笔记，阳阳边听边写在笔记本上。

玛丽莎的声音忽大忽小地念着这些人的名字。

阳阳记罢名字后对玛丽莎说：“我们要这二十多名遇难者在万人追思会后都一一复活。”玛丽莎兴奋地回答：“太好了，是我们成千上万活着的人对他们的追思，把他们的灵魂召唤了回来。”阳阳笑道：“丽莎你解释得很好，事实也正是如此。”说着她已在他们的名字后面都注上了：当地时间晚 5 时至 5 时半复活。阳阳知道，世界上任何国家的人在火化前都会有亲人在旁送行的。

接着玛丽莎又急急说道：“有 4 名外国籍学生的家长们坐在一起，他们的孩子都在同一家医院，他们不说英语，我还没有听出来在哪儿，一会儿我过去直接问一下。他们 4 个人是来自不同的 4 个国家，年龄都在 22 岁至 34 岁之间。”

阳阳记完后突然说：“玛丽莎，你先别说话，把手机冲着他们，我听一下！”娟子吃惊地看着阳阳，难道从电话里也能施展千里耳？可想而知玛丽莎持着电话的惊愕状了。

这时阳阳屏息听了一会儿说：“玛丽莎，你不用问他们了，他们 4 个外籍学生在第二教会医院，我注明是那 12 名学生复活后的一个小时内，你要负责把那 12 个学生复活的消息告诉这几位家长，他们自然会去看自己的孩子是不是也会发生奇迹的。你再往教职员工的人群走走，看看那 5 名教授在哪儿。”

阳阳又听了一会儿问：“玛丽莎，你也听到了吧？”玛丽莎回答道：“听到了，前面 4 位教授下午正在整容，那个以色列教授已经被大使馆接走。”阳阳马上吩咐着：“你马上去确认整容时他们身边有无亲人和医生，我注明他们半个小时后复活。那个教授你亲自去找以色列大使，弄清方便的复活时机通知我。”

玛丽莎紧张地喘着气又自我安慰地说：“好的，有点乱，我不怕，再乱也比不过舞蹈的程序复杂。阳阳,最后还有一批 11 名学生是在学校医院里，他们是最早在现场就确认死亡的，并没送到州立医院。拟定明天上午火化。阳阳你看是不是也让他们在今晚和外籍学生一起复活，我会通知学校医生到时去停尸间检查。”

阳阳叫道：“好啊，我们幸福使者团队就需要能自己拿主意的人，就听你的了，最后这批学生在当地时间晚 6 时半复活，你要保证他们在复活后不会遇到危险。”接着阳阳又咛嘱玛丽莎一句：“玛丽莎，你这次行动很可能会暴露自己，要作好下一步的防范，为自己作好合理的解释。”玛丽莎笑道：“放心吧，采尼在一步步地帮我呢，他让我打电话时用仿声功，学总统的声调，哈！电话卡是临时买来的，用完就扔掉。”

10 头条报料人

阳阳和娟子整整忙了后半夜，清晨7点才处理完校园枪击案的事情。这次阳阳注意收集死者复活后的反映，回头找出在救助过程中应该注意的问题。她通过玛丽莎不断地汇报发现这些师生复活后给社会给大众造成的震惊甚至超过了死者复活的喜悦，告诫自己救人还要救在无形中，最好是在他们刚刚去世后、在医生做出死亡结论以前。

采尼来电话说他已和玛丽莎安排好，虽然现在大众的精力都集中在“神秘的总统电话”上，但等事后相关部门冷静分析，会发现玛丽莎是在追思会现场唯一全面接触过遇害者家属的人，玛丽莎会解释她在寻找一个学芭蕾舞的学生，19岁的大一学生玛丽·里德，是这次芭蕾舞考级的考生。

阳阳和娟子没有休息也没有吃饭就直接出门了。娟子去传媒大学上学，阳阳去电视台上班。

阳阳刚一走进资料室，孟龙便闯了进来，大嗓门说道：“阳阳，走，去参加部里的编前会，你可是我们国际部的人。”

部里的编前会是很重要的，一般一周开一次。各路记者要上报自己的采访线索，部里也要分配采访任务。见阳阳走进会议室，看边主任和范主任有些惊讶的神色就知道他们根本就没想到通知阳阳参加。但作为实习记者，参加部里的编前会是名正言顺的，所以见孟龙把阳阳领进来，两个主任也没说啥，毕竟阳阳刚刚为国际部的节目救了场。十几名记者都会意地欢迎着阳阳，每个人都和阳阳打了招呼。吴冬梅拉着阳阳的手让她坐在自己身边。

阳阳默默地观察着，学习电视台内部的管理和运营模式。在听到每个人的发言时，阳阳知道了大家的分工。赵子云一组负责各国政要动向的时政报道，王兴刚一组负责国际文化教育活动，张啸聚一组负责世界科技经济活动，田春晓一组负责国际娱乐体育活动。

两位主任在大家发言后，将每个人的近期任务安排叮嘱了一遍，范主任最后看了看阳阳，一句没提。散会后，阳阳主动地和大家说：“各位师哥师姐，请把你们的 QQ 号都告诉我，我会根据你们的采访分工，将收集到的即时国际资讯发给你们，供你们参考。”众人都求之不得地把自己的联系方式告诉阳阳，不但给了阳阳 QQ 号，还争先把自己的 MSN、手机号一并告诉阳阳。那些男记者除了想得到即时资讯外，当然也想加上阳阳聊天以建立感情。

阳阳回到资料室不到半个小时，就和国际部十几名记者在网上建立了沟通渠道，这令师哥师姐们吃惊不小，因为都是口头告诉阳阳的 QQ 号等信息，她居然在网上一个不落地把大家都加上了。

阳阳对大家的帮助在第一天就体现出来了，受益人先是主任记者赵子云。

每天收录各个国家电视台的新闻频道是资料室的一项工作，阳阳在收录时边看边进行着自己的分析。她看到某国的总理因病没有出席昨晚的全国慈善晚会时心里一动，这是总理亲自倡导并筹备的一项具有国际影响的活动，还请去了很多世界财团的富翁，包括中国的慈善机构和一些企业也在一名部长的带领下出席，前几天的新闻曾有过报道。按此规模，这位总理是没有任何理由不出席的，莫非是病重已经过世？

阳阳知道这位总理是个受人民爱戴的民选官员，与中国关系也非常密切，如果真的出了意外要出手相救的。一念及此，便打开幸福笔记的爱心感应图，一点该国遍地亮点中没有总理的信息，不过倒是有一条总理府卫队昨晚有 3 个人中枪丧生的消息引起阳阳的注意。再一查 3 个人的死亡地点，是总理的汽车旁和办公楼前。

阳阳马上采取了行动，但她不是去救这 3 名卫士，因他们只有名字没有照片，隐姓埋名的卫士在网上是查不到照片的。阳阳把这个信息在 QQ 上发给了绑定手机的赵子云：“子云老师，该国总理昨晚没有出席必须出席的慈善晚会，有点问题。刚才在网上查到当地有消息说 3 名总理卫兵中枪身亡，请子云老师密切关注。”

对时政非常敏感的赵子云很重视这条信息，马上向边主任做了汇报并开始了调查。他没有听从边主任静观其变不要抢在新华社前面乱发言的要求，而是给中国驻该国大使馆打电话求证。本来就对总理没有出席活动而疑惑的中国大使馆得知总理卫兵的死讯，马上加大力度进行调查，终于查出是刚被总理撤换的陆军参谋长带着一批军官发动了秘密政变。陆军参谋长不敢公布这个消息，怕引起国际干涉和国内反抗而流产，正在通知全国各地官员到总理府探望总理病情，采取来一批抓一批的方式，最后逐步控制各要害部门，等木已成舟后再向世界公布。

这个关键时刻只要公开这个秘密政变，就会引起该国各界的警惕和反抗，更会引起国际社会的全面干预，这场政变就会无果而终。最后电视台的国际部发布信息，赵子云当晚的一条“疑似发生军事政变”的口播新闻顿时成为国际媒体争先转载的头条新闻，引起国际社会和该国政坛的轩然大波，一场没有根基的政变顿时土崩瓦解。那位总理复出后做的第一件事就是打电话向中国表示感谢并提出要奖给中国的赵记者 100 万美金。他从此在圈内有了很高的知名度。

接下来的几天，阳阳在资料室通过缜密的观察和分析，再加上幸福笔记的验证，分别给吴冬梅、王兴刚、张啸聚、田春晓等其他记者也报料了一些具有头条价值的信息。其中，给张啸聚的信息也引起了头条轰动效应。那是阳阳在下班前发现位于波斯湾的国际石油巨头的两座海上钻井输油平台同时各有四五人落海而死，便判断出这两座海上巨无霸平台发生了重大倾斜事故。当时她就把这一消息提供给了加班的张啸聚。身为经济记者的张啸聚深知这两个钻井平台停产及连锁反应会对国际油价产生何等影响，但他生怕弄错了，迟疑着未敢上报这篇写好的稿件。第二天早晨，赵子云一问是阳阳提供的信息，马上让张啸聚将稿子先发给国家能源部，然后拖到晚上正式播出。当夜国际油价每桶就上升了 2 美元。而在这一白天的 8 小时中，国家能源部密令，凡是欲从海外购进汽油的单位，都争取当天签约；而凡是欲卖给国外石油的单位当天一律按兵不动，原计划当天签约的都借故改在第二天。结果这条消息不但成了国际头条，而且中国石油企业一出一进的扬抑，为中国的国库省了一千多万美元、赚了一千多万美元。

这下国际新闻部的记者们都暗中传开了阳阳看似无意的神机妙算，大家都默契地保护着阳阳，不说出她的名字，后来新闻部的记者也都流传着资料室有个神秘的头条报料人。因为国际部是以做专题节目为主，以新闻形式播发的内容都得经过新闻部，应该是那6名年长的老师吧，看来姜还是老的辣呀，个个都应该是资深的时事分析专家。

这天下午，在新闻部实习的易楠来到资料室找阳阳，见阳阳周围没人劈头就问：“你们资料室谁是头条报料人啊？给我介绍一下，和他学学怎么判断头条新闻。”

11 实习改见习

阳阳一听易楠的话就笑了，她侧头看看里间的资料整理室说：“易楠，这里有6名老师，别看他们大都是返聘的，但可都是资深的老新闻工作者啊。他们人都挺好的，你常来就认识了，可以当面请教。”

正说到这儿，门开了，洪台长走了进来。阳阳一看张口呼道：“洪老师——”自从第一次见面时阳阳管洪台长叫洪老师后就一直叫了下来，阳阳也是有着先入为主的习惯的。也奇怪，阳阳对台里的人，除了边主任和范主任叫职务外，其余人都叫老师。

洪台长竖起食指示意阳阳小点声，别影响到资料室里的其他人，然后他坐在了阳阳身后看起一份英文新闻杂志来。阳阳忙接了一杯水，送到洪台长面前。

易楠等阳阳转过身来说：“阳阳你在这里端茶倒水真是可惜了，我在新闻部都编采十多条新闻了，条条都出镜了呢。不过，阳阳你那天直播救场也为我们学校增了光呀。”

阳阳莞尔一笑说：“不算啥，真的不算啥。我在这里感觉也挺好的，能学到很多东西。”易楠也笑道：“也是，上镜当主持人也太累，不如在这里又轻闲，又可以和头条报料老师多学学。”

这时洪台长在阳阳身后接话了：“这位阳阳同学，你觉得当主持人累吗？”

阳阳回身道：“洪老师，我觉得作为一个合格的主持人，如果知识面广，自身素质高，就不存在累的问题，会觉得很快乐，也会把快乐带给观众。

反之，可能会挺累。”

洪台长点点头又问：“那阳阳同学，要是让你做我们台里新上的英语新闻主持人，你能做好吗？”易楠听罢一惊，脱口插了一句：“英语新闻主持人，那可更累了。不，是更快乐了。”

阳阳也一愣，但她心里清楚，她面对的是电视台说了算的一把手，台长这话可不是随便问的。所以她飞快地认真想了一下说：“只要让我做，我就会努力也有信心去做好。不过如果是天天固定时间主持的话，我怕我坚持不好，不如做专题节目主持能自由些，可以自由发挥。”阳阳是在想，以后要世界各地到处走，如果做天天都得上镜的新闻主持可不敢保证时间，别误了工作才是。易楠撇了下嘴说：“别傻了，哪有那样的机会呀，得有多少人在争啊。”

洪台长听罢点点头，自语道：“确定一名主持人是很慎重的，因为一旦确定，以后要全方位培养的……”这时，阳阳桌上的内线电话响了，阳阳向洪台长望去。洪台长潇洒地挥了一下手，“接吧。”

阳阳拿起电话后，对方的嗓门很大，是范主任的声音：“阳阳你马上来一下，交代给你项工作，去合肥取资料带。”易楠听到了内容，对答应着放下电话的阳阳吐下舌头说：“看来传言是真的了，你把范主任外甥女的实习名额顶了，她在修理你了，居然让你去取资料带。天哪，怎么对阳阳这么不公平呢。不过我听说范主任的外甥女在美国参加世界大学生选美比赛，短期内不能过来了。对了，阳阳，我们大学也要参加这个比赛呢，你报名不？”

阳阳收拾了一下桌面，回头瞅了一下洪台长，对易楠说：“易楠你可别乱说啊，范主任对我挺好的，能让我出差是对我的信任。什么选美比赛，现在学习都学不过来，我可没时间参加什么比赛。我看你倒是可以代表我们中国大学去赛一下。”说罢回头对洪台长请求说：“洪老师，那我过去一下，范主任找我。”易楠听到阳阳说不参加比赛，如释重负地挺了一下胸。

洪台长抬手拦住阳阳，拉过一把椅子，和蔼地笑了一下，示意阳阳坐下，“说几句话再去。”易楠好奇地看着，也没有要走的意思。

待阳阳不安地坐下后，洪台长凝视着她沉吟地说：“是这样，我想和你探讨一下，如果让你只做每周五的《一周综述》的英语节目，你能怎么做，能不能做好呢？”阳阳定定地望着洪台长，半晌不语，洪台长看着默不作声的阳阳宽厚地笑了，他从阳阳的眼神里看到了感激和自信。

易楠在旁急急地说：“这位老师，你可别给台里出这样的主意，我们可都是实习的学生，万一弄砸了，我们可担不起这个责任呀。”易楠话音未落，资料室的门砰的一声被推开，是范主任气势汹汹地走进来，伴着她闯入的是一句训斥：“怎么我还请不动你这大实习记者吗?！你……”后面的话是看到洪台长后咽了回去，变成了柔和的声调：“哦，是洪台在这儿呀，我不知道耶。在和我们的阳阳谈话，她……”

洪台长站起身来，严肃地看了范主任一眼，清晰地吩咐道：“从今天起，这位同学从实习记者变为见习记者，每周抽出两天去英语新闻组见习。”易楠自听范主任叫出“洪台”后，就一直愣在那里。

签有资源共享协议的电视台间的资料带互送也是有潜规则的，希望对方播的就送去，自己需要的就得去取。阳阳这回是被派去安徽电视台取黄山风光资料带。鞠思彤听说阳阳要去合肥、她的家乡，乐得蹦了起来，马上就安排与阳阳同行，说正好把妈妈送回去，再回去取点自己的衣物家当。

本来思彤和妈妈是想乘飞机飞回去的，但范主任只批阳阳报销往返火车票。阳阳不知道，这个范主任发现了部里的记者与阳阳关系密切，又都一反常态地播报了很多重大新闻，就想把阳阳调开几天观察一下。而阳阳平时最喜欢坐火车了，可以一路静静地看着车窗外的田野，在有规律的车轮声中，让思绪飞得很高很远。

思彤高兴极了，她和阳阳汇报说：“我们先和妈妈坐火车到济南，同时让爸爸把小荣送到那里。”阳阳奇怪地问：“小荣？谁呀？”思彤一吐舌头，“看，我都说惯了，哈，小荣是我的‘男朋友’，荣威550。”原来，是思彤的轿车。思彤计划让爸爸派人把自己的小荣开到济南，然后妈妈和司机坐火车，她们俩开着小荣去合肥。娟子这边有点不高兴了，既不能陪阳阳出门，还眼红着思彤的出行计划。阳阳安慰着拭去娟子的眼泪，“有思彤替你陪着我，你就放心吧。这回我也好好带带她，让她也达到你的程度，以后我就有两个 GPC 了，我们的力量会越来越强的。”

在火车上思彤像出笼的小鸟，来北京的时候眼里一片黑暗，回去的时候眼里一片光明，开心的她见到谁都微笑。在火车上思彤拼命地看英语书和金融书，过目不忘功让她如饥似渴地积累着知识，但总是板不住，看一会儿书就和阳阳说笑几句。妈妈看着女儿的快乐喜在心头乐在眉梢。思彤曾和她说：只知道是阳阳姐救了我们就行了，别的你不能理解也不能问的。她看着比女儿稳重得多的阳阳不知说什么才好，想一想就掐下自己，接着就抹起眼泪。

到济南换成自己的红色小荣后，只有阳阳姐俩，思彤更是如归海的鱼儿。思彤开着小荣播放着音乐，上了高速就开到110迈。在济南到徐州的高速公路上她每到一个服务区都拐进去，然后就赖在车里磨着阳阳传授异能。

让阳阳吃惊和喜悦的是，思彤一天之中能接受儿种异能，到了徐州时她居然把阳阳开发出来的异能尽数掌握了，而且都达到了Ⅱ级程度。看来，接受程度和速度是和个人的基础有关，思彤的女侠作风和理念使她能先人一步地理解各种异能。除了娟子，又多了个这么得力的助手，阳阳开心极了。

思彤学会了各种异能后，不停地应用着，也寻找着应用的机会。出了徐州上了双向四车道的合徐高速后，她就同时应用着千里眼和千里耳，看着来往车辆里的各类人，听着他们的谈话。她左手扶着方向盘，右手上旋翻着掌对阳阳说："俺这一手大力神啥时能用一下呢，不能总是英雄无用武之地呀。"这时阳阳突然坐直，严肃地按下思彤的手说："让你说，这回可能用上你的功夫了，前面那么大的动静，可能出事了。"

12 开发嗅觉

思彤不用问就知道前面肇事了，因为她随即也用千里眼看到了，前方5公里外上空冒着黑烟。接二连三的撞击声传来，无疑是几辆汽车撞在一起。耳里传来现场的哭叫声，越来越清晰。看着仍然不断高速超过自己的车辆，思彤急得高喊着："前面肇事了，慢点开——！"但车里的喊声哪能传得出去，思彤灵机一动打起双闪并长鸣着喇叭，前后的汽车虽然莫名其妙但车速都慢了下来。

随着向肇事地点的驶近，阳阳越来越紧张，她惊讶地听到有说英语的声音。通过一些咒骂、责怪的话，阳阳听出好像是对侧车道有车肇事，肇事车翻到了由北向南的车道里，正在行驶的车没有躲过去撞了上去。这时传来用英语打报警电话的声音："中国的 122 吗？高速公路发生事故，地点在……什么？你不懂英语？"

阳阳听到这里马上拿出自己的手机，拨通了 122 道路事故报警电话："这里是高速公路，刚过东徐服务区向南约 10 公里处，这里发生了重大交通事故。"这时车已驶到现场，还未等思彤的小荣停稳，阳阳就跳了出去。秀目一望，果然是这种情况。她继续拿着电话颤抖着报告："这里发生了重大连环追尾事故，对侧由南向北的车道里有 5 辆车追在了一起，第一辆和第二辆是货车，正中的第三辆是中巴车，后面第四辆也是货车，第五辆是轿车。由北向南的车道里有 3 辆轿车撞在对侧翻过来一半的货车上，这 3 辆轿车人员都在自救，暂时没有发现死亡者。但对侧 5 辆车伤亡情况不明，对了，中巴车的乘客都是外国友人。请你们以最快的速度派人来抢救。"这时路边已停下了七八台大小车辆，有些人冲向现场参加抢救，还有个司机在向思彤表示感谢，要是没有思彤的提醒他很可能也危险追尾。机灵的思彤这时也拨起 120 急救电话，重复着阳阳的话。阳阳想了一下，不放心，又拨了 110，刚说了个头就听思彤一声惊呼，扭头看去，思彤正指着来路。

原来，后面又开来一辆货车，好像没有看到前面的事故，速度不减直冲过来，再不减速就停不下来了。现在已进入 200 米距离，轿车的几个司机跳着喊着，有的钻进车里用力摁着喇叭。这时已跑到最后一辆车处的阳阳也一直喊着，听着身后的喇叭声她的喊声突然变了声，化成一声震耳欲聋的高音喇叭声，那货车司机看来是在打盹的疲劳驾驶中，被高音喇叭震醒后马上狠狠踩死了刹车。可是已进入 100 米距离了，即使刹车也避免不了会撞到前面的几辆轿车上。阳阳已无暇多想，好像害怕似的软软地抬起手来，掌心对着如山般压过来的大货车，一股无形的巨大力量迎向了货车，那货车在离阳阳 10 米的距离处好像突然受到了巨大阻力，居然在距阳阳 3 米多远的地方乖乖停下了。货车上的人都不可思议地张大了嘴，揉着眼睛看着阳阳，看着惨烈的现场。

而阳阳身后慌乱的人们却没有发现阳阳的高音喇叭叫声和神力停车，只有思彤领教到了阳阳仿声的狮子吼和大力神的移物境界，而她自己也小施了一把大力神功。一个司机在众人的喊叫中开动了自己的轿车，慌不择路想躲开大货车，未想一头撞在前面的车上，被撞的车又追向思彤的小荣，思彤纤手一伸顶住了追车，这车好像没有后力自己停住了。思彤这一顶不但保住了自己的车不被追尾，也免得自己的车再追上前面的车。思彤抬手检查着自己的手，这大力神功果真给力呀。

看到庆幸虎口余生的大货司机拿着三角警示牌跑向车后，阳阳和思彤反身跨过护栏，加入到对侧肇事现场的抢救中。

现场忙活的大都是欧美游客，有近二十人。他们有男有女有老有少，都在尽力营救困在车里的人，而且营救方法很专业。一位穿着一身猎装、手拿一顶黄色旅游帽子的中年老外还在给 122 打电话，阳阳上前打断了他："谢谢先生的报警，他们已经知道了，会从前后两个城市派出医护人员，最迟 20 分钟赶到。"

这个老外一听有说英语的，马上自我介绍："我叫哈里斯……是大学教师。"他迅速地和阳阳讲明了刚才的情况。原来，他们是英国一家国际旅行社组织的旅游团，有 23 人，刚从黄山游玩回来。他们乘的中巴在前两车相撞后就平安地停下了，看到眼前的灾难事故，他们不顾中国导游的拦阻，全体下了车参与抢救，车上只有中国司机和导游没下车。结果他们刚下车后面就接连冲上来两车将中巴撞在前面的货车底下，司机和导游受了重伤。要不是他们都下了车，一定死伤惨重，后果不堪设想。阳阳听到这里，心想，这可真是善有善报啊。

哈里斯晃了下手里的黄帽子说："虽然我们躲过了一难，可是刚才这一乱，老怀特却失踪了，这 5 辆车里都没有，把人都撞没了，太可怕了。"阳阳明白了，这帽子就是怀特的；这些老外，不只在救助遇难的中国人，还在寻找失踪的怀特。

哈里斯顺着公路望着远处自语道:“也不知救援队来了能不能带只搜索犬来……有这顶帽子就应该能找到他。”说着他把帽子一挥，正巧从阳阳的脸前掠过，阳阳无意中闻到了帽子里的汗味。这时阳阳心里突然一跳，又用力吸了几下鼻子，居然将帽子里的气味记住了。

阳阳马上走开几步心里默念:“幸福笔记的主人可以做一只搜索犬吗?请赋予我灵敏的嗅觉，帮助人类……”随着阳阳的心跳过速，鼻子一阵阵胀痛起来。阳阳大喜，这是开发出一种异能的前兆！她又忙急急默念几句，鼻子才慢慢恢复正常，但各种气味蜂拥而来，什么机油味、血腥味、货物味、每个人的体味……虽然纷乱，却味味清晰，像能在嘈杂中凝神单听一种声音一样，可以专心循着一种气味。阳阳心情有些复杂，是不是不好闻的味儿以后都得闻了。她回头看到在对侧路面忙活的思彤，轻声叹道:“又一项异能，会了。”

思彤的千里耳自然听到了阳阳的轻叹，她忙跳过来，用眼光询问着。阳阳用鼻子用力向空中嗅了几下，对思彤指了下自己的鼻子小声说:“可能比狗鼻子还灵。”思彤瞪大眼睛，“嗅觉?嗅觉功?!”

13 现场报道

阳阳拉着思彤说:“等我练熟了再传你，我们先把怀特先生找到。”阳阳不时用鼻子嗅下绕着几台翻倒的车，转了两圈阳阳脚步未停，然后又走向路边，看到路基下也是一无所有。阳阳摇摇头固执地观察着下面，并抬腿迈过了护栏，怀特的气味就在这里。这时她看到了路基下面有一个隐藏的涵洞口，回头喊道:“哈里斯先生，这下面有个涵洞，看看怀特先生是不是在这里呢?”

哈里斯忙跑过来向下看看，回身喊了几句，几名外国游客跳下路基，其中还有一个金发女孩儿。果然他们刚下去就传来了惊叫声，是那个金发女孩儿惊叫着“爷爷”，站在涵洞口捂着嘴哭了起来。一个仰面朝天的英国老人被轻轻抬出涵洞。跳下去的哈里斯指挥着:“小心点，不要变动体位，先停在这里等待医护人员。”然后他把老人的领口打开，摸摸脉搏又看看眼睛，摇摇头站起身来，看了看周围的地形说：“能把人撞到这里的冲击力是可怕的，怀特先生用最后的力气向前爬了几步……却爬进了涵洞。”

金发女孩儿捧起老人的头哭诉着：“亲爱的爷爷，不如听您的话让您在黄山安度晚年了，不然怎么会死在这里呀……爷爷，爷爷，您还能不能再看我一眼呀……”

护栏边，思彤一手紧紧挽着阳阳一手捂着嘴，阳阳深深地看了老怀特一眼，扭身带着思彤走到一辆车后，思彤用身体挡在阳阳身前，阳阳迅速地从包里拿出了幸福笔记……

这边哈里斯正说着：“既然怀特先生已经离开了我们，就把他的遗体抬上去吧。”金发女孩儿又一声惊叫：“爷爷，你又来看我来了，你舍不得孙女是不是？”

赶过来的阳阳看到老怀特晃着脑袋站了起来，看了看路面上狼藉的车辆，对惊诧不已的哈里斯几人喊道：“还都愣着干什么，我就摔了一下也没死，快上去救人啊！”说着，老人竟自己三步两步爬上路面。

在老怀特和哈里斯的组织下，一场特大交通事故最关键的前期抢救做得井井有条，成效非凡。等南北两面赶来的救护车来到现场，让医护人员惊喜的是，8 辆肇事车的 19 名受伤者都被止住了血，做了简单的包扎，一些四肢骨折者还被绑上了夹板——没有一名丧生的！

当然这种局面除了这 23 名外国朋友的综合素质发挥了作用外，还有阳阳和思彤的作用，她们至少施展了 4 次大力神功，看似很凑巧地扩张开扭曲的车体，方便怀特和哈里斯把挤在里面的伤员抢救出来。老怀特像个青年人一样，精力充沛地总跟着阳阳，还想要认阳阳为中国孙女，让在他身旁的金发孙女十分不解。阳阳要怀特说了一下他的地址和电话，说以后去英国时会拜访这位在英国机械制造领域很有建树的退休工程师。

这期间阳阳还做了一件事，她以一名记者的敏感，观察到外国人在事故发生时的从容镇定和科学有效的自救方式，并用手机以现场报道的方式拍摄了几段视频发给了赵子云。

记完阳阳的现场情况介绍后，赵子云在电话里说：“这种现场报道片很珍贵，只是画面转换太快，过渡还要稳些。不过挺奇怪，一般新手画面抖动的毛病你没有，这得有足够的腕力和指力。还有，这个片子可用两次，一次可以作为即时新闻，主题为‘国际友人临危不惧参与抢救中国伤员’；还可以给孟龙，再做一次，主题为‘向国际学习交通事故自救经验的纪实专题’。”

阳阳听罢很是钦佩地说：“主任您太厉害了，让阳阳学到很多东西。”但赵子云的想法只实现了后者，做为即时新闻的片子被边主任扣下了，说是报道外国人在中国总是遇到交通事故，影响不好，对我国开展国际旅游事业不利。后来，是哈里斯回国后在当地媒体上发表了一篇《与中国女孩儿共承灾难》的文章后，国外社会才知道这起交通事故。

等到各路救援都赶到后，阳阳见路面也疏通了，便和哈里斯和怀特一一道别。和哈里斯的拥抱中有代表中国人向他们旅游团的感激，和怀特的拥抱有着幸福家族的亲近。然后阳阳又紧握着怀特的手嘱咐道：“看您现在的身体状态，再保持 130 年是没问题的。回去后家里如果没有什么事，您可以重新出来工作的。”这时阳阳已把金刚身功通过握手悄悄传了过去，老怀特眼睛一亮，腰杆蓦地一挺，似有会意地点着头，然后转身抱住自己的孙女，热泪滚滚而下。

思彤开到合肥时已是下午 4 点，阳阳看还没到 5 点下班时间，便要思彤把车一直开到电视台，让思彤在停车场等着。思彤妈妈要思彤这次回来低调些，单位已给她长假休养，就尽量少让人知道她眼睛已经好了，方便她继续调养。按思彤的性格可不管那些，大不了辞职了跟着阳阳。而阳阳则让思彤听妈妈的，不要太声张，如果有人知道了就说在考研。事实也是如此，阳阳要带领幸福团队都做个诚实不说谎的人。

从在电视台门卫办入门手续时阳阳就注意听着楼里的动静，她在辨别哪里是取资料带的部门。

这时好像是广电大厦 10 楼以上有个房间在开会，声音嘈杂且激烈，吸引了阳阳听下去。一片议论声中一个女人的声音说道：“庞台，论坛上的跟帖这么多，等到晚上会更多的。现在已从对市长肇事殉职的谣言发展到对市长政绩的看法了。”又一个男声说道：“现在最微妙的是，网上说市长死了的议论和这两天枪毙抢劫银行杀人犯那帖子搅在一起了，负面影响非常不好。庞台，市长去北京得三四天才能回来，要不我们把市长过去的录像播一下？”显然是庞台长的声音说道：“刚才挑了半天了，有两条还可以，但只要是被人录下来就都有破绽。现在哪怕有张当时肇事现场的图片也行啊，谣言就不攻自破了。”

阳阳听罢看了看自己的手机，里面还有很多张现场图片，还有一段没有给赵子云的视频。她抬头看了看覆盖着蓝色玻璃幕墙的高楼,大步走了进去。

在资料室里，阳阳刚收好了资料带，几个人走了进来，只听得庞台长说：“王主任的剪辑手法还得提高啊，这回我看着点再试一次。”

阳阳回身向那庞台长微微施礼道：“你们需不需要今天交通肇事的照片和视频，我在现场随手拍了一些，不知道有没有你们要报道的线索。”

14 凶犯该救吗

晚上，思彤家准备了丰盛的晚宴，只有爸爸、妈妈、思彤和阳阳四人。本来爸爸想把亲友们都请过来一同庆贺思彤复明，但在妈妈的执意低调下作罢。席间，妈妈很奇怪女儿最爱吃的香辣蟹和芙蓉卷没有动多少，最尊贵的客人阳阳吃得也不多。

做为政府官员的爸爸按时打开了餐厅墙上的壁挂液晶电视，看本地的地方新闻。头条就是当天合徐高速公路交通事故的新闻。爸爸忙放下筷子看着画面，播音员滔滔不绝地讲解着合肥市长如何在肇事现场指挥救人，使这场特大事故的损失降至最低。虽然只是一个市长的定格镜头，但可以说明市长没有遇难。爸爸拿起筷子自语道：“嗯，挺及时的，不然老百姓说啥的都有。不过，这记者再多拍点市长的镜头就好了。”思彤看出来，那台被她定格的车子就是市长的座驾，便和阳阳相视一笑。

吃罢饭，思彤忙领着阳阳钻进了自己的房间，挽着阳阳笑问：“说，我屋里有多少种气味？”阳阳也笑道：“就知道你不会放过我……我数数啊，一共有 73 种气味。包括你的鞋子，鞋里、鞋垫、鞋底、鞋面上的就有 8

种味道。”思彤忙推着阳阳，“那快传给我呀，我要当一个缉毒女侠，让那些毒品无处藏身。”

阳阳扭头说道：“光缉毒可就浪费这功能了……都传完了你还磨啥。”思彤一愣，看看自己挽着阳阳胳膊的手，恍然一笑便鼻子一皱，“哇，我闻到我去北京那天早晨喷的薄荷水味了，还有路线呢，哦，从窗前到床头，又到了门口，太、太不可思议了！咦，你头发上的味道太好闻了，这回我闭着眼睛也能找到你了，你甩不开我这个 GPC 了。”

阳阳看看房间说：“瞧你这房间，乱得像男生房间，快点收拾吧。我得工作一会儿，先回娟子的短信。”思彤也看了一圈说：“我不带太多东西的，轻装上阵，幸福走四方。”阳阳欣赏地看着思彤，“就喜欢你这潇洒劲儿，别人都会被你感染的。”阳阳说着打开幸福笔记，边观察着爱心感应图，边给娟子打了电话。

阳阳对着手机讲着：“我们都平安，那么多车翻了一个人都没死。娟子你别哭嘛。晓枫在你旁边啊？让他接电话。”思彤一听晓枫在，先喊了声：“晓枫，我今天用上大力神了！”阳阳嗔道：“一会儿你们自己煲电话粥吧。晓枫，你要照顾好娟子，不要让她总这么想我，我和思彤明天就返回了。”

阳阳放下电话看着爱心感应图说：“奇怪，昨天你们这里自杀的那个银行抢劫犯，怎么还挺亮呢？对了，你们当地有什么论坛吗？看看那上面有说啥的没有。”

思彤也打开自己的台式电脑说：“本地论坛，有啊，合肥播报论坛，挺火的。我回来就听说了，昨天有两个抢劫犯，真缺德，把养老院要存的钱抢跑了，当时警察及时出击，歹徒畏罪自杀，真是大快人心。”

两人上了合肥播报论坛后马上浏览起上面的帖子，一看不要紧，两人频频交互看着都表示诧异，原来，网上竟然都是同情死者的内容。

首发帖的标题是《一个自杀的抢劫犯身后种种》，大致内容是说，死者虽然触犯了法律，遭到政府的惩罚罪有应得，但从这两个农民工兄弟的铤而走险来看，要分析目前社会存在的问题。

死者叫杨俊，刚满 20 岁，拿着抢来的 18 万巨款跑掉的是 18 岁的弟弟杨仁。他们兄弟俩辛辛苦苦做了一年半建筑大工，应得的 5 万多元工资分文未给。案发当天他们去找包工头，当场双双给包工头跪下，而包工头也给他们跪下了，原来，是上面的承包商不但没有给包工头工资，而且还收了包工头50万预付工程款。杨俊的父母在家乡镇上开了个小超市，被奸商骗了，进了一批假烟，被工商局罚没并勒令停业，妈妈跳楼自杀，爸爸疯了。当过兵的爷爷为了支付儿子精神病院的费用不顾年事已高进城卖菜，不慎失足掉入河中淹死，奶奶急火攻心住了院，2万元医药费还不上。这次兄弟俩筹钱无路，为了给奶奶治病一时冲动中去抢银行酿成了大错。抢钱得手后杨俊急着给奶奶打电话，被警察包围在电话亭，当场自杀。

这个帖子有数万人点击，近千人回帖，有人说杨俊兄弟俩是一流技工，手艺好、会动脑筋，有人说杨俊在工地救过两名工友的生命，有人说杨俊收养了13条流浪狗，有人说杨俊考上了大学没有钱交学费才出来打工，有人把那家有背景的承包商公布了出来，有人把医院用的不必要的高价药也公布出来……绝大多数发言者都认为，乐于助人、孝顺老人、热爱生活的杨俊不该死，不该自杀，他家里遇到的那么多事情，如果生活的磨难能正确对待，杨俊就不会这样铤而走险。

还有的跟帖评论说，应活捉他，这样可以把养老院的钱追回来。还有网友号召大家给杨俊奶奶捐款还医药费。半天过去，竟捐了38000元。

看完这些帖子阳阳犯难了。救杨俊吧，他是个自杀的凶犯；不救吧，那些养老院的老人受不了丢钱的打击已经有人住院了，而且他的奶奶也有自杀的倾向。

思彤在旁说："那就问问谷谷奶奶吧。"阳阳摇摇头说："这事是有点棘手，但不要总麻烦谷谷，她最近忙着呢。我认为，按照幸福笔记的3条救人准则——他是善良有爱心的人；他是帮助过别人的人；他是亲属朋友祝福的人。杨俊这3条都应该是够格的。明天我们在他奶奶来的时候去救他！"

思彤马上问道："那他活过来怎么办，还不得被抓起来呀?!他可是抢劫犯呀。"

阳阳没有回答思彤的问题，合起幸福笔记沉思了半天问思彤："你说杨俊的幸福是什么？你说人间的幸福是什么？是有钱就有了幸福吗？"

思彤略微一想便摇了摇头，接着又用力摇着头，“不是，不全是，其实幸福有好多呢，健康、快乐、友情、充实……只是有的人对幸福的要求太低，认为能有了钱，保证了物质生活就是幸福。”说到后来，思彤的声音小了下来。

阳阳抬头道：“思彤，你前面说得对。这就是为什么这本幸福笔记不仅仅只有起死回生的功能，它还有妙手回春、绝处逢生两个更高境界的原因。我们明天试试，争取让杨俊这个凶犯的一家能得到幸福。”

15 火化场抢人

这一夜，阳阳和思彤几乎没睡，一是没有困意；二是思彤执意要多感觉感觉自己的家，舍不得睡去。思彤已在备考国际注册会计师的考试了，14 科教材都要学完，同时她也在学习英语和其他外语了。阳阳看她学得有些杂，告诉她不要着急，虽然有“两不忘”功，也要系统地稳步地学。

阳阳和采尼通了好长时间电话，和迪肯、孟祥宇都打了招呼，然后又和张翔、庞艳通了电话，了解他们飞行团队四人的近况。

第二天一早，殡仪馆内的停车场里，思彤的小荣缓缓驶了进来。这里的殡仪馆居然建在市区一环内。阳阳分析，杨俊的尸体停放在这里，他的奶奶一定会来这里的。思彤边停车边嘟囔着，这个殡仪馆早晚得迁出城去，太不环保也不吉利了。

院里有辆警车，阳阳和思彤听得清楚，里面有个人在说：“田队，这个抢劫犯死有余辜，怎么弄得草木皆兵呢，害得我们守了一夜还不收队。”田队长说道：“网上的舆论不可小视。监控显示他们已进入市区，马上就到了。”

说话间，院里风尘仆仆地开进来一台四川牌照的帕萨特，阳阳和思彤早已听到车里老太太哽咽的哭声。一个声音说道：“代总，真的谢谢你了，把我妈和我哥送了过来。我这侄儿地下有知，来生也会为你当牛做马报答您的。”代总的声音：“老杨你这人咋这样呢，我那火锅店不也全靠你这个大班长带着弟兄们照看着嘛。再说了，杨俊这孩子是十里八乡出了名的孝子，我也该来送送他。”

车门开处，下来3个男人，搀着一个白发苍苍的老奶奶。开车的无疑是火锅店老板代总，另两个男人一看就是兄弟，是杨俊的二叔和精神病爸爸。自从杨俊的爸爸听到儿子的事后就没再犯过病，所以也让他跟了过来。杨俊的奶奶一走下车就哭瘫在地上。

阳阳和思彤见状马上跑过去把已哭不出眼泪的奶奶扶了起来并自我介绍是杨俊的朋友。警车里也出来3个人，那个田队长警惕地看看思彤的车随口问了一句：“你们是网友吗？来给他们送捐款吗？”思彤记得他的声音，回答道：“田队长辛苦了！”然后再没下话，忙去扶走路艰难的老奶奶。田队长被说穿身份，愣在那里苦想着在哪里见过思彤。

杨俊的冰棺拉出来后，奶奶又哭得站不住了，“我的宝贝孙子啊，是我害了你呀，我要是不住院就没这事了，不如让我死了，俊儿啊，你活过来吧，我们换换行不行啊。”思彤在旁眼圈一红，忙用手指抹去溢出的眼泪，接着又扶着奶奶的手。思彤的泪迹就这样沾到了奶奶的手背上。只见奶奶伛偻着的腰马上挺直了，哭诉的声音蓦的响亮起来。

阳阳开始执行复活方案。她回到车里在幸福笔记上注明：火化前半个小时内有人连喊3声他的名字时复活，然后跟在众人后面紧紧观察着各个环节，在从停尸间推往火化炉的途中没有机会，在进入火化炉外间时没有机会，尸体推到火化炉前等候时机会来了。这时，阳阳轻声问思彤：“我掩护你自己进去行不？”思彤咬着嘴唇点点头。

阳阳随即离开思彤，向奶奶走过去，高声问：“奶奶，您和孙子还有什么想说的话没有？”这话引起了3名警察的注意，都围拢过来听老太太的回答。这时思彤轻盈地闪开，趁乱用千里耳和嗅觉从旁门绕进待火化的停尸间。

停尸间里只有4具尸体车停在那里，4具尸体蒙着同样的黄缎尸布，头部和脚部都高高地耸着，阴森森的冷风从思彤的脚吹到发根，火化炉那边不时传来爆裂声和火化工人工具的叮当声，吓得思彤连连后退。

思彤立定在4具尸首前，双手握起拳，举起在眼前用力一晃，为自己鼓劲儿。然后她小心地上前，揭开第一具尸体头部的黄缎，还好，一下子就揭对了。她抚着胸口深吸一口气，仗着胆子将杨俊推到最后的位置。

思彤回头看看那3具尸首，又看看四周，不禁打了个寒噤，忙低头贴着杨俊的耳朵轻声喊道："杨俊，杨俊，杨俊！"话音刚落，尽管她有思想准备，还是被一骨碌爬起来的杨俊吓了一跳。

思彤勇敢地上前，用手指堵在嘴前示意杨俊别说话，自己岔着声颤抖着说："听好小子，我们是来救你的，你跟着我走到院子里的车里见救你的人。"这杨俊也是极聪明之人，看了看周围的情景和自己身上的寿衣顿时眼泪下来,看着思彤连连点头。然后两人听着声音,又绕了出去到了停车场，这时阳阳已听到思彤的救人过程，先赶到了小荣旁。思彤在后面摁动遥控器，阳阳先打开后车门上了车。过了一会儿思彤推了杨俊一下，杨俊快步走过去迅速坐进了车。思彤继续在外面观察着。

阳阳拉着不知所措的杨俊的手急切又稳稳地说："我下面要说的话你要相信。你因为抢劫银行畏罪自杀了，但你是为了救奶奶，再加上你平时助人为乐，幸福笔记给了你一次再生的机会，给你一次重新做人的机会。"

杨俊点着头，眼里含着泪花，不由得用力握紧了阳阳的手，好像找到了依靠找到了家。阳阳继续说："阳阳姐现在要你做的是，通知你弟弟把抢来的养老院的钱交出来，你要悔过自新。"那杨俊被阳阳握着手，早把幸福特质传了过去，马上懂得了阳阳的意思，并且无条件地服从："谢谢阳阳姐的救命之恩，抢钱时我就是那样想的，只留给奶奶两万元医药费，其余的都还回去。"

这时思彤找到了杨俊的二叔，扯他到停车场边上说："听清楚我的话，杨俊还有生命迹象，已被转移，以后他会给你们打电话联系。你们马上离开这里。然后给这个捐款的好人打电话，他们给奶奶筹了三万多元医疗费。钱送来后你们马上回家。"说着，思彤把写着论坛捐款热线电话的纸条递给了他。这时杨俊的爸爸也靠过来，好像预感到什么，很紧张地盯着思彤的车。

思彤看看奶奶，嘱咐他们说："我们的车先走了，你们随后就走吧。注意，看到我的车里的人时，千万不要动，而且一定要保密。"说罢，思彤扔下发愣的4个人，回到车上马上发动并随着几台车一起开了出去。杨俊在车窗里默默看着不远处揉着眼睛的奶奶和爸爸，轻轻地招着手。

阳阳刚才通过几次握手，分别给了杨俊的奶奶和爸爸幸福特质，幸福指数最重要的健康可以基本保证了，奶奶的身体得到调理，爸爸的精神病也不会再犯。尤其是奶奶得到思彤的泪液，实际情况更加乐观。这时阳阳还不知道他们幸福使者的体液能给人的机体带来健康的改造。

车开出殡仪馆后，杨俊用阳阳的手机拨通了弟弟杨仁的手机。没想到杨仁不接电话，当然，他在逃亡过程中是不敢随便接陌生电话的。

思彤开着车出主意道："给你弟弟发短信，平时你们有什么暗语没有？"看来杨俊非常聪明，马上口述道："仁伢子，哥被救活了！笨笨，快给大龙回电话。"见阳阳发出短信，他解释道："我们养的两只流浪狗的名字，平时大龙跟我好，笨笨听他的。"果然，电话马上打了回来，兄弟俩欣喜地交谈着，杨俊要弟弟先别动马上去接他。原来弟弟藏在一个楼盘的清水房中。

思彤接上杨仁和一包钱后，马上去了养老院交给门口值班大爷，让他给院长打电话，说案犯把钱如数送回。然后阳阳告诉哥俩："你们放心吧，奶奶的医药费网友已经筹到了 3 万。先把你们送到我们的幸福基地工作，到了基地后预支你们俩一年相当于 1 万英镑的工资，你们可以转寄给你奶奶和爸爸。"杨俊和杨仁幸福地笑了，从此，采尼多了两个实干的好工匠。

下午，阳阳和思彤领着杨家兄弟上了火车，准备让杨家兄弟在济南下车，孟祥宇同时动身到车站接站。未料，阳阳四人在火车上遇到了铁道神偷的挑战。

16　神偷较量

思彤在路边一家售票点确定了要乘晚上 8 点 34 分发车的快车去北京，到济南的时间是第二天早晨 6 点 15 分，到北京的时间是第二天下午 1 点 40 分。孟祥宇在济南接杨俊兄弟，娟子急着见阳阳，在北京车站去接。

思彤本来要买 4 张卧铺票，杨俊忙拦住说道："我和杨仁不要卧铺，睡不惯的。”阳阳知道他是怕花钱，想想便告诉思彤：“那我们都买硬座吧。”思彤欣然同意，她和阳阳的金刚身不需要睡觉，更不怕累。

四人刚进候车室，阳阳和思彤便竖起了千里耳。没想到连续听到的声音让她们吃惊不小。先是一个公鸭嗓男声：“目标出现，还有两个男伴，有可能是保镖。好，还是按计划。”阳阳忙寻声音望去，思彤惊讶地说：“我们成了被跟踪的目标了，不会是公安吧？”

这时又有一个本地口音的男声说：“小六子就你他妈的磨叽，一会儿就检票了。”电话里小六子回答着：“老大，我啥时误过事呀，到站前广场了。不过这回又和路侠两口子较量，估计咱们还是不能赢，别看咱们人多。”老大打断道：“别白话了，我告诉你，你和凤姐、小强负责前面4节卧铺，我和太平果、鬼剪子负责硬座，我在8号车厢，芙蓉在餐车，别总遇事不请示说找不到我们啊。妈的，这回我们铁道七神偷非得赢他们路侠两口子不可。”小六子回答：“人家不偷看病的和抱孩子的女人、专找有钱人下手就比我们高一筹。票玩得也大。”老大呸了一声说：“谁不知道这两种票没货，少装仁义，屁路侠！好了，检票了，我们上位找票去了。”

思彤低声和阳阳说：“这条线的小偷不少，我上次来北京就听到好几个乘客被偷了。嘿，我这回可不可以和他们玩玩，为民除害？”阳阳也低声道：“看样子不只是铁道神偷和路侠两口子的较量，还有第三方那个公鸭嗓。那你就练练手吧，记住他们的声音，用过耳不忘、千里耳和狗鼻子找出他们，用大力神保护自己。你再把大力神传给杨俊，让他配合你。”思彤喜形于色，“得令，那就不用俺家老大出手了，我不行你再上手。什么狗鼻子呀，这个名多难听，我早想好了，这个异能叫‘秀秀’，就是嗅嗅的意思，行吧。”阳阳笑道：“好吧，就叫秀秀功吧。上车后我们分工，我负责那个公鸭嗓，他怎么好像是冲我们来的。”

机灵的杨俊马上听明白了，催着思彤：“快点，啥时候传我们大力神啊？”思彤扭头笑道：“等我们上车后就传你，不过仁伢子是不能学的。”

恰巧阳阳他们的票也是8号车厢，4个人正好是对面双座。车上人很多，还有不少人买的是站票，车厢过道里站满了人。灯光明亮的车厢里播放着音乐，流动售货车在来回叫卖。

车开动不久，思彤便把大力神功传给了杨俊，然后就带着兴奋不已的杨俊顺着车厢用了半个多小时走了个来回。

思彤回来落座后向阳阳汇报："这些神偷们隐藏得很好，他们彼此通电话的声音我都记住了，可是不和他们对话就分辨不出来呀。不过那3个女的我都找到了，有意思，芙蓉是个胖女人，凤姐是个矮女人，太平果是个平胸女人。小六子和小强、鬼剪刀没找到，还有那个老大，就在这个车厢吧。路侠两人没动静，不过我分析他们很可能在卧铺车厢里。"

听罢，阳阳不动声色地告诉思彤："我后面隔着一组，坐的是同样的位置，拿着几份报纸的那男的就是老大，我听他打电话了。路侠两人也被我捕捉到了，他们是在卧铺里，就在挨我们这边的第一节卧铺车厢，他们已经瞄上两个网络公司的高管。"

杨仁听罢探头看了看摩拳擦掌地说："那我去报告乘警，把他们抓起来！"杨俊打断弟弟说："不能乱来，听阳阳姐的，我们得有证据吧。"阳阳点头道："是啊，我们得等等，他们动手后我们再出动。这趟车的女列车长正好把她的新手机号告诉了同事，凑巧被我听到了，一会儿杨俊你用手机报案。不过，路侠这对情侣确实是高手，要先找到他们，不然那两个缺德的高管会吃苦头的。"

思彤一愣，"什么？缺德的高管？"阳阳看看周围，见没有人注意便讲道："知道路侠瞄的是什么吗？不是钱，是那两个高管带的标价二百五十多万的几十份合同。是那两个高管互相吹嘘让路侠盯上了。他们是一家搜索引擎公司的业务主管，专挑效益好有影响的企业下手，先把人家在搜索引擎上本来靠前的排名用技术手段硬给调到搜索页面的十几页，然后连哄带骗软硬兼施让企业购买五年排名靠前，这次他们带的是在这里鼓捣一个月的成果回北京的，回去后就要催企业打款了。路侠想把这批合同偷到手，然后勒索搜索引擎公司用20%的价钱赎回，不然他们就挨个儿通知企业他们的猫腻，让企业知道内幕也知道合同被偷了，看看还有哪些企业愿意重签。这样，估计会引起一些企业告这家网络公司不正当经营的。"

思彤听罢也嗔道："这家网络公司怎么能如此经营呢，这不是在毁企业吗？"杨仁在旁也不屑地接道："就该让小偷把他们的合同偷走，将他们的内幕公之于众。”

阳阳让杨俊拿出手机，复述了女列车长的手机号码，聪明机灵的杨俊马上打出一条短信举阳阳看：“看，这样行不？”思彤一把将他的手按下，“放低点，我们能看到。”便和阳阳低头看向手机。杨仁惊奇于手机离她们这么远都能看到。

手机屏幕上打着：“列车长，卧铺车厢里混进了几个小偷，其中有一男一女，正要对两个在网络公司工作的乘客下手，请您提醒乘客们注意。”

阳阳看看手机的时间已近10点，又布置说：“刚才那老大吩咐到蚌埠和徐州两个大站时趁乱动手，然后就寻找目标并在目标身边睡觉，到济南后再动手。你们在这几个大站停车时过去。”思彤突然一竖耳，“太平果动手了，她那节车厢有人在哭。”

阳阳按住要动身的思彤嘱咐道：“思彤你和杨俊分开点，先不要让别人认为你们是一起的，这样你们好配合些。是不是杨俊？”杨俊握起拳，很有责任感地点点头。

一节车厢里一位中年妇女正在和列车长和乘警哭诉：“我就把皮包挂在这儿，这是我儿子辛辛苦苦的3年工资啊，三万五千块钱啊，丢了，那是他孝敬他爷爷买房子的钱，这小偷真是作孽呀，还有我的钱包，里面的各种卡，车票……我连车票都没有了，咋出站呀！”

思彤挤过来，看到刚才在附近的太平果不在了，便闻了下那女人，跟身边的乘警说：“小偷大概是往这边走了，我们去找下吧。”乘警看看思彤没动地方，“你认识那小偷吗？”思彤想说认识，但一想证据没在手便摇了摇头。但那妇女可算是抓住了稻草，推着乘警说：“你们有点作为嘛，只在这儿站着有啥用啊。我跟你去姑娘，要是真的找到了我分你一半钱。”

思彤回身便走，她清晰地闻到了那皮包的味道，火车上的空间就是一条直线，寻味找去应该是不难的。乘警和列车长不得不跟在后面，几名好事的旅客也跟上来看热闹，其中有警惕地看着左右乘客的杨俊。

过了一个车厢，思彤吸着气停在一个过道卫生间门口。列车长过来敲敲就用钥匙打开了门，里面没人，那失主先抢了进去。看着洗手盆下面的皮包，她欣喜若狂，扑过去拣起，飞快地打开皮包检查，接着还是哭腔道：

"没有，钱都没了！"说着她又打开包里面的钱包："啊，我的银行卡和身份证也没了，卡上也有几万呢！"

思彤听罢道："如果只是钱丢了可能不太好办，谁都会说钱是自己的。走吧，继续找，找卡和身份证。"

思彤继续领着大家朝前面的车厢走去。她几乎没有迟疑而且越走越快，只有女列车长紧紧跟在她身后。突然思彤站下了，看着在过道里吸烟的一个女人，对女列车长轻声说："看到那位太平公主没？卡就在她身上。"女列车长听罢一愣，下意识地看下自己还算耸立的胸，回头向乘警做了个手势。几人便上前将瘦瘦的平胸女子太平果围住。

太平果摆出一副无辜的神情，"干吗干吗，这里不让吸烟吗，我不吸了还不成。"说罢,想挤出人群。思彤上前上下打量了她一下，接着又蹲了一下，站起后对乘警说："在她的鞋里，一脚一个。"

正在乘警蹲下让太平果脱鞋的时候，突然从后面冲过来两个男子，好像要过路的样子喊着"借光,借光！"女列车长没拦住。被前面的男子推开，接着那个女失主被推倒在蹲在地上的乘警身上。然后两个男子一个撞向太平果，一个撞向思彤。

17 黑鹰伴车飞

撞向太平果的男子明显得到了太平果的呼应，两人迎在一起准备一同往前跑。就在这一瞬间，思彤身影随着他们一晃，既躲开了第二个男子双手呈剪刀状的冲撞，又把自己的双手搭上了太平果和第一个男子的肩。这一搭上可就发生了奇迹，思彤好像没使什么力气，两人却被死死按在车厢上，任他们怎么挣扎也是无济于事。太平果伸出一只手抓住那男子，那人身子被思彤按得扁扁的，可着嗓子喊着："妈呀，小强快救我！"

这时，又一个奇迹出现了——杨俊在后面冲了过来，一把抓住了第二个男子的胳膊向后一甩，那男子好像纸人一样，飘起在半空中，足掠过了十几排座位，摔在车厢另一端的过道上。那男子捧着自己的胳膊爬了起来又摔倒，痛叫不已。全车人都瞠目结舌地看看杨俊，又都来回打量着这空间和距离。“看见太平公主没？卡就在她身上。”女列车长听罢一愣，下意识地看看杨俊是发狠了的，他对思彤有着不容侵犯的保护欲，虽然是阳阳的幸福笔记救了他，但他知道是思彤唤醒了他，思彤是他死去活来见到的第一个人。这种感觉，有着初生儿对母亲的天生血缘感，再加上他本身具备的侠肝义胆的性格，当然，还有他还不会应用自如的大力神功，使他一出手就用上了全力。这时他低头看下自己的手，马上向思彤身边凛然站过去，回身看着周围，谁敢动动这个女孩儿！

这时，那女失主已扒下了太平果的两只鞋子，果然，左鞋里是自己的银行卡，右鞋里是自己的身份证，乘警也打开太平果的包包拿出一摞钱。女失主气得呸了太平果一口，“原来是你，挤我旁边套近乎，不怀好意的搓衣板！你们这伙人不得好死。要不是，要不是大伙儿帮我，我得多惨呀，谁可怜我呀。”说罢冲着思彤、乘警、列车长连连鞠躬。

乘警已麻利地给小强戴上了手铐，又去“纸人”身上搜出身份证，上面的名字叫“桂建志”，思彤告诉列车长说：“他叫鬼剪子，是他们一伙儿的，车上还有 4 个，不，是 6 个同伙。他们上车前还分配任务比赛呢，让我俩听到了。”女列车长感激地说：“那提醒短信也是你们发的了？这回我相信了，谢谢你们。”

转眼，整个列车都传遍了 3 个小偷被武林高手擒住的消息，也知道了他们还有几个同伙在火车上，大家都提高了警惕。几名现役武警主动要求看管被抓的小偷，以防同伙来抢人。

思彤和杨俊悄悄回到自己的车厢，阳阳朝他们微微点下头。杨俊翻看着自己的手兴奋地悄声说：“这大力神的威力了不得呀……”思彤打下他的手说：“你这小子真为姐姐拼命呀，这才是第Ⅰ级，等到了幸福基地再好好练！”阳阳看了下一直监视那老大的杨仁一眼说：“好了，都好好休息吧，估计这么一折腾，他们也都会老实了。”说罢，阳阳扭头望向车窗外的夜色。

阳阳定睛看了车窗外一会儿，突然向回一靠，花容失色地指着外面，“那，那飞的是什么呀？”思彤上前细辨，也吓了一跳轻声叫道：“怎么和火车飞得一样快呢，是只鹰，黑色的鹰。”杨俊和杨仁也向外面看，却什么也没看见。

一听思彤叫出黑鹰，阳阳心里就一沉。其实她也看清了，只是被那鹰的速度和那漆亮的眼神吓慌了。她想起白鸽谷谷的嘱咐，黑鹰可是死亡笔记的保护神啊，它怎么会出现在这里呢？也不知是不是那只黑鹰。阳阳又向窗外看去，黑鹰没了踪影。

阳阳向思彤、杨俊悄声讲起了死亡笔记、容皮皮和黑鹰，还有项小羽。她要让幸福团队的人都知道身边存在的不管是好还是坏的事情。最后她又望了下窗外的漆黑说："谷谷说过，黑鹰只能在夜间出现，不像我们谷谷，正大光明地白天黑夜都可以出现。明天天亮就好了，它就不敢出来了。"

车厢里没有按惯例过 12 点后熄一半的灯，卧铺车厢里也没有熄灯，看来是列车长提高了警惕。阳阳和思彤一直没有困意，两人都用一只耳朵听着自己的 MP4，要走一路学一路。阳阳的另一只耳朵则一直在监听着整个车厢，一直没听到公鸭嗓的声音，再加上黑鹰的出现让阳阳感到不安。杨俊兄弟俩可是大喜大悲后的疲劳，互靠着酣睡着。

早晨，思彤看看快到 6 点，便将杨俊捅醒，"准备一下，快到济南了。"杨俊和杨仁睁开眼，似乎都不相信眼前的现实。杨俊顺手掐了一下杨仁，疼得他叫了一声又回掐哥哥一下说："你小点劲儿，现在你的力气和以前不一样了你不知道啊。"杨俊看着思彤，眼里泛起泪花说："思彤姐，这回我相信是真的了。你要早点过来看我们。"随着车上广播的报站，杨俊和杨仁站了起来。

突然，阳阳坐直了，思彤也静下来，她们听到了公鸭嗓的声音，而且就在这个车厢："下去两个，男的。多留几个人手跟着他们吧，他们会点功夫。其余人都上 8 号车厢来吧。"阳阳和思彤两人面面相觑，其余人？这得有多少人来对付自己呀。而且公鸭嗓是用请示的口气，看来还有指挥者。思彤这时早站了起来和杨俊说着话，用千里眼迅速观察着。她看向车厢里有几人在通着话，但都与此无关。公鸭嗓最后一句话让她锁定了卫生间，果然，电话打完从里面出来一个戴眼镜的瘦子，好像在配合思彤的判断咳了下，正是公鸭嗓。只见他晃了晃居然走到相隔两组座席处坐下了。思彤坐下后对阳阳说："这回他跑不了了，是个戴无框眼镜的瘦干儿。不过那个铁道神偷老大不见了。”

阳阳想了下对思彤吩咐道：“你送杨俊他们到车门口，等车开后都回来，不下车了。我发短信通知孟乡长也上车来，然后他们再从北京走。”这时阳阳的手机响了，里面是孟祥宇焦急的声音：“阳阳，有点不对劲呢。这里有一伙人，男男女女的共 11 个人，他们在议论说上车后一起动手，抢来就转走。还提起你的名字呢。”阳阳马上回答：“我知道了，你跟他们上来。”孟祥宇回道：“好，我马上买票。你们别担心啊，有我呢！”

济南是个大站，又是清晨，上来的乘客很多，车厢里站满了人。公鸭嗓调换了座位，又靠近一步坐在了与阳阳相邻一组的座席。领着杨俊哥俩回来的思彤吃惊地发现，铁道神偷老大已经坐在过道对侧的位置，芙蓉和凤姐坐在他对面，旁边那人应该是小六子了。

原来，那神偷老大经验丰富、老奸巨滑，他由阳阳去卫生间时，有杨俊开道、思彤断后中判断，中间的女孩儿在坐下时也不离身的包包里定有价值不菲的东西。而且后来他得知，太平果和小强、鬼剪子失手就是因为那个泼辣女孩儿的举报，便决定全力以赴对付阳阳，偷不成她那个包也要报复一下这几个乳臭未干的坏事佬。至于和路侠的比赛，如果能把这丫头的包包拿下，或许可反败为胜，未必能输给他们。

在过道里阳阳他们座位旁站着七八个青年男女，让阳阳觉得奇怪，他们怎么像是大学生呢。孟祥宇站在过道里假装打电话，给阳阳和思彤一一指出他们身边的 7 个可疑人物，说有 4 个不知道为什么没有上车。这时公鸭嗓可气得够呛，他看到杨俊哥俩又回来了，情报失误了，白白浪费几个人扔在了济南。

阳阳这时更加紧张，因为她看到了两个熟人。一个是戴着墨镜化了装的容皮皮，他身边还跟着个文静漂亮的女孩儿；另一个熟人显然也化了装，但他的浓眉中藏了一颗小痣和他微蓝色的眼睛，让过目不忘的阳阳认出了这是项小羽！这时阳阳心里一动，要是把这些特殊人物的气味用秀秀功记住，任凭他们怎么化装也藏不了身，哼！

这几路人马聚在 8 号车厢，阳阳这方面从人数看显然是占了下风，看来这里定要演绎一出风云大战。

18　死亡助手

一般乘客是察觉不到 8 号车厢里的紧张气氛的。容皮皮和那文静女孩儿堵在车尾，项小羽站在对侧车尾，阳阳对侧的六人座上有铁道神偷 4 个人，阳阳身后是公鸭嗓，过道上分布着 7 个人。阳阳 4 个人身上的肌肉和脑里的弦都绷得紧紧的。

阳阳紧张地分析着，容皮皮这番大动干戈为得是什么？铁道神偷们守在这里是想报复吗？项小羽还是在跟踪容皮皮吗？铁道神偷不足为惧，项小羽非敌是友，只有容皮皮这么多人是要重点防范的。接着她想起“抢了就转走”这话，我们身上有什么怕抢的吗？啊！只有幸福笔记！想到这里，阳阳把背在侧面的包包拉过来放在怀里，果然过道上的男女们都似不经意地盯过来，包括神偷老大。阳阳这时已了然，是这样啊。

经过一番激烈思考后，阳阳决定通过保护幸福笔记，不要让容皮皮摸清自己的底细。她马上低头给孟祥宇、思彤、杨俊和娟子群发了个短信，这时已不方便口授命令了：“这些人都是 DN 的人，容皮皮在，车厢口身边有女孩儿的戴墨镜者，孟盯着他们俩；项小羽在，对面车厢口穿碎格衣服的，不用管他；DN 和神偷们要抢 FN，大家注意装傻，不露大力神，不让他们了解我们。娟子进站台来接应。”阳阳分析，在车上人不走动，他们动手的机会不多；下车出站时他们动手的概率大些，所以加强了到北京后的站台上的接应力量。

但阳阳万万没想到这些人在车上就开始动手了，不然上来这么多人干什么。他们是在沿途各站停车时动的手。从济南开车后遇到的第一个车站是德州站，本来阳阳为了装傻，4 个人打起了扑克，坐在外侧的杨俊和杨仁哥俩儿用甩出扑克的动作阻止着这些人的贴近。车停下时的小小晃动给了他们机会，三四个人装作没站稳倒了过来，杨仁刚要站起就被压倒。隔座的公鸭嗓也在阳阳身后跪在座位上伺机行动。思彤则装作惊吓着的样子抱着阳阳，将包包紧紧搂在两人中间。这批人连包边都没碰到，被阳阳单手吃力地一一扶起道:“同学们,你们一定要站稳呀……你们都是哪个学校的啊?”

这几个学生顺嘴胡乱回答着，最初的语气和神态总流露出一种邪恶感，没想到在和阳阳说了几句话后神态都变得温柔客气了。这时传来了容皮皮的咳嗽声，7 个男女又都恢复了原来的状态。

阳阳心里在奇怪，这容皮皮不像自己写一个名字救了一个人，他可是写一个名字就死了一个呀，这是从哪儿来的 DN 团队呢？还都这么听话。而且更让阳阳吃惊的是，她听到容皮皮管身边的文静女孩儿叫宛盈，那不是范主任的外甥女吗，怎么也加入了 DN 团队?!

阳阳不知，正是张晓枫没有按期死去让容皮皮感到恐惧，而且他事后又写了几次张晓枫的名字也无效。他找黑鹰质问死亡笔记为什么不好用时，终于从黑鹰那里知道了阳阳手里有一本与自己的死亡笔记有相反功能的幸福笔记，气愤的他想把幸福笔记抢过来，不能让阳阳把他处死的人再救活。尤其是阳阳救了一个人就成了她的帮手，这深深刺激了容皮皮，他几次和黑鹰讲过自己也需要死亡助手，需要团队。

黑鹰答应了他，几天之内就给他提供了一个名单，让容皮皮去找他们，每人撕下来一张死亡笔记内页，把他们发展为死亡助手。

黑鹰挑选的人大都是容皮皮这种性格的，偏向于嫉恶如仇、爱憎分明的大学生。容皮皮身边的宛盈，就是黑鹰在上周一个晚上在艾滋病志愿者的活动中相中的。

宛盈这次是回国度假，本来想进入电视台实习，后来准备参加世界大学生选美大赛，便做着一系列的培训。她是个爱憎分明的女孩儿，爱得热烈恨得也狠。她听一名艾滋病女患者讲起故意害她患病的人，当场喊了一句:“要是让我遇到了这个人，我就杀了他!”

容皮皮找到她后，打开死亡笔记直截了当地说:“那个害了 12 名中国女孩儿患了艾滋病的人，你把他的名字写在这里，他就将得到他应有的惩罚——死亡!”宛盈听罢毫不犹豫地写上了那人的名字，也毫不犹豫地接受了死亡助手的职务。这几天她疯狂地搜集各地作恶多端的人，把影响和平、破坏爱情的人都写上了她的名单。这次容皮皮说要来把能把死亡笔记惩处的坏人救活的幸福笔记没收，宛盈很好奇地跟了过来。来前容皮皮告诫她不要被对方外表的善良所迷惑，要不屑于与幸福笔记的人对视。

容皮皮对自己助手的要求是心狠手辣，要敢于杀富济贫，要有伸张正义的侠义精神，这点黑鹰替他把了关，基本上找的都是在自己的环境中受欺负的人，这种人反抗起来最强烈。

容皮皮还有一个要求是都要比他小，他习惯了驾驭比他小的人，好管理也能震住。所以这些死亡杀手大都是大三和大四的学生。这段时间他一气发展了13名死亡杀手，这次全员出动，也是作为他对这些助手们能力的考查。

DN团队对FN团队的第二次发难是到了泊头车站时，一直装作互不相识的两个死亡助手互相争吵了几句打了起来，旁边的人装作拉架，战火很快就蔓延到阳阳身边。阳阳惊恐地缩坐着未动，怀里紧紧搂着包包。思彤和杨俊三人也都很害怕地护在阳阳身上。纷乱的拳脚不时袭击着他们，一直到乘警过来才平息。那乘警很奇怪地看了眼杨俊，这回怎么这么受气呢。

项小羽一直在后面冷冷地看着，他是坚信阳阳的能力的，何况身边还有两男一女在保护她。他是在追踪容皮皮，要查清他的羽翼，将来好一网打尽。

孟祥宇也是心里有数，站在过道里倾听着容皮皮和宛盈的动静。不过他也和娟子来回发了几条短信，说明了这边的情况。

思彤和杨俊都忍住没有还手，因为他们有金刚身功，怎么打也不痛，只是苦了杨仁，脸都被打肿了，杨俊坐下来心疼地给弟弟揉着脸。思彤问杨仁："你咋不还手呢？阳阳姐的要求可以不包括你的。"思彤想到如果一点不还手也不正常，正好杨仁不会金刚身，还手也是正常人的身手，无妨的。杨仁扭头看看身边的人，眼里闪着光。

车到了下一站沧州，又一次的发难开始了，但不是这批死亡杀手了，而是铁道神偷那伙儿。他们也看明白了，新上来的这些人都在瞄着阳阳的包包。但他们太笨了，发动了两回都没有成功，看我们的吧！

19 一路硝烟

铁道神偷们早就开始为动手做准备了，他们四人从过了泊头车站就开始打起了扑克，当车进了沧州停车一晃时，几张扑克牌就鬼使神差地飞进了阳阳的座席下面。

还在边上的杨俊和杨仁发愣时，凤姐和芙蓉两人的“胸器”就勇猛地袭了过来，弄得哥俩儿都红了脸，本来杨仁准备好这回不管谁再发难就还击的，可是触手都是软绵绵的，再说人家说是找扑克牌也不好太拦。

凤姐和芙蓉的用意是在座位下面找扑克牌，逼得阳阳站起身来。等阳阳一站起来包包就露在他们眼前了，这时已运动到背靠背邻座的小六子就方便偷袭那个包包了。阳阳马上就明白了他们的用意，而且后面不只是小六子，还有那个早就蠢蠢欲动的公鸭嗓。

只见这时阳阳突然站了起来，但她不是站在车厢地上，而是机灵地跳到了座席上，面朝着小六子和公鸭嗓，同时也把腰间的包包展示在全车人的视线中。小六子和公鸭嗓傻眼了，眼看着包包没法动手。

这时阳阳居高临下地环视了车厢四周，眼神逐一扫过铁道四神偷、公鸭嗓和那 7 名死亡助手，最后落在远处的宛盈脸上。

密切观察着局势的容皮皮一看阳阳的目光望过来，马上低下了头。他戴墨镜除了化装外，也是为了阻止和阳阳对视。接着，他拉了一下宛盈低声道:“别看着她，她那眼神有毒。”

宛盈可没听容皮皮的，心说我堂堂正正的怎么会怕人看呢? 她一直迎着阳阳的目光，心头顿时涌起一股暖意。奇怪啊，是妖术吗? 而且，她发现，这位幸福笔记的主人，朝四周看了一圈后怎么全车厢突然安静下来了呢?

这时有新乘客上来，阳阳收回了目光。他们的这次发难又以失败结束，凤姐和芙蓉也回到了座位。阳阳落座后，杨仁却站了起来，“我的手机呢? ”

思彤这时一点都没犹豫，冲着那老大就说:“你们不相信我找东西的能力吗? ”那老大默不作声地看了看胖芙蓉和矮凤姐，胖芙蓉马上一低头，“这脚底下啥玩意啊，这么硌脚。老弟啊，这是不是你的手机呀，怎么扔这儿来了。过来，到这儿拣起来吧。”说着，耸了耸自己的胸，引来旁边几个乘客的哄笑。

矮凤姐一看，杨仁瞪起了眼睛，这可是受到侮辱的眼神，已无刚才被她们胸袭时的慌乱，忙低头拣起手机送了过去。众人又是一阵哄笑，这回可是嘲笑了，铁道神偷们也自嘲地笑着低下了头。

接下来的3个车站，杨柳青、杨村和廊坊，DN团队和铁道神偷没有死心，轮番进攻。看到阳阳四人软弱可欺，他们的动作越来越大胆，虽然杨仁不时有反抗，但都不在他们话下。不过眼看要到北京了，他们始终连阳阳的衣服边都没碰到。

列车徐徐开进北京站，容皮皮看来也急了，他让宛盈传令，在过道两侧列队，等阳阳通过时硬抢。容皮皮是做了预案的，大不了说是流窜团伙抢劫罢了。

在阳阳的座位向左，一直到车厢门口，9名DN团伙装模作样地收拾东西分候在两侧；向右，铁道神偷四人干脆就堵在了过道上，看来也是下了决心要动手教训思彤和杨俊。

车厢里的乘客走得差不多了，阳阳他们也该下车了。看到这架势，阳阳看向车窗外微微笑了。

这时已是下午一点多，阳光明媚，阳阳心想，为什么人类不能在这阳光下好好活着呢。这时的微笑，除了对阳光的感觉，还因为看到了站台上的娟子。

阳阳轻喊了声："娟子，我们在这儿，到车窗这儿来！"焦急的娟子马上跑了过来。阳阳示意杨俊把车窗打开。思彤问道："你会开不？"杨俊边按下车窗两侧的按钮边说："我们对这个最熟了。"说着他就把两层厚重的车窗轻轻巧巧地如开窗帘般打开，这动作没有顾得上掩饰他的大力神，不然他得叫弟弟过来一起抬的。

阳阳在这里一开车窗容皮皮便暗叫不好，果然车窗一开，阳阳便把包包递给了站台上的娟子。那些DN助手们和铁道神偷们都傻了眼，回身争先恐后地跑下了车。

可他们到了站台上也同样傻了眼，只见娟子两侧站着两个大汉，一个是张晓枫，一个是迪肯。而等阳阳下了车，站台上又一伙人迎了过来，是赵子云、孟龙、张啸聚和王兴刚4条汉子。

原来，聪明的娟子得知阳阳不许用大力神后，又听爸爸说对方有十多个人，便灵机一动，通知了这些人来接阳阳。至此容皮皮和铁道神偷们的抢劫计划彻底失败，项小羽看着站台上如会师般的热烈，看着容皮皮带着DN团队灰溜溜离去，嘴角不易察觉地露出了微笑，又跟着容皮皮而去。

这时，女列车长和乘警赶过来向思彤和杨俊表示感谢："这个铁道神偷团伙是我们一直想除掉的，他们几乎每天都在我们的车上做案。多谢你们这回抓住了几个，挫了他们的威风，这回其他的团伙也不敢轻易登我们的车了。"思彤则用胳膊碰了下女列车长的胸，下颌向刚拖着皮箱过去的一对情侣一扬说："这两位就是'大名鼎鼎'的路侠,你们要想拿下现在就动手，皮箱里有他们这次的战绩，包括一批网络公司的合同。"那乘警喜形于色，"哈，路侠？都踏破了两年铁鞋无觅处了。"他马上拿起了对讲机，边调着人手边跟了过去。

刚和娟子、晓枫、迪肯和孟祥宇握过手的杨俊不解地看着思彤说："思彤姐，你可真神了呀！"思彤拍拍杨俊道："过几天你也会了，是我刚听到那女的说了句：这些揩屁股纸可比钱重多了。而且，她的箱子里有好几个人的味道。"精灵精怪的娟子马上问阳阳："思彤，她怎么会闻出人味了？"阳阳忍不住笑出了声："姐姐又开发出一项异能，秀秀功。回家就教你。"晓枫、迪肯和孟祥宇都听到了，彼此会意地笑了一下。

赵子云把阳阳取回的资料带接过，让阳阳直接回家休息。临分手时，孟龙悄悄告诉阳阳："南美摄制组台长批了，明天公布。"

20 英语新闻组

阳阳待赵子云他们走后，在站前广场又把幸福团队的人召集在一起，正式介绍了新成员杨俊。听大家都做完自我介绍后，一直站在思彤身边的杨俊拉着弟弟低头说道："只我一个人是农民工，以后大家不要嫌弃我。"思彤抬起双臂，搂着兄弟俩的肩说："我们都是幸福家庭的成员，无论何时都要互相帮助的。"晓枫见状眼热地学着搂了一下身边的迪肯和娟子，"是的，我们无论何时都要互相帮助的。"众人哄笑，迪肯看明白了推开晓枫的手说："你搂错了，应该是思彤。"红着脸的思彤刚要发作，杨仁看着娟子说:“娟子姐，这里就我不是……就我没，没死过，我啥也不会，以后你要多帮我啊。”

众人一听又都笑了，知道杨仁先接受了年龄相近的娟子。这边娟子等大家笑罢指着杨仁说:“哈，以后不许改口啊，我就当定你的姐姐了。”杨仁奇怪地回问:“你都上大三了，还不是姐姐啊。”娟子不让大家说穿自己小他四岁的事实，忙道:“就是就是，以后姐姐会关照你的。你先和我爸爸回去，以后我也会回去看弟弟的。”阳阳在旁一直微笑着，这幸福团队里有父女，有夫妻，也有亲兄弟了。至于杨仁，就看以后他和幸福笔记的缘分了。

孟祥宇马上领着杨俊兄弟去买回济南的火车票，娟子依依不舍地与爸爸道了别，最后鼓励了“弟弟”杨仁说:“小弟你想吃啥，我爸要是顾不上你，你就找我爷爷啊，就说是我说的。再有啥解决不了的事就给姐打电话。”看着杨仁点着头一副乖弟弟的样子，大家不忍再笑了。迪肯告诉孟祥宇，自己参加完周末的足球赛即赴幸福山谷与采尼会合。

迪肯为了去幸福山谷工作方便，这几天在北京买了台二手路虎揽胜越野车。五人上了车后，按阳阳的指令先把她送到了电视台，阳阳和娟子、思彤说了声“晚上见”便下了车。

阳阳没有去国际部和资料室，而是去了英语新闻节目组。按洪台长指示每周要拿出两天在这里见习，她要来这里报到。

英语新闻组的栏目是独立的，但在归属上还是属国际部的，组长姓廖，兼国际部的副主任，所以大家都称为廖主任。他是在国外长大的华侨子弟，说一口纯正的美语，自小受的是儒家教育，为人远比边主任、范主任谦和亲切。廖主任早就调看过阳阳的主持带，再加上洪台长的推荐，一直求贤若渴地盼着阳阳过来。阳阳刚一进来就被他认出来了，马上热情地领阳阳到一个写字台前——原来他把阳阳的办公桌都准备好了。

组里的五六名英语播音主持们大都是从国外留学归来的，对廖主任这种高规格接纳一名见习主持都或多或少地有着疑问，所以，当廖主任一提出要阳阳试镜都围了过来，潜意识里都有着相互比试的念头。大家正要去录播棚时，办公室门又被敲开，一位穿着时尚的女孩儿点着头走进来，正是她，宛盈——最想和阳阳比试的人。

看来宛盈已和廖主任见过面，廖主任高兴地说："哦，小宛来了，虽然你实习时间不长，但我们也给你上镜的机会。来，和这位见习同学一起试试镜吧。"

阳阳看到宛盈吃了一惊，心想怎么这么巧，看来她也是从车站直接过来的。宛盈最初只扫了大家一眼，没注意到阳阳。在定睛看清一起试镜的是阳阳时，不禁愣住了。倒是阳阳好像初见她似的，主动伸出手来自我介绍道："我叫阳阳，见习记者来学习的。"宛盈脑子里迅速转着：这个阳阳，幸福笔记的主人，居然是二姨说的顶走她在国际部实习名额的阳阳？虽然她在准备选美大赛，也没有太多时间实习，但心里还是对顶替她位置的人有抵触的。后来二姨又给她安排了到英语新闻组实习两周，圆了她在大陆电视台实习的梦。看到阳阳好像没认出她，是啊，阳阳当时看的是全车厢的人，应该没有记住自己。宛盈也笑着伸出手与阳阳相握，"宛盈，美国斯坦福大学在校硕士研究生。"两女玉手轻轻相握，宛盈忙抽出手来，怎么和车上与她相望的感觉一样呢，心里一暖，太奇怪了。

那几名英语主播都知道宛盈是留学美国名牌大学的高材生，而阳阳虽然是博士，但是在中国学的英语，两人的水平应该不在一个档次的，皆都看好并寄希望宛盈能比过阳阳。

廖主任把当天晚上要播的 5 分钟英语新闻稿每人给了一份，一共 15 条，要她俩准备 10 分钟。两人边看新闻稿边让化妆师折腾着，同时摄像机后面的提示词投影也都准备好了。廖主任嘱咐着灯光、导播："都认真点啊，如果行，今晚就用，不能浪费这两位才女的才华。"

宛盈主动要求先试镜，她怕晚一会儿会影响化妆效果。另外她也想先声夺人，让大家的注意力最集中的时候能看到自己的展示成果。果然宛盈一鸣惊人，她的容貌很上镜，欧式的短发、从容的神色，一副知识女性时尚达人的形象。尤其是她那纯正的美音英语，更让导播间里隔着大玻璃窗的各位主持人点头叹服。还有她等待相关视频插入和退出的火候掌握得也很老道，十分自然。一位男主持赞叹之余道："这才女要是真毕业，我们台里还养不住呢。"廖主任也不禁赞道："稍加打磨，堪负重任。"阳阳在旁也点着头，心里却在遗憾，这么优秀的女孩儿怎么被容皮皮网罗过去了呢?死亡和她的笑容多么不符啊。

该阳阳试镜了，阳阳走出了导播间，宛盈闪身进来。面对各位师兄师姐的掌声和表扬，宛盈的神色很是谦逊，却自得地坐在了导播台中间的位置，不像刚才阳阳坐在侧面。一位女主持搂着宛盈问道:“你这哪是试镜呀，分明是哪个台的老手。”宛盈为了提高自己的分量，不无骄傲地说:“是做过一些的，我是我们学校电视台和当地华人电视台的主播。”

这时廖主任向玻璃窗内的摄像把手一切，表示开始。大家的目光都看向了阳阳，有两个主持还说着话，她们已不用再听了，没有人相信阳阳会超过宛盈近乎完美的试镜。

突然大家静了下来。阳阳在开始主持前的微笑让众人一愣，每个人都心头一暖，宛盈更是像被电击似的坐直了。阳阳开始读新闻稿了，让大家吃惊的是阳阳的美语一点也不逊于宛盈，而且更加流畅。在插进几张图片介绍后阳阳的主持更加自然，语调已无刚开始的平板，变得抑扬顿挫。而且在每播一条新闻时她低头看一眼手中稿子的动作非常自然，每次抬眼看向镜头时，都好像触摸了一次观众的心灵，让人全身舒畅，精神焕发。5分钟很快过去了，导播间里又静了下来。

阳阳还在录播棚里整理桌面，廖主任却无刚才宛盈播完时的笑容，轻轻地皱着眉在思考着。宛盈小声道:“她有3个地方读错了，有提示屏幕怎么还读错了呢。”这时导播突然叫了一声:“啊？怎么会呢?！我在第一次换完图片就忘了按下自动翻页，你们看，提示屏还是第二条新闻呢。”众人大惊，都拥过去看着发送提示内容的电脑，廖主任长出一口气道:“怪不得她有3处‘读’错了，原来后面的13条她都是背下来的。不过，她动的那3处正是我事前觉得需要推敲之处，她改得好。”

如果提示屏正常工作，阳阳也不会读错的。她知道新闻主持的原则，不像访谈和专题节目可以顺着大意说，新闻主持必须按新闻稿原文播报。提示屏不工作了，阳阳自然就以过目不忘和过耳不忘来复述了，看了一遍稿又听宛盈读了一遍，她早已烂熟于心。那3处“错误”是她在复述的时候不知不觉进行了知识重组，用上了更加妥当的句式。

阳阳的千里耳听清了对面导播间里廖主任及宛盈的话，在廖主任正在为难用谁的试镜带时，阳阳走进导播间。在一片掌声中她先向廖主任说道："廖主任是我不好，今天试镜失败了，不该读错新闻，这是违反新闻纪律的，下次我一定要注意，今天就用宛盈的带子吧。"廖主任沉思下点点头，"好吧，这次就用小宛的带子。不过，我们大家要研究下阳阳主持的非凡感染力，这是我们众多主持最欠缺的地方。"

21 哥伦比亚的枪声

下班后，阳阳回到了住处，思彤和娟子已做了4道菜等着她。她们做的都是青菜，菜量不大，只是一碟底，身负金刚身功的她们现在只是在品味美食了。

阳阳进屋还没看到餐桌就笑道："看来二位GPC要贿赂你们阳阳姐了。"娟子拦住阳阳说："本GPC要考考阳阳姐的秀秀功，说，我们都做了哪些菜？"

阳阳鼻子微微一吸张嘴就说："你们俩还能做出什么，不外乎什么扒油菜啦、清炒西兰花啦、葱烧荷兰豆啦、凉拌脆西芹啦，还能鼓捣出一道什锦八菌汤。扒油菜有点咸了，八菌汤太淡了……"

娟子听罢拉着阳阳的胳膊撒着娇说："不干，不干，你这一定是练到第Ⅱ级了，我和思彤还是第Ⅰ级，只能闻出用的是什么蔬菜，还闻不出做的是什么菜呢，别说还能闻出咸淡了。"

阳阳笑着打了一下娟子，进屋在沙发上一坐，"都过来吧。"她知道娟子肯定不会放过思彤，会把秀秀功学会的。而且她们俩一定要磨自己带她们把秀秀功练到第Ⅱ级。思彤和娟子马上乖乖靠在了阳阳左右肩上。阳阳伸手搂着她们闭上眼睛默念了一会儿，"好了，娟子，去把我上周穿的是哪双鞋找出来；思彤，你去看看我出门前读的是哪本书、读到多少页了。找不出来不许吃饭啊。"

说罢，阳阳自己去餐桌挨个菜品尝起来，急得娟子和思彤直叫。阳阳只好又站起身来，陪着她们又相互练了一会儿秀秀功。吃饭的时候，娟子打开了电视。她知道看电视新闻是阳阳救助人的一个途径，每天早晚都准时播放新闻节目。

新闻节目后是5分钟英语新闻，看到英语主持是宛盈，思彤惊叫道："这，这丫头，她不是死亡笔记的人吗？！怎么混进电视台了呢？"这时窗外突然传来朗朗读书声："孙子曰：兵者，国之大事，死生之地，存亡之道，不可不察也。"

阳阳三人一听皆大喜过望，齐声道："谷谷奶奶！"娟子接着叫道："都想死我们了，谷谷，快进来呀。"

餐桌上白影一闪，白鸽合上翅膀站定。阳阳夸道："谷谷姐你又研究起孙子兵法了呀，真是厉害。"谷谷嘎地叫道："知道吗，你们说的这个宛盈，就是老身险些确定的幸福笔记主人。"

阳阳听罢大惊，这反差也太大了吧，幸福笔记主人不成，却成了死亡笔记的人。谷谷接着阳阳的心声说："我也同样吃惊呢。当初我在北美考察时，看到她的爱心值很高。有一次她为了保护一只弱小的狗狗，抡起网球拍冒着被两只大狗咬伤的危险冲上去。后来，要不是发现你的爱心值更高，我就会发展她为幸福笔记主人的。"

阳阳思索着说："可是她怎么会接受死亡笔记了呢，莫非是爱之深而恨之切了？"谷谷又摇头晃脑道："老子说：'兵者不祥之器，非君子之器，不得已而用之……夫乐杀人者，则不可得志于天下矣。'阳阳你说的有那么一丁点道理，这个宛盈是反爱心而用之，用杀人来表达爱不及众人之志。她的本性还是善良的，有爱心的。"

阳阳点头道："是的，我也看出来了，她和容皮皮还是有区别的。至于争强好胜，好像女孩儿都有这个特点。"说着，她看了看思彤和娟子。两人脸色一红，但在谷谷面前都未敢发作。

谷谷扇了下翅膀说："老身就是想告诉你，那黑鹰利用宛盈一帮青年人的爱心，利用他们觉得杀了作恶的坏人就能保护好人的愿望，将死亡笔记本撕开，每人1页，同时杀人。死亡日记一共是36页，容皮皮的计划是给自己留下6页，其余30页都可以撕下来，发展30名死亡杀手。他们还要在各地建造死亡屋，凡是走进死亡屋的人，都不能活着出来。”阳阳三人听罢脸色大变，娟子脱口而出：“啊？ 30 名死亡杀手！还有死亡屋！太可怕了呀。”

谷谷转了一圈又对阳阳说道：“这次老身来就是想提醒你，你要动点人类的脑筋，不要让他们成为你们的敌人，不要让他们成为你们救助他人、普及幸福的障碍。这次是抢你的幸福笔记，下次不一定又有啥饭变味了的主意呢。你要多加防范，而且你的幸福团队也要加快建设，你还要尽快增加你的点值，使自己强大起来。”

娟子忙汇报：“谷谷奶奶，饭变味了叫馊——馊主意。对了，阳阳姐又开发出一种功，用鼻子的秀秀功。”没想到谷谷哼了一声：“这才哪儿到哪儿，早呢。而且你们每一项进展得不快，还叫什么鱼呼吸，那叫‘鱼功’！光会水下呼吸就行了吗？还要学会像鱼那样游，要学会潜入深海。还有你们叫什么仿声功，我的小姑奶奶们，那叫‘声功’！光会学人唱歌就行了吗？还要学会狮子吼，学会千里传音，学会与动物说话，学会用声音感化人。什么秀秀功，那叫‘鼻功’！光会找味就行了吗？要学会闻香识人，要学会味从何来。不和你们说太多了，自己悟吧，自己悟才能开发出更多老身都不知道的异能来。子曰：知者不惑，仁者不忧，勇者不惧。你们都努力吧，该看看本子了，老身走也。”说罢，翅膀一扇，没影了。

谷谷这番话，说得三人目瞪口呆，原来，每项异能都有这么多的开发空间。阳阳拍着胸口，一吐舌头说：“惭愧呀惭愧，真是学海无涯呀。”思彤机灵地分析：“阳阳姐，我觉得你有时练到那个份上了，只是不知道而已。比如你在高速公路上学的那一声汽车喇叭，就应该是什么狮子吼吧？嘿，谷谷奶奶还会人类的很多武侠用语呢。”

阳阳还在抚着胸口说：“我的小心脏啊，我还怕谷谷批评我救了一个罪犯呢。”思彤也合掌庆幸道：“万幸万幸呀，没有救错。”话音未落，桌上白影一闪，谷谷又回来了，嘎地叫了声说：“记住，我们星球评价一个好人、一个该不该救的人，不是以你们人类的什么标准为依据的。你们要总是那样做才会让我批评你们呢，老身会啄破你们的小额头！就因为这两个小子救得好，阳阳这次的点值增加不少，而且说不定将来这两个小子会给你们很大帮助的。”说罢，又一闪，没影了。

阳阳嘴里念叨着：“谷谷你别走太远，常来看看我呀……”手里忙着打开幸福笔记，一般谷谷这么提醒，总会有重大事件发生，需要阳阳去救助。

阳阳细细地看着爱心感应图，小声吩咐着娟子和思彤在网上搜索资料。这回有两名助手了，她们搜索的效率大为提高。娟子和思彤查的都是英文信息，娟子的英语水平也不次于思彤了，已超过大学六级，直奔“专八”。她们的外语水平天天都在进步，足以胜任在网海里遨游。而且，思彤已经开始学习小语种，娟子不久也会跟上的。

阳阳平时对一些政要的信息不太感兴趣，被暗杀的，争斗的，这里面总会有一些政治因素，挺复杂的，不好判断善恶。但昨天夜里被杀的哥伦比亚的两个市长引起了阳阳注意。

网上的消息介绍得很清楚，因为哥伦比亚贩毒集团的大毒枭马克被抓获后，近日就要受审，强烈呼吁向毒品宣战的哥伦比亚罗芙来市市长加里乌亚前几日被哥伦比亚反政府武装绑架，昨天晚上被枪杀。接着，苏市市长阿连诺在家里被乱刀砍死。

同时，哥伦比亚总检察院反恐特别机构前负责人阿卡奥在开车回家的路上被不明身份的歹徒 3 枪击中头部。报道贩毒集团罪恶行径的哥伦比亚著名记者巴洛尼在超市被 4 名歹徒枪杀，哥伦比亚东南部一广播电台做出详细报道的记者雷柯斯也被枪杀。刹时间，哥伦比亚四处响起了枪声。

很明显，这 5 名死者都是贩毒恐怖集团下的手。把这 5 名关键的反毒反恐人士杀掉，会直接影响到马上就要开始的对马克的审判。恐怖组织的凶残激怒了该国人民，他们将在今天下午抬着这五人的灵柩举行百万市民大游行进行悼念并向贩毒集团示威。所以，这时他们的爱心亮点特别明亮。

常年以来，哥伦比亚的毒品生产和走私已经严重威胁政局稳定，恐怖贩毒组织和其操控的暗杀队依靠其控制的地区生产、加工、贩运毒品，并用毒品收入购置武器，与政府军对抗，滥杀反对他们的政府官员、议员、警察、记者和律师，而且无孔不入。

尽管近几年来哥伦比亚政府加大扫毒和反恐力度，但目前仍有大量的土地进行古柯种植，各种犯罪活动以及贩毒集团间的火拼与日俱增。同时，贩毒集团将大量毒品运往世界各地。

毒品的生产、贩运和吸食，助长了世界各国犯罪活动的不断加剧，严重扰乱了全球经济的正常发展，成为全世界共同面临的棘手的社会难题。

最让阳阳愤慨的是，毒品已涉及到了学生。很多青少年通过尝试毒品来体现自己的"成熟"和"反叛精神"。这些青少年逐步由品尝到上瘾，从此，毒品会一直折磨着他们的心理和生理，影响他们的学习和成长。一旦涉毒，这一生就很难摆脱毒品的魔影了。

阳阳要让这 5 名反毒反恐人士站起来，给他们新的生命，让他们在毒品的发源地继续与毒品战斗。娟子找到这 5 个人的图片后，阳阳钦佩地看着他们，毫不犹豫地在幸福笔记上写上了他们的名字，让他们在哥伦比亚今天下午的反对恐怖主义大游行中复活。

阳阳万万没想到自己从此和国际恐怖组织结下了"不解之缘"。

22 死去又活来

阳阳算了一下哥伦比亚和中国的时差，还有四五个小时才到他们下午的大游行时间。索性边学习边等吧，阳阳在阅读剩下不多的博士教材，思彤又在看考国际注册会计师的参考书。娟子则在一旁苦读起新闻学院的本科教材——上次临场答题是占了事先看了考题的便宜，这回要把新闻专业教材系统地学一遍。娟子志存高远，在深造英语的同时，在阳阳的安排下还在自学电子商务和网站制作。

下半夜 3 点，阳阳便打开幸福笔记，观察被救的 5 个人名字的变化。快到 4 点时，5 个人的名字都红了，娟子和阳阳说，那边现场不一定多轰动呢！阳阳也开心地说："这 5 个人的重生是很有意义的，他们是名副其实的禁毒第一线斗士，他们的禁毒成果会直接影响到世界各地。"

三人稍事休息了一会儿，冲澡、健身，时间便指向早晨 7 点。阳阳和娟子收拾了一下准备去学校。阳阳把幸福笔记往包里装的时候，又顺便看了一眼 5 位义士的名字，这一看不要紧，阳阳惊讶地喊了出来：“咦，怎么名字变成灰色的了，又出什么事了？！”三人一阵惊慌。

思彤和娟子马上开机上网搜索，查到了禁毒大游行，查到了 5 名禁毒人士离奇复活的消息，但没有这五人又出意外的消息。

阳阳和娟子换了一下位置，她搜索起西班牙语的网页。哥伦比亚的官方语言是西班牙语，搜索的信息能详细些。果然阳阳查到了一条消息，说晚上 6 点在哥伦比亚首都饭店为五人重生举办庆祝宴会。

阳阳掐指一算，现在的中国时间 7 点半减去 13 个小时，宴会刚刚开始了半个小时。怎么这么快就出事了呢？

娟子在旁提醒说：“要不要找下中国在哥伦比亚的大使馆呢？”

阳阳想了想边戴起耳麦边说：“上次是因为不会外语才找的其他帮助，这回不用了。”

阳阳用西班牙语开始打出网络电话，先是查找哥伦比亚电话局的查号台，然后又查到了饭店的总机号码，这时思彤在网上也查到了饭店各部门的电话号码。

阳阳打通了总机，接线员略有惊恐的声音让阳阳知道了现场的混乱。阳阳让接线员接通宴会厅的电话。

对方有人接电话了，阳阳用流利的西班牙语问清对方是餐厅总管后，马上问道：“我是国际幸福救援组织，请问那 5 位英雄出了什么事？”

餐厅总管一听是救援的人，马上急切地汇报：“他们又都死了，是喝的酒里有毒，第一杯敬给他们 5 个人的香槟里被投了毒！不到 1 分钟啊，他们都倒下了……这恐怖组织太可恶了！啊，可别被他们听到了。”

阳阳听罢便说：“总管先生你先别慌乱，你要镇静些，事情会好起来的。你听我说，你把现在在场的政府最大的官儿，也就是职务最高的人请过来接电话。”

餐厅总管答应了一声，抱着希望急忙去找头儿去了。

好一会儿电话有人应答了：“喂，你是什么人？我们在忙着。”电话里的人显得十分焦急。

阳阳问道：“我是国际幸福救援组织的，请问你是什么职务？叫什么名字？”

“我是哥伦比亚国家反恐安全助理，我叫柯特奇。”对方有些不耐烦地回答。

阳阳犹豫着问：“你这是什么部门呢，还有比你职务更高的人吗？”

“这里还有一个人职务比我高，是我的哥哥，柯韦奇！我可没有时间和你玩游戏。”

阳阳一听，哇，柯韦奇是现任总统啊，便急忙告诉对方：“好的，那我就相信你了。听清楚，我是让他们五人在游行中复活的人。”

柯特奇不相信地大喊：“什么？你再说一遍！”阳阳又重复了一次。

“哇，太好了，哥哥，不，柯韦奇总统，我们有救星了！”阳阳听出柯特奇在转身大喊。接着他急促地问道：“请问这位女士，你是怎么让他们五人复活的，明明是死了的呀？而且他们的刀伤、枪伤都好了，你是怎么做到的？太神奇了！以前怎么从来没听说过国际幸福救援组织呢？”

阳阳也被他感染了，紧张极了，西班牙语也不流利了，英语顺嘴溜了出来，好在柯特奇能听懂：“柯、柯特奇先生，请不要激动，这些以后我再给你解释。现在你要按我的建议去做，好吗？”

“在听！在听！”柯特奇小心地听着，生怕漏掉一个字。

“5 分钟后他们还能复活，但这次，我建议您这个国家反恐安全助理一定要严密保护他们的安全。”

“好的！一定注意。这次我们也是很注意的，但没想到有人在他们的酒里下了毒。好险啊，总统正要接受第二杯同饮酒啊。”

“切记，你要一直保护到他们五人见到我以后，我要保证他们以后不会再被暗杀。把你的手机电话号码告诉我。”

阳阳听了一遍电话号码后，便放下了电话，在幸福笔记上重新写上了五位禁毒斗士的名字，注明当地时间 5 分钟后复活。

阳阳知道，要想不让他们再被下毒，只有传授给他们金刚身功以后才能防毒。要争取找机会去哥伦比亚一次，或者把他们调出来。

23　惊人的速成

救完哥伦比亚禁毒斗士，阳阳开车把娟子送到学校，之后直接去了电视台。刚一进资料室孟龙就闯了进来，喜形于色地告诉阳阳："洪台正式批准我们的摄制组了。知道吗，正因为小组人员里有你，又会西班牙语还会葡萄牙语，老大才痛快地批了。这两天我们就去办签证。"

阳阳一听虽说已有心理准备了，但还是高兴得跳了一下，"我们要出国了，都谁去呀？有没有冬梅姐呀？"

这时，赵子云和吴冬梅也赶过来看阳阳，门开处冬梅接着话说："我也去，只是我本来想在这些日子给大毕压压惊……要不姐姐不陪你了，有赵子龙他弟和孟导当护花使者我也放心了。"冬梅的玩笑逗得大家一阵笑声。

孟龙接着说："阳阳你昨天太出彩了，不用提词就把英语新闻给播了下来，今天台里都传遍了。"

阳阳没接这话茬儿，拉着冬梅的手对赵、孟两人说："赵主任和孟导一定要好好带我，我可是新手啊。"

这时范主任正路过资料室，看到几人都在便训斥着："怎么都跑这儿来了，快回去工作。阳阳你这次出国虽然是文字兼主持，但我们国际部可都是多面手，你会不会扛机器呀，快回部里抓紧学学吧。"

范主任显然是知道了阳阳和外甥女宛盈昨天在英语新闻组试镜的事，她和宛盈都明白是阳阳在有意相让，才让宛盈上了镜，所以今天她也客气多了。

阳阳一吐舌头，"范主任您放心，我一定努力学会这些基本功。"听到范主任让阳阳回国际部了，几人悄声欢呼着拉着阳阳跑去。

过去阳阳只会简单地使用的数码相机和手机，专业摄制设备根本就没碰过。今天能接触到，又有人辅导，阳阳如饥似渴地学着。不到一天的时间里，阳阳居然学会了部里各种摄、录器材和配套设备的使用，还把文字、图片和音频、视频的稿件处理方式和流程全都搞定了，还包括剪辑、后期制作，手法不次于多年老手，令赵子云和孟导啧啧称奇，连连问阳阳是不是以前在哪家电视台实习过。

阳阳暗笑，这是“两不忘”的功劳啊，他们讲了一遍就变成我的熟练动作了。看来这“过目不忘”也包括学习一些操作性的事务，那么，是不是可以学下棋？学舞蹈呢？学一些体育项目呢？想到这里，玛丽亚美丽的舞蹈身姿竟完整地浮现在脑海里，身子也不由得扭动了几下……哇，有点味道呢！回头看看大家，还好没有人注意到。阳阳心里又恍然怪下自己：真笨！和迪肯学长笛曲子的时候就应该知道“两不忘”这个功能的。

晚上快下班时，孟龙有点发愁地对阳阳说：“我说阳阳，你这一天就把我们要学半年的东西都学完了，还教你啥呀？”赵子云、吴冬梅等记者也都围过来夸赞着阳阳惊人的速成效果。

阳阳歪下头谦虚地说：“还早呢，我还得需要长期的实践才能熟能生巧啊。对了，我还得学开车吧？不能在外面总让你们辛苦我坐车享福啊。”

吴冬梅听罢手一扬，“这事儿包俺家大毕身上了，明天就开练，包你半个月拿下驾照。”她说罢就和大毕通了电话，这几天在家休养的大毕满口答应。

阳阳不想对毕大群说穿是自己救了他，只让大家认为他是中毒太深经过新鲜空气的缓和而苏醒的。因为阳阳不想在学校和电视台的圈子里暴露自己，要在自己的生活环境中隐藏得越深越好。但吴冬梅潜意识里还是觉得毕大群的苏醒和阳阳有着什么关系，毕大群也觉得阳阳特别亲切。两人对阳阳奉若福星，时常在背后念叨。下班大毕接冬梅时，把驾校的一套教材送给了阳阳，告诉阳阳要在一周内背熟。

晚上，阳阳到家后便开始阅读“存储”驾驶员手册、交通规则和理考、路考教材，也让娟子一起“存储”，说等自己先学会了再教她。这回思彤可算是当起了老师，一个劲地说在回报阳阳，还要阳阳以后多教她东西来回报她。

下半夜，阳阳又开始强化稍稍落后的葡萄牙语和印第安语。思彤和娟子也开始进攻日语、韩语等其他语种了。

第二天刚到台里，大毕便开着车来接阳阳，他拉着阳阳到了城外的交警驾校考试场，这里的场地宽敞方便练车。一个上午的教学，让大毕在“敬畏”中度过。敬的是阳阳的威仪和亲切甚至是温暖；畏的是没遇到这么学的，什么倒桩移库、坡道起步、百米加减挡、限速过3门都是只教一遍就会了，而且很熟练。到了中午，大毕甚至开始教阳阳一些驾驶技巧和车的保养及简单修理了。看着阳阳一个女孩儿在轻巧、快速地换着轮胎，连其他教练都围了过来竖起了大拇指。

中午，大毕突发奇想，趁工作人员都吃饭时干脆走一遍理考和路考的程序。他利用自己交警中队长的方便，先让阳阳在电脑上进行模拟理考，阳阳已在头一天晚上把交规和理考的一千多道题都看过，第一套题只答了12分钟，第二套题速度更快只答了8分钟，全是满分！大毕惊诧中又拉着阳阳再进行电子路考，哇，各个考项也都是一次顺利通过。

大毕双掌一击，马上就领阳阳去照像、体检、填表，他要阳阳下午就正式考票！

两个小时过去，回城的路上，司机换成了阳阳——她身上揣着刚办的临时驾照了。

接下来的一天，大毕又来考场忙了大半天，晚上回城的路上又换了司机，这回是娟子和思彤轮换开的车。思彤原来就有驾照，而小娟因未满18周岁，虽然考试顺利通过了但没有办驾照。思彤把车直接开到了体育场，下午张晓枫和迪肯要参加北京市大学联队和北京市队的友谊比赛，要看看大力神功在球场上的表现如何。

24　球场无名剑客

体育场边的看台上，一堆一群地坐着各校的大学生和闻讯而来的市队球迷。虽然不如正式比赛时那般人山人海，可也聚集了四五千名观众。

这场友谊赛是北京市队在中超联赛紧张的赛事中找出个空当进行的，是一场不会引起足球界关注的小小赛事。不过球迷们通过市队全体队员都来到现场，还有全体市队俱乐部官员尤其是副主席也前来观战，感到这场比赛一定不寻常。原来是市队选拔后续人才，他们看好了清华大学足球队的队长张继江和北京体育大学足球队的队长赵金飞。市队向足协报告说这两名球员的水平不亚于现在的国脚，也吸引足协官员前来为国家队物色队员。

阳阳领着娟子也赶来观战，她是来给迪肯送行，明天迪肯就要去幸福山与采尼会合。

市队一开场就派出了除了外援以外的全部主力阵容，场上有4名国脚。他们是想把张继江和赵金飞的能量激发出来，彻底检验一下这两名球员的含金量。

大学联队的队员基本上是由各大学足球队的队长组成，擅打前锋的张晓枫被安排在左后卫，因有人说他大病初愈，他险些没能上场。而迪肯由于对方外援没上场，他也被当作外援坐在替补席上。

晓枫和迪肯自从身具金刚身和大力神功后，总想在足球赛事中爽一把。他俩在自己训练时已感觉到了甜头，主要表现在体能和射门上。相距105米长的两边球门端线他们跑10个来回速度不减，宽68米的两侧边线他们像旋风似的左右飘荡。奔跑、急停、转身、倒地、跳跃、冲撞，显得那么轻松而有力量。别说打满场，就是连打几场都不累。而周长68厘米的足球好像与他们心领神会般相处得越来越融洽，弧线球、任意球和头球玩得出神入化。他们已成了全攻全守型的足球运动员，只是因队友们太分散，没来得及多做适应性配合训练。

开场不到10分钟，配合默契的市队便从右路进攻接连攻入两球，打得大学联队措手不及，张晓枫连球都没有碰到。全场观众和市队队员的看法是一样的，业余球员是不可能踢过职业球员的，大学联队输球是正常的。市队队员在场上谈笑风生，根本没把心理素质很好的大学生们放在眼里。

张晓枫作为左后卫，虽然输球没他的责任，但出色的后卫除了防守还要有足够的助攻能力。他在市队进了第二个球后，向守门员要了球开始出击了。

在后半场晓枫盘带了几下，向右边锋张继江的方向指了下，张继江立刻心领神会向前跑去，晓枫在左路有两名市队员回防后起脚了。一个美丽的弧线，一个不可思议的距离，在全场观众的屏息中落在张继江脚前，没有越位，而且造成了单刀，张继江冲到前面晃过守门员一脚捅射，球进了！

大学联队扳回一球。观众席上大学生们一片欢呼，思彤和娟子跳了起来。市队球迷们也大度地赞着好。阳阳微笑着好像在思考什么。

在足协官员们还在目测这脚长传的距离时，张晓枫抢到市队守门员开过来的大脚带球沿左路突去。他先用自己的速度甩开对方前锋的追击，过了中线后稍缓了一下，看到赵金飞已和对方后卫在对方禁区内，便貌似无意地撩了下自己的头发。赵金飞明白这是要给自己头球。赵金飞急忙选了一个自己最舒服的头球位置，在球门右门柱两米外的地方聚神站稳，一名己方队员在左右掩护着。

看上去晓枫在几名市队队员的拦截中挣扎着，事实上已连过了三人，球始终在自己脚下。然后他头都没抬冲着球门方向胡乱开出大脚，球好像飞向了球门区右侧底线，但中途却拐着弯飞向球门前的赵金飞头顶，赵金飞轻轻一跃，一个狮子摆头——球进了！2 比 2 平！大学生们齐声喊着赵金飞的名字欢呼着，北京体育大学的大旗狂舞不休。与市队进的两个球一样的速度，一样地打得市队措手不及。

大学联队士气大振，接下来精神抖擞与市队打个不分上下。上半场结束前一分钟，晓枫在中线附近得到一个掷界外球的机会，他向球门一指，大学联队全线压上。又是一个长长的不可思议的弧线，有谁能想到这掷界外球却是角球的效果，真是神勇无敌啊！要不是有规则掷界外球不能直接掷入球门得分，显然他会直接掷入毫无防备的球门。禁区的混乱中，张继江又是一脚捅射——3 比 2！在大学生们的欢呼声中，几道犀利的眼光盯向默默向后场退去的张晓枫，他才是今天场上的无名剑客。

下半场市队急了，就是不能赢了大学生队也得是个平局啊。他们把黑人外援派了上来。这边大学联队一看，也把久盼上阵的迪肯推了出来。

阳阳在场边轻轻发话了："迪肯老师你要听话，你踢两脚过过瘾就行了，将来你去英超联赛去施展吧。晓枫你要见好就收，你没看到场边那几个不速之客吗，我们不能太张扬。"场内的张晓枫和迪肯显然都用千里耳听到了阳阳的提醒。晓枫的视线看似无意地巡视着场边。他用千里眼看到了，看台上的后排站着容皮皮和易楠！不远处还有国际刑警项小羽。

张晓枫一看到容皮皮眼里就冒火，是他让自己遭了一个月痛苦不堪的活罪。这是他出院后第一次看到容皮皮，那天接阳阳时虽然遇到过容皮皮，但容皮皮那天化装了他没有认出。虽然他做到了阳阳所要求的，装作若无其事，没有找容皮皮算账，但此时心中的愤恨却通过脚下的一记传球发泄了出来。什么叫势大力沉？什么叫世界波？这才是真正的超级世界波。虽然不是对向球门，但那几乎平行挟着风声、从边线到对侧看台的一记超乎寻常的远射让人们目瞪口呆，容皮皮要不是躲得快，这劲射的球定会击在他胸口上。

阳阳一看轻叱一声："张晓枫！"声音不大但却令张晓枫如雷灌耳，他低下头沉默了一下，好像对观众又好像对花容失色的易楠歉意地摆了摆手，扭头继续比赛。

容皮皮脸色铁青地盯着张晓枫的身影，牙齿咬得吱吱响。他扭头把刀一样的眼光射向了阳阳，但马上又收回了目光，原来，阳阳眼里的祥和和笑意顿时瓦解了他的恨意，容皮皮最怕这样的目光，马上拉着易楠离去。随之而去的又一个身影是项小羽。体育场门前的汽车里坐着国家安全局探员叶历城和杨小敏，他们从后视镜里紧盯着容皮皮和项小羽。

足球场上迪肯牢记阳阳的嘱咐，虽然踢的过程中无比英勇，但临门一脚总是失误，不是高射炮，就是擦门柱而过。张晓枫则当上了清道夫，守在自家门口再不进攻了。

比赛结束了，市队终又捞回一分，战成3比3平。可是明眼人都看得出，下半场张晓枫仍然体能充沛，又加上一个同样厉害的老外，果然是"风笛"双剑客！他们俩分明是对市队脚下留情了。

足协官员急着要比赛的录像带，他们的注意力已不在张继江和赵金飞，而是那个后卫张晓枫。当晚，位于北京市崇文区体育馆路11号的国家体育总局突然热闹了起来。十几台小汽车送回了接到紧急会议通知的一批领导，有的人是在家里床上被叫醒的。在外地的足协主席和相关领导都接到了立即回京的命令。总局副局长看完录像带后严肃地对大家说："我们无论如何不能让这个国宝流失到国外。知道吗，这小子是萎靡不振的中国足球的曙光啊，甚至会对中国体育界产生不可估量的影响。你们看他的带球速度、争顶高度、过人技能、体能状态、爆发强度……各项指标都是相当了不得，堪与卡卡、小罗、小贝们相比……”

而此时，已回家的阳阳正在接受白鸽的训斥。

25 请战护驾

“养不教，父之过；教不严，师之惰……玉不琢，不成器；人不学，不知义！”白鸽在阳阳屋子里飞来飞去地数落着。谷谷张着翅膀悬在空中，先瞪着阳阳，然后又看向低着头的小娟、鞠思彤和张晓枫、迪肯，“看你们，有点本事了就显摆，你们还没学会另外那些项异能呢，等都会了不得天下老子第一了啊！”

阳阳小声说道：“谷谷姐姐，我们知错了，以后绝不主动示人我们的异能。其实他们俩今天也一直在克制呢。”

白鸽口气和缓些告诫阳阳：“‘三十功名尘与土，八千里路云和月。’你们要看淡功名，不要逞一时之快，这是你们人类的通病。所以人类互不相让，争来斗去的。等你们悟到了人生境界，就不必克制自己，自然就能‘淡泊以明志，宁静以致远’了。”

阳阳听罢心想：这谷谷奶奶真是不一般，算得上是人生导师啊。谷谷一拍翅膀大叫：“什么叫算得上人生导师啊，就是你们人类的导师，因为我们那里比你们做得好多了。”阳阳一吐舌头说：“谷谷姐姐又在读心了，阳阳一定谨记教诲。”

白鸽哼了一声继续说道：“还有，不要让死亡笔记觉得我们和他们做对，你们这样做黑鹰早晚会来。我们是全心全意救人好，还是分心防备别人好呢？你们一定要明白这个道理。好在上了死亡笔记的人都死了，不像我们幸福笔记救一个就是我们的人，不然它们也组建成团队你们就会很麻烦了。现在他们的死亡杀手已经达到20名了。”

经白鸽这般教育，迪肯和张晓枫口服心服。思彤和娟子也都明白了很多道理。大家在以后的岁月里为人处事更加谦逊和谨慎。

阳阳正待张口向谷谷汇报要去南美采访的事，白鸽冲着迪肯叫道：“你师父要出门了，你的礼物怎么还不拿出来？”

迪肯一惊，“啊，谷谷姐姐，这事你都知道！”便忙不迭地从自己背来的路易·威登粗帆布登山包里翻出一架小巧的照相机和一个红本，他打开本本对阳阳说：“这是通过我的学校美国西北大学梅迪尔新闻学院给阳阳办的《The United States of America Times》的见习记者证。”

阳阳吃惊地接过封皮上印有“USAT”标记的记者证左看右看，抬头对迪肯说：“《美利坚时报》的见习记者，真是求之不得。不过这不好吧，他们都没见过我呀。”

迪肯笑道：“《美利坚时报》可没有走后门一说，是我们学校要我推荐优秀学生，我把我们双长笛音乐会录的DV报了上去。听说还是执行总编亲自批的，而且是红色的见习记者证，是一级见习。正常是从三级往上走的，一级一年。而且，阳阳，《美利坚时报》还有个规定，一级见习记者满一年后经审核转为正式记者，并颁发美国绿卡。以后你出入各国也方便多了。”

小娟在旁问道：“阳阳姐，你们在电视台叫实习，他们叫见习，啥区别呀？”

思彤用肩撞了一下娟子解释说：“实习，是把学到的理论知识拿到实际工作中去研习；见习呢，是正式上班以前在工作岗位上的过渡实践。比如我们银行来实习的都是还没毕业的学生，来见习的是要留下上岗的。对吧，晓枫？”

张晓枫点头又不无羡慕地说：“应该这样理解吧。而且还有一个明显的区别，就是见习生发工资有补助，实习生没有工资甚至还得缴纳实习费。哇，这台袖珍照相机功能太全了，不但可以摄像，还有投影功能呢。”他手里举着也印有“USAT”标志的照相机在眼前比试着。

迪肯给阳阳指点着略显扁圆的照相机说：“这款相机是现在世界上最先进的，它最大的特点是有3个镜头，可以同时照左中右3个角度。而且摄像和照相可以随时变换，五千万特高清晰有效像素，数码和胶片两用，连拍功能达到每秒钟12帧，红外线全天候自动调光、36张立照出片、消音快门、高敏录音、自动备份、防水防震，对，还有遇震自拍功能、微型高清晰投影功能……”

小娟看到谷谷在用心听着迪肯的介绍，便问道："谷谷姐姐，你们那里的照相机有这么好吗？"白鸽"嘎嘎"两声，"这是我们多少年前的东西，现在我们能做到随时再现过去的场景，用不着这东西了。"

阳阳神往地问白鸽："谷谷姐，你说的再现，是可以再现历史的任何时候吗？"白鸽把翅膀一扇，"这叫时空术，你们往边上靠靠，看看这里的去年今日。"几人一听忙贴在墙边站好。

瞬间，眼前发生了变化，屋里摆满了家具和书柜，迎面的墙上和窗户上都贴着大红喜字，一男一女在屋里忙碌着。这是一对新婚青年教师，看上去是租住这所公寓的住户了。那男老师憨笑着将女老师抱起来，边吻着边往床边走……

迪肯拍了下晓枫忍不住哈哈地笑了，阳阳忙冲白鸽嗔道："看你，谷谷姐姐，给我们看什么呢！"那刚被男老师扔到床上的女老师喘息着说："老公，好像有人说话呢！"这时白鸽翅膀又是一扇，影像顿时消失了。

阳阳愣了下说："迪肯大笑他们听不到，我小声说话怎么听到了呢？那会不会影响和改变历史啊？"白鸽笑道："当然是有点功力的人才能进入过去的场景，等你修炼到第Ⅲ重境界时会参与到当时场景的，但对重大历史事件不会有太大影响。"阳阳若有所思地说："能知道真相就行……"

这时，迪肯拉着晓枫向阳阳和思彤、娟子告别，阳阳嘱咐迪肯："我这次采访回来听你和采尼的好消息，幸福山谷期待着我们呢。"

晓枫回头说："阳阳，我这次要是也能跟你走就好了，万一遇到什么事你也有个帮手。"然后看下谷谷说："也算是将功赎罪了，呵。"白鸽歪了下头道："知道护驾请战，这还差不多，可谓'孺子可教'矣！"

阳阳想了一下说："娟子，你把西班牙语和葡萄牙语教材给晓枫带着。晓枫，你今晚就开始做下准备，有可能冬梅去不了，她得筹办婚礼。"

因不能陪着阳阳出国而撅着嘴的娟子递给张晓枫几本教材和磁带，晓枫一个立正，"我要连夜检验我的'两不忘'功，明天我就去请战！"

四 美丽女巫

阳阳以《美利坚时报》一个不知名的见习记者的神秘身份随《南美风情》摄制组到国外采访。阳阳开发了透视眼，在发现了古巴英雄格瓦拉还在人世后，报了头条；并一路和恐怖组织过招，救助了一批禁毒卫士，收了黑人徒弟。阳阳又发现了黄金博物馆的秘密，让长寿村老人更长寿；在雪山收了姐妹花，然后又到了复活节岛，开发了时空术和夜视眼，解开了岛上一系列旷古之谜，震惊了世界。

美洲

1 巴比伦河

张晓枫终于如愿参加了《南美风情》摄制组，顶替了只会英语且家中有事的吴冬梅。晓枫是凭着一口还算流利的西班牙语和葡萄牙语得到洪台长的首肯，其实，洪台长他们也听不懂，能说长句子就算过关了。毕竟南美洲当年是西班牙和葡萄牙的殖民地，哥伦比亚讲西班牙语，巴西讲葡萄牙语，这两个国家是南美的大国，也是这次主要的采访地。有谁能想到晓枫在阳阳的指导下只用了两天两夜就把这两种语言学会了。而且他是在文艺部实习，这风情片也需要文学色彩的勾勒。

张晓枫出访南美的消息迅速被足协获知，足协高层分析，是不是张晓枫要去巴西踢足球了，可别留在巴西了，所以紧急通报外交部和广电部，密切关注张晓枫的动向。

美洲大陆以巴拿马运河为界分为北美洲和南美洲。北美洲包括美国、加拿大、墨西哥、古巴、巴拿马等 23 个国家，南美洲从北到南包括哥伦比亚、厄瓜多尔、秘鲁、巴西、阿根廷、智利等 13 个国家和地区。

这块土地上还有个名称叫“拉丁美洲”，是指美国以南的美洲地区，包括墨西哥、中美洲、西印度群岛和南美洲。因过去长期沦为拉丁语系的西班牙和葡萄牙的殖民地，现有国家中绝大多数通行的语言属拉丁语族，故被称为拉丁美洲。

《南美风情》四人组的采访计划是从巴拿马开始，一路采访哥伦比亚黄金博物馆、厄瓜多尔的世界第一长寿村、秘鲁的安第斯印加遗址和安第斯峭壁雪山、智利的聂鲁达黑岛故居，如有可能争取登上复活节岛；接着到阿根廷，进入亚马逊冲积平原热带雨林；再接着到巴西，在圣保罗采访桑巴舞和巴西足球，然后在里约热内卢采访世界大学生选美决赛，最后直飞北京。多么诱人的一次采访旅行。

组长赵子云和孟龙开心地设计着采访大纲，张晓枫也迅速掌握了采访组携带设备的使用和保养原则。台里同事送行时纷纷送上平安祝福。在新闻部实习的易楠也赶来与阳阳拥抱，眼里流露着对阳阳和晓枫搭伴同行的羡慕之意，临了还说了句："阳阳，如果我运气好，我们还可能在里约热内卢相见呢，我要是能通过国内的初赛，就会去那里参加复赛和决赛呢。"阳阳听罢一愣，旋即说道："易楠加油，为我们中国大学生争光。"原来，世界大学生选美比赛决赛的场点设在了巴西的里约热内卢。

阳阳放开易楠的拥抱后，深深打量了易楠一眼，心想，这么优秀的女孩儿不知是否会被容皮皮发展为死亡杀手。刚才她去英语新闻组和廖主任请假时看到宛盈还在录制节目。对于宛盈成为死亡杀手，阳阳心里是确定了的，也很为她惋惜。

尽管大家都很羡慕阳阳，但阳阳心里却不轻松，她要与哥伦比亚的5位禁毒斗士见面，要解除他们的死亡威胁，要他们再次在公众眼中复活。她已与国家反恐安全助理柯特奇确定在哥伦比亚第二大城市相见，被恐怖组织认为已经毒死的5位禁毒斗士就藏匿在那里。还有一周就要审判贩毒集团的大毒枭马克了，在审判前这5位禁毒斗士一定要复活露面，给全国及全世界的反毒品斗争以巨大鼓舞，将会带动更多的证人出庭作证。

《南美风情》摄制组进入了哥伦比亚。一入境，孟龙就给大家每人买了一件冲锋衣。阳阳的是一件红色的女式冲锋衣，防风透气，两侧手袋都是逆向封盖包边缝纫的，穿上去很是舒坦，看过去好像是一团火，而笑容更加灿烂。

阳阳和张晓枫流利的西班牙语使他们顺利地搭乘上大巴，他们要走进南美人民的生活，尽可能地与他们同吃同住同行。阳阳和张晓枫两人的千里耳和千里眼功能始终警惕着，保障着采访组的安全。

大巴开动后，车上的乘客看到有中国客人，纷纷表达着善意的欢迎，有几人居然合着大巴里播放的音乐在车中跳起了“班布戈”舞来。几个黑人操起随身带的吉他、蒂普尔伴起奏来，其中一人还频频望着阳阳领唱着。

“班布戈”是哥伦比亚最有特色的歌舞音乐，它将印第安人的忧伤、黑人的热情和西班牙人的豪爽气概融为一体，曲调欢快又略带有感伤的色彩。

歌舞音乐是拉丁美洲民族和民间音乐的灵魂，这也是《南美风情》采访组一路采风的主要内容。各国都有代表性的歌舞闻名于世，如古巴的“伦巴”、“坦松”；墨西哥的“哈拉贝”；智利的“昆卡”；委内瑞拉的“霍罗伯”；哥伦比亚的“班布戈”；秘鲁的“瓦依诺”、“马里涅拉”以及阿根廷的“探戈”、“加托”；当然，更有巴西的“桑巴”等丰富多样的歌舞音乐。

孟龙看到这场面好不兴奋，征得乘客们的同意后马上开机摄了起来。张晓枫则在司机的不断示意下，背起司机身旁的手风琴，先是跟着曲调打着贝司，然后很快地加入了伴奏队伍。阳阳则被几个乘客热情相邀，和他们一起跳了起来。司机也跟着哼着音乐，耸着肩膀，却是稳稳地开着大巴。

这一路歌声一车歌舞直到大巴开到了一个小镇子休息才停歇下来。司机宣布休息一个小时吃午饭，大家都下了车在服务区的小餐馆里就餐，热情的人们送来了很多自带的食物给阳阳。赵子云和孟龙抓紧时间拍摄小镇风光，张晓枫则拿着阳阳的“USAT”相机给当地的人拍着照片。

阳阳在旁吃了点儿东西，突然环顾着周围，脸色凝重起来。她嘴唇动了动，“晓枫，你听，有位老人在唱歌。”张晓枫在几十米外显然听到了阳阳的话，竖着耳朵听了会儿，“阳阳，没有听到啊。”阳阳又说：“东南方向，你认真听，是《巴比伦河》……”

《巴比伦河》是一首具有迪斯科风格的脍炙人口的世界经典歌曲，在各国广为流传。当年殖民者大批贩运非洲黑人，这首歌就是黑奴们被贩卖到异乡他地之后，对思念故乡、向往自由的歌唱。很多欧美著名演员都唱过这首歌，最知名的演唱者是德国的波尼姆。他在 1978 年唱响的《巴比伦河》当时在欧洲乐坛引起巨大轰动，单曲销量创下了世界唱片史上的记录，而且也引领了中国在上世纪七八十年代青年一代的“时尚旋风”。

阳阳耳里的歌声虽然时有断续，但却非常有力，吐字也很清晰：

By the river of Babylon,
There we sat down,
Yeah we wept,
When we remembered Zion...
（来到巴比伦河边，
我们坐在你身旁。
耶，我们哭泣又悲伤，
想起了美丽的故乡……）

不知道为什么，阳阳听得又紧张又激动，仿佛老人就在耳边吟唱。这声音如同大自然的召唤，伴着风声，伴着树叶的沙沙声。这回张晓枫也听到了，他捧着手风琴跟着老人低沉的歌声拉了起来。突然阳阳站了起来，向前冲了几步，她听到了老人在剧烈地咳嗽。阳阳用力寻找着老人的位置，眼睛挨个巡视着不远处错落的房子。阳阳在想，要是能看到屋子里的情景多好。没想到阳阳念头刚动，眼里就一阵刺痛，疼得眼泪都流了出来。但阳阳却心头一喜，以往的经验告诉她，又有新的异能要出现在自己身上了。她努力瞪大眼睛，像看三维图像那样茫然地瞪着，终于在 50 米开外的第二排房子里，她隐约看到了 3 个人，随着屋里老人的咳嗽声和另两人的说话声，图像越来越清晰。哇，眼睛可以透视了！这，这不是又开发出来一项幸福异能嘛！

阳阳“看”到一个瘦高的人说：“主人，我们还是回古巴吧，回去了您就是英雄，就不会受这哮喘病的折磨了。”旁边个子稍矮些的人反驳着：“当年主人留在那里的信说得很清楚，再不踏上那片土地。你是不是坚持不住了，要回去你回去吧！”瘦高个不满道：“我从来没考虑过自己，我是担心主人的身体，自打 6 月 14 号过完生日后，主人这病情一天比一天重了。”

这时，躺在床上的老人显然听到了手风琴声，精神一振，停止了咳嗽，摆摆手说："我的肉身已死，在圣克拉拉的广场上；但我的，精神，要与世同在！"言罢，又剧烈地咳嗽起来。

阳阳"看"到这里，马上收回目光向孟龙喊道："孟导，你带的那些药里有没有止咳糖浆？"孟龙也喊着回答："有，有两瓶止咳糖浆，止咳止喘效果非常好。怎么，晓枫咳嗽了？"说罢，从登山包里拿出来一瓶递给阳阳。

阳阳接过药便跑向老人的房子，张晓枫的手风琴还拉着《巴比伦河》跟在后面。还未等阳阳敲门，门一开闯出那个瘦高个，看上去得有四十多岁。这人看到阳阳，吓得一愣神儿马上要关门，可阳阳抬手推住门，她的力量怎能让他再关上门。接着阳阳笑容可掬地用西班牙语高声说道："我们是中国人，是你们的朋友，刚才听到这屋里有咳嗽声便过来看看，给你们送点药。"

这时，四面的住房里不约而同都闪出人来，好像无意中站成了一个包围圈把阳阳四人围在中间。阳阳透视眼的功能使她一眼便看出这些人怀里和腰里都别着不同型号的手枪和匕首。

屋里的老人发话了："是，中国人吗？快，请进来！"阳阳闻声而入，张晓枫和赵子云、孟龙被拦在外面，而且不许他们摄像、照相。

屋里不亮的灯光下，阳阳看到了摞满手稿的一张大写字台和一张窄小的床。床上一位满面胡须的老人倚坐在床头，矮个子警惕地看着阳阳。老人看到阳阳就说："中国人，伟大！毛泽东，农村包围城市，伟大！周恩来还批评过、还批评过我……革命运动要打游击战，不要与敌人打阵地战硬拼……"说着，老人又剧烈地咳嗽起来，上气不接下气地喘着，看样子非常难受。

阳阳心里飞快地思考着，这位年过八十的老人一定是位大人物，周总理都批评过他，他是谁呢？矮个子把药瓶接过后马上示意送客。阳阳深深看了咳嗽的老人一眼，施个礼退出门来。阳阳四人在周围人的注视下向大巴走去。突然，阳阳站住了，她对赵子云说："我们不坐这趟大巴了，等下趟车再走。我想问你们，知道格瓦拉吗？"

2 切·格瓦拉

格瓦拉，这个现代闻名于世的叛逆者谁人不知! 他是一个神秘的传奇人物，他拥有世界上许多的崇拜者。他出生于阿根廷的马克思主义革命者和古巴游击队领导人的家庭。在他 1967 年 10 月被枪杀后的几十年来，他的影响依然存在。头戴金五星贝雷帽、蓄着嬉皮发型和个性小胡子的格瓦拉肖像，是当今历史上复制量最大的肖像之一。这个消瘦的刚毅男人被印在 T 恤、项链坠、咖啡杯、钥匙串上；他的肖像被一些人摆放在出租车司机坐驾的前方；他的画像被很多国家的家庭挂在墙上。他的形象成为当今世界时髦的标志，他身上浓重的宗教色彩正在使其成为各种理想主义的代表。没有人知道为什么，只知道自己被这位 20 世纪最后的硬汉征服了……

赵子云、孟龙和张晓枫一听阳阳提到“格瓦拉”无不大惊失色，难道屋里的老人与格瓦拉有关?！他们都知道，格瓦拉当年是和古巴领袖卡斯特罗打天下的兄弟，他在古巴新政府担任了一段时间要职之后，在 1965 年因与卡斯特罗的分歧留下一封信便离开了古巴，在其他国家继续策动革命，由于错误地领导游击队与政府军打阵地战屡屡失败，于 1967 年弹尽粮绝，被玻利维亚军队俘虏并杀害。死后，他成了第三世界共产革命运动中的精神偶像和西方左翼运动的激进象征。

阳阳对格瓦拉也所知甚多，在身具“两不忘”功后，她曾系统地读过世界和各国通史、世界大战史、世界各国知名人物传记等，对每个事件、每个人物的细节都烂熟于心。对于格瓦拉，阳阳知道他是学医的，在一次战斗中，当面前一个是药箱一个是子弹箱时，作为游击队军医的他扛起了子弹箱，从那一刻开始，格瓦拉彻底从医生转变为了一名战士。阳阳也知道他从小就患上了哮喘病；知道他喜欢足球但因哮喘病只能当门将；知道他死后被厚葬在圣克拉拉市的格瓦拉广场，广场上矗立着格瓦拉携枪凝视远方的巨型雕塑，还展示有格瓦拉离开古巴时写给卡斯特罗“再不回古巴”的信……

阳阳想，如果这位老人就是格瓦拉，他不应该隐姓埋名就这样病死在异国他乡，起码要享受一个普通人的权利。

阳阳来不及和大家商量，毅然回头返回小屋，对拦着她的保镖说："我忘了告诉这药的服用方法，这药可是中国神奇的中药！"这时老人咳嗽稍缓，说道："这可能……是我最后，见到的中国人，为什么，不让我和中国女孩儿，多说几句话呢……把她，请回来。"

看到阳阳回来，躺在床上的老人眼里一亮，向阳阳抬起手来，阳阳上前一把握住坐在床边。两位贴身保镖忙把跟进来的赵子云和孟龙推了出去，慌乱中张晓枫还把照相机掉在了地上。

老人握到阳阳的手后全身似乎一震，凝视着也同样凝视着自己的阳阳。两人就这样默默凝视了好一会儿，老人说话了："中国姑娘，你好像秋日的阳光，让我觉得好舒坦。"身边的保镖好奇怪，老人怎么突然能连贯地说话了？

阳阳朝保镖要来止咳糖浆，往随瓶带来的小勺里倒满，对老人说："要早饭前晚饭后，每次喝这样的一勺。"说罢，她端着小勺举到老人嘴边。这时瘦高个拦住说："不行，我们还没有验毒呢。"阳阳抬眼看看他，眼睛一转，便把小勺举到自己唇边轻啜一小口，然后又向老人嘴边送去。老人慈祥地笑了，自己接过小勺，一口送入嘴中。

这时门外走进两个六七十岁的人，那四十多岁的瘦高个迎上去低头喊了声："父亲……"几个人低头弯腰紧张地观察着老人。只见老人紧皱起眉头闭起眼睛，喉头不停地上下滚动，看上去很痛苦。后进来的人见状马上用印第安语训斥着儿子："你们怎么这么大意，让陌生人走这么近！"说罢，便去拉阳阳。这时老人手一抬喝声："慢！"说罢，睁开了眼睛，居然一下子坐了起来，抚着胸口长出了几口气，试着轻咳了几声，然后又掀去毛毯抬腿下床，推开想扶着他的保镖自己缓缓站了起来。这些动作是在人们惊喜的目光中完成的。看来，老人过去已是卧床多日了。

老人眼里满含热泪对阳阳说："我当过医生，我知道，你的药、中国的药是神奇的，我的哮喘症状消失了！"说罢，又挺挺胸，举举胳膊，来回踱了几步，这分明是个健康老人！那 4 个人惊喜地两两相拥，又分别过去与老人拥抱。

阳阳也惊奇地看着这一幕，又低头看看手里的药瓶。她不知道，最先与老人的握手，以自己的幸福特质抚慰了老人的身心，只能让老人的精神振作一下。而然后的事才是最关键的，是阳阳尝了那口糖浆，沾到了阳阳的唇泽，将阳阳体内的幸福特质直接输入了老人体内，顿使老人百病皆愈！后来过了很久阳阳才明白自己有这个功能，这和思彤的眼泪沾在杨俊奶奶的手上缓解了奶奶的病情是一样的。自己的体液，甚至一滴鲜血，都会拯救病入膏肓的人。再后来，依理相推，娟子、采尼、迪肯等上了幸福笔记学会异能的人都具备这个功能，后来也就发生了张晓枫在慕尼黑啤酒节上向啤酒桶里撒尿挽救中毒人群的事；鞠思彤吐人一脸唾沫救昏死者的事；庞艳刺指滴血救少儿的事……

3 《美利坚时报》的头条

看到老人恢复健康，几名随从欣喜若狂，他们抢着用印第安语又夹着地方方言和老人说着什么，老人不置可否地听着。他们丝毫没有想到阳阳能听懂，因为阳阳一直面带微笑不动声色地看着他们。

阳阳听明白了他们说的大意，他们希望老人重新领导他们战斗，不管做什么都行；希望老人走出这隐居多年的地方，回古巴、回阿根廷都行。同时阳阳也更明确了她的猜测，因为他们一直在喊老人为“切！”

很多人不明白“切·格瓦拉”的“切”是什么意思，会认为“切”是格瓦拉的姓名，其实这是格瓦拉独有的绰号。

那还是在上世纪50年代，格瓦拉在危地马拉参与土地改革，他受到当地人民的拥戴，得到了他知名的绰号“切”（Che），“Che”是西班牙语的一个感叹词，在阿根廷和南美的一些地区被广泛使用，是人打招呼和表示惊讶的常用语，类似于汉语中的“喂”“喔”等意。

阳阳站起身来，接受了老人张开双臂的拥抱。她对老人恳切地说：“一看就知道，您是个德高望重的智慧学者，现在身体好了，我也希望您走出这里，和青年人多接触，帮助他们，教育他们。”

老人笑而不答，问了阳阳一个另外的问题：“你是个给我们带来福气的女孩儿，想知道，你喜欢摇滚音乐吗?”阳阳知道，现在的摇滚音乐和摇滚迷们都特别崇拜格瓦拉，似乎格瓦拉是摇滚音乐的创始者和领袖，其实格瓦拉和摇滚音乐一点都不搭边。阳阳实事求是地回答：“我欣赏和尊重摇滚音乐中的优秀作品，摇滚音乐是一种文化，是一种精神，但我不是特别喜欢听，也不赞同摇滚音乐中对一切都要进行革命的感觉。”

老人点点头转过身向几个随从说：“现在世界上凡是追求反叛和冒险的事情，凡是标新立异和前卫的事情，都打着格瓦拉的旗号，他还在摇滚乐的大型电子屏幕、歌剧场和艺术展上出尽了风头。他不应该这样不自量力，他应该站出来向世界说明！格瓦拉经过几十年的思考和反省，应该告诫人们更加理性些，要成熟些，追求真实和真诚，要把热情和勇气焕发在正确的事情上。”

阳阳感动地拍着手，“是啊是啊，很多逃学的学生都戴着格瓦拉的项坠，堕胎的青年也握着格瓦拉的钥匙链，他们根本就不知道格瓦拉是怎么回事，只是把格瓦拉变成了叛逆的符号。还有，各地的恐怖组织，他们都人手一本格瓦拉语录……格瓦拉就应该好好管教一下以他的名义不遵守秩序危害社会的叛逆者。”

老人听了阳阳这番话，显得更加焦急。他对阳阳说：“格瓦拉需要一个平台，一个面向世界的平台，他要一次向世界说清楚，他不是神灵，只是一个普通的人。现在世界各国都经历了民主化过程，各国的统治阶层也都经过了人民民主公投，我们的革命不再只靠枪和武装斗争来体现，不再只是以推翻政府为目的，更多的是用知识和科技参与到国家建设和保护环境中。格瓦拉会以他未死的精神，踏踏实实做些事，可以当义工，可以去讲课，可以编书给大家读……对吧，来自中国的阳光使者。”说罢，老人摸了摸阳阳的头。

阳阳很会意地两人都不说破格瓦拉的身份：“尊敬的智慧老人，您说得很对，或许我会为切·格瓦拉去寻找这个平台。我先告辞了，您老人家多多保重。”

当天下午，《美利坚时报》的执行总编办公桌上值班编辑的请求红灯亮了，是值班编辑转来的那位批准不久的中国见习记者发来的一份稿件和两张图片。稿件上只有几行字：

一位与哮喘病抗争的勇者

一位早年学过医的游击队战士

一位回到古巴就会万人空巷欢呼的英雄

一位替身已葬在圣克拉拉市广场的英灵

一位1928年6月14日出生仍然活着的精神领袖

你们说，他是谁？

两幅照片中一幅是很容易就能辨认出的带有地名牌子的哥伦比亚小镇，一幅是一位老人的头像，这是张晓枫用阳阳的相机在装作掉在地上时偷拍的。

在曼哈顿的总部大楼不太常用的总编会议室里，《美利坚时报》执行总编抬起略有秃顶的硕大头颅，扫视着满屋子屏住呼吸的各部门主任，用低沉的声音说道："我首先要嘉奖今天的值班编辑，他越级向我汇报了一名中国见习记者发来的稿件，不然，这条即将轰动世界的新闻就会淹没在几百封电子邮件中。所以，我要奖励越级上报这条新闻、独具新闻敏感慧眼的普鲁斯先生1万美金，并晋升为值班主任。"

接着，执行总编声音响亮地下令："这是我们几年不遇的震撼世界的独家爆炸新闻，只许成功，不许失误！诸位同仁听好：第一，马上派出3组记者，即刻乘公务采访直升机，去哥伦比亚现场核实，深入报道；第二，总编室主任速向白宫通报，不，我亲自去一趟；这第三，就是把明天开始连续3天的头条位置留出来，明天头条的标题就是大大的3个字：'Who he is（他是谁）？'内容就是这位神秘的见习记者'阳阳'发回的这几句话，再配上，配上这张头像图片，让全世界的读者自己来回答，他就是——切·格瓦拉！"办公室一片忙乱，众主任纷纷一路小跑去执行命令。

当然，中国北京的电视台也同时收到了赵子云发回的更加详尽的报道和图片，能不能抢在《美利坚时报》前面播出就不是阳阳说了算的了。

4 透视眼

阳阳在给《美利坚时报》和国内的电视台发完邮件后正在小镇的服务区等大巴，3台轿车一溜烟开到眼前，这时阳阳的电话响了，是柯特奇等不及了，派专车前来接应。

突然出现的专车让赵子云和孟龙惊惑不解。虽然出国前和中国驻哥伦比亚大使馆打过招呼，但应该是遇到困难求援时。阳阳只好解释说，是当年学西班牙语时认识的老师，知道自己来了，表示一下欢迎。

柯特奇在电话里说："圣母玛丽亚派来的使者，坐我派去的车吧，天黑前能赶到麦德林。我已经备好晚宴恭候你们了。"阳阳听到柯特奇说到圣母玛丽亚，就知道他是个虔诚的天主教徒了。

出发以前，阳阳和赵子云曾认真搜集整理过天主教和基督教的区别。比如对主的称呼天主教称天主，基督教称上帝；天主教说圣神，基督教说圣灵；天主教的神职人员叫神父，基督教叫牧师；天主教去教堂，基督教去教会；天主教有修女，基督教没有修女……赵子云反复强调要大家熟练掌握，免得出错。

阳阳四人被请上第二台车，由前后两车保护着疾驶在公路上。刚一静下来，阳阳马上继续研究今天刚开发出来的透视眼功。这个异能让阳阳非常兴奋，能听得远看得远这回又能看透东西，这感官的功能堪称完美了。但她知道这透视眼也一定有3级的进阶，现在所谓看得透，是只能看到物体的轮廓，还需要自己辩认。聪明的阳阳根据以前各项幸福异能的修炼过程也大致猜测得到，第Ⅰ级应该是隔着墙能看到人的热映像和活动的大物体；第Ⅱ级可以看到不动的物体的轮廓，或者说能隔着衣服看人；第Ⅲ级才能看得完全清楚如在眼前一样。透视距离的远近也和修炼级别有关的。阳阳根据以往的经验，自信自己很快会达到第Ⅱ级程度的。不过，谷谷曾说过，每个功能除了3个级别外，还有一些延伸的功能，谷谷也不清楚，得靠自己开发。阳阳这时更希望能用透视眼看到历史，能像谷谷那样看到在同一个地方发生过的不同时期的情景。

路得一步步走，先达到第Ⅱ级再说。坐在后座的阳阳抓紧时间，收敛心神，开始继续修炼透视功。她刚使出了刚才看透屋子的感觉，眼睛茫然似看非看，果然眼一低就看到前座司机座位下藏着一把枪，一抬眼看到驾驶台下的车斗里还有两把手枪、一根高压警棍，还有几个小本。枪里有没有子弹呢？一努力就看清了，7 发子弹。向前面车上望去，能看到车里有 3 个人，但不能像看眼前的情景那样清晰。眼光收回来又落在前面的司机身上，一定神看到了司机后背外衣里的黑背心，又一定神看到司机的黑皮肤，后背上刺着一只大蟒的刺青。阳阳忙扭过头来，看看左右的赵子云和孟龙，啊，他们全都是赤身裸体坐在自己身旁！阳阳妈呀一声轻叫了出来捂住眼睛，忙一低头看看自己，也是裸着！右膝盖里侧的小红痣都看得到。张晓枫听到阳阳的动静，在副驾座回过头来，阳阳吓得忙一抱胸。孟龙也转过头来用眼神询问着。阳阳回过神来，眨了半天眼睛才恢复正常的看图像功能。阳阳晃晃头说没事，但这时一个决定马上浮在心头：不能把透视眼传给别人，尤其是男人！

阳阳脸上的红潮还没退尽，后面车里的两个人的谈话引起了她的注意。

副驾座上一人对着手机说道：“看上去没有什么特别的地方，一女三男，都是记者，是中国人。想不明白柯特奇为什么这么重视他们。”阳阳就是被这话引起了警惕，柯特奇已经知道了我们的身份，显然这人在向另外的人汇报。

接下来的话也让张晓枫回过头来看着后车，“是的，托雷斯都准备好了，不管今晚的晚宴谁是客人我们都动手，彻底打击明天的声讨集会。”后面开车的司机接话说：“今天的事不太容易做，柯特奇防备得太严了。”

阳阳和张晓枫对视了一眼，晓枫侧头就问司机：“后面车上的两个人叫什么名字？”司机显然知道他们是总统弟弟请来的尊贵客人，老老实实地说：“开车的叫维瓦尔，旁边的副队长叫菲格罗亚。”

阳阳心道，怪不得 5 名禁毒斗士上次被人下毒，原来柯特奇的卫队里就有内奸。现在已经知道有 3 名了，记住他们的名字：托雷斯、维瓦尔和菲格罗亚。

汽车开进了麦德林，这座曾经以毒品、枪杀和犯罪出名的城市，却给人带来惊奇的变化。看着街边掠过的现代化建筑，大家一阵赞叹。张晓枫指着车窗外的雕像说："发现没有，这座城市里的雕像很多，隔不远就有一座。"孟龙接道："这也是拉美风情吧。我对麦德林印象深的是过去战争时期常用的麦德林轻机枪，这款轻机枪首创了可以使用普通步枪子弹射击，呵！"赵子云笑说："啥时候都不忘了你是个军事迷。我对这里印象深的是当年的麦德林贩毒集团。"

阳阳一听，心里不免一惊，她是知道这个世界最大的贩毒集团。如果有人问世界上最有钱、最残暴、规模最大的犯罪集团是哪个，人们一般都以为是美国、意大利的黑手党或日本的山口组，但事实并非如此，与麦德林这个最恐怖的组织相比，美国的黑手党就像学校里的小学生，日本的山口组就像教堂里的唱诗班。虽然麦德林集团的头目埃斯科瓦尔已被击毙，但哥伦比亚的毒品问题、世界的毒品问题并未随着他的死而带走，麦德林毒品集团分散为各个小贩毒集团。这些小贩毒集团经过十多年的发展又都成势力不小的贩毒集团。

这时，机灵的张晓枫向阳阳汇报："前面和后面有 5 台车的人在监视着我们……"阳阳看着车窗外的车流说："是 6 台，刚超车的这台也是。"阳阳用透视眼逐一看着这几台车，记住了里面人的相貌，同时也尽量捕捉他们之间的称呼。

5　英雄们还在站着

傍晚，接来中国《南美风情》摄制组的车队停在了 44 街与 52 道、55 道交界处的麦德林市政府门前。孟龙下车后迅速拍摄了一圈。这里叫拉·阿尔普哈拉管理中心，集中了麦德林的主要行政机构，除了市政府，还有安提奥基亚省政府、省议会、市议会、税务局、法院、省电信局、企业联合会等机构。张晓枫的照相机对准了不远处一个麦德林老火车站的建筑，其古朴的造型一看就是建筑中的瑰宝。在老火车站前面的小广场上，耸立着一座安提奥基亚人纪念碑，又是一座现代抽象派雕塑作品。

早在市政府门前恭候的柯特奇见到眼前娇小俊秀的中国女孩儿大吃一惊，他心目中圣母一般的神奇使者居然这样可亲可爱。阳阳佯作柯特奇的老熟人，笑着把赵子云、孟龙和张晓枫一一拉过来介绍，反正她和柯特奇间满口的西班牙语赵子云和孟龙也听不懂。

紧接着阳阳对柯特奇说："赶快领我去见那 5 个人，另外，你要注意身边的人。"一贯做事阳光的阳阳没有直接告诉柯特奇那 3 个内奸的姓名，告密的事儿阳阳从小就不做的。

柯特奇听到后不免一惊，他知道恐怖组织的内线很多，破获一批还有一批，很让他头疼。他知道阳阳的身份是不屑于做什么告密者的，但聪明的柯特奇凭着自己的职业敏感和反恐经验，马上把接阳阳的 6 个人监视起来，然后领着阳阳一行迅速穿过市政府大楼的大堂，从后门乘车而去。

麦德林市中心的白里欧公园被看作是麦德林市的经济心脏，这里汇集了各种银行和商业机构，同时这里还矗立着很多雕塑大师的作品。公园旁边就是麦德林市的地铁中心站和著名的堪特拉里亚圣母大教堂。柯特奇的车队停在戒备森严的大教堂旁，阳阳告诉赵子云和孟龙："这里平时是不对外国记者开放的，柯特奇破例给了我们特权，你们先抓紧拍摄采访，我和他再去看几位同学。"说罢，就和柯特奇去了教堂下面的地宫。

地宫其实就是一间大厅，灯光明亮的大厅中间有 9 根金色的柱子，四周都是装潢华丽的储藏室，有一侧改成了豪华客房。如果守住地宫的入口和出口，这里应该是很安全的。原来，5 位禁毒斗士就藏在这里，在地宫一间舒适的套房里阳阳单独与五人相见了。柯特奇被阳阳留在了大厅里。

5 个人都是黑人，他们知道眼前这位中国女孩儿就是让他们死去又活来的恩人，如同谒见圣母玛丽亚一样，5 个人都眼含热泪迎上前来。阳阳边说着 5 个人的名字边一一和他们握着手，"你是加里乌亚市长吧？哦，阿连诺市长，你是总检查院的阿卡奥，呵，两位同行，《共和报》著名记者巴洛尼，哥伦比亚电台记者雷柯斯！"5 个人久握阳阳的手不愿放开。

此时，阳阳借着握手的机会把金刚身异能逐一传入他们体内，顿时使他们体内热血沸腾，暖流奔放，精神炯烁，原有的病痛痼疾都消失了。最后握手的雷柯斯是五人中最年轻的，他感激得竟忘了松手。阳阳笑了，这可能是与幸福笔记的缘分吧，就势又多给他传了千里耳功。

5个人惊异着自己体内的变化，互相询问、验证着各自的感觉。阳阳诚恳地对他们五人说道："我知道，在哥伦比亚这块土地上，没有一个法官能够安全地避开贩毒集团的威胁。你们是公开声称要与毒品分子为敌的人，做出这种选择要有非凡的勇气，你们是了不起的勇士，你们理当得到人们的最高尊重，所以，幸福接纳了你们。现在我把今后更多的幸福送给了你们，你们再也不用怕恐怖分子的威胁了。"接着阳阳把金刚身的"不渴不饿不困不痛不病不老"6个功能向他们解释了一遍，5个人听罢，知道自己不会轻易死了，都轻声欢呼起来，无不激动地鼓着掌，雷柯斯则挥舞着双拳跳了起来。

这时柯特奇听到了屋里的欢呼声，敲门走进来，"阳阳使者，谈完了吧。晚宴要开始了，我们马上去麦德林洲际酒店，那里都准备好了。"阳阳想了一下问道："今晚的晚宴主要是宴请谁啊？"柯特奇大叫："当然是阳阳使者和我们国家的5位禁毒斗士了！"阳阳手向5个人一摊，"我们都在这儿呢，莫不如把宴会搬到这里举办，这地宫里的大厅我看比酒店里还合适。"柯特奇一愣，看看大家犹豫着，"可是，阿尤索市长和一些客人都在那边等着了……好，就搬到这里办！如果有恐怖分子在打我们的主意，可以让他们措手不及，更有利于我发现他们。"

半个小时后晚宴开始了，被弄得晕头转向的几十名政要、企业家和媒体记者在大教堂的地宫里坐定，大家都在紧张疑惑地猜测着今晚的主题，看柯特奇葫芦里卖的什么药，请的是什么客人。

当看到5名禁毒勇士好整以暇地走出来时全场惊呆了，接着便是惊天动地的欢呼。他们5个人的家属冲上前抱成一团喜极而泣，本来以为今晚是要举行追悼会呢。《共和报》总编当场撤下明天报纸的头条，亲自拟稿换上了《英雄们还在站着》的头条文章。哥伦比亚电视台、电台和一些国外媒体的记者纷纷摄录下现场的热烈情景。

可想而知，他们5位反毒斗士出现在明天首都圣菲波哥大的声讨毒枭集会上会给全国造成多么大的轰动，又会给贩毒集团和恐怖组织多么大的打击。

6 借刀除奸

在地宫里的宾客们欢欣鼓舞举杯相庆的时候，柯特奇却没有闲着，他密切观察着在场人们的反应，并安排了一台摄影机专门摄录自己卫队和行政团队的反应，以便发现表情异常者。阳阳也帮柯特奇观察着，她看到维瓦尔和菲格罗亚也在场，但还有个托雷斯不知是哪个。雷柯斯则围着阳阳，不时请教着实践自己的千里耳功。

阳阳大致了解了雷柯斯的情况，原来，他是剑桥大学新闻学院的硕士生，父母都是美国哥伦比亚大学的教师。雷柯斯从小就品学兼优，刚直正义，来到哥伦比亚电台刚做了一年记者。这使阳阳做了决定，吸收雷柯斯加入幸福使者团队。她喊来张晓枫与雷柯斯相识，说明了张晓枫的身份，两人一见如故。张晓枫拉雷柯斯在一旁交代了幸福使者团队的情况，并传给了雷柯斯大力神功。

在阳阳向赵子云和孟龙介绍雷柯斯等五人的事迹时，柯特奇喜滋滋地挤了过来，不由分说，拉起阳阳的手摇个不停，“圣母玛丽亚派来的阳光使者，多亏听你的主意改了宴会的地点，你救了我们这些人！”

阳阳不解地看着柯特奇，柯特奇贴在阳阳耳边悄声道：“我们刚在洲际酒店不到 15 米的地方缴获了满满一汽车炸药，这车炸药足够把酒店大楼夷为平地的。有两个恐怖分子负责遥控引爆，但他们看我们转移了地点，正在犹豫时被我们擒获。真的是太谢谢你了。”阳阳这时才搞清楚，原来，恐怖分子说晚上动手是动用汽车炸弹，真是太可怕了。

这时阳阳突然脸色一变，手指着柯特奇示意别说话，然后歪着头半晌，嘴里轻声说：“晓枫你快把雷柯斯带过来。”张晓枫马上领着雷柯斯挤了过来。阳阳向地宫上面指了一下对雷柯斯说：“他们有 5 个人，说的是印第安俚语，有些我听不懂……”雷柯斯抬眼望着地宫顶细听着，越听脸色越凝重，眉头皱了起来，好像还在努力辨听。阳阳上前拉住他的手，雷柯斯眼里一亮、眉头一展，马上点头表示听清了：“是 5 个人，他们在找通风口放毒气呢！”柯特奇一听大惊。雷柯斯又补充道：“没错，他们就是想向两个通风口里放毒气，然后开枪封住地宫出口，跑出来的人格杀勿论。柯特奇你快点想办法。”

只见柯特奇干练地操起手机，几句话向外面的卫队下了令，然后又集合地宫里的卫队守在出入口附近。不到10分钟，柯特奇的电话响了。听完电话后，柯特奇又过来和阳阳握手致谢了。

接连获胜的柯特奇情绪高涨，他举起红葡萄酒杯向大家喊道：“我们现在没有危险了，大家开怀畅饮吧。你们放心，今天的酒菜饭我们都验过毒，保证大家安全。”

听柯特奇这样一说，大家都轻松起来，纷纷举杯相庆，众人喜欢喝的本地莎当妮白葡萄酒、咖啡酒、可可酒也都一瓶瓶地摆上来。接着，柯特奇一个示意，一队专业的舞蹈演员在前边辟出块场地摆开了阵势。赵子云和孟龙抓到了机会，摄录到了一套高水平的“班布戈”舞。

晚宴高潮已过，正在政要们意犹未尽准备起身时，两个男服务员端着托盘又上来一道冰水，这是正规宴会上为尊贵客人准备的最后一道程序：宴后清口。

凡上菜上酒都先从显贵的客人开始享用，柯特奇取过一杯但因正在打电话端着没喝，5位禁毒斗士早已口干舌燥取杯就饮，然后是前面的几位政要和法官，在他们身边的几名柯特奇的手下也顺势取过几杯，其中包括维瓦尔和菲格罗亚。两个托盘的十几杯冰水转眼被前面的人喝完。一直警惕的阳阳看到这两个内奸也取杯喝了，自忖今晚应该平安结束了。

但让阳阳和柯特奇万万没料到的事情还是发生了。在服务员返回又端出来冰水时，刚才喝了冰水的几名政要和法官接连咚咚倒地，接着倒下的是柯特奇那几位手下，而5位禁毒斗士却安然无恙。柯特奇手里还端着一杯冰水，目瞪口呆地看着现场，直到身边的雷柯斯上前一把抢过柯特奇手中的杯，才让他如大梦初醒，忙沉着地指挥大家不要乱，抢救中毒者。

刚才共端上来两个托盘16杯水，5名禁毒斗士喝了5杯，柯特奇手里1杯，地上共躺下了10个人，个个鼻孔、嘴角流着鲜血，已是回生无望了。

这时柯特奇赶紧站在阳阳面前，一句话也不说地看着她。阳阳看看逐渐静下来的人们，轻声嘱咐道：“你马上和大家说他们不会死的，有解药可以救他们。”说罢，阳阳马上喊来孟龙，“你包里的牛黄解毒片呢，快拿出一盒来。”

阳阳来到第一位死者旁，柯特奇正和大家宣布说有解药，和大家一起半信半疑地盯着阳阳手里的黄药片。阳阳指了下死者，“这位是……”柯特奇情不自禁地大声回答：“他，他是我们麦德林的数学博士，是我们的阿尤索市长，麦德林有了今天的成就全靠他啊，麦德林不能没有阿尤索啊。”围观的人里顿时有人哭出声来。

阳阳递给柯特奇一粒牛黄解毒片，“放到他嘴里含着，10 分钟就有效果了。”

接着柯特奇逐一介绍：“这位是大法官梅西，这位是司法部长助理哈维，这位是市议会议长安格雷尔，这位是副市长克里斯，这位也是大法官叫皮耶罗……剩下的这 4 个小子都是我卫队的，这是我内弟贾格维斯，还有托雷斯、维瓦尔和菲格罗亚。”

阳阳一一发了牛黄解毒片，嘱咐柯特奇一定要放到舌头下面；又告诉他，要大家呼喊他们的名字，会加速药效的。

看大家都围着死者呼唤着，阳阳在张晓枫和雷柯斯的掩护下躲进一间套房，阳阳从后背抽出了幸福笔记本，这是娟子特地在阳阳的内衣后背缝了个夹层方便幸福笔记随身携带。阳阳展开了幸福笔记，从容地写上了前 7 个人的名字，都注明了 5 分钟至 10 分钟不等的时间。

然后，阳阳出屋把柯特奇拉在一旁，递给他 3 张照片，是张晓枫拍的 3 个内奸看到雷柯斯等人复活时惊愕且毫无喜色的照片，“此三人，没必要救他们。”柯特奇顿时明白了阳阳的意思，恨恨地扫了那三人的尸体一眼。

先是阿尤索市长站了起来，接着另外六人也相继站了起来，有位站起来后吐出牛黄解毒片喊着：“这是什么药啊这么苦！”一听有人说是解药，马上又从地上拣了起来送入口中咽下。柯特奇指着 3 名内奸的尸体说：“别人都是喝了一小口冰水，他们 3 个人都喝光了 1 杯，看来是中毒太深，先把他们抬下去。”

事后柯特奇查明这化验过的冰水是桶装水，毒药放在了透明胶囊里贴在桶壁，8 小时后才缓释，所以躲过了入库时的检验。而那 3 个内奸是武装力量收买的，和放毒的自卫军不是一个组织。柯特奇庆幸也“感谢”自卫军帮他除掉了隐藏在身边的定时炸弹。

雷柯斯等 5 位禁毒斗士更是庆幸，真是因祸得福，以后再也不用怕中毒了。金刚身异能使他们更加义无反顾地投身于与贩毒集团、恐怖组织的斗争中。

7 中国女巫

阿尤索市长代表 7 位中毒者向中国来的记者表示了诚挚的感谢，阳阳通过大家对他的爱戴也深知他是一个难得的好人，也知道了他是在美国读的数学博士，他在用自己的知识悄然改造着麦德林，所以在和他握手的时候阳阳把金刚身功传了过去。后来加里乌亚和阿连诺两位市长悄悄告诉他真相后，这位数学家市长还专程到中国寻找阳阳。

柯特奇在夜色中命令自己的车队先行出发，把 5 名禁毒斗士和阳阳等 4 名中国记者留了下来。车队走后 10 分钟，大教堂上空响起了直升飞机的轰鸣声。

禁毒斗士和中国记者乘着直升飞机来到了哥伦比亚首都圣菲波哥大后，柯特奇要带禁毒斗士去总统府，雷柯斯在分手时一直表示明天集会结束后来找阳阳，陪他们采访南美一带。然后柯特奇派专车把阳阳他们送到了市中心的万豪酒店。

进驻了安排好的每人一间的豪华商务套房，赵子云和孟龙知道这一定是柯特奇买单了，便和阳阳说是不是和柯特奇客气一下。阳阳摇摇头说:“我要是和我老师客气就见外了，倒显得我们很是小气。你那几盒牛黄解毒片不是都被他们分了吗，算是回报吧。”

赵子云捶了孟龙一下，“你小子的牛黄解毒片真神了……好了，都半夜了，我们好好休息，明天按计划采访黄金博物馆。”孟龙问道:“那明天的声讨集会不拍了?”赵子云嗯了一声，“这样的动静一定会有国内的同行在场的，我刚才也通知新华社的哥们儿了。”

哥伦比亚以开采黄金历史悠久、黄金制品精美而驰名世界，所以素有“黄金之国”的美称，连波哥大最大的机场也叫黄金机场。而上世纪建于首都的黄金博物馆，更是别具一格，举世闻名。馆中展有印第安人制作的3万件各类金器和金饰工艺品。孟龙对阳阳说：“这家世界级博物馆一定是禁止拍照的，阳阳，看看你的柯特奇老师，要是再给我们办个特例那可太好了。今天的堪特拉里亚圣母大教堂拍得就挺过瘾。”

阳阳笑笑，“明天再说”，说罢，摆摆手跑回自己的房间。回到房间后阳阳匆匆洗漱了下便打开笔记本电脑，这个时间正是北京的中午，娟子一定想死自己了；而且今天上午是传媒大学对她的专场本科学业考核。

阳阳把屋里的大屏幕液晶电视打开做掩护打起了网络电话，给娟子的电话刚一打通，便听到娟子的哭声。阳阳忙安慰道：“娟子，不哭，没有考好没关系，我们从头学嘛，乖，别哭了。”娟子的声音传来：“阳阳姐，我不是没考好，是想你想的。你还有那么多天才回来，我咋办啊。”

阳阳听到这才放下心来，“你这死丫头，吓死姐姐不偿命啊！快说说，上午考核通过没有？”

娟子在那边破涕为笑地汇报起来：“阳阳姐，今天吓死我还差不多，你猜在哪儿考核的？不是会议室，是在全校最大的阶梯教室里考的。五百多位老师和学生，还好项小羽和易楠姐姐帮着我。对了，易楠姐姐上午一直陪着我。在台上考核的时候是新闻学院的教务主任主考，都不是我看过的考试题，还好，都通过了。不过，让我紧张的是台下的学生现场提问，后来有几个老师也开始提问，我都让他们考出汗了！也不知道答得对不对，反正下面响过几回掌声。最后，还有人力邀我唱邓丽君的歌，因为这是考核又不是演唱会，我坚持没唱。阳阳姐，我这样做对不对呀？还有还有呀，刚才谭院长找我了，让我去电视台少儿部实习，说考核时少儿部的主任就在台下，是他们那边要我去的。还有还有……思彤姐想晓枫哥了……还有还有……阳阳姐你那边顺利不，那5个禁毒斗士……”

阳阳打断娟子笑道：“好了好了，让你讲一中午你都有话说，姐姐都知道了，为你高兴。你就好好在电视台实习，多实践多提高能力。姐姐这边都很顺利，又收徒弟了，嘻，是南美大哥呢。等姐姐回去再和你侃，现在不说了，我还有事要处理。”

接着，阳阳又打通了采尼的电话，采尼在机器的轰鸣中喊着：“阳阳你派来的杨俊和杨仁太及时了，这兄弟俩的动手能力很强，将来一定会成为建筑专家的。”接着采尼汇报说和孟祥宇、迪肯正忙着呢，还请来了英国的地质学家和建筑设计师，正在为幸福大学画图纸呢，说画好草图就传过来让阳阳提出意见。临放电话采尼又开心地告诉阳阳，玛丽莎从美国回来后在伦敦大剧院连歌带舞的演出获得极大成功。

打通张翔电话时，他正在和王辉在一起，“阳阳，有个好消息，王辉通过了女飞行员上机考核，多亏她有‘两不忘’功，学啥像啥，我这点东西都让她学得差不多了。阳阳……”接着就是王辉抢过电话的声音：“阳阳姐，祝贺我吧，我要当中国最年轻的女飞行员了！庞艳姐和潘哥他们都报考航院当老师去了，应该没问题，谁让咱们都会‘两不忘’了。对了，还有张翔老师，张哥，他当上我们航空公司的副总了，刚上任！”

听到这些好消息阳阳心里好不开心，尤其今天还收了雷柯斯加入幸福使者团队，南美这边也有幸福使者了。心思一回到南美，阳阳心里不免沉重起来，这贩毒集团和恐怖组织太猖狂了，他们违悖人性，自私残暴，成了人类肌体上的毒瘤。好在这里还有更多正直的人，有柯特奇，有阿尤索，有格瓦拉，有雷柯斯……这时阳阳想起了容皮皮，应该让容皮皮到这里显显身手。唉，以后要是能和容皮皮联手多好，他惩办坏人，我救助好人……

想到今天的恐怖组织又是炸弹又是下毒的，阳阳觉得后背一阵发凉，不由自主地回头看看身后的窗外。对面也是一座大酒店，中间隔着一条街道和一个小广场。阳阳信步走到窗前，突然有一种被窥视的感觉。她忙运起千里眼观察着对面遥遥相对的窗户，果然在正对面的一间窗户的黑帘后面，支着一个三角架，上面的单筒高倍望远镜正对着自己。

阳阳又运用起透视眼和千里耳，看到那屋里有 3 个人，一个在守着望远镜，另两人在旁看着电视。

阳阳考虑一下对着那望远镜的镜头用力望去，把威慑和爱意坚定不移地传了过去。只听那望远镜后面越来越重的喘息声：“啊，她发现我们了，不会呀，这么远……不行了，你们快起来，她的眼神太厉害了，让人受不了……”说罢，一屁股坐翻了椅子，喊着：“你们快过来，这简直是，简直是中国女巫！”

8 黄金博物馆

阳阳看到对面监视自己的3个人手忙脚乱地跑出房间，不禁哑然失笑。如果只用眼睛看着他们就令对方不战而退这可太省事了。可他们是什么人呢？从他们偶尔用英语交流看好像不是哥伦比亚的这几派组织。

阳阳低声嘱咐张晓枫要提高警惕，告诉他酒店门前有两组人坐在汽车里。张晓枫在隔壁房间答应着。阳阳听到他正在和鞠思彤打电话呢。

下半夜，毫无倦意的阳阳又变换着南美各国电视的不同频道，熟悉起西班牙语、葡萄牙语、印第安语和荷兰语来，很多地方的俚语在教学磁带是学不到的。

早晨，赵子云喊着大家到一楼的餐厅吃早点，当地的晨报被送了过来。阳阳看到几份报纸的头条都是《英雄还在站着》的内容，大厅的电视里也在报道相同的新闻。就餐的宾客和服务生们都议论纷纷喜形于色。

在四人餐毕起身离去时，电视里突然插播的一段话让四人回转身来：“《美利坚时报》今早披露一条重大独家新闻，全文如下：‘他是谁？一位与哮喘病抗争的勇者，一位早年学过医的游击队战士……’”

阳阳吃惊地听到这头条新闻居然一字不差地刊登了自己写的内容。电视主持人指着张晓枫拍的那张老人头接着说：“我们有理由相信，《美利坚时报》在提示我们：伟大的革命家、古巴英雄切·格瓦拉尚在人世！但《美利坚时报》没有透露消息的来源和格瓦拉身在何处。让我们期待着这一重大事件的进一步报道。”

孟龙悄声问赵子云：“我们家能不能发？”赵子云掏起电话拨了过去，说了几句便不无遗憾地对大家说：“被边主任和范主任扣了下来，压根儿没给台里，说我们不负责新闻报道，如果报错了责任重大，让我们好好制作专题节目。”孟龙叹道:“这么好的一个头题错过了,而且还不允许投给别人家。”

上午10点,《南美风情》摄制组乘着柯特奇安排的3台专车,绕过正在举行声讨毒枭集会的玻利瓦尔广场,来到了圣坦拉斯公园。在公园的东侧就是让人望而却步、望而生畏的黄金博物馆。

先进博物馆去联系的柯特奇卫队头目失望地走出来,对阳阳说:“这里的很多规定是非常严格的,严禁拍照是第一条,以前各国的国家元首来参观都没能破例,柯特奇打过电话了也不行。”阳阳连说:“没关系,我们就按规定来吧。”说罢,把所有的摄制器材和兜里的东西,包括阳阳装幸福笔记的包包都存在了门口,四人只身空手走了进去。当然,幸福笔记本还在阳阳的后背处。

进了黄金博物馆,真是令人眼花缭乱大开眼界,这里才算得上满城尽是黄金物。3万件制作精美的金制器物按不同时期和地区分别陈列,装饰品有头上戴的金簪,脖子上的金项链,鼻孔上的金鼻环,手腕脚踝上的金镯,胸腹前的方形金片……生产、生活用品有金镰、金刀、金斧、金棒、金铃铛以及金碗、金杯、金盘等。其中多用金箔、金丝制作的金巴亚人之盆、铁拉登特罗人脸谱、金巴亚人猿像、穆依斯卡人小船等都是无价之宝,体现出质朴素雅的风格和浓郁的地方色彩。

特别是“金人”和“金蟾蜍”格外引人注目,是博物馆的镇馆之宝。这间密室平时不对普通参观者开放,这也是冲柯特奇的面子才专请中国记者进入。在这里阳阳流连了好久,可爱的小金人和金蟾蜍个个栩栩如生。金闪闪的小金人是站在长近20厘米的金制的木筏上,一共有11个。姿态各异的金蟾蜍,表现了印第安人对这种生灵的崇敬。因为蟾蜍在印第安人神话中是吉祥和智慧的化身,它象征着五谷丰登、子孙满堂,当时家家都供奉着蟾蜍。

最后,阳阳四人来到博物馆的顶层、博物馆最著名的金制品综合陈列大厅——黄金大厅,这里陈列着数以百计的顶级黄金珍品,也是最吸引观众的地方。大厅门口警卫森严,参观者每批不能超过20人。进入时大厅里一片漆黑,突然间灯火通明,音乐响起,在强光照射下的各种金器交相辉映,满目金碧辉煌。在原始肃穆的印第安音乐声中,人们犹如走进了神话中的黄金宫殿，阳阳等人无不为之震憾。

阳阳走出黄金大厅时，雷柯斯正候在门口，他看到阳阳先说道：“阳阳老师，神奇的事情层出不穷，我跑了这么远的路，又一口气跑上楼，居然一点都不喘。”张晓枫忙问道：“老雷你会踢足球吗？”雷柯斯眼一瞪，“咋的，你小瞧我了是不，我可是剑桥大学足球队的铁后腰啊，你问问这几届的剑桥毕业生，有谁不知道我！”阳阳嗔了晓枫一眼，“你还想让谷谷姐姐批评你呀。”转头问雷柯斯：“集会开完了吗？效果怎么样？”

雷柯斯显然还沉浸在会场的兴奋中，举着拳头喊：“胜利属于人民！”看到周围参观者都看向这里，他不好意思地一耸肩，低声转问阳阳：“你们参观得怎么样？最喜欢哪种金制品？”

张晓枫张口说出了好几样珍品，阳阳满脸遐思地说：“那 13 个小金人做得真好，还有满地的金蟾蜍……”雷柯斯呵呵一笑，“谁不知道这里只有 11 个小金人，怎么会多出来两个呢。还有，金蟾蜍怎么会跑地上去了？！”显然，雷柯斯在笑阳阳看错了。阳阳一愣，“是吗？哦，原来它们是在，是在……”话到嘴边，阳阳又咽了回去。

阳阳一行走出博物馆大门的时候，后面有人喊：“请这位美丽的中国小姐留步！”一名博物馆官员带着几名保安追了过来，那博物馆官员抻手拦住阳阳，“我们行长想知道，您为什么说我们有 13 个金人？”

9 小金人

原来，这个黄金博物馆是归哥伦比亚国家中央银行负责经营管理。这些黄金就是钱啊，银行怎么看管钱这里就怎么看管黄金。众多的顶级保护措施中其中有一项是对进入黄金博物馆的观众全程监控，包括监听所有人的谈话。

阳阳刚才说的“13 个小金人”和“满地金蟾蜍”引起了监听管理员的注意，马上报告给了当日值班总经理，总经理觉得这话有些蹊跷，就向银行行长做了汇报。

阳阳想了想对值班总经理说:“对不起，可能是我看错了。”这时身后响起柯特奇的声音:“阳阳使者怎么会看错呢，她说13个就是13个。”柯特奇把身边魁梧的共和国银行行长介绍给阳阳后说:“你们来采访南美风情不该忘了参观下总统府吧，这里不让你们拍摄，请你们去总统府算作补偿吧。”张晓枫在旁马上翻译给赵子云和孟龙，他俩眼里立刻闪出兴奋之光，拍摄总统府在某种程度上比拍博物馆还要困难。旁边的行长盯着阳阳说:“如果真的有13个小金人，我这里可以对你们全面开放。”然后期待着阳阳的回答。

阳阳看看同样期待着的柯特奇，又看看满面诚恳的行长，点点头说:“好吧，那我们就不客气了，把这里的美丽介绍给中国人民。”说罢，回头对赵子云用中文吩咐:“头儿，抄家伙，这行长很给柯特奇面子，让我们拍博物馆了!”行长强抑着激动，礼貌地向阳阳伸出了“请里面谈”的手势。惊诧不已的赵子云们扛着机器跟了上去。

赵子云和孟龙从底层拍起，张晓枫做着解说，阳阳则和行长、柯特奇径直去了小金人密室。

在密室里，行长斥退了左右，上前细致地数了数金木筏上的小金人，还是11个啊。柯特奇则好像是肯定奇迹会发生似的没有理会行长疑惑的目光。

阳阳拉着行长走向小金人对面的墙壁说:“行长大人，我觉得这11个小金人是孩子，他们还有父母，就在这里为他们引路呢。”说着指了指墙壁正中。

行长一听大惊，不可置信地摇着头。柯特奇则毫不迟疑，出门就吩咐总经理和卫队人员去找工具。

密室的墙是相当坚固的，外面自不必说，先是里面就有着防炸防毒防火防水防辐射的几层材料。除去墙的这几层材料后，里面是一块块30厘米见方的方砖。阳阳指着一块方砖说:“就在这块方砖的后面。”方砖被小心翼翼抽出来后，里面却还是一块方砖，什么都没有。阳阳看了看，指着抽出来的方砖说:“呵，在这方砖里呢。”果然，把方砖小心敲碎后，两尊大得多的金人展现出来。看得出是一男一女，行长几乎惊得说不出话来，他马上看出，这两尊栩栩如生的金人的价值要比那11个小金人加在一起还要大得多。柯特奇也兴奋地马上给总统哥哥打电话报喜。

惊喜中的行长镇静下来，以奉若神明的口气又问阳阳："圣母玛丽亚的天使，那，那满地金蟾蜍莫不是，莫不是在脚下？"

阳阳微笑着点点头，然后低头看着地面，用脚点了一处，那行长马上蹲下画了一处。这样，行长亦步亦趋地在阳阳的脚下一共画了9个记号。不过阳阳对行长说："我建议这9个金蟾蜍不要动，它们分布得这样均匀一定是有些说法的。不像小金人，我们应该让他们一家人团聚，增加了我们博物馆的人性化和观赏性。"阳阳这番话也是准备以后要和白鸽谷谷解释的，刚才用透视眼把墙里的小金人和室内的小金人一起欣赏了，结果顺嘴说了出来。其实，阳阳的透视眼还看到博物馆的每层墙壁里都或多或少地夹有更精美的金制品，其价值可能比现有的3万件还要高，但阳阳对什么该说什么不该说早已心里有数。

雷柯斯也借中国记者的光首次进入了总统府，阳阳知道柯特奇的用意不会这么简单。果然，在阳阳五人在到处参观拍照时，"无意"中遇到了柯韦奇总统，得到了接见。看着平易近人、日夜为禁毒操劳的柯韦奇总统，阳阳在和他握手的时候催动掌心的幸福花，传过去一股暖流，足保柯韦奇总统先生后半生的健康。这也是阳阳在总结和格瓦拉握手的效果后领悟到的。从此柯韦奇总统不管多忙，遇到多大问题都会心若止水、从容镇定了。

结束了哥伦比亚的采访，《南美风情》组越过边界进入了厄瓜多尔。与柯特奇分别时，在他的企盼目光中阳阳终于也握住了他的手。这是柯特奇一直在研究阳阳与5名禁毒斗士的接触方式后得出的愿望，尤其知道哥哥在与阳阳握手后的感觉后，更希望圣神通过阳光使者的手赐给他福恩。阳阳当然友好地催动幸福花，给了他和他哥哥一样的身心调整。虽然因为他没上过幸福笔记，接收的幸福基因是有限的，但也足够保证他的健康和活力。然后阳阳又轻声嘱咐柯特奇，注意《美利坚时报》的新闻，对格瓦拉居住的小镇给以保护。

进入厄瓜多尔，雷柯斯仍然一路跟随，他告诉大家："你们知道厄瓜多尔的含义吗？就是西班牙语'赤道'的意思。所以这个国家别称是'赤道之国'。"

路上，阳阳抽空把已经掌握的各项幸福异能悉数传给了他，张晓枫则突击教他汉语。进入厄瓜多尔的第二天，雷柯斯就遇到了应用汉语的机会，他与一个神秘的中国台湾人打起了交道。

10 长寿村里救寿星

赵子云对摄制组加入的新成员当然欢迎了，雷柯斯本身也是记者，而且对南美洲非常熟悉，是个称职且不用付劳务费的向导。尤其是他绝顶聪明的语言天赋，让赵子云和孟龙很是惊诧。他学汉语的速度简直是神速，教一句就会一句，且再也不忘。

雷柯斯这几天学会的幸福异能已与张晓枫一样多了，两人常常用西班牙语和葡萄牙语沟通，他们的爱好、性格十分相近，再加上幸福使者团队的默契，使两人亲密得让赵子云和孟龙难以相信他们是刚刚认识的。阳阳则美滋滋地享受着两大帅哥的保护，潜心研究南美各国的风情民俗。

路上并不风平浪静，阳阳已至少有 3 次与周围人凝视，一伙又一伙不明身份的人不战而退。在大巴快到采访目的地比尔卡班巴村时，中途上来一位中国老者，60 岁左右，花白的头发，削瘦的面孔，戴着一副金丝眼镜，看上去敦厚老实，甚至有着一分慈祥。

雷柯斯一看是中国人，检验自己汉语的机会来了，马上坐了过去攀谈起来。阳阳和张晓枫都听清了，这中国老者姓张，是入了巴西国籍的中国台湾人，主要为巴西的铁矿做销售中介，这次是到厄瓜多尔的长寿村取经来了。雷柯斯马上高兴地说："好啊，我们也是去那里的，同行了。"

这位中国老者看到阳阳一行十分亲切，嘴里不断地念叨着"血浓于水"，又给赵子云递上几张名片让他分发。赵子云也很高兴遇到了中国人，看了看名片说："哦，是张先生，很高兴能在异国他乡遇到中国同胞。"阳阳回头看了看这位张先生，老者垂目微笑着向阳阳点着头。

世界上有五大长寿村，厄瓜多尔的卡班巴居首，依次是中国云南的香格里拉的洪札、高加索山区的拘卓尔村、巴基斯坦的罕萨、中国广西的巴马。这些长寿村一个共同的特点就是人均寿命都在百岁以上。雷柯斯前不久来采访过，他介绍道，卡班巴有位最年长的也是目前世界最长寿的142岁的老人，老伴136岁，他们的大儿子116岁，二儿子114岁，5个孙子孙女都是90岁以上了。

在卡班巴村口下车后，雷柯斯轻车熟路地领着赵子云四人向村里走去，张先生也跟在身后。村里的人见惯了来这里采访的记者，几位老人在向雷柯斯摆着手。阳阳注意到了，这里几乎都是老年人，未见年轻人的身影。她注意听了下远近的声音，也只有婴儿和老年人的声音。阳阳突然自语道："我们今天来的可能不是时候。"雷柯斯这时也和向他摆手的老人攀谈了几句，忙跑回来和阳阳说："今天真不巧，老人家昨晚无疾而终，他的老伴今天早晨也跟去了。"

阳阳接话道："那我们更应该去了！雷柯斯你先去通报他们家属，说有中国医生有一种神药可以唤醒刚逝去的人。"然后阳阳又向孟龙要了两片亮嗓喉宝，让赵子云、孟龙和张晓枫在外面等一会儿再进去。

雷柯斯从一个大院落里出来了，身后跟着老老少少几十号人。领头的显然是老人的亲属，一位六十多岁的男人走过来向阳阳行了个大礼，急切地说："我的曾祖父昨晚在庆祝117周年结婚纪念日时多喝了几杯，没想到晚上在梦中就过去了，曾祖母一辈子与曾祖父相依为命，今天早晨也陪伴曾祖父去了。圣母玛丽亚的天使，如果能……"阳阳打断了他的话告诉大家说："他们并没有去世，只是一时气血不畅，我这里有两片药，让他们含上就会好的。把他们过去的看病病历给我看看。"说着阳阳和雷柯斯随老人的曾孙子走了进去。

阳阳进去后看看用檀香熏绕的两位长寿老人的遗体，又看看了病历上的名字，掏出一个本子好像抄了几句什么，然后拿出两枚大药片吩咐曾孙子如此这般放在长寿老人嘴里。上午专程赶来的官员和几名医疗专家以"死马当活马医"的态度在旁未置可否。

赵子云和孟龙在外面拍摄着长寿村的街景，张晓枫与那个不时向院里张望的张先生聊着天。

突然，院子里一阵沸腾，很多在外面的人涌进院子，张晓枫一看时机已到，便和赵子云、孟龙扛着机器跟了进去。只见一对长寿老夫妇已翻身坐起，神采奕奕地端坐在灵床上，136 岁的寿星老太太惊魂未定，泪花闪闪；脸上长着很多痣的 142 岁老寿星则伸着懒腰，说做了一个好梦。院子里跪满了一片喜极而泣的后辈人。赵子云小声和孟龙分析着："看来这村的老人很受爱戴和尊敬，老人们也都很自信，这可能是这里的人长寿的一个原因。"

老寿星看到有中国的记者来采访，忙主动配合着请赵子云和孟龙过来拍照，并要儿孙们以最隆重的礼节招待他们。

阳阳手持话筒现场采访老寿星的长寿秘诀，老寿星看上去精神矍烁，思维清晰，他对着孟龙的镜头侃侃说道："我们这里的人都活得久，向中国的朋友介绍几点我们的体会。你们注意到没有，我们这里的人说话声音都很小，我们从不大声讲话，从不生气发火。还有我们吃饭都是八分饱，吃到不饿了就离开餐桌。还有呢，我们穿的衣服都很少，洗澡都用冷水。再有，我们每天喝水较多，喝开水，但开过两次的水我们不喝，而且我们喝的水和城里的水不一样。这几个秘诀里面有啥道理我们不懂，但这些年来我们就是这样做的。呵呵，对了，还有一点，我们这里的男人虽然都很懒，但家里的家务都是做的，我们这里是女人当家，嘿嘿……不过这长寿村我现在挺担忧的，我们村的长寿传统怕是在我们这几代结束，因为现在的年轻人都跑到美国和西班牙打工去了，他们离开了这里的环境，将来能不能长寿就说不好了。"老人说到这里，起身来走了几步，身边几位七八十岁的老人刚要上前搀扶，老人一一推开说："我这一觉怎么睡得像换了个人呢，好像回到我年轻的时候了……"寿星老太太也乐颠颠地跑过来，令儿孙们大惊：从 90 岁就用的拐杖也扔掉了！地方官员们借势宣布：世界最老寿星的 117 周年结婚纪念日继续举办！全村人欢腾起来，一群群肤色黝黑的土著村民跳起了南美高原自由灵动的印第安舞蹈。

雷柯斯激动地和张晓枫对视了一眼，他们心里清楚，从此以后，这个长寿村的长寿纪录再也不会被打破了！因为阳阳已经和两位老寿星分别拉了半天手，一定把金刚身功传了过去。

11 雪山红狐

《南美风情》摄制组离开厄瓜多尔后，进入了相邻的秘鲁。

在古印第安语中，“秘鲁”意为“玉米仓”。这里多样性的自然环境、亚马逊丛林、安底斯高原古印加遗迹及世界最高的喀喀湖，使秘鲁成为世界上最具观光价值的国家之一。

在首都利马，阳阳五人来到了总统府前著名的武器广场，一名警官在得知他们是中国记者后，很爽快地同意他们在广场边停车采访拍照。晚上，雷柯斯领路采访了秘鲁的特色饭店。秘鲁厨师们都很卖力地表演着，将生鱼、洋葱和酸橘汁制作的秘鲁名菜“酸汁腌鱼”，介绍给中国的电视观众。

第二天一早，摄制组便出发到联合国教科文组织列入《世界遗产名录》的秘鲁古印加帝国的古城遗址马丘比丘。秘鲁的国家电台和国家电视台派出了两名记者陪同。

马丘比丘这座古城街道虽然狭窄，但整齐有序，宫殿、寺院、作坊、仓库、民居、堡垒等建筑各具特色。而且这些建筑多用巨石堆砌而成，没有灰浆等黏合物，大小石块对缝严实，甚至连一个刀片都插不进去。顺利采访后，摄制组来到了安第斯峭壁雪山区。

雄据七国的安第斯山脉长约 9000 公里，几乎是喜玛拉雅山脉的 4 倍。安第斯山脉从北美一直延伸到南美，一路都是冰山和雪山，山势雄伟，绚丽多姿，是世界上最有魅力的自然景观之一。秘鲁的安第斯峭壁雪山区就是一个著名的景区，这里的雪山很陡，坡势大都呈 45 度，有的地方陡至 65 度角。一年四季在这里滑雪的人们赞美这里是云与雪的边缘。

这里的滑雪区让阳阳他们大开眼界。峭壁阿特森拉杰峰的东南坡上，银装素裹。这里架设着条条上行的索道，又有条条下行的雪道。雪道中有供初学者练习的雪道，更有国际标准越野速滑和跳台滑雪的雪道。穿着五颜六色滑雪服的男男女女点缀在皑皑白雪里，与巨大的冰雕和雪雕相映成趣。

五人中除了雷柯斯会滑雪外，阳阳四人都没有正式滑过，和这里相比，在国内人工造雪的几百米山坡上溜下来根本算不上是滑雪。几人都跃跃欲试，穿着红色冲锋衣的阳阳已经在用心观察那些专业运动员了。赵子云下令道：“先开工采访，完事再玩。”阳阳应了一声便四处出击，开始采访各国滑雪爱好者。赵子云和孟龙扛着摄像机笨拙地随行在雪地上。张晓枫和雷柯斯则疯狂地拍照。

阳阳最后采访的是一对漂亮的混血姐妹。她们扛着滑雪板刚从一个雪山帐篷中出来，身后跟着几个严肃得一看就知道是保镖的彪悍同伴。姐姐叫乌露蒂亚，妹妹叫思贝妮，她们是智利人，都在美国读大学。她们用英语告诉阳阳，每年在学校放假的时候都要来这里一次，感受大自然的壮观，感受雪的纯洁。至于滑雪的技术，因为有专业教练的辅导，已是非同一般了。妹妹思贝妮看着远处撑着滑雪板向这边滑过来的雷柯斯回答阳阳说：“这位老兄滑得还算不错。不过，他的水平是我姐姐两年前的水平，是我一年前的水平……”

没想到雷柯斯的千里耳听得分明，而且英语也很好，边滑过来边喊道：“滑得好也不能这样骄傲啊，要不是看你们俩是女生，非得和你们比试比试不可。”姐姐乌露蒂亚惊得捂着嘴说：“他，他这么远能听到我们说话？！神人呀！”

阳阳笑着介绍：“雷柯斯，哥伦比亚记者，剑桥大学新闻硕士。”然后她又向雷柯斯招下手，“这边来，认识一下姐妹花，智利才女乌露蒂亚，美国密西根理工大学工程学院大四高材生；智利小美女思贝妮，在美国耶鲁大学读大二，兼修美术和音乐。”一听说雷柯斯是剑桥硕士，思贝妮一吐舌头，想往姐姐身后钻。雷柯斯滑了过来，乌露蒂亚几个保镖看似不经意地围了过来。乌露蒂亚用眼色止住了他们，上前一步迎上雷柯斯欠身施礼，“幸会，刚才小妹多有得罪……”雷柯斯大度地哈哈一笑，“我们都别在这里耽误时间了，快点上山滑雪玩去，祝你们姐妹玩得开心。”说罢，深看乌露蒂亚一眼留下个微笑而去。雷柯斯带有幸福特质的灿烂微笑仿佛电击到了乌露蒂亚，使她愣了一下，凝视着雷柯斯的背影。这时赵子云已把大家的东西归拢在一起，和秘鲁的两名记者看守着，催着大家去上阵。

雷柯斯高兴地抓起一把雪，悄声告诉张晓枫："谢谢金刚身功，让我不怕冰不怕雪再也不冷了。"阳阳在旁听到后心里一动，哦，金刚身功看来应该有这个功能，无意中又发现金刚身对人体又一项完美的改造，不饿不渴不困不痛不病不老的"六不"又加了一项"不冷"。想到了"七不"，阳阳心里又是一动：与冷相对的是热，能不能也不怕热啊？那可就是"八不"了呀！等以后找机会试试。

阳阳三人无视寒冷，没有像孟龙租来厚厚的滑雪服和硕大的滑雪镜，只买了长筒护膝、宽条松紧带和围巾。长筒护膝一头套在膝上一头套在滑雪靴上半部，用宽条带尼龙扣的松紧带将手套和袖子紧紧扎住，把围巾裹在衣领和脖子上，这样就完整无隙地把自己的身体与雪隔绝开来。阳阳传声道："晓枫，我们好好体会动作要领，争取一遍就学会。"

过了一会儿，让赵子云和孟龙惊奇的不是他们三人不怕寒冷，而是他们在现场教练的指导下神速地学会了滑雪。尤其是阳阳，仅一遍就学会了左右犁式摆动转弯和斜滑降技术，接着又学会了兼有下降速滑与回转滑行的大回转。她登上了高度差为 300 米的滑道，向 5 公里雪道上一对对雪用旗杆立成的 60 个门冲下，毫无差错地左右依次穿过。阳阳的红色冲锋衣在皑皑雪场上成了一团流动的火焰，像一只飞奔的红狐，流畅自然。后面的雷柯斯和张晓枫紧紧相随。这三人娴熟的滑雪技术引起了现场众多滑雪运动员的关注。孟龙边摄着像边和赵子云说："这阳阳成了女邦德'007'了……"一位国际教练紧张地向周围自己的队员询问："他们是哪国的种子选手？这可是我们冬奥会金牌的争夺对手啊。"

正当阳阳开心地准备学习跳台滑雪时，一场意外发生了！随着峭壁上一声轰响，毫无迹象的雪崩铺天盖地而来。

12 惊险雪崩

最先发现雪崩的是阳阳三人，他们的千里耳在远处有异常动静时会自然地捕捉过来。峭壁雪坡上沉闷的一声爆炸声音不大，在雪道上畅玩的人们都没有听到。阳阳正在高高的跳台上，众多运动员都处在雪道的上方，还有更多的人陆续乘索道车上来。阳阳顺着声音望去，因山势太陡也看不到上面什么，山上一片平静。但警惕的阳阳马上运用起透视眼，她隔着山体看到了！她看到了山顶上有移动的影像，越来越多的雪体开始滑动，而且速度越来越快，转眼腾起了白色的雪雾和气浪，犹如一条白龙正冲着雪道倾泄而下。

阳阳马上用西班牙语和英语大呼："雪崩了，快跑！"雷柯斯和张晓枫立即随着大呼。阳阳深吸一口气，左手握拳，再次喊出。这次的声音如同惊雷炸耳，如同在高速公路那次遇险情急之下发出的高音喇叭声。这嗓子令山上和山下的人都听到了。山上的雪场管理人员是有经验的，抬头看到雪崩的走势马上喊着要大家不要顺雪道跑，要向两侧跑。但他们离得太远，山上的人根本听不到。阳阳三人听到后马上又向山上的人呼喊传达。

雪道上端的上百人迅速向两侧奔跑，阳阳他们逐句传达山下管理人员的指令："抛弃身上所有东西，扔掉背包、滑雪板、滑雪杖！""大家往两侧的高处跑！""跑不过去就抱住岩石！"

雪崩，是大面积积雪内部的内聚力抗拒不了它所受到的重力拉引时，向下滑动引起大量雪体崩塌而形成的一种严重的自然灾害。当内聚力和重力这种较量达到临界点时，哪怕是一点点外界的力量，比如动物的奔跑、滚落的石块、刮风、枪声，甚至是在山谷中的一声大喊，只要压力超过了将雪粒凝结成团的内聚力，就足以引发一场灾难性雪崩。

雪崩最初的速度大约是 10 米/秒至 20 米/秒，随着雪体的不断下降，速度也会迅速加快。一般 12 级飓风、台风的风速度为 30 米/秒，而雪崩的速度到最后可达到 90 米/秒，时速 300 公里/小时以上。雪崩的突然性、高速度、破坏力大等特点，可以摧毁大片森林，掩埋房舍、交通线路、通讯设施和车辆，甚至堵截河流，发生临时性的涨水，同时，它还能引起山体滑坡、山崩和泥石流等更可怕的自然灾难。

雪崩的形成和发展可分为 3 个区段，即山顶的形成区、山体的通过区和山脚的堆积区。阳阳和众多运动员正处在通过区。由于阳阳的示警及时，雪崩高峰通过时大家已闪到两侧，下面堆积区范围内的人们也都迅速地登上电动雪橇撤离，赵子云是边摄像边撤退的，这可是千载难逢的拍摄大自然力量的良机。

问题出现在雪道上，有二三十人正向下滑行着。听到雪崩的示警后，这些人以为自己在飞快地滑行着，会很快脱离开危险区，便仍然顺着雪道向前逃跑。这些人里包括智利姐妹和她们的保镖们。他们不知道，遇到雪崩是最忌讳的就是顺着雪道滑雪撤退。时速达到 300 公里/小时的雪体会很快地追上雪道上的人。果然，呼啸而至的白色雪龙一路追上了这几十人，接连把他们掩埋，一直推到山脚坡度变缓的堆积区，形成一个巨大的呈多锥体状的雪崩堆。雪势停了下来，但雪崩引起的巨大气浪和震动仍滚滚地传去，带给人们不尽的惊恐。

阳阳在观察中迅速记住了雪道上被追埋的人数，一共有 29 人。雪势刚住，她便带着雷柯斯和张晓枫迅速滑向出事地点。通过区的雪体不太厚，都不到两三米深。阳阳提着气在松软的雪上滑着，边滑边琢磨出感觉，向雷柯斯和张晓枫轻声说："脚下要利用大力神的反作用力，提着一口气便不会陷入雪里，可以踏雪无痕了。"

阳阳的透视眼对埋在雪下的人体热映像看得一清二楚，她先点了两处让雷柯斯和张晓枫向下挖去，自己则向前看到一名智利姐妹的保镖正在雪下自救。阳阳一伸手把滑雪杖深深地插入雪中，直接送到那人手中，等那人本能地抓紧杖轮后阳阳用力一拉，不可思议的大力神功就把一个大雪人拔了出来。那保镖被救出来后吼叫着要去救智利姐妹，结果又陷在雪中，阳阳让他平卧在雪上别动，等待援助，然后又掠向下一个雪里的人，如法炮制。

阳阳三人有如神助，令人眼花缭乱的动作一路救出 16 个人，但在堆积区十米多高的雪崩堆前止住了步。里面还有智利姐妹等 13 人。乘着电动雪橇返回的人们面对巨大的锥状雪崩堆束手无措，这雪堆足有几千平方米的范围，人都埋在哪里了？阳阳看清了智利姐妹的位置，还有离她们不远的那国际教练和他的几名运动员。看来是滑得越快越吃亏了，被雪流追埋在最厚的堆积区。

滑雪场的管理主任大声指挥慌乱的人群，调动铲雪车，他要按惯例从雪堆的两侧挖起。附近的驻军也跑步赶过来一百多名士兵。智利姐妹的两个保镖被阳阳救了出来，一个发疯似的铲着雪堆，一个则朝管理主任借了电话急切地汇报着。

管理主任看到滑过来的“雪山红狐”，又是行礼又是拥抱似乎也无法表达他的敬意和谢意。不知为什么，他相信雪崩通过区埋的人都被这位红衣天使救了出来，这可以使他集中精力抢救堆积区的遇险者。管理主任期望着红衣天使再帮他创造奇迹，上气不接下气地说：“天主派来的圣神，他们在雪堆里的极限是半个小时，再帮帮我们吧……”阳阳也顾不上和他客气，把他胸前的望远镜摘了下来，煞有介事地向雪堆里望了一眼，然后向管理主任要来他的记事簿，在上面画了被埋人员的位置图，从横向距离到深度标注得很详细。人数为17人，除了从雪道上冲下来的13人外，还有两人是在被冲下来的缆车里，两人守在服务区的屋子里。富有经验的管理主任如获至宝，马上改变了救援方式，不再从两侧漫无边际地铲雪而是从雪堆上面直接下挖，把要铲出上百米的平行距离缩短为垂直距离的十几米。雷柯斯和张晓枫则瞄着乌露蒂亚和思贝妮的方位，如两台铲车般毫无疲倦地深旋而入。赵子云、孟龙和那两名秘鲁记者也甩开膀子加入抢险队伍。

这时，阳阳反倒静了下来，她没有到雪堆上面去参加抢救，两个原因使她退在一旁。一个原因是她看到了乌露蒂亚和思贝妮姐妹俩已经死去；另一个原因是她听到了200米开外的一台电动雪橇里传来那台湾老者的声音：“你们快点到山脚这里来，如果她们俩没死就动枪吧。可惜没把那美丽女巫埋住。”

13　又收姐妹花

乌露蒂亚和思贝妮是被雪崩前面的气浪冲击窒息而死。

了解雪崩的人都知道，在雪崩中比雪崩本身更可怕的是雪崩前面的气浪。因为雪崩使积雪从高处以很大的势能、极高的速度向下坠落或滑落，会引起空气的剧烈振荡，形成一波摧枯拉朽的扑人气浪。这种气浪有点类似核武器爆炸时产生的冲击波，产生的冲击比雪流本身的打击更加危险。气浪所到之处，房屋夷平、树木拔起、车辆飞上天，人更会窒息而死。因此，有时雪崩体本身未到而气浪已把前进路上的一切阻挡物冲得人仰马翻。乌露蒂亚姐妹是在精疲力竭时被气浪追上拍倒窒息而死。但她们不知道，这场雪崩是人为造成的，而且目标就是她们姐妹。

这时阳阳已肯定了一点，即这场雪崩是台湾老者安排人爆破造成的，这个张先生应该属于哪个国际恐怖组织呢？

果然被阳阳猜对了，这个张先生是南美一个恐怖组织的军师。熟读《孙子兵法》的他把原本生存在巴西的这个恐怖组织建设得非常低调，与各个势力集团寻和求同，使其势力范围不断扩大至南美甚至北美洲。张先生让这个恐怖组织有了个令人“称道”的特色，就是凡是被他们打杀和被抓起来的自己人善后安抚做得非常漂亮，使他们的仇人很少，效忠的人很多，以致南美几国政府多次联手都奈何不了他们。

这次哥伦比亚政府抓起来的毒枭马克正在与他们的组织做毒品生意，马克的被抓对他们是个很大的打击。为此，他们怂恿“革命武装力量”杀了那5位禁毒斗士进行报复，没想到这5个人屡杀不死。张先生很快发现，这5个人又一次英雄般复活与这几名中国记者有关，便派人跟踪监视。让他大惑不解的是，派去跟踪的人一旦与这位美丽女巫对上眼，便都斗志大减，不是想洗手不干了就是想隐退回家。所以他亲自出马与美丽女巫较量，他不相信一个小女子有这么大的魔力，但他也忌惮在心轻易不敢与阳阳四目相视。

在一路观察中，他发现这几名中国记者没有武器，也没有过多地与政府和军方接触，充其量就发点药片乐善好施而已，好像对自己的组织构不成直接威胁。不过他心里还是有些隐隐不安，尤其对美丽女巫的“起死回生”药非常警惕，是不是更高级的毒品呢？其实他一直致力于把毒品研制成药物以披上合法的外衣。在麦德林他动用关系花了10万美金买到了现场发放的一枚黄药片，专程送到美国医疗机构去检验其药物成分。孟龙后来知道时恨老张头没和他联系，他包里还有两盒牛黄解毒片，要是都卖给老张头那可发了。

张先生知道中国人从不主动侵犯别人，属于“人不犯我，我不犯人”；中国武术各门派的招式都是见招拆招，后发制人，很少有主动攻击的招法。尤其是看到阳阳那充满阳光和善意的脸色，他更觉得这伙儿中国青年没什么了不起的，不会给他们造成什么麻烦，但他万万没有想到这位美丽女巫在今天的雪崩行动中会让他败得一塌糊涂。

今天张先生的行动目标是智利铜业集团董事长的这两位千金。他要警告妨碍他们组织在智利获得的利益的人，要把董事长的两个女儿埋在雪山之下。

智利是个盛产铜的国家，素称“铜矿之国”，已探明的储铜量达两亿吨以上，约占世界储铜量的三分之一。铜业自然是智利的支柱产业，恐怖组织对智利的铜业集团早就垂涎三尺，多年来，一直威胁利诱铜业集团想插手进去但一直遭到拒绝。前不久，恐怖集团放话说再不合作将对董事长的幸福生活不利，但董事长仍然不理不睬，所以这次张先生趁董事长带两个千金来秘鲁度假，亲自策划和组织了雪崩行动。

本来计划是万无一失的，看到乌露蒂亚姐妹俩已置身在陡峭的雪道上，张先生遥控山上的部下炸起了一片雪体，雪崩瞬间形成，即使雪道上的人跑得再快也跑不过雪崩的。但没想到杀出个美丽女巫，她先是在雪体没有形成前就提前预警，让大部分人向两侧逃脱，接着又率人接连把雪道上埋的人救出来，气得张先生暗咒：这美丽女巫怎么这样多管闲事！好在他看到救出的人中没有乌露蒂亚姐妹，心中窃喜，看这回你这美丽女巫还有啥办法。

没想到，美丽女巫继续制造着麻烦。看得出，在她的指点下，抢救人员都踩着木板到雪堆上面垂直挖下，不到 10 分钟，那个哥伦比亚记者和中国记者把他的两个暗杀目标抱了出来。张先生一看急了，马上命令两组枪手近前观察，如果没死，就开枪扫射，要保证暗杀计划完成。

阳阳对张先生的计划已了然于胸。原来，她本想在雷柯斯挖到她们时就让她们复活，但担心她们被恐怖分子用枪扫射便没有施救。另外，雪堆下也是被气浪拍死的那个国际教练和 5 名滑雪运动员的名字还不知道。其他9个人都因被及时救出而生还。

阳阳知道张先生的袭击一旦开始，那两个保镖就会还击，而一百多名士兵却没有带武器过来，手中只有木锹。这样免不了还得有流血死亡的，所以她独自迎上杀手，她要再试试用自己的眼睛令杀手不战自退。

阳阳边低语命令张晓枫和雷柯斯继续守着乌露蒂亚和思贝妮的尸体，边迎着一组已走近的枪手滑过去。这组枪手是两个人，都留着大胡子，鼓鼓囊囊的滑雪服里明显藏着微型冲锋枪，一台双人雪地摩托车留在身后。

看到红衣滑雪女郎滑近，两个杀手警惕地把手伸到怀里，但一看清了阳阳的微笑两人的手便离开了枪。待距离再近了一点，看到了阳阳的眼睛两人也微笑起来，一股暖流很祥和地在心底涌起。阳阳一直盯着他们的眼睛，温和地说道："你们是来杀那两个女孩儿的吧，我告诉你们，这里早有准备。你们再往前走就会背负一生赎不完的罪恶……"两个杀手迟疑地站住了，一下子被说穿身份，再往前走是不是会被打成千疮百孔啊？阳阳富有魔力的声音又响在他们耳边："放下手里的枪吧，你们不害别人，别人也不会害你们的，早点回家享受天伦之乐吧。"两人眼里的杀气渐渐泯灭，互相看看，突然一起向阳阳施了个礼，回身向雪地摩托走去。

远处的张先生用望远镜看到这不可思议的一幕，又看阳阳向另一组杀手滑过去，忙操起电话先提醒他们。

这组杀手是3个人，其中一个小头目正低头捂着手机向张先生汇报着："两个目标都已经死了，现场的医生已放弃抢救了。"张先生忙叮嘱："那赶快撤回来吧，千万别看那个穿红衣的美丽女孩儿的眼睛，快走，她向你们过去了。"

小头目一抬头，两个同伴正在和红衣女孩儿说着话，然后同伴纷纷掏出枪来扔在地上。一个同伴过来拍拍他的肩说："别打了，奖金我们不要了，回家过日子去。"小头目大吃一惊，怎么会有这样的结果？他忙掏出手枪对准了阳阳。他记着军师的提醒不看阳阳的眼睛，没想到，在他想扣动扳机时，阳阳已伸手捏住了他的枪并推到一旁，"你们的军师不是下令要你们回去吗？快走吧，别再作恶了。"小头目闭着眼睛回身便走，走了不远大叫一声扔了枪便跑，因为他看到了手中的枪已经变形，枪管变扁了且歪向一边。

老练的张先生遇此变故强自镇定着，他坚持在远处继续观察。他看到红衣女巫在和一个国家滑雪队唯一生还的队员边说边记着什么，不久又看到飞来一架涂着智利铜业航空公司徽章的专用直升机。飞机一落地，果然是张先生猜测的，铜业集团董事长来奔悼女儿了。张先生心中很是自得，虽然部下都让红衣女巫驱散，但好歹任务是圆满完成了。可接下来的情景让张先生大张着嘴目瞪口呆了：从雪地帐篷里，乌露蒂亚和思贝妮好人一样跑出来迎接也同样目瞪口呆的爸爸，那个国际教练和他的队员们也出现了，好像在感谢中国记者给他们的起死回生药。再接下来的情景更让他魂飞魄散——那个红衣女巫走出帐篷、踏上滑雪板，径直向自己滑过来，快跑吧!

14 改变航向

张先生看见红衣女巫向自己滑来，顿时乱了手脚，忙操起电话令各路杀手向自己靠拢，阻止美丽女巫向自己靠近。

本来张先生还想挺着身份和架子，仗着自己的人手把阳阳逼退，自己要是被一个女孩儿打得落花流水也太没面子了，但他看到铜业航空的飞机里还下来一批人，其中一个魁梧的人身边有两条大狗跳跃着，他知道这就是情报中说的铜业集团的安全主管，大家都叫他少校。那少校果然如传说中的厉害，只见他机警地观察下四周手一挥，七八名保镖纷纷找到滑雪板和电动雪橇随着红衣女巫冲了过来，还有几个保镖顺着雪道向山上走去。看来少校在飞机上就看明白了情势。

张先生左右看了下自己的几组电动雪橇，显然他们也看清了形势，都降低了行驶的速度，这时那些士兵也动作起来了，要是被这些训练有素又熟悉地形的山地军队盯上就凶多吉少了。再没有考虑的余地了，他恨恨地瞪了一眼远处已站下的红衣女巫，灰溜溜疾驶而去。与另几组雪橇会合后，他们向身后扔出一排手雷，腾起一片雪幕落荒而逃。

在云层里飞行的铜业航空公司的 747 波音飞机上，贵宾舱里阳阳五人和乌露蒂亚、思贝妮姐妹俩亲密地坐在一起。

赵子云和孟龙万万没想到能享受到这等待遇，这飞机相当于智利的空军2号。是乌露蒂亚和思贝妮不舍她们的救命恩人阳阳和雷柯斯、张晓枫，要不是阳阳领着他们俩在雪道上接连拉出那些人，要不是阳阳准确地确定位置使雷柯斯最先找到她们，要不是阳阳吓退那些枪手……姐妹俩和她们的父亲都不敢想象是什么后果。所以乌露蒂亚姐妹俩几乎是劝说着阳阳他们随她们先乘直升飞机飞去秘鲁的首都利马，再换乘这架飞机去智利首都圣地亚哥。

飞机上的电视节目正在播放智利国家电视台的节目，正巧，节目里跳起了智利的国舞昆卡舞，精力充沛又活泼的思贝妮拉着姐姐跟着电视里的音乐跳了起来，姐妹俩是在向客人表示谢意。由于昆卡舞一般是由男女成双成对跳的，思贝妮又把雷柯斯和张晓枫拉了起来。

昆卡舞是由一百多年前的民族舞蹈赞马昆卡演变而来的，据说其舞姿和舞步是模仿雄鸡展翅向母鸡追逐“求爱”的动作设计出来的。正式跳舞的时候，男的头戴宽沿礼帽，身披斗篷，脚穿长筒马靴；女的头顶遮阳薄纱帽，身着彩裙，脚蹬长靴。在动听的竖琴和吉他伴奏下，在“美丽啊，美丽啊，智利”的歌声中，男的旋转跳跃，追逐戏嬉；女的轻旋曼舞，躲闪戏逐。

雷柯斯是会一点的，可以跳几步，而张晓枫连看都没看过，干脆就站在原地任思贝妮围着自己跳。阳阳提醒他们道：“看电视里，人家跳得多好。”雷柯斯和张晓枫会意地盯着电视，用“两不忘”功迅速学着，几个回合就跳得有模样了。本来就懂音乐的张晓枫很快就掌握了要领，令思贝妮惊奇不已。赵子云和孟龙见此良机，马上打开机器摄录起来。

电视里的昆卡舞告一段落，四人停了下来。乌露蒂亚很亲昵地坐在阳阳身边，轻声对阳阳说：“真想和你们在一起多玩几天，不知道你们下一步还要采访哪个国家？”还未等阳阳回答，旁边的雷柯斯脱口而出：“我们下一步最想去复活节岛！只是太远了，没有交通工具。”

复活节岛是孤踞在东太平洋中央的一个神秘小岛，以其岛上数百个匪夷所思的巨大石雕人像闻名于世。它远离陆地，方圆两千公里渺无人烟，距离它的所属国家智利西岸也有 3540 公里。要是乘船去那里得几天几夜，要是乘飞机也得有 5 个小时。赵子云在设计这项内容时是做了去不成的准备的，阳阳也是不好意思和乌露蒂亚说的，尤其是救了人以后，更不能施恩图报的。但没想雷柯斯在旁说出口了，说完就凝视着乌露蒂亚，见乌露蒂亚也回视着雷柯斯不作声，张晓枫打了雷柯斯一下，打圆场说："没关系的，这次去不成以后我们再找机会，还有很多采访内容的。"

这时乌露蒂亚却笑了，含情脉脉地对雷柯斯说："谢谢你雷柯斯，你是个好人。你能和我说这件事，一是你在努力地尽你的地主之谊，我很钦佩；二是你拿我当朋友相信我，让我感动。"雷柯斯不好意思地低下头来晃了一圈脑袋，旁边思贝妮半开玩笑地对姐姐说："姐姐你平时不是这样的，他，他只和你跳了一会儿舞你就拿他当朋友了呀？太快了吧。"

乌露蒂亚转过头来对妹妹说："麻烦你去告诉爸爸，改变航向，先不飞圣地亚哥了，我要请这些中国朋友，还有雷柯斯去复活节岛，我们也有几年没去了。"思贝妮兴奋地跳起来就跑，乌露蒂亚又补充一句："如果爸爸说有工作，如果少校要拦爸爸，你就说如果我们俩现在要是……要是在医院抢救呢，他们……"思贝妮打断道："你不告诉我我也会这么说的。"

看到乌露蒂亚姐妹俩这么聪颖可爱又明事理，阳阳喜爱之情溢在心头，她决定收下这姐妹花成为幸福使者，这样，南美有雷柯斯，北美有她们姐妹。想到此，阳阳挽过乌露蒂亚握住她的手，雷柯斯一看激动极了，他知道阳阳要收下他已一见钟情的智利美女给她传功了，这起码意味着以后将要和乌露蒂亚常打交道了。

乌露蒂亚见阳阳拉过她，便很自然地靠在了阳阳身上。阳阳更大范围地接触着乌露蒂亚的身体，几乎一瞬间就把金刚身功传了过去。乌露蒂亚突然身上一震，软软地瘫在阳阳怀里。接着她坐了起来，深呼吸了几下，回头凝望着阳阳，眼里满是惊讶和感激。阳阳笑了下默默地点了下头低声道："让雷柯斯给你说说。"乌露蒂亚听话地站起对雷柯斯说："帮我给中国朋友取点水果。"两人走出贵宾舱。

趁着这会儿安静，阳阳用透视眼望向了前面的办公舱，千里耳也自然与看到的目标同步。只见大写字台旁站着董事长和少校及一名保镖，几人在追问着思贝妮：“你们姐俩的近视都正常了吗？”思贝妮挑着眉毛说：“可不，刚一醒过来时看东西都模糊，是那个雷柯斯提醒我姐姐把隐形眼镜取了出来，能看清了，可是没想到是恢复正常了、不近视了呀。还有啊，我脚上的冻伤也好了，姐姐的颈椎酸痛也好了。这，这让雪埋一下有这么多好处，太神奇了呀。”

少校在旁自语道：“那个滑雪教练和他的几名队员，也是被现场医生确认死亡，而且现在身体的感觉与我们小姐一样，都像获得了新生。”

董事长又看向那个保镖，那保镖不待问胸一挺说：“我再次确认，两位小姐当时确实、确实死过去了，脉搏没了，瞳孔散大，身体都凉了。这雪崩的气浪别说是人，连一头牛、一头大象都不能幸免。”

董事长也自语道：“人有好有坏，今天这两种人都让我们遇上了。看来我们不能大意了。”少校咬紧牙关说：“我会让敌人付出代价的。”

思贝妮张口刚要催促，董事长对少校下令：“改飞复活节岛，提高航速，争取傍晚前赶到。正好明天我们再勘察一下岛上的火山口。”然后，董事长回头对思贝妮说：“乖女儿，你们俩大难不死，是我们全家最大的幸福，今天你们有天大的要求爸爸也要满足你们！快去把那个红衣天使请进来，我要当面向她致谢。”

15 登上复活节岛

思贝妮来请阳阳时，乌露蒂亚也回来了。看到妹妹她一把抱住，难掩眼中的激动和兴奋。她抬眼望向阳阳，微笑着的阳阳看着她点了下头。

思贝妮倒是被姐姐的亲热吓了一跳，挣脱开说：“爸爸同意改飞复活节岛了！”赵子云和孟龙同声欢呼了一下，张晓枫和雷柯斯早就通过千里耳知道了，这时他们俩也装做刚知道的样子很开心地击了下掌。思贝妮接着说：“阳阳姐姐，爸爸要请您过去一下。”

姐妹俩挽着阳阳进了办公舱，只董事长一人早已鞠着躬站在那里，态度真诚且谦恭。阳阳不好否认又不好承认，便示意乌露蒂亚过去劝爸爸，没想到乌露蒂亚扑到爸爸怀里激动地哭了起来。

董事长不解地看着女儿，乌露蒂亚摇着头和爸爸说："亲爱的爸爸，您什么都不用问了，把我们的谢意深深地埋在心底。女儿，永远是您的女儿了。"乌露蒂亚的意思是说，女儿会了金刚身功，一直会是现在的女儿模样的，而且再不会遇害了。接着，她又回头看看拉着阳阳手的妹妹，用渴望的眼神望着阳阳。

阳阳知道乌露蒂亚的意思，她是希望妹妹也和她一样，成为幸福团队的成员。阳阳笑了下，把思贝妮推到父亲身前。思贝妮也拥抱着爸爸，浑身散发着朝气，眼神放光。原来阳阳已把金刚身功传给了她。

董事长看着两个精神焕发的女儿似乎懂了，又恭敬地向阳阳鞠了一躬。这时门响了，阳阳借势拉着姐妹俩退出。

回到贵宾舱后，乌露蒂亚又把雷柯斯拉走，这回带着妹妹。接下来的旅程里，赵子云和孟龙吃惊地看到，这姐妹花与阳阳及张晓枫、雷柯斯相逢何必曾相识般地亲密无间了。这期间，乌露蒂亚和思贝妮分别磨着雷柯斯和张晓枫，传给了她们"两不忘"功，乌露蒂亚又逼着雷柯斯多传了千里耳，思贝妮则和晓枫多学了千里眼功。

五个多小时过去，飞机开始盘旋。大家都伏在舷窗上向下望着，赵子云和孟龙的职业精神又使他们扛上了机器拍摄着。

从飞机上俯瞰大海，中央的复活节岛呈三角形。3 个角的顶点是 3 个明显的火山口。左下角有个只有一条跑道的简易飞机场，旁边就是岛上唯一的镇子。

张晓枫忙用上千里眼，努力看着散落在岛边的各种石像，嘴里喃喃着："真像是世界之脐呀，那些当地居民也没坐过宇宙飞船，怎么可能为自己的岛起出这样形象的名字呢?!那些面朝大海、仰望星空的巨大石像，他们是在盼着什么吗?"思贝妮在旁接道："你一定是第一次来吧，我告诉你，有些资料上说得不对，这岛上的石像基本都是背朝大海、望向这个三角岛的中央的，只有一个石像是望着大海的，仰望天空的石像也只有一个。"

张晓枫收回千里眼的目光，扭头疑惑地看着思贝妮。乌露蒂亚解释说：

“我们出国前每年学校放假都来这岛上度假的，这岛上大约有 163 平方公里，思贝妮都转遍了。”雷柯斯则在旁问道：“那乌露蒂亚，这岛上那么多的神秘你们都破解了吧？”

乌露蒂亚笑笑看着阳阳说：“没有，千百年来，许多专家都陷在这里，苦思不得其解，我们更弄不明白了。包括……”这时思贝妮抢过话来说：“我来说，我来说，这些都是我十几年来研究的课题。首先，是大家都在问的，这 887 尊石像——这里叫‘莫埃’——是什么时候由什么人雕刻的？石像代表什么意思？它们小的几吨重，大的几十吨重，是怎么运输到海边，又是怎么竖起来的？五十多个‘莫埃’头上那几吨重的红帽子‘普靠’又是怎么放上去的？”

思贝妮扭着头挨个儿看着，看到大家都在听，接着说下去：“第二个神秘是‘会说话的木板’。我们都知道，当年岛上家家都有刻满奇异图案的木板，但这些木板后来遭遇了‘文明者’带来的浩劫。在探险家发现复活节岛之后，欧洲的传教士纷纷来岛上传播上帝的‘旨意’，下令将这些木板统统烧掉。只有一个当地居民抢下了 25 块木板，将它们制成一条渔船，逃到海上。后来这 25 块木板保存了下来，被世界各地的著名博物馆收藏。这些幸免于难的‘会说话的木板’，大都长 2 米，两面刻着像鱼、鸟、草木、船桨等图案和一些几何图形。可是，这些‘会说话的木板’上的图案究竟是不是文字呢？它又在告诉我们什么呢？要我说应该叫这些木板为‘不会说话的木板’才对。如果能多留下一些就好了，这样木板上的文字才会被破译，木板才会‘说话’呢。”

思贝妮看看大家接着介绍：“还有世人不太关注的一个神秘之处，就是岛上有很多秘密洞穴，好像都属于特定家庭的财产。这些秘密洞穴当年是做什么用的？是用来藏匿贵重物品，还是战乱时用来藏身？会不会是掌握祖传秘密洞穴入口秘密的最后一个继承人也去世了，因此这个洞穴也就再难见天日了呢？”最后，思贝妮总结性地说：“如果这三大秘密破解了，其他的事情、其他的小秘密就都好解释了，其实有些小秘密我和姐姐都解开了。”

赵子云听罢对思贝妮说道：“莫埃都在大面儿上，我们能拍到，你说的后两个神秘之处帮我们找找啊。”思贝妮点头道：“我能领你们看到别人看不到的景点。”说话间飞机在一阵颠簸中降落了，孟龙心急得第一个冲了出去，嘴里喊着：“终于登上复活节岛了！”

岛上的机场是个只有一条跑道的小机场，整个机场只有刚降落的这一架飞机。走下舷梯，步行大约50米就到了出站口。机场的候机楼是一组平房，主体是木结构，绿色的屋顶、宽大的屋檐，看起来有些原始的简陋。机场虽然简陋，但该有的设施都有。几名安检人员迎了上来。因为岛上生态环境脆弱，对外来物种的控制非常严格，即便是从智利本土来的游客，也要详细检查一番。安检人员把每个人的鞋底都清理了一遍，怕带入别的植物种子。

一出接站大厅，看到的是乱哄哄的人群，是当地人在接站和招揽客人，有租车的，有租房的。除了长相服装和语言不一样外，感觉就像在任何一个机场所遇到的情景，有人争先恐后地围上来推销自己的家庭旅馆，用简单的英语，拿着地图和照片介绍自己家的位置、条件和价格。赵子云问了一下，便宜的房间只要15美元一天，稍微好点的25美元。

阳阳低声道：“这和我想象的孤独神秘小岛的感觉太不一样，没想到和现代城市接轨的程度这么高了。”乌露蒂亚边走边对身边的阳阳和雷柯斯讲解道：“机场外边就是岛上唯一的小镇杭加若阿，岛上的3800名原始居民几乎全部住在小镇里。别看这小镇不大，且坐落在孤零零的小岛上，它的现代化程度可不低。据近年的统计，岛上有近2500栋房子，2800辆各种车辆，2100台电视，2700部电话，还有近1000台电脑，其中70%已连接到互联网。这就使小岛已不再与世隔绝，游客坐在家里就能安排好在岛上的食宿了。”

少校安排全体人员上了汽车后，车队向镇里铜业集团的专用小宾馆开去。赵子云望着偶尔可见的路灯说：“岛上的建筑是不是应该弄些亮化工程？”乌露蒂亚摇摇头说：“为了保持岛上的自然和原始景色，这里电力用得很少，一直没有建发电厂，现在的电力用的是大功率柴油发电机。包括路面，岛上只有两条路是柏油水泥路，其余的路都是原来的土路。”

孟龙则贪婪地望着四周，嗅着阵阵海风说：“我们可不可以在夜里去看看那些孤独地守在海边的莫埃呢？”思贝妮马上响应道：“好啊，我来这么多次还一直没有晚上和莫埃们在一起的时候呢。是吧，姐姐？”乌露蒂亚看了下阳阳点头道：“好吧，我们安顿下来就去海边，让中国北京来的朋友多采点素材。”

所谓宾馆也都是古朴的平房，阳阳和乌露蒂亚、思贝妮 3 个女孩儿一个房间，晓枫和雷柯斯一个房间，赵子云和孟龙住在大一点的房间。简单洗漱下思贝妮召集着大家出发，乌露蒂亚没有让少校派车随行，因为这里离海边很近，步行几分钟就能走到。少校亲自带了几个人打着手电筒跟在后面。

还好，月色尚明，孟龙一路打开了摄像机，捕捉着岛上的夜色。突然几只兔子样的动物嗖的跑过，吓了阳阳一跳。思贝妮用千里眼一眼就看清楚了，“是野猫。这岛上的野猫特别多，都是那些传教士带来的。最初他们带来了老鼠，结果老鼠泛滥了又引进了猫，弄得现在到处都是野猫，这也是我研究出来的秘密之一。明天白天你们还能看到一些野马，最初是引进来做交通工具的，现在都有汽车了就把马放养着了。对了，还有一些狗，但不是野狗，与人都很友好的。”

果然，走了不远就遇到了一尊莫埃，足有六米多高的巨大身影，头顶着红帽子“普靠”，肃穆地背朝大海，神色坚毅地面向着岛。他身边不远处还有一尊小些的莫埃，好像是他的孩子陪伴在身边。

赵子云五人和乌露蒂亚姐俩围着莫埃默默地仰头看着，每个人都在思考着：这个莫埃为什么站在这里？他在看着什么？少校几人站在远处吸着烟，烟火一亮一暗。四周一片宁静，有规律地传来海水扑岸的涛声。

阳阳这时慢慢踱到十几米开外，她想把视野展开些，把这个莫埃融在周围的环境里看。大家也都跟了过来，和阳阳并肩看着孤零零的高大莫埃。

阳阳轻声叹道：“从把他放在这里那天起，他就这样一动不动地默守到现在。当天是谁把他放在这里的呢？”话音刚落，阳阳的眼里便一阵酸痛。阳阳大喜，不会是又有什么异能出现吧？我现在是想看清当年谁把他孤零零扔在这里的，难道可以再现当时的情景吗？她忙敛神收心凝视着前方，后背一绷贴紧了幸福笔记，这时她不能再张口说话，生怕这异能生成过程中受到干扰。

片刻之后，思贝妮先惊叫了一声：“那，那是什么呀？”接着捂住了嘴，其他人也都看着前方惊在原地。

16 时空变换

原来，前方出现了一个令人惊讶无比、震撼无比的情景，是个白天的情景：两个与莫埃一样高大的活着的巨人正在安放这个莫埃石像。这两个巨人长相与石像相似，就是活着的莫埃！他们全身长着长短不齐的绿色毛毛，头上盘着红发，盘起的红发好像个小磨盘，磨盘正中还有个挽起的发髻，与现在的普靠形状很相似。他们的脸都很长，差不多占全身长度的三分之一。他们的腿很粗很短，是全身长度的五分之一。

只见这两个绿色莫埃力大无比，一个将石像转来转去地调整着方向，一个拎着一把石斧站在旁边呼噜着发出高低不同的语言，好像在指挥。那个莫埃也不时地呼噜呼噜地回应着，好像在争辩。

看来这是时空转移了，几百年几千年前的情景再现了，这群具有现代意识的现代人马上做出了各自的反应。首先，是那少校刷地拔出手枪冲到乌露蒂亚和思贝妮身前，几个保镖也冲过来，都举起手枪对着活动着的莫埃。几乎同时，张晓枫马上举着相机站到阳阳左边，他是见过谷谷扇出过时空变换的，知道阳阳也要有这个异能了，自是兴奋异常，要保护阳阳别受干扰，雷柯斯也在晓枫的示意下站到了阳阳的右边。而赵子云和孟龙一直没放下的摄像机又开始了工作。乌露蒂来和思贝妮则示意少校他们放下枪，也回身蹲在阳阳身前。自阳阳救了她们后，她们便相信一切不可思议的奇迹。

突然，情景消失了，众人眼前又是一片黑暗，只剩下那石像的寂寞身影。阳阳这时明白，是自己眨眼睛了。阳阳知道自己才是Ⅰ级程度，不能像谷谷那样调出连贯的画面，只能断续地切换。再试一下吧，争取多了解点信息。接着阳阳用力眨了下眼睛，脑里想着“当年，当年……”，果然情景又出现了。

只见安放石像的活莫埃与石像并排站着，只高出半头，另外那活莫埃对照着他的模样举起石斧在石像上修理着。那石斧在莫埃手里真是削石如泥，石屑如粉，把石像的下巴砍得更加突出，胳膊也自然了，让石像更像旁边并排的活莫埃。那活莫埃表情丰富，不时扮着鬼脸，被石斧莫埃呼噜了一大气，模特莫埃才老实了，然后他自己又往石像的眼里嵌入了白色的贝壳，接着，石斧模特一手抓起地上的红帽子普靠，放到石像头顶。这些做完后两人向着东方的太阳举起双臂嘴里不停地呼噜着，声音越来越高。然后他们又冲向岛的中心方向喊了几句。这期间两个活莫埃几次面向阳阳们，却熟视无睹，应该是没看见他们。

这时大家看到的只是一个十多平方米范围的情景，透过这个情景还是一片茫茫的夜色。阳阳心念一闪，用力越过眼前的情景向远处看了一下，好像接连几道闪电，映出了后面几百米的情景。只见几十个活莫埃在活动着。他们与眼前的莫埃一样高大，也有腿的比例是正常的。有的头上的红发成绺披散着，但大多数莫埃是盘在头上。有两个莫埃抬着一个石像，还有的莫埃自己举着一个石像走来走去。还有一个莫埃躺在一圈石条围成的长条池中，好几个莫埃在旁边忙活着。这些莫埃彼此大声呼噜着，场面很是热闹。

看到这样的情景，思贝妮又是一声惊叫。也不知是被她叫的还是闪电过去了，这些情景突然都消失了，包括眼前的一对活莫埃。四周又是一片黑暗，只留下孤独的石像。

众人面面相觑，半天没人说话。贝思妮先跑了出去，她叫来一个保镖，那保镖未等吩咐便蹲了下来，思贝妮抬脚就蹬上了他的肩头，看来是平时的熟练动作了。随着保镖站直身体，思贝妮够到了石像胸部。她抚摸着石像的胳膊大声喊着：“就是这儿，刚才他最后一斧砍的痕迹。”

少校仍然手里握着枪警惕地望着周围，嘴里说道：“谁能解释这是怎么一回事？这，这是巫术吗？”除了幸福团队的人，谁也不会想到这是阳阳使用的时空术让旧日情景再现。

孟龙这时则喊了一声：“奇怪，怎么没摄下来，太遗憾了呀！”张晓枫也检查着自己的相机摇摇头说：“都是夜色，也没拍下来。”

赵子云这时沉思着用英语讲道："今天验证了一个困扰科学界多少年的一个理论，就是地球本身就是一个大磁场，它会把每天的情景刻录下来，在特定的条件下就会放映出来。地势开放些的地方影像淡些，封闭的环境就会完整清晰。而这些影像用我们现代的设备是摄不下来的。"

思贝妮也遗憾地说："太可惜了，影像没有了。咦，姐姐，你能记住他们这些绿巨人说的语言吗？"说着她自己学着呼噜了起来。她越呼噜越高兴，叫道："太好了，我把绿巨人说的话记住了，足有 3 分钟的对话呢，快点帮我录下来，我再找专家破译。"思贝妮感激地看了下阳阳，她心里清楚，这是阳阳传她的过耳不忘功使她流利地复述出莫埃们的对话。

这时乌露蒂亚提醒道："思贝妮，你还可以画下来的呀。"思贝妮又是一声惊喜的尖叫："是啊，是啊，我可以画下来呀！快，快点回宾馆，我要连夜画出来！"思贝妮又感激地看了下阳阳，跑过去挽着阳阳。过眼不忘功让她记住了刚才的每一个细节。她要马上画出来，尤其是那一闪电看到的内容。思贝妮学的就是美术专业，画画是她的特长。本来爸爸要求两个女儿都学习矿业工程专业，是爸爸要她们女承父业。但爸爸还是没有磨过小女儿，随她选学了美术和音乐，这回美术专业可派上用场了。

回到宾馆已是下半夜了。少校马上跑去向董事长汇报。阳阳看着疲惫的赵子云和孟龙说："赵哥、龙哥你们去休息吧，明天有很多事还得靠你们呢。"两人也确实是累了，上午在滑雪场跋涉了半天，下午坐了半天飞机，晚上又这么紧张，赵子云应允道："那好吧，我们先睡一会儿，你们录完也早点休息啊。"

幸福团队几人进了阳阳房间，顿时拥在一起，晓枫和雷柯斯相互捶打着，乌露蒂亚和思贝妮搂着跳着。大家既庆贺今晚接触到了复活节岛的秘密，也庆贺幸福团队又开发出一项人体异能。

阳阳和大家相互拥抱了一下说："这个时空再现功可不太好掌握，我得练熟了再教大家。不过，不知道是否能解开这个神秘之岛的秘密了呢？"

雷柯斯抢先说："复活节岛最大的秘密就是这些巨人石像是怎么竖起来的，现在我们看到了，是由同样大的巨人竖起来的。他们的力量使这件事是说得通的。巨人的存在也是说得通的，世界上都有恐龙的存在，没有什么生物的存在是不可能的。而且人类早就注意到，一些远古的石画上，人骑在恐龙身上，和现在人骑在马上的比例是相同的。”思贝妮急着接过话题说：“过去人们对采石场里遗弃遍地的石斧、石镐不理解，这么原始的工具怎么能雕刻出巨大石像，这回明白了，它们的使用者是力大无穷的巨人，这事也说得通了。”

阳阳笑着打断思贝妮：“现在关键的是能不能破译他们的语言了。思贝妮你能记住多少，快点录下来让专家们听听。”思贝妮竖起眼睛道：“这才多少内容啊，别小瞧我。”雷柯斯则催着：“快点录吧，我马上就能发给哥伦比亚大学的语言学教授。”

思贝妮滔滔不绝地“呼噜”完了，果然没用别人补充。雷柯斯马上把这个视频文件发出。接着思贝妮又找来一打画纸，拿起绘画铅笔。她不是只画那些活莫埃，还把当时的场景也边想边画出来。几个人在旁补充着漏掉的内容。

这时，晓枫在旁急着指点图里缺什么，一时情急扯过一张画纸也乱画起来。思贝妮边画边指点他几句画画的技法。没想到晓枫迅速掌握了思贝妮传授的技法，瞬间就学会了画画，仿真效果不比思贝妮差，而且他画的都是局部特定，有给石像安眼睛的画面，有给石像戴红帽子的画面，还有活莫埃丰富的表情。

思贝妮在别人夸奖晓枫时扭头看了看，马上嗔道：“不带这么玩的，不许你画得比我好！其实你会画画，故意装不会骗我是不？”晓枫向后闪开身子瞪着眼睛，“你，你这丫头怎么和思彤一个样子呢？”思贝妮马上扭头问阳阳：“思彤是哪位？阳阳姐。”阳阳笑答：“思彤也是我们幸福团队的，她和你一样漂亮，一样，一样不服输。”晓枫补充着：“一样调皮，一样玩赖！”思贝妮听罢拍手叫道：“好呀好呀，那我一定要认识这个思彤姐姐。”

乌露蒂亚感激地看着阳阳说：“我知道的，是‘两不忘’功让晓枫和思贝妮学会了画画，是不是我们都试试呀，画出自己印象深的场景。”说罢一转头愣住了，只见雷柯斯已经画好了一幅，是一个活莫埃酷似大象粗短的腿，4个脚趾好像一排被踩扁的小皮球。

转眼间几个人学着思贝妮的绘画技法，接连画出四五十张现场图，当然还是思贝妮画得像，近似于照相的程度了。阳阳没有动笔，这时她打开笔记本电脑和幸福笔记，又打了几个电话。思贝妮见画得差不多了，过来赖着阳阳和思彤、娟子也通了话，认了姐妹。

见天已快亮，阳阳告诉晓枫和雷柯斯："你们先回房休息一下，我们几个女孩儿也要梳洗一下。"晓枫和雷柯斯应允着起身要走，思贝妮一个箭步跳过来拦住晓枫，"你不是一天传一样功吗，现在已经过了一天了。"乌露蒂亚也走过来看着雷柯斯。他们四人间也没有人规定，但却约定俗成由雷柯斯给乌露蒂亚传功，晓枫给思贝妮传功。

四人坐下，思贝妮举手发言道："我要学大力神功，我也要拿那石斧削一个莫埃出来。"乌露蒂亚看看妹妹，转头对雷柯斯说："那我也学大力神吧，给我妹妹搭个手。"

晓枫和雷柯斯传完功不舍地回了自己房间。乌露蒂亚姐妹兴奋地双手或单手平托着笨重的家具在屋里来回走着。阳阳笑着招呼她们："好了，快过来，我再教你们一项只传女不传男的异功。"

阳阳教乌露蒂亚姐俩的正是透视功。阳阳还是从女孩子的角度，不想将这个异能教给男士，也把这个异能向幸福团队的男士们瞒了很久，后来是有几对结婚后才逐渐让大家知道。

乌露蒂亚看着隔壁羞红着脸半捂着眼轻叫："他们去淋浴间了呀。阳阳姐，这、这个透视功真的不能传给他们呀。"

思贝妮则得寸进尺，又拉着阳阳的胳膊央求着："阳阳姐，我知道我们还有个鱼功，我和姐姐每次到这里都要下海游泳的，今天也教会我们吧，我们的身体能承受的。看，我一点都没累。"说着，她展示了一下大力神，用脚尖轻松地把身边的大床挑起来一角。

阳阳笑了，"你这丫头，不只是像思彤那样调皮，还像娟子那样缠人。好吧，好在你们是滑雪健将，身体素质好。"说罢，搂过她们姐妹又传了她们鱼功。待两人身体一阵颤动后，阳阳拍拍她们的肩说："好了，明天下海试试吧，我陪你们。"

17 绿巨人

乌露蒂亚和思贝妮刚学完大力神功，又和阳阳学了透视功和鱼功，正在房间里跃跃欲试，听到有人敲门，是董事长和少校走了进来。

素来精细沉稳的董事长先向阳阳表示了打扰的歉意，然后向两个女儿就夜里的奇遇连珠炮般提问了一番，回头看了看少校点点头，看来是在验证少校的描述。

思贝妮又拉着父亲来到放有几十张图画的桌前，“虽然没有拍下照片，但我们都画了下来。看，个个都画得如女儿画得一样好呢。”然后指着给莫埃涂上绿色的画说：“这些张，涂上绿色的，都是我画的。我叫他们绿巨人，个个都是浩克。”董事长激动地一张张看着，嘴里喃喃着：“此事不虚呀！这么多人证，这可是本世纪伟大的发现！人类历史的惊人发现！”

这时，阳阳的手机有邮件到达的提示，她忙打开电脑。邮件好像内容不少，阳阳认真读着。等董事长看完图画，阳阳也读完转过身来。

董事长从自己女儿对阳阳的恭敬和崇拜的神色中，隐隐感觉这位中国的美丽女巫与这些事有着密切关系，便走过来与阳阳讨论起来。董事长沉吟着对阳阳说道：“看来人类历史上确实存在着巨人了，这是多少年来人们一直在猜测的事儿。”这时赵子云和孟龙也走了进来。阳阳扶下身边的椅子让董事长坐下，然后冲着大家回答：“关于地球上是否存在过巨人，古今各国都有记载，我们可以结合我们的发现来对照一下。”说着，她示意刚进来的晓枫和雷柯斯将相机连接上电脑，向白墙上比画了一下。

乌露蒂亚频频点头道：“这方面我接触得多一些，矿业是和人文地理分不开的。在世界各个民族的传说中，巨人几乎是不可缺少的重要角色，在古老而动人的希腊神话中就有关于泰坦巨人族的传说，希腊神话《奥德赛》中，英雄俄底修斯在海岛上遇到的独眼巨人……”

思贝妮抢过话题道：“还有《格林童话》里杰克的豌豆与巨人，《格列佛游记》里的‘大人国’，《旧约创世纪》里用大洪水消灭地上万物……好多好多的。”

乌露蒂亚又接回话题：“是啊，许许多多的故事和传说中都描述有巨人这样的生命，而现实中呢，也有很多实证。我们先看看南美洲发现的 ICA 石雕吧。这些珍藏在 Dr. Javier 博物馆里的石头，雕刻着许多令人难以置信的图画。在这些图画里，我们可以清楚地看到人与恐龙生活在一起，恐龙像是一种家畜，或是当时人们的宠物。我记得有一块石头，上面雕刻的是一只三角龙。这种恐龙长得很像巨型的犀牛，以头部的三只角得其名。图里雕刻的是一个人骑在三角龙的背上，手里拿着像斧头一样的武器挥舞着。在一颗石头上，我们还看到一个人骑在翼龙背上。仔细地比较这些石雕，会发现人与恐龙的大小比例差不了多少。恐龙虽然还是比人大，但比例并不悬殊，三角龙对于骑在它身上的人来说，好像是现在人与牛的比例。那么这说明了什么？是不是有可能在恐龙时代生存的人类是比较高大的，也就是巨人呢？”

这时雷柯斯也上前一步补充起来：“如果大家知道在恐龙时代的蜻蜓翅膀张开足足有 1 米宽，那么恐龙时代的人是巨人就不是什么异想天开的事了吧。还有，美国德州博物馆收藏的 1.2 米长的大腿骨，那是上世纪在土耳其的山谷地区发现的。依照这个比例推算，这个‘人’的身高有 5 米，称其为巨人一点也不为过。而在美国堪萨斯州发现的巨大脚印，可以估算出这个人的身高超过 7 米。”

这时，晓枫已将相机调成投影状态，一米见方的屏幕打在墙上。

阳阳点开电脑文件说道：“过去我没有注意过巨人族的事，刚才让家里的朋友找了一些资料，和大家说的都差不多。”说着，她将墙上的屏幕显示出一些图片。

“在美国和秘鲁考古学家秘鲁北部海岸的一座巨型金字塔内发现了 3 具 2.8 米以上的巨人骨架。之后，印度洋海啸让远古巨人浮出水面，在泰国 PP 岛发现身高 3.1 米的远古巨人遗骸！”

大家对巨人存在的证据越来越多听得直发愣，脸色越来越严峻。这时董事长又说起来：“我从小就听说印地安人有一个传说，说是很久以前，曾经有一种红发巨人族，身材十分巨大，也十分凶悍，印地安人的祖先经过了长年的征战，才把巨人赶走。这些巨人居住在美国内华达州垂发镇西南方 35 公里处一个叫做垂发洞的山洞。这个传说人们起初并不重视，后来，矿工在挖掘垂发洞的鸟粪的进修挖出一具身高达 2.2 米、红色头发的木乃伊，这才引起了考古学家的兴趣，派人前去挖掘，又发现了一些很长的股骨和红发。这些骸骨直到现在还被内华达州的亨波特博物馆收藏。”说到这里他看着阳阳说：“古老的中国是不是也有巨人的传说呢？”

阳阳一脸严肃的神情她又调出一些文字和图片，“中国也有很多有关巨人的历史记载。中国公元前传下来的《史记 · 周本纪》中说，后稷的母亲姜嫄在野外曾见到过巨人的足迹，她因踏了巨人足迹而生后稷。同样的内容，首先见于《诗经 · 大雅 · 生民篇》，这大概是中国有关巨人的最早记载了。还有《新唐书 · 东夷传 · 新罗条》载：唐朝时与新罗国境相接处有一个巨人部落，被称为‘长人国’：‘长人者，人类长三丈，锯牙钩爪，黑毛覆身，不火食，噬禽兽，或搏人以食；得妇人，以治衣服。其国连山数十里，有峡，固以铁阖。’另外，中国的圣贤孔子老先生，你们知道吧？”

思贝妮忙叫道：“知道，知道！还是爸爸说的呢，孔子的《论语》相当于我们的《圣经》。”

阳阳用赞赏的目光看了思妮一眼接着说：“也是公元前的事，吴国攻打越国缴获了一辆‘骨节专车’，造车的骨节与车一样长。吴国人便去请教孔子，孔子告诉他们有个防风氏族，身高三丈，造车的骨节就是防风氏族人的大腿骨。”

阳阳又调出图片说：“中国还有位名人，是统一中国的秦始皇。当时他收缴全国的兵器集中到咸阳销毁，并用这些青铜重铸了各重达 34 万斤的 12 个铜人。秦始皇为什么要铸这 12 个铜人呢？据《汉书 · 五行志》解释：这是因为秦始皇二十六年，曾有 12 个‘大人’出现在临洮。这些大人‘长五丈，足履六尺，皆夷狄服’。秦始皇就是从这突然出现的 12 个‘大人’得到启示，铸了 12 个巨大的铜人以威示四方。”

讲完中国的巨人传说后，阳阳又补充道：“刚才你们还忘说了一件证据，就是在上世纪，《太阳报》报道说加尔温 · 塞维利亚博士在首都东部考察时，发现了一个完整的巨人头颅骨，还有巨人使用过的石臼残片和简易床。头颅骨高50多厘米，宽25厘米，牙齿比现代人大2.5倍，估计其身高在3.5米至5米之间。这种身高，恰与几千年前孔子的论述基本一致，这难道只是偶然的巧合吗？”说话间图片在逐张显示。

赵子云在旁归纳道：“如果巨人真的在地球上存在过，那么有很多未解之谜就能解释清楚了。首先是这里的巨大石像是如何竖立起来的，如今有了绿巨人的存在就明白了。还有埃及的金字塔、英国的巨石阵、纳斯卡平原的巨画……这些未解之谜都可以迎刃而解了！”

这时，不知谁的手机突然响了，一直沉浸在巨人说中的大家都吓了一跳。是雷柯斯的电话，他接起手机就高兴得手舞足蹈起来。通话结束后，他关了手机跟阳阳汇报：“这些教授们就是厉害，他们动用了世界上最大、最复杂的计算机研究出来了，是接近艾玛拉族印第安人的语言。大意是说他们是看守者、睁目观看者、不眠者的意思，在用石像代替他们日夜守卫着什么，而且显得非常崇拜和尊重被守护者。其余的话有让站稳、不许笑的意思，还有一些没有译出来。教授们说，能不能录来更多的对话，这样可以全面解读复活节岛上这些莫埃绿巨人的神秘。”

董事长听到这里，朝阳阳摊下手掌说：“现在理论上基本明确了绿巨人的存在，要是有一些物证就好了。”

思贝妮在旁跳起来说：“想找物证，好啊，我们不能坐在屋里只是嘴上说啊，赶快出去找，那些石像的周围一定有秘密。正好可以看海上日出了，我们快出发找绿巨人存在的物证去吧。”她看了姐姐一眼，那眼神分明是急着想试试透视功。

18　姐妹神力

在复活节岛上看海上日出是来这里旅游的一个项目。复活节岛方圆数千里一望无垠，碧海蓝天，是在地球上任何地方看日出都无法媲美的。

一辆面包车上乘着南美风情摄制组的五人和乌露蒂亚姐妹，少校亲自开车。董事长在两名保镖陪同下乘一辆轿车随后。两辆车开着车灯，在晨曦中沿着环岛小路缓缓开着，思贝妮不时提醒少校开慢点。

在复活节岛上看日出最好的地点是岛北部的阿纳凯海滩。这里是全岛三角形最突出点，也是全岛最有魅力的景点。沿岸的排排棕榈树青翠茂密，扶摇斗妍。一片金黄色的沙滩又长又宽，说也怪，全岛四处的海滩都是黑灰色的火山溶岩和沙砾，只有这里是有细沙的海滩。往上是松软的草地，然后就是一排背朝大海、威武的莫埃！再往上是全岛最高点，海拔 600 米的特雷瓦卡山。

一路过来，思贝妮和乌露蒂亚用力瞪着眼睛看着晨曦里的路边，却什么也没看出来。她们不知道自己现在的功力还处在 I 级水平，只能看到热成像的运动着的物体。阳阳没有拦阻她们，勤学苦练是提升功力的一种方式。

到了阿纳凯海滩后，赵子云和孟龙摆开了摄录器材，要完整地摄制复活节岛的日出，阳阳和晓枫也忙着准备解说词。这时雷柯斯被乌露蒂亚两姐妹拉着奔向那排威武的莫埃。

朝霞万丈中节目开始录制，阳阳和晓枫开始了解说。董事长和少校站在一旁，虽然听不懂中文，但还是被阳阳柔和的声调和幸福的眼神所感动。朝阳终于跳出了海面，壮观的海天一色中阳阳的解说更加激昂，晓枫也配合得很好。这时阳阳解说道："……美丽的朝阳涌出海面，灿烂的朝霞从侧面把这排威武的莫埃映成尊贵肃穆的金黄色。奇妙的是，这里也是看日落的最佳地点，待晚霞映红半边天，巨大的石像又将被衬托出永恒的剪影……"

待孟龙一个长镜头摇出去结束这段摄制后，赵子云连声"OK"，欣喜地对孟龙赞道："难得一遍成，这么流畅，老主持都做不出来这个效果。"

在阳阳身披朝霞、面朝大海还沉浸在大自然的美丽中时，思贝妮在旁轻轻拉了一下阳阳的衣角，悄声说道："我和姐姐'看'到一座莫埃的下面有东西在动。"阳阳看了一眼正在收拾机器的赵子云，随思贝妮快步而去。

在一排莫埃前的石台上，乌露蒂亚紧张地盯着中间一个莫埃的脚下，手里紧紧拉着雷柯斯的胳膊。雷柯斯不停地安慰道："不要怕，不要怕，我们有师父在呢。”

待阳阳赶到后，乌露蒂亚指着地下说：“刚才还有呢，半米长的东西，来回飘。现在咋没了呢？”思贝妮也擦着眼睛说：“是啊，好几个呢。”雷柯斯则一直以为地面上有什么东西，俯下身来查看。

阳阳这时定睛一看，两米多深的地下图像一点点清晰起来，阳阳不时眨下眼睛，这眼睛怎么有点酸痛呢。原来这下面是一个洞穴。向前望去，洞穴通往山上，不过只看到十几米远，里面挺宽敞，有一人多高。这些静态的环境以乌露蒂亚姐俩现在的功力是看不到的，刚才的飘物很可能是动物一类的东西。好像为验证自己的判断，洞里果然又飘过来一个影子，思贝妮叫道：“又来了，就是这个。”阳阳看清楚了，“哦，是一只猫！”思贝妮马上喊道：“明白了，是野猫！那下面就是地道了！”说话间，董事长和少校及赵子云、孟龙、晓枫都登上石台，围拢站在莫埃一侧。

石台是用大大小小的石块垒起来的，用来放置一尊尊石像，这里的岛民们称这种石平台为“阿胡”。整个复活节岛上大约有 360 个阿胡，它们的尺寸形状大小不一，最大的阿胡长 60 米、高 7 米，上面坐了 15 尊莫埃。

思贝妮看看脚下说：“爸爸，石像下面有条地道，这里可能是地道口。”说着顺手拍了下这尊莫埃。让董事长们大吃一惊的是，思贝妮这一掌居然把十多吨重的石像拍得摇晃起来。这一晃不要紧，却把石像顶着的红帽子晃掉了下来，正砸向石像这边的乌露蒂亚。阳阳和雷柯斯、晓枫、思贝妮都站在另一侧，来不及赶过来。董事长和少校、赵子云、孟龙及两个保镖倒是都在乌露蒂亚身后，可是一吨多重的红帽子，谁敢去鸡蛋碰石头，只能是张口惊呼愣在那里。这时只见乌露蒂亚听到惊呼本能地一抬手去护头，没想到手一接触到红帽子，居然把这块巨石托住了，仿佛这个红帽子是个塑料制品。接着处于吃惊中的乌露蒂亚两手将红帽子捧到胸前看了看，然后举起往莫埃头上比了比，太高了够不到，便轻轻放在了脚边。红帽子落地发出了闷实的声音，好像地面都抖了一下。

董事长和少校们不敢相信眼前发生的事情，都张着双臂、大张着嘴定在那里，已冲上前的两个保镖用力晃着脑袋，好像在检验是不是看错了。

少校先恢复过来，低头看看红帽子，上前一步单手去抓红帽子上面的尖端，他以乌露蒂亚的感觉去触动这么“轻”的东西，当然是纹丝不动了。他回头看看那两个保镖，三人一起俯下身，6只手臂一起用力，那红帽子只微微动了一下。

又是一番劫后余生感觉的父亲上前抱住女儿，抓起乌露蒂亚的手看了又看，又把赶过来的思贝妮搂在怀里，接着，抬起头来寻找着阳阳。等他看到阳阳时，阳阳正指着阿胡侧面砌在里面的一块大些的火山熔岩说：“地道的出口可能在这里。”

岛上的秘密洞穴的洞口大都是用火山熔岩遮挡着，这已是半公开的秘密，所以岛上所有摆放特别的熔岩都被人动过了。阳阳指的这块熔岩足有桌子大小，与阿胡石台巧妙地混为一体，很难引起探秘者的注意。雷柯斯刚才看到了乌露蒂亚显露的一手大力神功，便拍着熔岩示意乌露蒂亚过来继续展示神力，这时思贝妮跳了过来喝道：“我来，看我的！”说着，按着熔岩先摇晃活动了几下，然后弯下腰抓住熔岩上下，嘴里嘿了一声，用力一抽，这块熔岩应声动了一下，思贝妮接连嘿了几声，熔岩被抽出了阿胡石台，出现了一个很规整的半人高的洞口。思贝妮施展完神力拍拍手对惊讶的父亲和少校说：“爸爸，看来我们又发现一个‘两扇窗’了。”

早在飞机上乌露蒂亚就和雷柯斯讲过“两扇窗”，那是岛上最著名的公开的地下洞穴，名为“Ana Kakenga”，英文称为“Cave of Two Windows”，意思是有两扇窗的洞穴。这个洞穴就是被一块熔岩掩护着的狭小的洞口。进入洞口后，再爬过一小段狭窄的通道，就会进入一个较大的洞室。在洞室的前面分出两条短通道，分别通向两个直径两米多的洞口。这两个洞口都开在面临大海的悬崖峭壁上，从洞口望出去就是蔚蓝的太平洋，就像是给洞室开了两扇窗。据说这个洞的主要用途是藏人的，当岛上家族间起冲突时，这个洞就用来躲避对方的袭击。当年奴隶贩子来岛上抓人时，有一些妇女就爬进这个洞穴来躲避奴隶贩子。

董事长也顾不得再惊讶两个女儿的神力了，他深知这个无人所知的秘密洞穴一定会有意想不到的发现，便不顾少校的阻拦，一头钻了进去。

19　会说话的木板

阳阳见董事长亲自钻进洞穴，第二个便跟了进去。身后是少校，乌露蒂亚和雷柯斯，思贝妮和晓枫；再后是赵子云和孟龙扛着机器随在后面，两个保镖急忙回车上取了手电追进来为大家照亮。

进了洞口便马上能直起腰了，走了十多米就伸手不见五指了。手电筒的灯光划过，脚下有几只野猫仓皇地跑着，吓得阳阳和思贝妮都失声叫了起来。

大家马上就发现，这个洞穴虽然也是火山熔岩冷却后自然形成的，但经过了人工修凿，窄小的地方、挡路的熔岩都进行了处理。

洞穴开始上升，大家如登山般向上走着。阳阳已走在了最前面，她边走边用透视眼检查四周，虽然有手电筒的照明，但前方总是漆黑一片。阳阳努力地望向黑暗，想看得清一些远一些，突然眼睛一阵酸痛，和刚才在外面看地下黑暗的洞穴时的感觉一样。随着酸痛感消失，阳阳的目光穿透了黑暗，能看到东西了，就是伸手不见五指时也能看到周围的景象。阳阳心头一喜，这不是可以夜视了吗？这个功能是属于单独的异能还是千里眼和透视眼的升级呢？

回头看乌露蒂亚跟在身后，阳阳马上拉住她的手，心里一顿默念。转瞬间乌露蒂亚就轻声叫了起来："太好了，不用照明了！"接着阳阳一一拉起了雷柯斯、晓枫和思贝妮，把夜视异能都传了过去。

这回走起来方便多了，手电只给董事长们和赵子云、孟龙专用了。只是这一路没有什么特殊的发现，偶尔地上有石矢箭头和几把石斧、石镐。这和岛上发现的物品差不多。乌露蒂亚不时拣起各种石斧看看。思贝妮拣起一把石斧向突出的洞壁砍去，石屑如粉，而石斧却没有受损。

乌露蒂亚接过斧头看了看说："这些斧头是岛上山体中的玄武岩、石英岩、硅质灰岩、矽板岩和凝灰质岩制成，而莫埃和这洞里都是比重小、硬度也低的火山熔岩，它们两者相遇，就如，就如鸡蛋皮遇到豆腐，自然是玄武岩要坚硬些。加上使用者的力气很大，这些莫埃就能如意地制作出来了。”说着，她把石斧交给思贝妮，又说：“这把石斧就是凝灰质岩制成的，是我们看到的最大的石斧，带出去。”

接着，乌露蒂亚又转向董事长说：“爸爸，好奇怪耶！这里怎么也有凝灰质岩呢？最近的勘察还是没有新发现吗？”董事长叹口气说：“都说越是古老的火山越有宝藏，可这里都勘察几年了还是没有收获。”

思贝妮马上问道：“地质专家姐姐，凝灰质岩怎么了？为什么不能出现在这里？”乌露蒂亚沉吟着说：“凝灰质岩一般和铜矿床在一起。”董事长对小女儿进一步明确地说：“也就是说，大面积的玄武岩、石英岩和凝灰质岩下面有铜矿，懂了吗？当年叫你学矿业不学，看，没有你姐姐懂得多吧。”思贝妮调皮地回答：“嘿，爸爸，这回我会……我再学也不晚啊，很快就能追上姐姐。我的美术专长姐姐都学去了呢。”

又向前走了一段，洞穴空间忽大忽小，但最狭窄的地方也有一人多高。阳阳和少校交流着：“从这个洞穴只是适合人的高度来看，看来还不是绿巨人们用的。”少校也说：“我也觉得是这样，但洞口修在阿胡平台上，也不好说与莫埃无关。”晓枫接道：“不排除后来的人类从这里挖通到阿胡上。”赶过来的思贝妮则焦急地说：“怎么还没有绿巨人存在的物证呢？”正在大家越来越失望的时候，前面突然出现了一个大洞室。

大洞室长约二十米，宽有七八米，看来能容纳百多号人。洞室的正中间有个一米多高的圆桌，应该是祭台。四周摆放着几十个树墩和树段。洞壁上都是厚厚的火山灰。大家在洞室内四处观察着，思贝妮发现了树墩侧面都刻着一些符号，“这是不是坐在上面的人的名字啊。”

阳阳同时发现祭台上放着一个三角形木板，那上面刻着一些线条和密密麻麻的小圆孔。董事长在手电筒下看了一会儿说：“这不正是三角形的复活节岛嘛，这些线条画出了 3 座火山口和小路，这些小圆孔的分布不正是岛上莫埃的分布嘛。”乌露蒂亚也指着一些小圆孔说：“这是被推倒的那些。”思贝妮也有发现，“看到没？凡是竖在海边的都有标注。火山半山坡上的莫埃头像都没有标注，说明这些莫埃都没运到指定位置。”

阳阳看着这块三角板，凝神用力望着，心里默念着，突然大家眼前出现了热闹的场面，几十名波利尼西亚人在争执。阳阳这批人虽然置身其中，但却像穿行在透明人中，对影像没有任何影响。

只见三四个头领模样的人纷纷点着三角板，用手掌来按住一些圆孔，又揽向胸前，好像在划分岛上各处莫埃的归属。孟龙紧张地摄录着，明知道录不上也要录。

几秒钟后，图像消失，阳阳觉得心有些发颤，她明白了，这时空术是不能常用的。以后不到绝对必要的时候自己尽量不用。

孟龙果然发现没有录上，但思贝妮马上冲着摄像机重复着他们的争执语言。一直还在惊异中的董事长机械地回答着女儿的逼问："能听懂一点，是波利尼西亚人说的拉帕努伊语，现在世上没有几人会说了。"雷柯斯马上说："一会儿我们出洞就发给语言专家解析。"

董事长这回对昨晚大家看到绿巨人的事深信不疑了，正待少校催着大家往前走时，阳阳走到洞室口又回头用力看了下洞壁，突然她喊道："咦，都回来一下！"

众人惊诧地回头看着阳阳，只见阳阳指着左右两侧的洞壁说："我们把上面那层灰都弄掉看看。"说着她自己走到洞壁前，伸手拂去火山灰，下面居然出现了一块竖着的木板。阳阳轻轻拔起一看，众人都惊呆了，这块 2 米长的木板居然和各博物馆里珍藏的 25 块会说话的木板一模一样，上面刻满了各式符号和图案。大家一拥而上，纷纷将洞壁上的火山灰拂去，左右两排会说话的木板展现在眼前。思贝妮迅速数了一下说："一共是 126 块！哇，这回各博物馆可都有镇馆之宝了。"雷柯斯则叫道："原来的 25 块木板太少了，语言专家缺少更多的参照资料。这回不只是镇馆之宝的问题，而是这回有了这样大批的参照物，各国专家研究多年的木板终于说出话来了！"

乌露蒂亚则告诉大家："千万别弄乱了顺序，等编好号了再动。这里可能有语言顺序的。这可是轰动世界的大新闻呀。"

赵子云则和孟龙用中文念叨着："先下手为强，近水楼台先得月呀。"匆忙地逐个正反面摄录会说话的木板。晓枫也在迅速地用相机拍照。

赵子云看着这么重大的发现，不禁和阳阳说道："这事可不小啊，是不是应该通报一下智利政府？”学了一路汉语的雷柯斯显然听懂了赵子云的中文，马上用英语回答：“你们知道乌露蒂亚的爸爸除了是智利铜业集团的董事长外还担任什么职务吗？他还是矿业部的部长。”

20 石像在看什么

听到雷柯斯的介绍，董事长回过头来说：“这些发现不只是智利政府的发现，也是世界人类的发现，包括绿巨人。”说罢又带头向前，“我们要保护好现场，再往前去，或许还会有更多的发现。”

阳阳很钦佩董事长的沉着，回头和自己的幸福团队说：“我们处理这些事情没有经验，听部长的，快点跟上。”众人没有带走一块木板，不舍地离开洞室，鱼贯顺洞穴继续向上。

地道越来越陡，有些地方甚至修上了台阶。途中众人发现了几处石壁画，也是相当珍贵的发现。最后走到一处狭窄处，董事长停下来喘息着说：“这里突然变窄，应该是出口了！”思贝妮忙过去搀扶着爸爸。董事长看着女儿奇怪地说：“你爬山从来爬不过老爸的，这回爬了五六个小时了，你怎么连喘都不喘……”话刚说完看到了阳阳，话咽了回去，答案就在眼前的美丽女巫身上，不用再问了。

果然先钻进狭窄处的少校退了回来说：“前面是出口了，但是被一块巨岩堵着呢，看来还得有劳二位小姐的神力了。”思贝妮正要向前，却被董事长拉住，他看着身后的赵子云和孟龙说：“且慢，小女得此造化，你们自然个个不是凡人，我也要看看你们展示一下身手，让小女们再学一学。”看来，董事长以为这个摄制组都是阳阳的人了。

赵子云和孟龙面面相觑，孟龙下了决心说：“咱俩试试，这里的火山熔岩比重小，轻着呢。”晓枫忙挤过来说：“我来吧，他们扛着机器不方便。”雷柯斯也跟了过去，众人随后。

手电筒光中，大家看到半人高的洞口被看不出多大的火山熔岩结结实实地挡住，晓枫没有发力，上下拍打着听着动静。董事长也上前拍了拍巨石，听着发闷的动静说："这可比刚才那块大多了，看来这些波利尼西亚人是不想进来了。"阳阳在后边迟疑着说："外面不知道是哪儿，这巨石要是推倒了是不是会伤着外面的东西呀？"这时阳阳已运起透视眼，虽然看得不远，但也看清了这块巨石足有几十吨重，而前面就是一个山坡。这巨石要是倒下去，一路滚下去会制造多少灾难呢？董事长沉默地算着刚才大半天走的距离说："应该是特雷瓦卡山顶一带，这里是岛上的最高点，不然不会一直向上走这么远。"

这时，思贝妮把一直拎着的石斧举了起来说："要不我们砍个洞出去？"董事长回头喝斥道："别乱说，你是有点功夫了，可是别太异想天开，这不切合实际。"但晓枫听到思贝妮的话却眼里一亮，见阳阳也在微微点头，便伸手就要石斧，雷柯斯将石斧传递过去。

只见晓枫先用石斧沿着洞口四周在巨石上画了一圈，石屑飞处，一道深深的门形沟出现了。目瞪口呆的董事长和少校连连后退，看来，异想天开是可以实现的。

随着晓枫手里石斧的起落，一块块脸盆大的石块由雷柯斯"拿"出狭窄过道，而且他脚下还像盘带足球似的，把篮球大的石块踢了出来。乌露蒂亚姐妹上前同样也"拿"过来放到宽敞处。见雷柯斯拿着石块如拿着石膏般轻松，那两个身强力壮的保镖上前想帮着接过来一块。雷柯斯没有注意，以为是乌露蒂亚就松了手，几百公斤重的石块虽然被两个保镖抱着还是迅速砸向了他们的脚面。就在他们失魂落魄准备下半辈子坐轮椅时阳阳闪电般伸出脚来，将石块轻轻停在脚面上，等此时才体现出身手敏捷的保镖闪开后，将石块挑向一旁。少校在旁看阳阳的出手不但同样有神力，还救了人，后怕的神色中流露出感激之意，这几个保镖都是他换命的兄弟，伤不得啊。两个保镖又一次向阳阳正式鞠躬。他俩是专门跟随乌露蒂亚和思贝妮的，昨天在雪山就是他们俩发疯地挖雪救姐妹俩。他们已被阳阳用雪杖拉出来，免了生命之忧，刚才又被阳阳免了筋骨之痛。

突然，洞穴里一片光明，是晓枫掏出了洞口。众人一片欢呼先后出了洞口，果然是特雷瓦卡山顶。大家回头看看巨石又看看脚下，都吸了口冷气。这巨石要是倒下去，且不说它会滚向有人来往的山道，至少会把下面不远处著名的“七尊莫埃”景点摧毁。这个景点叫“达海”，是全岛保存最完好的“莫埃”石像群。据现在的传说，这是一个毛利巫师的7个儿子等待欧图·玛图阿王到来的地方。

在特雷瓦卡山顶低头俯瞰，岛上的3个火山口和四周的石像尽收眼底，还可以领略岛周边的努伊岛、伊提岛和考考岛3个小岛的美丽风光。山南侧紧挨着的就是复活岛上最著名的拉诺廓火山和火山湖。再极目远眺，浩瀚的太平洋与蓝天浑然一体，令人心旷神怡。

少校打电话让宾馆的保镖速速送来午餐，晓枫则用最后“划”出来的一整块石块塞住洞口，要好好地保护这个还不为人知的古老洞穴。

阳阳一直站在山顶观察着全岛，左右转动着身子。雷柯斯则忙着用手机摄录完思贝妮学说的洞里波利尼西亚人的争论，然后发了出去。思贝妮这时又拿出早带好的画笔、画纸，分发给雷柯斯和晓枫，三人边回忆边画起洞内情景来。赵子云更是抓紧时机和孟龙摄拍着全岛风光。

这时，阳阳喊来思贝妮，指着三面海边的莫埃说：“你能不能把这三面都在往岛上看的莫埃的站位角度画下来，然后我们顺着他们的目光，找下他们目光的聚焦点。”思贝妮心头一亮，抓住阳阳激动地大声说：“三面目光的交叉点，应该是他们要守护的东西位置！”本来阳阳说的时候声音很轻，除了幸福团队的人没人听到的，但思贝妮这一喊，惊动了所有的人。董事长一听顿悟，急忙赶过来，边走边说：“丫头，你太聪明了，我以前怎么就没想到呢？”

少校也赶过来，看着思贝妮画了几笔，然后，在旁边找了一位平坦的岩面做起了沙盘，应该叫石盘，因为没有沙子。董事长不愧是搞矿业的，马上参与并指挥起来，几下子就围了一块3米见方的全岛示意石盘，岛上的重点位置都用他们身上带着的各种物品标注了。拉诺廓火山处立着少校的瑞士军刀，火山湖处是董事长的手表。然后他们又找来大大小小的石片，边转头对照着岛上各处莫埃的位置，边在石盘上摆放着。接着两个保镖按董事长的吩咐，找来一些直树枝，从遍布三面的莫埃面向岛上的角度，将树枝伸向岛正中。大家惊异地发现，树枝大多集中在董事长的手表上。

这时思贝妮的画也完成了，只见她用笔杆比量着，画出一条条线，最后她在画正中画了一个圈喊出："这些莫埃都在看着火山湖呢！"

阳阳得到结论后看着董事长，激动中的董事长手向火山湖一指，"走，咱们到火山湖开餐！"

21 火山湖

复活节岛上没有别的溪流，只有这一处火山湖，也是全岛的饮用水源，离镇子只有 9 公里远。因为这里是热带海洋性气候，全年下雨，年降水量能达到 1300 毫米，湖水量很是充沛。湖面呈圆形，直径约有 1600 米，湖里长满绿色芦苇，景色宜人。

已得到指示的几个保镖先一步赶到火山湖，他们没有占用湖边原来的娱乐设施，而是在湖边新支起了一排蓝白相间的遮阳伞，摆开了自助餐台和自助酒吧台，还有躺椅、帐篷、吊床、两人桌和四人桌。看来这是乌露蒂亚家族的习惯了。还离得很远，大家就闻到饭菜的香味，还有音乐声传来。

董事长奇怪地看着两个女儿，要是以前，她们早就第一个冲上去了。看来中国女神对她们的改造太大了。他现在已知道找出全岛莫埃目光聚焦点的主意是阳阳出的，心知这灵异的阳阳一定有自己的用意，便不打扰阳阳，只张罗着让大家就餐。

又累又饿的赵子云和孟龙心中阵阵惊喜，这趟采访可真是美差，到处有人接待，好吃好喝的，两人连连竖着大拇指，"中国——智利，友好！"放下机器冲向自助餐台。

幸福团队的人都不饿，只去端了酒水。阳阳则开始细细地检查火山湖。岛上的莫埃为什么都望着这里呢？他们说自己是看守者、睁目观看者、不眠者，究竟是在守着什么呢？

湖边还有其他国家的游人，其中有一群日本青年，用日语谈着岛上的风景。阳阳领着乌露蒂亚和思贝妮沿湖边散着步，三人手里都拿着瓶装水。智利的瓶装水有加气的和不加气的两种，阳阳挑的是不加气的。思贝妮过去本来只喝加气的，这回也随着换了不加气的，现在她心目中的阳阳是完美的、神圣的，什么她都要模仿。

三人身后不远处是那两个保镖，手里都捧着餐包边吃边走。这回他们保护的对象不只是那姐妹俩，还有曾多次救护他们的美丽女神。晓枫和雷柯斯虽然和赵子云、孟龙一起吃着美食烧烤，但阳阳三人一直在他俩的视线里。

那伙儿日本青年一直在阳阳们身边走着，阳阳自听录音机学会日语后还是第一次听到现场的日本人说话，而且还是标准的东京口音，便用心听了几句，也转头观察了下说话的人。只见这伙儿人有男有女，看上去有学生也有职员。他们开心地说笑着，互相照相，很是阳光快乐。

这时，突然从这伙儿人中跑出来一位戴着无框眼镜的男青年，手里拿着相机冲阳阳跑过来。后面那两个保镖反应很快，与那日本男青年同时跑到阳阳身边。远处的晓枫和雷柯斯也站了起来。只见那男青年向阳阳鞠了躬，用日语问阳阳可不可以帮他们拍个合影，原来他把阳阳当成了日本人。

阳阳微笑着用日语应答着，边组织他们摆着位置边随意和男青年聊着。那男青年知道阳阳是中国人后，忙自我介绍他叫小林英男，是东京艺术大学美术学部绘画科的硕二研究生，获得过 200 米蝶泳比赛银牌，再三鞠着躬表示感谢，眼睛也瞥了下背着画板的思贝妮。

阳阳听明白了，他们是日本组织的一个半年周游世界旅游团，乘着一艘豪华游轮从日本出发，已经在海上漂荡几个月了。上船前他们素不相识，现在彼此都成了好朋友。他们所到之处都是游轮，就停在海上，游客乘小船上岸游玩，晚间再回船上住，宿费就省了一大块。看着这伙儿青年欢快地离开，阳阳不禁感叹：幸福是什么，能这样自由自在地周游世界，这也是一种幸福吧！幸福笔记可不可以做到这点呢?

天色已晚，游人们离开湖边陆续下山。阳阳三人已绕着火山湖走了一圈，其间阳阳隔一会儿就用一次透视眼，但一直没有在湖底发现什么。乌露蒂亚和思贝妮也在用透视眼，但她们看到的都是湖水里的鱼和各种浮游生物，两人兴奋地交流着欣喜的发现。

这时她们正绕到湖的西南角，依稀看到下方的镇子。阳阳站定，再一次“透视”湖底，还是没有发现特殊景象，湖底同样也有着四处都有的大小洞穴。阳阳转回身来，看着人们陆续向镇子走去，用千里眼将9公里外的镇子收在眼前。镇子上空没有农村常见的炊烟，看来还是现代化的功劳啊。

阳阳自参透透视眼后，知道功力要循序渐进，一直把透视距离放在身边的几十米范围，从来没有往远处看过。她在收回目光时顺势向地下看了一眼，潜意识中一直在寻找地下秘密的透视功能不自主地发挥出来，她看到一个巨大的溶洞伸向海底，她很吃惊。顺着溶洞再往上看，竟是奔火山湖而去。阳阳心头一阵狂跳，再往前就容易与火山湖相通，一旦相通，这火山湖本来就是悬湖，岛上人类赖以生存的满湖淡水就会瞬间消失。

突然，溶洞到了尽头，一个椭圆形的大洞室是它的终止。阳阳定睛一看，这个大洞室就在脚下斜前方50米处，回头一看，这洞室几乎就在湖岸下边。刚才她一直在搜寻湖底，没有朝岸上看过，所以没有发现这么明显的目标。

阳阳拉着乌露蒂亚姐妹快步走到洞室上方，她又用千里眼向四周能看到的莫埃看了一圈，不禁心头一抖，所有的莫埃都无一例外地紧紧盯着她，尤其那尊唯一留有白色眼球的莫埃，眼里射出一道看不见的光芒。冰雪聪明的思贝妮也随着阳阳的目光看了一圈，然后，一手拉着姐姐一手拉着阳阳说：“我怎么觉得他们都那么紧张呢，把我看得都紧张起来了。”

阳阳叹道：“是不是在警告我们不要继续？我们是不是应该尊重他们千百年来的守护，他们还在继续坚持着守护这里，我们的脚下。”说罢，阳阳低下头，认真地透视起来。

这时思贝妮拉着阳阳的胳膊没有放手，阳阳在施展功力的时候不知不觉把透视眼的Ⅱ级功力也传给了思贝妮，而且通过思贝妮又把功力传给了她紧拉着的乌露蒂亚。这样乌露蒂亚和思贝妮与阳阳看到的就一样了。

首先她们发现这个大洞室是人工修建的，整齐的石块垒成洞壁，没有出口和入口，长有近百米，宽和高有三四十米，好像一个椭圆形的大大的无缝天鹅蛋。然后又穿过几层不知是什么材料的内洞壁，她们看到了令人吃惊的一幕生活情景图。

只见两个绿巨人距离 10 米相对端坐在晶莹的石台上，双目紧闭，表情威严。一个人的红发绾起盘在头上，形状和莫埃顶在头上的“普靠”相同。另一人的红发披散着，看来是女性，她还微露着巨大的牙齿。他们的身侧各有一只长 20 米的恐龙，好像是宠物伏在他们脚下，围绕着他们的还有各种海洋动物。有两只身高 2 米的巨型企鹅，有长 10 米的海豚和海豹，还有一些认不出的一些大型生物。而整个地面好像铺就了一整块玉石，所有的生物都僵在那里，但都没有腐化，个个栩栩如生。

这时，阳阳又注意到天鹅蛋的两头还有很多东西，两位绿巨人手里好像握着什么。待阳阳正要细看时，突然觉得自己心跳加快，又有一点眩晕感。学会金刚身后自己的身体首次出现异常，阳阳忙收回目光，乌露蒂亚和思贝妮马上也看不到了，三人抬起头互相注视着，半天没作声，她们难以消化这么大的发现，是史前文明？是远古世界？

阳阳思考着说：“这个发现看来我们不能说出去，影响自然进化、破坏生活秩序的事还是不该做的。而且这个洞穴一旦开掘，这个火山湖有可能就消失了。”

乌露蒂亚也沉思着说：“看来这个巨人和巨物世界与我们现在的人类是两个时代，洞里没有发现一个现在的人类，各种生物也都不是现在的。他们对自然的认识和利用远比我们现在发达。我们人类不应该也没有资格破坏这些莫埃的守护，枉费了他们千万年的心思。”

思贝妮马上也分析道：“是不是可以这样理解呀？巨人时代消失多少年后才出现了我们人类，这些石像都不是人类制造的。那些登上复活节岛的波利尼西亚人，以占据多少石像为荣，彼此又不服，推倒了对方的石像。如果是这样，我想明天和晓枫去把那些被推倒的石像都竖起来，把红帽子都给他们戴上。”

乌露蒂亚摇摇头看着阳阳，“不行吧，这样会引起世界的注意，复活节岛该不安宁了。”

听到姐妹俩这番对话，阳阳拥过她们开心地说：“你们俩把我心里思考的话都说了出来，我们真是心意相通的姐妹呀。这事到此为止，我们要尊重历史，保护历史。等再过几年思贝妮可以以动漫童话的形式把这个史前洞室画出来，留个纪念。”

思贝妮跳了起来，“我现在就画！然后送给那些莫埃们都看一眼。”说着，她又看了一圈四处的莫埃，然后惊叫道：“他们的目光和刚才的不一样了！怎么这么慈祥了呢？”阳阳转身放眼望去，也回以这些莫埃祥和的目光，分明还看到了一排排巨大莫埃们黑洞洞眼窝里的期待和湿润。

22 勇敢的男人

董事长在一把遮阳伞下一直注意着阳阳，他看到 3 个女孩儿在湖边岸待了这么久，便慢慢踱了过来。正好思贝妮画完了一幅图，是两个绿巨人和他们脚下的恐龙。只见思贝妮将画高高举起，向四周转了一圈。董事长好像突然听到了什么，停下了脚步，好像海风里传来了许多呼噜呼噜的声音。

女儿乌露蒂亚迎着跑过来扶着爸爸，清澈的大眼睛定定地看着董事长，嘴紧紧地抿着。董事长是深知女儿的，他叹了口气问：“又是不可问？”乌露蒂亚点点头回答说：“也是不可说。”那边阳阳也遥遥向董事长欠了一下身，表示了歉意。

董事长也深为理解地点点头，回头向少校挥挥手传令收队回镇。思贝妮遗憾地看看大海说：“今天还没来得及下海呢。”她看到海边还有很多嬉水冲浪的人。不远处停着一艘日本豪华游轮，两艘小汽艇正在把沙滩上的游客送回船上。

董事长征求阳阳意见：“明天再给你们一上午时间采访，我们下午飞回圣地亚哥，送你们去聂鲁达故居参观，然后再派专机送你们去巴西的圣保罗。”赵子云在旁连连点头。思贝妮跳了起来说，“好啊，我们明天上午下海。”

回去的路上，他们看到路边很多由一些长条石围成的窄长梭状石圈，大都是长 10 至 15 米，宽 1.5 至 2.5 米。赵子云要求摄录一段，大家都跳下车来。

兴致勃勃的思贝妮不待人吩咐便滔滔不绝地用英语讲了起来："这是古代岛民们用来搭建房屋的房基。在这样的房基上盖的拱形船房子被岛民叫做 Hare Paenga，英文是 Boat-shaped house，意思就是'船形屋'。我们整个复活节岛上据统计有多达 3000 个这种船形屋，比较完整的有 1048 个，全岛最长的一个有 40 米呢。"说到这里，她毫不理会孟龙已对准她的摄像头继续讲解着，赵子云在旁喜形于色，这等于抓了一个当地的智利美女客串主持人，回去后配上字幕效果会相当出彩。

思贝妮又指着与船形屋相邻的一个个石头池子介绍道："这些用石块垒起的池子一般高 1.5 米，直径 3 至 10 米，这是岛民们的菜园子，种香蕉等植物。这种石头菜园子主要是保护植物不被强风刮倒，还可以保持水分。经统计，复活节岛上一共有 587 个这样的菜园子。"

再往前，离海岸不远有一个开满鲜花的墓地，竖着一排排雪白整齐的墓碑和十字架。孟龙把镜头扫了过去，雷柯斯推了乌露蒂亚一把，将她推到了镜头前。乌露蒂亚嗔瞪了雷柯斯一眼，但还是心领神会地讲解开来："这里是岛上唯一的基督教墓地。复活节岛与基督教有着不解之缘。那是在几个世纪前耶稣复活节这天，荷兰海军上将雅各布·罗格文航行经过这里再次发现了这个岛，于是被命名为'复活节岛'。这个墓地也是法国传教士进入复活节岛后的产物，标志着岛上文化的变迁和发展。而在传教士们进入复活节岛前，这里的岛民下葬的方式是天葬和海葬。"

这时，乌露蒂亚身边跑过几匹马和两只狗，它们追逐游戏着，乌露蒂亚随机介绍道："我们岛上养的狗大多不圈养，可以在岛上到处跑，但它们对客人很友好，经常会跟着游客走来走去。岛上还有很多被弃养的马，过去它们是岛上主要的交通工具，现在被越来越多的汽车取代。当我们走在这空无一人的小路上，有这些友善的狗和马与我们作伴，是不是可以驱散我们的寂寞呢？"

看着姐妹俩精彩的讲解，阳阳开心地轻拍着手掌。赵子云和孟龙更是笑不拢嘴。

回到镇上，思贝妮又领着大家参观了唯一的一条商业街。街上有旅店、旅行社、餐馆、旅游纪念品店和租车行，还有几家烟酒小店和一家卖油盐酱醋、食品副食品和蔬菜水果的超市。思贝妮告诉大家："我们复活节岛上的所有生活用品和绝大多数的食品、副食品都要从智利运来，定期有货轮送物资到岛上，而航空班机也会运来一些物资。"说着，她带领大家到了一个小邮局，她兴奋地向大家介绍："这是岛上唯一的邮局，每次来我都在这里给同学们寄走不少明信片。"董事长在旁提醒大家："孩子们，你们都别错过了机会，给自己的父母和朋友发去复活节岛的祝福。刚好一会儿有送记者来的飞机飞回圣地亚哥，国际快递公司会在明天晚上前将明信片发送到投递城市。"阳阳听到有记者来了，心里一动，也不知都是哪儿来的记者。

这时少校上前为年轻人们每人买了一套12张明信片，大家都开始埋头赶写。阳阳也写了几张，除了给思彤、娟子、采尼等幸福团队的人外，还包括给谭院长、安子然和吴冬梅等同事。然后她思忖了一会儿，又挑了一张图案是岛上著名的"会说话的木板"明信片，只在上面写了一组数字："25—126"，填写了《美利坚时报》执行总编的地址和名字，然后写上了自己的见习记者编号。阳阳在想，既然记者都上岛了，126块"会说话的木板"一定是过几天各大报的头题了。也和《美利坚时报》打个招呼吧，看看他们的反应如何。

当夜无话。阳阳要大家都进行自我修炼，自己也因用透视眼过度需要调整一下。这也是阳阳首次体会金刚身的体力不是无限的。

第二天上午，前一天的原班人马又在董事长的带领下来到了阿纳凯海滩。后面跟着几名记者和政府工作人员，阳阳已听清了这几个人都是智利当地的媒体记着和政府官员，然后又看到那组莫埃周围散坐着一些便装特工守在洞口，应该是在等待考察专家来勘察。看来智利政府是想低调处理，把事情弄清楚以后再向世界公布。

海边很热闹，不少游人在游泳，还有几艘汽艇拉着冲浪者在远处滑过，上空还滑翔着几架动力伞。董事长和那些记者、官员走向洞口附近商谈着，赵子云和孟龙、晓枫开始拍摄海滩风光。赵子云批准阳阳领着雷柯斯和乌露蒂亚和思贝妮下水游泳，人家给了我们这么多方便，也该领姐妹俩玩玩。阳阳准备首次在海水里练习鱼功，她没让晓枫下水，除了让他配合拍摄，更主要的是保护幸福笔记，阳阳下水时幸福笔记将由晓枫保管。

思贝妮早已在宾馆时就换好泳衣，已经迫不及待脱去外衣跳入海中，雷柯斯为了保护她也随之下海。阳阳带着迪肯送给自己的可以水下拍照的照相机与乌露蒂亚也正准备下海，突然海面上传来一片惊叫。

阳阳闻声望去，原来是那拉着滑板冲浪者的汽艇因为拐了个大弧线，冲浪者前方航线上出现了两个女孩儿，女孩儿的同伴们在惊呼着危险。阳阳用千里眼已经看清，那个冲浪者正是昨天遇到的日本青年小林英男，头上还绑着眼镜。危急时刻只见小林英男不顾危险腾空跃起，本来应该顺利地跃过去，可是汽艇听到呼叫声突然减了速，使身在空中的小林英男没了拉力，结果手忙脚乱一个后仰重重摔在海面。

按理说一个冲浪者掉到海里不会有什么危险，可阳阳的千里耳分明听到了一个撞击声。她拉住乌露蒂亚说："先等一下，可能这个小林遇到了麻烦。"果然半天海面上没有浮起小林，两个女孩儿和那艘汽艇都赶到小林落水处寻找着，另外一艘救生艇也快速地赶了过去。过了一会儿阳阳听到救生员说："太不幸了，怎么就那么巧，他的颈椎撞到了滑板，把这硬塑滑板都撞断了。"又听到那两个已爬上汽艇的女孩儿哭着央求："能不能救活他呀，他是为了保护我们才死的呀！"救生员的无奈声音传来："神医也救不了他了，他的脖子不是错位，而是断了，真是可惜了，这么年轻。赶快送岸上吧，但愿他买了人身意外保险。"

阳阳听到这里，回头向晓枫的方向轻声说了句："晓枫，把本子送过来。"

救生艇缓慢地往回开了，水里的人们都站直了身子，岸上的人也都把目光聚焦在救生艇上，一群日本青年带着哭腔焦急地喊着小林的名字，一位穿着红风衣的日本女孩儿哭喊着直往海里扑。这时大家心里都清楚小林是遇难了，因为艇上传来那两名女孩儿的哭声，也因为救生艇为什么不是以抢救的速度飞速驰回。

就在救生艇靠岸，大家都涌过去的时候，那个救生员突然一个后仰翻到了水里，他叫道："见鬼了，见鬼了！"而那两个女孩儿却是欣喜地惊叫。只见赤着上身的小林英男从艇上站了起来，忙着向两个女孩儿说对不起。岸上的人们一片欢腾，把小林英男迎上沙滩，岸上一直哭泣的红风衣女孩儿扑过去紧紧抱住他。小林英男拍拍那女孩儿的肩，有些茫然地看着周围，突然他看到了远处正在往海里走的阳阳，目光不由自主地牢牢盯了半天。他自己也在奇怪，这个中国女孩儿身上是什么这么吸引自己的目光呢？这时他的手上传来一阵温暖，是晓枫握着他的手说："勇敢的男人，自然会得到幸福的眷顾。"

23 海底两万米

小林英男向旅游团领队表示自己安然无恙后，便随晓枫走向一处遮阳伞下小坐。那红风衣女孩儿送过来两瓶水后知趣地走开。

小林迫不及待地一连串地发问："究竟是怎么回事？那个救生员说我的脑袋都转个了，都转了快360度了，怎么会突然恢复正常了呢？还有，我全身感觉特别好，我的眼镜也甩了，不近视了……还有，你握了我的手后，我怎么一点都不乏不累了呢？"

晓枫笑着先开玩笑说："知道这里叫什么吗？复活节岛嘛。"然后收了笑容严肃地说："没错，你是死过一次了。"小林愣了一下，但也接受着点点头。晓枫接着问道："小林英男，你知道'死亡笔记'吧？"小林忙点头道："知道，'死亡笔记'前些年在日本出现过，我们日本人男女老少都知道。难道，我是被'死亡笔记'救的？可它是专门让人死的啊！"

晓枫看着小林继续讲道："但这个世界上还有一本相反的笔记，叫'幸福笔记'，是专门救人的。是'幸福笔记'救了你，也救了我。幸福笔记的主人，就是——她！"小林又是一愣，听到晓枫说是"她"，也没等晓枫提示，便把目光射向了阳阳的方向。

晓枫点点头心里暗叹：阳阳的眼光太准了，这人果然极聪明，是幸福使者团队的好人选。接着晓枫向小林大致介绍了幸福笔记和幸福团队，也告诉了小林幸福异能和刚才握手时已经传给他的金刚身功，从此不饿不渴不困不痛不病不老不冷不热，还有200年青春了。听着晓枫的讲述小林越听越坐不住了，等晓枫最后告诉他回日本后和师父阳阳保持联系后，他站起身“哈意”了一声便跑向海边，纵身一跳喊着“师父”向阳阳游去。晓枫羡慕地看着他跳入海里，起身向赵子云、孟龙跑过去。

小林奋勇游到阳阳身边踩着水停住，心里惊叹自己怎么一点不累而且速度不减呢，回头看看刚才游的距离足有 500 米远，这不到 2 分钟的速度不用说肯定能打破日本大学生游泳纪录甚至全国纪录和亚运会纪录、世界纪录。但让他更惊叹的是微笑着欢迎他的阳阳四人都没有踩水，但却静静地悬在水中。

阳阳笑着用英语一一介绍雷柯斯、乌露蒂亚和思贝妮，小林踩着水一一施礼，身子一沉一浮的。思贝妮待阳阳介绍完自己后，学着雷柯斯向小林击了一掌水算是握手后说：“欢迎你加入我们幸福使者团队！不过，看在我们都是学美术专业的份上，我先给你当把小师父吧，教你学会鱼功。”说罢，身子一沉就没了影儿。

小林正在惊异想和阳阳问话时，身子也是一沉没入水中，原来被思贝妮握住双脚拉了下去。好在小林也是水上运动爱好者，忙憋着一口气潜入水中，这时觉得脚上传来一股热流，而且自己被思贝妮越拉越深。当他惊恐地发现已过了能够换气的下潜距离时，便用力踢甩思贝妮，可他哪是用着大力神功的人的对手。思贝妮仍在下面笑着，虽然不往下拉他了，但却握着他的脚不放手。当他实在是憋不住了想喝一口海水时，突然觉得自己身子一轻，好像吸进了氧气，居然不需要换气了，可身子还在水中。

小林恍然明白思贝妮刚才说的鱼功，这是教会了他像鱼一样待在水中了！兴奋的小林忙不迭地举起右手向思贝妮频频敬礼致谢，热爱游泳运动的小林深知可以在水中呼吸对他来讲意味着什么。这时思贝妮才松开他，漂到小林的眼前，正式和小林握了下手。接着，思贝妮把双手捂到自己嘴上又拱起，留出了说话的无水空间：“你在东京艺术大学的什么流派？”小林看到思贝妮的可爱样子不禁微笑着，也学着她双手拱在嘴上回答：“我学的是油画和雕刻，你呢？在耶鲁学什么？”思贝妮答道：“我学的是动画设计和音乐。”这时，她惊异地发现小林居然也会和她一样悬漂在水中了，自己可是研究了半天才会的。

这时海面传来乌露蒂亚的声音：“思贝妮你一玩就疯，快让小林出来一下，岸上有人担心他了！”思贝妮听罢做了个鬼脸，对还不会千里耳的小林向上指了一下，捂着嘴说：“你快上去露露面吧，不然又有人以为你，以为你‘没’了！”小林听罢自然明白，在水下待了这么半天，什么潜泳纪录也破了，自然有人担心了。他向思贝妮一手向上指着一手相邀，思贝妮明白这是要比赛看谁先浮上去，便一点头随即向上漂去。本想玩赖占个先机，没想到身边人影一闪，小林一下子就蹿了上去，隐约看到他双腿如海豚的尾巴般晃着。

小林露出海面后向岸上的旅游团领队和那个红风衣女孩儿招下手，声音洪亮地用日语喊道：“这里有潜水设备，不必担心。”回头才见思贝妮冒出头来。思贝妮抹了一把脸上的海水对阳阳叫道：“阳阳姐，他，他游得好快呀，比鱼游得还快耶！”

阳阳显然已用透视眼看到，笑道：“这叫青出于蓝胜于蓝。小林是游泳健将，自然会比我们参悟得快。小林你快教教大家吧。”思贝妮说着：“我看他刚才像海豚那么一扭就游出那么远……呀，我会了耶！”说着她学着双腿一并扭了一下，居然刷的游了出去，“我会了耶！”这句话是在几十米外喊的。

因为小林英男对死亡笔记这种奇异现象早有认识，加之他绝顶聪明，还有绘画雕刻的细心，已完全接受了幸福笔记，所以，掌握了鱼功的水底呼吸后马上让自己适应这个异能改造，发挥出自己的游泳特长。他对阳阳他们说：“还要谢谢师父的救命之恩和小师父的传功。我刚才是想到既然叫鱼功，就要模仿鱼那么游。我们人类游泳大体上分蛙泳、仰泳、侧泳和蝶泳几种泳法，而这几种泳法蝶泳最贴近鱼的动作，所以又叫海豚泳，刚才我用的就是蝶泳的动作。我们和鱼相比，就是不会水下呼吸，如果会了，再加上我们人的力量和灵巧，应该比笨重的鱼游得要快的。”这时他要是知道大力神功，就会说肯定要比鱼游得快的。说罢，他回头看了一眼岸上，说句“我再琢磨琢磨”，便潜入海里。

这次潜入水中小林放开了，而且体力充沛也不知道累，变着法儿地研究速度，同时还研究急停、转身、翻滚、拐弯、上升、下潜……小林越琢磨动作越成型，越玩越过瘾。思贝妮在旁几乎是贴身跟着他学，阳阳和雷柯斯、乌露蒂亚也在不远处琢磨着。

开心的小林是清楚游泳的几项世界纪录的，200 米蝶泳的世界纪录是 1 分 51 秒，1500 米自由泳世界纪录 14 分 34 秒，自己现在的速度会远远超过世界纪录的。玩心大盛的小林想看看究竟能达到多快速度，便打着手势让思贝妮等等，自己双臂一并合掌前伸，双腿一摇，箭一样向海中游去。一口气足游了上千米后小林刚想转身，突然看到一条五六米长的深海大鱼向自己晃了过来。上半身暗灰，下半身灰白，背鳍垂直，胸鳍水平，尾鳍呈新月形，小眼睛，嘴在下颌上，啊，是大白鲨！平时这种五六米长的大白鲨是不在岸边的，看来离岸有段距离了。小林犹豫了一下，想到如果往回游会把鲨鱼引到小师父们那里，便一咬牙仍向前方游去，他要和这条大鲨鱼比赛，看谁游得快。那大白鲨显然被小林激怒，侵占了我的地盘还想跑，调头如箭一般追过来。

大白鲨是令人闻之色变的噬人鲨，它那食肉成性、凶猛异常的进攻本性，连“海中之王”鲸鱼见了它也得退避三舍，所以号称“海中狼”。它诸多的特性中就包括它那将近 70 公里/小时的冲刺泳速！

知道身后有条令人闻风丧胆的大白鲨，小林更是玩命儿地加快速度，起初那鲨鱼就跟在脚后，它平时就是张着嘴行进的，样子十分恐怖；当它追上来张开大嘴准备冲刺时，小林就来个快速变向，将这个笨拙的庞然大物甩开几米，等它又追上来时再来一个快速转向……聪明的小林一直用这个方法与大白鲨周旋着。再后来，也不知道是小林的速度练成了还是大白鲨累了，他终于将它甩没影了。可这时前面突然出现了陆地，小林吓了一跳，怎么游转向了，这不把鲨鱼引到岸边了吗？再一抬头，原来是个小岛，他忙手脚并用爬上了小岛。

小林攀上小岛刚定下神儿，就让他目瞪口呆愣在那里。他看到身边站着几个人，是阳阳、乌露蒂亚和雷柯斯！他们怎么比我游得还快?!而且阳阳手里还拿着照相机，是单手游啊，不是刚才还在和我学呢吗？思贝妮呢，看着阳阳冲着他身后照相，小林一回头更是让他目瞪口呆，只见思贝妮双手拽着那条五米多长的大白鲨新月形的尾巴，把鲨鱼向上甩起“啪”地摔在身子左侧的海面上，接着一转身将鲨鱼抡过头顶“啪”地又摔在身右的海面上，接连几下，那鲨鱼已不再挣扎，显然已被摔晕。思贝妮这才一松手甩了出去，那大白鲨又是“啪”地落在十几米外的海面上，翻滚几下便缓缓沉下。

这时，小林哪里知道，阳阳们的大力神功在学会了小林的游泳方法后将速度提高了数倍而超过了他，他哪里知道大力神功对付任何袭击都可以以相等的力量回击的，尤其是阳阳的程度，可以隔空阻物。正是思贝妮追上来拉住了近三吨重的大白鲨才让小林脱身上了小岛。雷柯斯在旁笑着思贝妮，“都笨死了，刚开始还被鲨鱼追了半天呢。要不是乌露蒂亚一掌将鲨鱼推出 10 米远，思贝妮还不知道鲨鱼这么好欺负呢。”接着，小林又一次吃惊，朝岛上游过来的思贝妮居然听到了还有近百米距离的雷柯斯的话，喊道：“雷柯斯你就知道保护姐姐不管我，还有你，小林英男，还英雄男人呢，居然自己向前逃跑了。”

雷柯斯这时拍拍小林的肩说：“思贝妮的大力神功非常厉害，她不用你引开鲨鱼的。你要是和她学会了大力神功，游泳速度要比现在快几倍。”小林眼里顿时现出神往的目光，刚才思贝妮好像摔枕头一样神勇太刺激人了，他忙向前迈入水中去迎接思贝妮。

乌露蒂亚这时告诉大家：“我们脚下的这个岛叫考考岛，是当地鸟神的形象，那两座是努伊岛和伊提岛。整个复活节岛是由海底升起的火山锥体，过了这 3 座小岛海底会越来越深，还没听说过有人在岛这边下潜过呢。”

这时，水里的小林已迎到思贝妮，在齐胸深的水中他央求思贝妮：“小师父你的大力神太厉害了，拜托传给我好吗？”思贝妮抬头看看阳阳又看看小林赤裸的上身，心想：你是我们幸福团队的人，早晚都得学会这些异能，要都是我传的话倒是落个好名，可是，刚才传他鱼功时是在水里握住他的脚，现在，面对面站着，又都穿着泳衣，咋传他功啊。

雷柯斯又发话了：“小林，你只要碰着思贝妮，她就会传你功的，就像刚才她握住你的脚传你鱼功一样。要我说你就抱住她，接触面积越多，传得就越多越快。要学功就得勇敢点……哎哟！”是乌露蒂亚狠狠掐了他一下，虽然不痛，但雷柯斯仍夸张地叫了一声。这一声“哎哟”仿佛给小林打响了发令枪，他为了学这了不起的大力神功管不了那么多了，一把就把思贝妮搂在怀里紧紧抱住，嘴里一个劲地说着："拜托拜托，请多关照。"

在大家善意的哄笑中，思贝妮不得不将大力神功传给了这个搂着她的男人。小林全身暖意上下贯通，顿觉力大无穷，搂着思贝妮的胳膊无意中加大了力气。思贝妮知道大力神已经传过去了他还抱个没完，便红了脸眼睛一瞪，"你……，姐姐，阳阳姐快救我。"小林这时才松了手，一个深鞠躬，然后把头笔直埋到了海水里，引起大家一阵哄笑。思贝妮忙红着脸跳上小岛，上去就捶打雷柯斯。

阳阳看大家都上了小岛，指着小岛外面的海面说："这鱼功不但要游得快，还要游得深，难得有这个练习机会，我们再试试。"思贝妮马上忘记了刚才的窘态，开心地跳着脚喊道："我们也来个海底两万里，嘿，两万米！"

24 大白鲨

一听阳阳说要试验鱼功的潜海深度，刚学会大力神的小林英男舒展着双臂兴奋地说："我参加过潜水深度比赛的，只达到了89米，目前不戴水肺、就是水下呼吸器的世界潜水纪录没有超过120米的。你们可要知道，我们每下潜10米，就增加一个大气压的压力，即每平方厘米要承受约50公斤重量所产生的压力。还有，上浮时的减压也很危险，太快了会因供氧不足而晕在海里的。"

这时，突然从岛边冒出一个人头来，吓了大家一跳，思贝妮差点蹦起来。原来是晓枫！"赵主任那边的任务完成了，我借着叫你们上岸的由头过来了。"

阳阳一见晓枫也来了，说道："好，正好我们分成3组。"雷柯斯忙举手，"我和乌露蒂亚一组！"小林也挺着胸说："我和我小师父一组。只是，我们都没戴潜水护目镜，能行吗？"思贝妮眨了几下眼睛说："小林你看到过哪条鱼戴护目镜了？而且鱼还没眼皮保护眼睛呢。"小林听罢只好笑笑说："那是，所以我们看不出来鱼是不是睡觉。"阳阳笑道："看你们，还都对号入座呢。那晓枫跟着我，晓枫你注意和大家学会海豚泳啊。"

思贝妮先推着小林扑向海面，小林回头补充着:“大白鲨有成群结队的习性，大家还得注意点啊!”接着雷柯斯拉着乌露蒂亚也走入海中，阳阳让晓枫向岸上挥挥手后也走入海中。为了让晓枫尽快学会鱼功，阳阳没有答应把手中的照相机交给晓枫。

虽然阳阳是后下水的，但马上就追上了前面两组。小林这时正在体会大力神功，他兴奋地发现自己对水的反作用力可以无穷大而且收放自如，这样就很容易地超过了大白鲨的冲刺泳速。但他看到阳阳游过来的泳姿惊讶地发现，阳阳的动作是在海豚泳的基础上又加了个扭动，变成了“蛇泳”，几乎和大白鲨的动作一样。他忙参照着阳阳的蛇泳学了一下，果然速度快了很多，冲刺泳速可以达到 80 至 100 公里每小时。显然他的泳速又超过了雷柯斯和乌露蒂亚姐妹。

在这些练习中，阳阳六人是一直向海底游的，应该早就过了 120 米的世界纪录了。这时越往深处光线越暗，小林又发现了自己与大家的不同，就是他们都能看得很远又能夜视，自己却不能，这就影响了反应速度，等于摸着向前游。正在小林逐渐落后时，一只温暖的手握住了他的胳膊，小林回头一看，是小师父。两人相视一笑中小林又觉得身上一热，马上明白是思贝妮在传他异能，雷柯斯提醒他抱着思贝妮的话在脑里一闪，便身子一拧就从背后抱住了思贝妮。

思贝妮也明白他的笨拙想法，心想以后一传他功力就得被他抱住，虽然觉得有点被欺负可心里有种莫名的快意，所以就任他抱了一下，然后挣脱开向前一指。

小林眼睛酸痛过后向前一看，哇，太神奇了！现在不但能看清漆黑的海底，还能看得很远。这幸福使者团队也太神奇了，真是令人幸福，我以后也能这样给人幸福，那就更幸福了。他开心地环顾四周，但紧接着，他脸上的笑容就凝固了。

小林一个冲刺游到阳阳前，止住继续下潜的大家，惊恐地指着前面的海底，阳阳众人一看皆大吃一惊。原来，顺着这海底坡下去不到 100 米的位置悬停着几十条大白鲨，它们的上半身是暗灰色，和深海的颜色很接近，这是大白鲨利用自己的保护色接近猎物的一种惯用方式，要不是阳阳他们都有千里眼和夜视眼的异能，是根本看不出来的。

多年研究海洋生物的小林是清楚的，大白鲨习惯从下方攻击猎物，当它发动攻击时，巨大的躯体甚至可以完全跃出水面，在空中撕咬住被它冲顶起的猎物。赶快向上转移吧，但当他向上一看又是一阵惊恐，阳阳顺着他的手指一看，也是几十条大白鲨，它们的灰白色肚皮与海水映出的明亮天色融为一体，伪装得真是绝了。阳阳六人被狡猾的大白鲨群包围了，多亏是提前发现，不然，这上百条大白鲨发起群攻，纵是六人有 18 头 36 臂，力大无穷，被这些鲨鱼埋在这儿也是很难受的。阳阳这回已经知道这些异能的使用也是有极限的，只是过去没有超过极限的机会，不清楚而已。

阳阳这时很镇静，她示意大家别停下动作，继续练习速游，只是先别下潜。她马上使出透视眼观察着海下的山体，露出海面的火山有那么多溶洞,海下的也应该如此吧。这一看,果然不远处看到了一个溶洞，只是很短，才几十米长。洞口是一层海底淤泥和火山灰遮盖着，外面根本看不出来。阳阳低头在脚下的海底先拂了一掌，露出山体，然后抬手拍下山体，顿时震起几块岩石。阳阳拣起两块大点的岩石交给晓枫和雷柯斯，指着洞口处让他俩掏开。

这时，鲨鱼群已听到各种异常的动静，一阵骚动后下面的鲨鱼群发起了攻击，几十条大白鲨昂首冲上来。晓枫见时间已来不及，扬手把石头砸了过去，那石头竟穿壁而入。接着晓枫又抬腿一脚踹了过去，一个脸盆大的洞口出现了。

小林一见示意 OK，这么大正好，便身子一横脚先头后漂了进去。他事后告诉思贝妮不是先逃生，而是先探险。阳阳一见马上催促大家一个个漂了进去。当阳阳最后一个进来时，洞外一片沸腾，那些大白鲨挤撞在一起，寻找着突然消失的人类。

雷柯斯手里的岩石这时还紧握着，守在洞口。身边的乌露蒂亚看着他手中的岩石瞪大了眼睛，忙抢过来拉过阳阳，然后拢嘴喊道：“这是凝灰质岩呀,这一带可能都是。”说着,她往洞里走,阳阳和她一直走到几十米尽头，乌露蒂亚细细观察着洞壁兴奋地说：“这就是铜矿床了，这海底很可能有大发现呀！”阳阳接连按乌露蒂亚所指处拍下照片，水下闪光灯的亮光惊跑了洞里各种叫不上名字的小生物。

两人带着令人激动的发现回到洞口，小林正捂着嘴和大家讲着大白鲨的习性："在所有的鲨鱼之中，大白鲨是唯一可以把头部直立于水面之上的鲨鱼，这赋予了它们在水面上寻找潜在猎物的优势。"思贝妮点点头，示意小林继续说。

小林又道："大白鲨的另一个生理特点是它凶猛的牙齿，咬食压力可高达每平方英寸18吨，很多轮船的推进器都被它们咬坏过。这还不算啥，主要是大白鲨的牙齿可以更换，一生可以更换上万颗牙。鲨鱼的牙齿不是像海洋里其他动物以及人那样恒固的一排，而是具有五六排。除最外排的牙齿才真正起到牙齿的功能外，其余几排都是'仰卧'着为备用，就好像屋顶上的瓦片一样彼此覆盖着，一旦在最外一层的牙齿发生一个脱落时，里面一排的牙齿马上就会向前面移动，用来补足取代脱落牙齿的空穴位置。同时，鲨鱼在生长过程中较大的牙齿还要不断取代小牙齿。因此，鲨鱼在10年以内竟要换掉2万余颗牙齿。它的牙齿不仅强劲有力,而且锋利无比。"

思贝妮点着头问道："你怎么对大白鲨知道这么多呢？"小林回答："我画过和雕刻过很多大白鲨，我必须要了解它们才画得出来，刻得出来。"

思贝妮又问："世界上的生物都是相生相克的，难道大白鲨没有自己的天敌吗？"小林忙点头道："有啊，大白鲨最怕的就是逆戟鲸，也叫虎鲸。逆戟鲸的牙齿非常锋利，又由于逆戟鲸出来活动，从不'单枪匹马'，而是几十头一齐出来，大白鲨一旦碰到了逆戟鲸就马上逃跑，如果来不及逃跑，那么它就将腹部朝上装死躺下，因为逆戟鲸从不吃死东西的。"

这时阳阳接着说："我多少也知道一些鲨鱼的资料，现在我最感兴趣的是它们对磁场的感应能力。它的磁场感应力可以觉察到地球磁场的变化，说明海洋智慧鱼类身体里存在一个罗盘系统引导它们辨别方位，所以它可以走直线横跨太平洋。还有，它的接收声波能力可以听到2公里以外垂死挣扎的鱼，它的感电能力可以感应附近的微弱电场，比如沙子下的螃蟹。更有它闻名天下的嗅觉，能闻出数公里外的血液等极细微的物质，并追踪出来源。刚才我一直在想，如果具备了鱼的这些能力，才算是真正掌握了鱼功，或者说是鱼功的第Ⅲ级。我们还得努力。"

众人纷纷点着头，小林这时又说道：“不过还有个说法，一直没有被验证。”他看看思贝妮说：“我是从刚才小师父‘摔枕头’想起的，感觉那大白鲨愿意和小师父那样玩。一直有人研究，其实大白鲨性情很是温和的，它不吃人。它智力高，好奇心强，好像特别乐于与人接触。当你亲切地对待它时，它亦会亲切地对待你。而且它在与人接触时是通过‘咬’的方式探索未知的事物，应该叫它‘咬人鱼’似乎更确切些。很多人注意到，在所有大白鲨攻击游泳者的事件中，都只是在它们离开前咬一下人而已，还没有一例说是大白鲨吃人的……”阳阳听到这里，眼里闪着光，缓缓向洞口漂去。

海滩上已是慌乱一团。董事长焦急地望着大海，赵子云和孟龙六神无主地陪着他。日本旅行团领队正在哄着又抹起泪的红风衣女孩儿。少校指挥保镖们乘上 3 艘汽艇正要出发，动力伞上也开始向远处扩大巡飞范围。

突然，大家眼前的海面上跃出 6 条大白鲨，让所有人目瞪口呆的是有 5 条大白鲨的背上都骑着一人，正是阳阳、晓枫、雷柯斯、乌露蒂亚和小林英南！第六条没有骑人的大白鲨尾巴上拽着喊叫着的思贝妮。

25 圣地亚哥

沙滩上陷入更大的慌乱中。海里游泳的人被大白鲨吓得往沙滩上游，岸上的人被大白鲨吸引着也往沙滩上跑。在所有人的惊叫注视中，阳阳五人跳下大白鲨游向岸边，思贝妮则抱着她那条大白鲨亲个没完，最后还把大白鲨的大嘴掰开，伸进手去摸摸头排牙齿后面的备牙，最后又触了大白鲨的鼻子一下，那大白鲨敏感地缩回身子反身入海。6 根背鳍齐刷刷排成一列晃了几下，6 只大白鲨像 6 艘潜水艇一样渐渐隐没。

原来，是阳阳受小林的启发，用爱眼去注意鲨群，然后又学着大白鲨彼此间的低频叫声，自己先游出了洞口与大白鲨接触。这时她还不知道因为身具鱼功，敏感的大白鲨早已把他们当成了同类朋友，所以才任思贝妮甩来甩去的。阳阳看大白鲨们并没有敌意，一挥手大家都游了出来与大白鲨们玩耍。有时大白鲨刚要张嘴咬他们玩，他们就用一招乌露蒂亚发明的弹它们鼻子的方法。大白鲨的鼻子最怕碰，一碰就扭头。

乌露蒂亚第一个跑上岸，披上了保镖递过的蓝色大浴巾就扑过去抱着爸爸的脖子说："老爸老爸你别生气，我给你看一样东西您就会开心了。"说着她向雷柯斯一招手，雷柯斯跑过来递过手里的石头。

董事长接过眼睛一亮，但又失望地说："和那个石斧一样，在哪里拣的吧？"乌露蒂亚不动声色，又把披着浴巾的阳阳推了过来。阳阳笑了一下，把照相机打开，调出图片让董事长看。

随着一张张图片闪过，作为矿业部长的董事长的呼吸越来越急促，他喃喃自语道："这是辉石斜长角闪岩，啊，还有黑云母角闪斜长片麻岩……"他回头看看四周，又似乎不相信地看着乌露蒂亚。作为密西根理工大学工程学院矿务专业的高材生，乌露蒂亚坚定地点点头："就在我们脚下，大范围的海相火山岩型铜矿，可能还含有丰富的金、银、铅和钴，开采级数——特级！"

智利的铜矿资源大都在中部的阿塔卡马沙漠，因为铜矿开采和铜加工过程中需耗费大量的水，淡水资源昂贵，很影响开采数量和质量。智利政府早就把目光转向海洋，但这些年一直没有太多的发现。这次能在复活节岛发现大型铜矿床，而且能就地使用海水，这个消息对发展智利经济来说无疑是个天大的喜讯。

董事长抓着阳阳的手不放，"我们的女神，你看你给我的家庭和国家都带来了什么？真是没法用语言表达我的谢意和敬意。大家快些收拾一下，我们回圣地亚哥庆祝。"小林英男正在和幸福使者们一一道别，也披上大浴巾的思贝妮有些不满地说："快回船上去吧，那个红衣女孩儿都等急了。"小林轻捶了思贝妮一下说："我的小师父，我都和阳阳师父说完了，要不是我一路陪护我姐姐，我这次就跟你们走了。我姐姐患了白血病，这是她第一次也是最后一次看到外面的世界。等两个月后，我就去北京找阳阳师父了。希望那时也能再与小师父重逢，你还有那么多异能没有传我呢！"

思贝妮这回知道那红风衣女孩儿是小林的姐姐，心头好像轻松了好多，调皮地对小林说："好吧，那就暂时分别了，你抱我一下吧！"小林一听，受宠若惊地向前用力抱了抱思贝妮，思贝妮也用力回抱了他一下，小林觉得眼睛一酸，思贝妮笑道：“我把过眼不忘功传给你了，你这段时间可要好好学习啊。”

当晚，在圣地亚哥的上层社会举办了一次不同寻常的宴会，规格是政府部级官员的待遇，嘉宾是中国的《南美风情》摄制组，主宾是政府各部的部长及夫人，还有一些名媛歌星等。宴会没有主题，但从部长们窃窃私语满面春风上看，应该是知道了自己的国家又发现了一个大铜矿的喜讯，今天算是一个不公开的庆祝酒会。

铜业集团董事长兼矿业部部长致了简短的欢迎辞就出去了。赵子云和孟龙酒足饭饱后叫过阳阳和晓枫，研究明天去智利诗人聂鲁达的黑岛故居的采访提纲。乌露蒂亚也乖乖地一直和雷柯斯在一起，引来不少猜测。

这时，阳阳的手机响了，是个陌生的电话，从美国纽约打来的。接起后，原来是《美利坚时报》执行总编，“昨天我们收到了你的‘25—126’，可是费了我们一番心思，最后从明信片的主题图片上分析出了答案，但谁也不敢相信，还是本总编力排众议，在你的上篇格瓦拉报道的基础上相信了你。今天中午我们的人就到岛上了，可惜与你擦肩而过，不过还是拿到了第一手材料，明天我们的头题又将轰动世界。现在我是最后与你核实确认并通知你获得 2 万美元头条新闻奖金。”阳阳回答完执行总编的话后便找到赵子云，“发现 126 块会说话的木板的报道发回去了吗？”赵子云回答说：“估计这回能播，不是时政消息，是文化新闻。”

宴会接近尾声时，全体客人突然站立起来，原来，是智利总统和矿业部长走了进来。总统示意全场照旧，便在矿业部长的引领下径直走到阳阳面前，向阳阳伸出了双手。

阳阳知道，智利是个比较富裕的发展中国家，素来对中国人非常友善，包括首都圣地亚哥也和思彤的家乡合肥结成了友好城市，便在与总统相握时输送了祝福。总统顿觉精神一振，他回头看着矿业部长点了点头，“中国的神女果不虚传。”然后又对阳阳感激道：“您对智利政府和人民的帮助我们是不会忘记的。”

宴会结束后，乌露蒂来和思贝妮领着摄制组逛了首都的夜景。在这里，人们处处都能感受到铜的存在，到处都可以看到铜的光泽。市区里，每隔不远眼前就会出现一座精工细琢的纪念铜像。这些铜像大小各异，栩栩如生，令人目不暇接。最引人注目的是耸立在市中心宪法广场上的智利民族英雄沃伊金斯将军的铜像，横刀跃马，气壮山河。

在商店的橱窗里，皆是闪闪发光的各种铜制手工艺品：铜碗、铜盆、铜壶、铜杯、铜烟具，并且每件器皿上面都雕有新颖别致、手工精细的人物、风景、花草以及兽类等图案，令人爱不释手。

孟龙感慨道："但凡是称作圣地亚哥的城市都是一个美丽的城市。古巴、西班牙、多米尼加、阿根廷、美国和巴拿马都有叫做圣地亚哥的城市，给人留下了深刻的印象。呵，中国也有叫圣地亚哥的地方，但那是楼盘小区的名字。"

第二天早晨，董事长亲自过来派了两辆车送摄制组去黑岛故居，他和阳阳、赵子云道别，说马上还要回到复活节岛。阳阳知道其中原委，也在和董事长握手时送去了祝福。乌露蒂亚和思贝妮在旁感动得热泪盈眶，她们知道从今以后爸爸不会轻易得病了。

聂鲁达是智利、也是拉丁美洲伟大的诗人，1971 年诺贝尔文学奖得主，同时也是政治活动家和外交家。他的黑岛故居坐落在距离圣地亚哥 150 公里的名叫"黑岛"的海滨度假小城。

这里原来叫做科尔多瓦海滩，很荒凉，人迹稀少。当年聂鲁达从西班牙、法国回智利后，想找一个安静的地方写作，便看中了这里，从一个上校手里买下了一块半公顷地皮连同一幢石建小平房，并不断整修、扩建到如今的规模。由于对面海中有一座黑色小岛，海边石头也是黑的，聂鲁达便把这个地方的名字改称"黑岛"。从此，"黑岛"便成为闻名于世的旅游胜地。他逝世以后，来智利的人不见得去过复活节岛，但大都参观过聂鲁达故居，可见诗人的世界影响力和他故居的魅力。

参观聂鲁达故居先从室外看起。海边礁石上刻着聂鲁达的头像，院内有一个类似火车的雕塑和一个真人大小的美女木雕，还有他生前用的小船和收藏的铁锚。聂鲁达和第三任妻子的墓就修在过道的台阶上。院子外面有一个餐厅，是聂鲁达常常光顾的地方，饭店不大，比较简朴，但很有品位。

孟龙又是一番感慨："相比之下，还是这种返璞归真的效果好，既不铺张，又有品位。"

思贝妮现在时时运用掌握的幸福异能，她在参观卫生间时有了新发现。聂鲁达是个风流诗人，很多诗作都是为爱情而作，他的卫生间里贴满了美人画报。思贝妮以前也来过，但这次她用透视眼看到了美人画报的背面写着一首诗。乌露蒂亚赶过来细细辨认，确定了这是聂鲁达那首《如果你忘记我》的珍贵手稿。其中有几句脍炙人口，流传很广：

那么现在
如果你渐渐停止爱我
我就会渐渐停止爱你
如果你
突然忘记我
就别寻找我
因为我已经忘记了你

故居管理员得知后，如获至宝，又是拍照又是保护现场忙个不停，还破天荒地允许阳阳他们在参观室内时可以拍照，并允许他们在室内可以多看一会儿权当休息了。

阳阳进入室内前，晓枫过来递给他的手机说道："好奇怪呀，你看看。"阳阳接过手机，上面是一条短信："尊敬的张晓枫先生，知道您明天要来巴西，恳请你参加巴西业余国际足球联队，并于后天与巴西职业足球代表队进行一场友谊赛。这对我们在巴西的各国侨民是一场非常重要的比赛。明天我和您联系。您的朋友卡特。"

阳阳笑道："看来，你在出国前参加的那场球赛还是被一些球探发现了。等到巴西再看看情况。"晓枫喜形于色地说："如果有必要，我还是愿意上场帮忙的。"

参观时大家发现，聂鲁达喜欢收藏各种玩具和工艺品，特别是同大海和酒有关的物品。在楼的下层，陈列着一条聂鲁达心爱的游船，船上有各种设备和装饰品，其中包括保护神和水手雕像以及从各国搜集来的工艺品，也有形状各异的各种酒瓶。楼的上层，北侧是卧室、客厅、餐厅、酒吧和五颜六色的各种面具陈列厅；南侧则是工作间和书房，据说书房里有一万多册图书。在楼顶上还有一个圆形小阁楼，是聂鲁达写作的地方。这时，手机上传来一条短信，是思彤发来的，要阳阳看邮件。

阳阳打量一下四周，只有这个小阁楼适合打开笔记本，便坐在聂鲁达写作的位置开机了。她知道，智利与中国的时差是－12个小时，现在这里是上午10时，就是中国的晚上10时，正是思彤和娟子活跃的时候。

先是思彤汇报的情况，她在无意中听到容皮皮的两个助手说，要在世界各国的首都建立死亡屋，以书店、咖啡店、酒吧为掩护，凡是进到这个屋的人都会被扫描测试，如果做过坏事，一律在死亡笔记上写上名字。

还有张翔的报告，说庞艳和王辉听到一等舱里有客人在议论，说世界很多地区发现了瘟疫，无药可救，正在向全球蔓延。

小娟也写了一封邮件，竟是申请和死亡笔记合作。她想求助容皮皮，除掉她在采访幼儿园时发现的黑心老板，竟然用有毒奶粉赚黑心钱，不能让他再害人了。

采尼的信中说，幸福大学的图纸已经全部设计完，请阳阳早点回来定夺。

柯特奇的一封邮件让阳阳吃惊，他说国际恐怖组织准备在阳阳的下一站圣保罗和里约热内卢继续暗杀乌露蒂亚姐妹俩。看来，他们是掌握了姐妹俩要送阳阳离开南美的信息。

看完邮件后，阳阳又打开幸福笔记。

只见爱心感应图上亮点一片。世界各地几个国家都有超亮的点在闪烁。